Katarina Mazetti

Der Kerl vom Land

Mein Kerl vom Land und ich

PIPER

Zu diesem Buch

Desirée ist Mitte Dreißig, arbeitet in der Stadtbücherei, und seit dem Tod ihres Mannes hört sie ihre biologische Uhr besonders laut ticken. Als sie den Landwirt Benny trifft, funkt es zwischen den beiden, doch dann prallen zwei völlig unterschiedliche Lebenswelten aufeinander. Denn Benny wünscht sich eine tüchtige und handfeste Frau, die ihm auf dem Hof zur Seite steht ... Als Desirée tatsächlich schwanger wird, zieht sie zu Benny aufs Land und muß sich mit dem Alltag auf dem Bauernhof anfreunden: Melken und Stall ausmisten sind nicht gerade ihre Stärken. – Mit bewährt warmherzigem Humor erzählt Katarina Mazetti in ihren beiden Bestsellern »Der Kerl vom Land« und »Mein Kerl vom Land und ich« die tragikomische Geschichte einer Liebe, die unmöglich scheint, es aber nicht sein muß.

Katarina Mazetti, geboren 1944 in Stockholm, war bis 1989 Schwedisch- und Englischlehrerin im nordschwedischen Umeå. Heute lebt sie in Lund und arbeitet als Journalistin bei Sveriges Radio. Auf deutsch liegen neben mehreren Jugendbüchern ihre erfolgreichen Romane »Der Kerl vom Land« und die Fortsetzung »Mein Kerl vom Land und ich« sowie »Jede Menge Ohrenzeugen« und »Ein Kerl zum Verlieben« vor.

Katarina Mazetti

Der Kerl vom Land
Mein Kerl vom Land und ich

Zwei Bestseller in einem Band

Aus dem Schwedischen von
Annika Krummacher

Piper München Zürich

Mehr über unsere Autoren und Bücher:
www.piper.de

Von Katarina Mazetti liegen bei Piper vor:
Der Kerl vom Land
Mein Kerl vom Land und ich

Mix
Produktgruppe aus vorbildlich bewirtschafteten Wäldern und anderen kontrollierten Herkünften
www.fsc.org Zert.-Nr. GFA-COC-001223
© 1996 Forest Stewardship Council
FSC

Taschenbuchsonderausgabe
September 2010

Titel der schwedischen Originalausgaben:
»Grabben i graven bredvid« und »Familjegraven«,
Alfabeta Bokförlag AB, Stockholm 1998 und 2005

Umschlagkonzept: semper smile, München
Umschlaggestaltung: Cornelia Niere, München
Umschlagabbildung: artwork Cornelia Niere / Plainpicture (Eierschachtel)
Autorenfoto: Laurent Denimal Photography
Satz: CPI – Clausen & Bosse, Leck und
EDV-Fotosatz Huber / Verlagsservice G. Pfeifer, Germering
Papier: Munken Print von Arctic Paper Munkedals AB, Schweden
Druck und Bindung: CPI – Clausen & Bosse, Leck
Printed in Germany ISBN 978-3-492-25907-1

Der Kerl vom Land
Eine Liebesgeschichte

PIPER

1

Wer ergreift Partei für die Toten?
Wer wahrt ihre Rechte,
schenkt ihren Problemen Gehör
und gießt ihre Topfpflanzen?

Vor mir sollte man sich in acht nehmen!

Eine vergrämte alleinstehende Frau mit einem offenbar ziemlich abnormen Gefühlsleben. Wer weiß, was ich beim nächsten Vollmond anstelle?

Sie haben doch sicher Stephen King gelesen?

Ich sitze auf einer abgewetzten dunkelgrünen Parkbank am Grab meines Mannes und ärgere mich über seinen Grabstein.

Es ist ein kleiner, nüchterner Naturstein mit nichts als seinem Namen darauf: »Örjan Wallin«, in einer schnörkellosen Schrift. Schlicht, um nicht zu sagen überdeutlich, genau so, wie er selbst war. Er hatte ihn selbst ausgewählt und einen Vertrag mit dem Bestattungsunternehmen Fonus geschlossen.

Allein schon so was. Ich meine, er war ja nicht mal krank.

Ich weiß genau, was er mit seinem Stein sagen wollte: Der Tod ist ein »völlig natürlicher Bestandteil des Kreislaufs«. Er war Biologe.

Besten Dank, Örjan.

Mehrmals pro Woche sitze ich hier in der Mittagspause, und immer mindestens einmal am Wochenende. Wenn es anfängt zu regnen, packe ich eine Plastikregenjacke aus, die sich zusammenfalten und in einen kleinen Beutel stecken läßt. Sie ist unglaublich häßlich, ich habe sie in der Kommode meiner Mutter entdeckt.

Hier auf dem Friedhof haben viele so eine Regenjacke.

Ich gehe erst, wenn ich mindestens eine Stunde hier gesessen habe. Vermutlich hoffe ich, die richtige Art der Trauer hervorlocken zu können, wenn ich nur ausdauernd genug bin. Ich würde mich viel besser fühlen, wenn ich mich schlechter fühlen würde, könnte man sagen. Wenn ich ein Taschentuch nach dem anderen auswringen könnte, ohne mich die ganze Zeit von der Seite zu beobachten, ob die Tränen wohl echt sind.

Die peinliche Wahrheit ist, daß ich die halbe Zeit einfach nur wütend auf ihn bin. Verdammter Verräter, warum konntest du nicht besser aufpassen? Und was ich die restliche Zeit empfinde, ähnelt vermutlich am ehesten dem, was ein Kind fühlt, wenn sein Wellensittich nach vielen Jahren stirbt. So sieht es aus.

Ich vermisse die ständige Gesellschaft und unsere Alltagsgewohnheiten. Niemand sitzt neben mir auf dem Sofa und raschelt mit der Zeitung, nie riecht es nach Kaffee, wenn ich nach Hause komme, und das Schuhregal sieht ohne die ganzen Boots und Gummistiefel von Örjan aus wie ein entlaubter Baum.

Wenn mir ein »Sonnengott mit zwei Buchstaben« nicht einfällt, muß ich das Wort erraten oder es überspringen.

Die eine Hälfte des Doppelbetts ist immer unberührt.

Niemand würde sich wundern, falls ich nicht nach Hause käme, weil mich zufällig ein Auto überfahren hat.

Und niemand betätigt die Toilettenspülung, wenn ich nicht da bin.

Hier sitze ich also auf dem Friedhof und vermisse das Rauschen der Toilettenspülung. Weird enough for you, Stephen?

Irgendwie fühle ich mich auf Friedhöfen immer wie eine zweitklassige Kabarettistin. Verdrängung durch schwarzen Humor, klar – aber das werde ich mir doch wohl gönnen dürfen. Ich habe mittlerweile nicht so viel anderes zu tun, als mich mit meinen kleinen Verdrängungen zu beschäftigen.

Zusammen mit Örjan wußte ich immerhin, wer ich war. Wir definierten einander, vermutlich sind Beziehungen genau dazu da.

Wer bin ich jetzt?

Ich bin den Leuten, die mich sehen, völlig ausgeliefert. Für die einen bin ich eine Wählerin, für die anderen eine Fußgängerin, eine Angestellte, eine Teilnehmerin am kulturellen Leben, human resource oder Wohnungseigentümerin.

Oder nur eine Ansammlung von gespaltenen Haarspitzen, undichten Slipeinlagen und trockener Haut.

Natürlich kann ich nach wie vor Örjan zu Hilfe nehmen, um mich zu definieren. Diesen Dienst kann er mir postum ruhig erweisen. Hätte es Örjan nicht gegeben, könnte man mich als »Singlefrau, dreißig plus« bezeichnen, diese Formulierung habe ich gestern in einer Zeitung gelesen, und mir haben sich die Nackenhaare gesträubt. Statt dessen bin ich eine »noch junge, kinderlose Witwe«, wie tragisch und wehmütig! Besten Dank, Örjan!

Irgendwo regt sich peinlicherweise auch ein kleines Gefühl von purer Enttäuschung. Ich fühle mich betrogen, weil Örjan gestorben ist, einfach so.

Dabei hatten wir unsere nähere und fernere Zukunft schon geplant! Den Kanuurlaub in Värmland und unsere vorteilhaften Rentenversicherungen.

Eigentlich müßte Örjan auch enttäuscht sein. Das ganze Tai Chi, die ungespritzten Kartoffeln und die mehrfach ungesättigten Fettsäuren. Was hat er jetzt davon?

Fragt sich die Kabarettistin und zeigt ihre gelben Schneidezähne.

Manchmal bin ich einfach zornig seinetwegen. Es ist ungerecht, Örjan! Dabei warst du so wohlmeinend und kompetent!

Außerdem spüre ich nach fünf Monaten Zölibat ab und zu ein kleines, unruhiges Flattern zwischen den Beinen. Das gibt mir das Gefühl, als sei ich nekrophil.

Neben Örjans Stein steht ein wahres Monster von Grabstein, geradezu vulgär. Weißer Marmor mit Schönschrift in Gold, Engel, Rosen, Vögel, Sinnsprüche auf verschlungenen Bändern und sogar ein kleiner, aufmunternder Totenkopf und eine Sense. Das Grab selbst ist mit Pflanzen übersät wie eine Baumschule. Auf dem Grabstein stehen ein Männername und ein Frauenname mit ähnlichen Geburtsjahren. Wahrscheinlich möchte ein Kind seine Eltern auf diese übertriebene Art und Weise ehren.

Vor einigen Wochen habe ich den Trauernden am vulgären Nachbargrab zum ersten Mal gesehen. Es ist ein Mann in meinem Alter mit quietschbunter Daunenjacke und einer gefütterten Mütze, die Ohrenklappen hat, vorne etwas erhöht ist, wie bei den Amerikanern, und den Schriftzug »Wir Waldbesitzer« trägt. Er war eifrig damit beschäftigt, in der Bepflanzung herumzuharken und zu graben.

Auf Örjans Grab wächst nichts. Er hätte vermutlich einen kleinen Rosenbusch völlig unangebracht gefunden, diese Pflanzenart hat im Friedhofsbiotop nichts zu suchen. Und Schafgarbe und Mädesüß führen sie nicht im Blumenladen an der Friedhofspforte.

Der Waldbesitzer kommt im regelmäßigen Abstand alle paar Tage gegen zwölf Uhr mittags. Immer ist er mit neuen Pflanzen und Düngemitteln beladen. Er scheint erfüllt von einem gewissen Gärtnerstolz, als ob das Grab sein Schrebergarten wäre.

Neulich hat er sich neben mich auf die Bank gesetzt und mich von der Seite betrachtet, aber er hat nichts gesagt.

Er roch merkwürdig, und an der linken Hand hatte er nur drei Finger.

2

Verdammt, ich kann sie nicht ausstehen, ich kann sie einfach nicht ausstehen!

Warum muß sie bloß immer da herumsitzen?

Bisher habe ich mich normalerweise eine Weile auf die Bank gesetzt, wenn ich das Grab versorgt hatte, um alle meine unterbrochenen Gedanken wieder aufzunehmen, um ein Fadenende zu finden, an dem ich mich festhalten könnte, damit ich mich noch einen Tag vorwärts schleppen kann, oder auch zwei. Zu Hause auf dem Hof kann ich nicht nachdenken, während ich meine Arbeit mache. Wenn ich mit meinen Gedanken nicht bei der Sache bin, passiert unweigerlich eine kleine Katastrophe, die mir einen zusätzlichen Tag Arbeit beschert. Ich fahre mit dem Traktor auf einen Stein, und die Hinterachse ist hinüber. Eine Kuh tritt sich auf eine Zitze, weil ich vergessen habe, den Euterhalter anzubringen.

Zum Grab zu gehen ist meine einzige Atempause, und nicht einmal dort habe ich das Gefühl, mich einfach nur hinsetzen und nachdenken zu dürfen. Ich muß harken und pflanzen und Ordnung schaffen, ehe ich mir erlauben kann, mich auszuruhen.

Und dann sitzt sie da.

Ausgeblichen wie ein altes Farbfoto, das jahrelang in einem Schaufenster gestanden hat. Helles, ausgefranstes Haar, ein blasses Gesicht, weiße Wimpern und Augenbrauen, langweilige, farblose Kleider, immer irgendwas Hellblaues oder Beiges. Ein Mensch in Beige. Ihre ganze Erscheinung ist eine Unverschämtheit – ein bißchen Schminke oder Glitzerschmuck hätten der Umwelt verraten, daß hier ein Mensch sitzt, der sich zumindest Gedanken darüber macht, was die anderen sehen und über ihn denken. Ihre Blässe vermittelt bloß: Mir ist es scheißegal, was ihr denkt, ich sehe euch nicht.

Ich mag es, wenn mich das Aussehen einer Frau auffordert: Schau mich an, sieh, was ich habe! Dann fühle ich mich irgendwie geschmeichelt. Frauen müssen leuchtenden Lippenstift und kleine spitze Schuhe mit Riemchen tragen und einem den Busen entgegenstrecken. Es macht nichts, wenn der Lippenstift verläuft, wenn das Kleid über den Rettungsringen aus allen Nähten platzt, wenn sich riesige Kunstperlen aneinanderreihen – nicht alle können einen guten Geschmack haben, was zählt, ist der Versuch. Ich bin immer ein bißchen verliebt, wenn ich eine Frau mittleren Alters sehe, die einen halben Tag investiert hat, um sichtbar zu sein, vor allem wenn sie lange, künstliche Fingernägel und eine herausgewachsene Dauerwelle hat und auf wackeligen hohen Absätzen geht. Dann will ich sie in den Arm nehmen, sie trösten und ihr Komplimente machen.

Natürlich tue ich das nie. Ich komme ihnen ohnehin nicht näher, sondern sehe sie nur in der Post oder auf der Bank. Zu Hause auf dem Hof gibt es keine Frauen, abgesehen von der Besamungstechnikerin und der Tierärztin. Mit langer, blauer Gummischürze, groben Stiefeln, Kopftuch und der Spritze mit dem Stiersperma griffbereit. Und niemals haben sie Zeit, auch nur auf einen Kaffee zu bleiben – gesetzt den Fall, ich hätte Zeit, welchen zu kochen.

Mutter hat mir in den letzten Jahren in den Ohren gelegen, daß ich »mal raus« solle, um mir ein Mädel zu suchen. Als ob es irgendwo eine Herde williger Mädchen gäbe, von denen man sich einfach eine aussuchen könnte. Wie wenn man in der Jagdsaison seine Flinte mitnimmt und sich einen Hasen schießt.

Sie wußte ja selbst, lange bevor ich es wußte, daß der Krebs sie langsam von innen auffressen würde und daß ich allein klarkommen müßte. Nicht nur mit der ganzen Arbeit, sondern auch mit dem, was sie mir in all den Jahren gegeben hatte: ein warmes Haus, ein gemachtes Bett, jeden zweiten Tag einen sauberen Stalloverall, gutes Essen, heißen Kaffee und dazu frischgebackene Wecken. Und dahinter stand all die Arbeit, an die ich nicht zu denken brauchte – Holzhacken und Feuermachen und

Beerenpflücken und die Wäsche, all das, wozu ich jetzt keine Zeit habe. Der Overall starrt vor Dreck und saurer Milch, die Laken sind grau, wenn man reinkommt, ist das Haus ausgekühlt, und statt Kaffee gibt es eine Tasse Heißwasser aus der Leitung mit Nescafé. Und Tag für Tag die verdammte in Plastik abgepackte Fleischwurst, die in der Mikrowelle platzt.

Sie legte mir immer den zweiten Teil von »Land«, der Zeitschrift des Bauernverbandes, neben die Kaffeetasse, aufgeschlagen bei den Kontaktanzeigen. Manchmal hatte sie eine davon eingekreist. Aber sie sagte nie irgendwas.

Mutter wußte nicht, daß unten an der Milchrampe keine Scharen von holden Maiden darauf warteten, die Hausfrau eines »attraktiven Junggesellen mit eigenem Hof« zu werden. Sie sind im Laufe der Jahre alle in die Stadt gegangen, und jetzt sind sie Kindergärtnerinnen und Schwesternhelferinnen und mit Kfz-Mechanikern und Verkäufern verheiratet und sparen auf ein Reihenhaus. Im Sommer kommen sie manchmal her, bringen ihre Kerle und einen kleinen Blondschopf im Tragegurt mit und liegen ein paar Wochen lang in einem Liegestuhl auf dem alten Hof ihrer Eltern.

Carina, die in den letzten Schulklassen immer hinter mir her war und die auch mal die Beine breitmachte, wenn man bloß ein bißchen mit ihr flirtete, liegt manchmal im Laden hinter den Regalen auf der Lauer. Das Geschäft ist während der Sommermonate geöffnet, vielleicht noch einige Sommer lang. Und plötzlich springt sie hervor und tut so, als wären wir uns rein zufällig begegnet, und fängt an, mich auszuhorchen, ob ich verheiratet bin und Kinder habe. Sie wohne jetzt in der Stadt, zusammen mit Stefan, der im Warenlager von Domus arbeite, sagt sie triumphierend und sieht aus, als müßte ich Tränen darüber vergießen, was mir entgangen ist. Von wegen!

Vielleicht hat die Blasse vom Friedhof ja auch alte Eltern, zu denen sie im Sommer fährt, um sich bei ihnen zu erholen. Es wäre schön, sie ein paar Wochen lang nicht sehen zu müssen. Wobei ich im Sommer vermutlich ohnehin keine Zeit haben werde, herzukommen, außer es regnet mal einen Tag in Strömen und die Heuernte verschiebt sich.

Und dieser Grabstein, auf den sie die ganze Zeit starrt, während sie da rumsitzt! Was ist das bloß für ein Stein? Er sieht aus wie so ein Teil, mit dem Vermessungsingenieure die Grundstücksgrenzen markieren!

Mutter hat den Grabstein für Vater ausgesucht. Mir ist klar, daß er überladen wirkt, aber ich sehe auch all die Liebe, mit der sie ihn ausgewählt hat. Sie hat sich mehrere Wochen damit beschäftigt und lauter Prospekte besorgt. Jeden Tag hatte sie einen neuen Einfall für die Verzierung, und am Schluß wurde es eben eine Kombination von allem.

Örjan, ob das wohl ihr Vater oder ihr Bruder ist – oder ihr Kerl? Und wenn sie schon Tag für Tag hier rumsitzt und den Stein anstarrt, warum kann sie sich nicht aufraffen, wenigstens eine Blume aufs Grab zu pflanzen?

3

Natürlich kämpfen die Wundränder, um zusammenzuwachsen,
und auch die Uhr will aufgezogen werden
(wie peinlich, auf halb zwei stehen zu bleiben!).
In abgetrennten Gliedern entstehen Phantomschmerzen.

Heute ist etwas völlig Unerwartetes passiert.

Es war ein klarer, kalter Herbsttag, und ich machte in der Mittagspause meinen üblichen Spaziergang zum Grab. Der Waldbesitzer saß wieder auf seiner Bank und warf mir einen düsteren Blick zu, als würde ich auf seinem Friedhof Hausfriedensbruch begehen. Seine Fäuste waren voller Erde, vermutlich hatte er seine Gärtnertätigkeit für heute abgeschlossen. Warum hat er wohl nur drei Finger?

Ich setzte mich auf die Bank und begann darüber nachzudenken, was für Kinder Örjan und ich wohl bekommen hätten. Örjan hätte Vaterschaftsurlaub genommen und alles über Stoffwindeln und praktische Tragegurte gewußt. Und er wäre zum Babyschwimmen gegangen.

Wir waren fünf Jahre verheiratet, und in dieser Zeit stritten wir uns fast nie. Ab und zu waren wir mal ein bißchen kurz angebunden, hier und da ein unfreundliches Wort oder eine scharfe Formulierung, immer von meiner Seite, aber es eskalierte nie.

Das war nicht mein Verdienst. Örjan stritt sich nie mit irgend jemandem. Freundlich erklärte er immer und immer wieder seinen Standpunkt, bis man vor Erschöpfung die Segel strich.

Ein paarmal verlor ich wegen seiner ewigen Freundlichkeit die Kontrolle und begann mich wie ein Kind aufzuführen – ich trat gegen die Möbel, stampfte aus dem Zimmer, knallte die Türen. Er tat immer so, als bemerke er es nicht, und ich ließ es auf sich beruhen, denn ich hatte das Gefühl, als würde ich ihm damit auch noch Punkte zuschanzen.

Eines Tages zerknüllte ich die »Dagens nyheter«, einen Teil nach dem anderen, und bombardierte ihn mit den Zeitungskugeln. Wir hatten den halben Samstag auf die Zeitungslektüre verwendet – die Leitartikel mußten diskutiert, die kulturellen Ereignisse registriert werden, auch wenn sie dreihundert Kilometer entfernt stattfanden, man mußte über den Cartoon lachen und ein raffiniertes Abendessen mit sonnengetrockneten Tomaten planen. Mich überkam das Gefühl, als entglitte mir das wirkliche Leben, es brauste nur so vorbei dort draußen vor dem Fenster, während wir drin saßen und »Dagens nyheter« lasen, und ich riß die Zeitung an mich und ging zum Angriff über. Da wurden seine braunen Augen so betrübt, daß ich nur noch die Wahl hatte, ihm entweder eine zu langen oder zu heulen.

Natürlich heulte ich, voller Wut. Denn das Ärgerliche daran war, daß *er* immer seine grünen Gummistiefel anzog und hinaus in die Wirklichkeit ging, noch ehe ich beim Kulturteil der Zeitung angelangt war. »Du hast immer ein Fernglas zwischen dir und der Wirklichkeit«, schniefte ich und fühlte mich noch mißverstandener, da ich mich nicht einmal selbst verstand.

Ein paar Tage später steckte er mir wie im Vorübergehen einen Artikel über das prämenstruelle Syndrom zu und streichelte mir freundlich über die Hand. Ich wollte den Artikel sofort zerknüllen und Örjan damit bewerfen, aber noch ehe ich Anlauf genommen hatte, war er schon unten auf dem Hof, wo er sein Mountainbike aufschloß und verschwand.

Anfangs war ich in ihn verliebt. Ich schrieb Liebesbriefe in Hexametern, über die er lächelte. Ich balancierte auf knackenden Ästen umher, um für ihn Vogelnester zu fotografieren, und stand im eiskaltem Wasser, während sich Blutegel, die er für seine Forschungen brauchte, an meinen Beinen festsaugten.

Es mag daran gelegen haben, daß er gut aussah: warme,

braune Farben, ein großer, gutgebauter Körper, schöne, muskulöse Hände, die ständig beschäftigt waren. Es war ein gutes Gefühl, wenn andere Frauen ihm unauffällig hinterhersahen und sich dann vor Erstaunen beinahe verschluckten, wenn sie meine ausgeblichene Erscheinung an seiner Seite sahen. (Da staunt ihr, was! Diesen Teufelskerl hab ich mir ganz allein geangelt, da könnt ihr noch was lernen, Mädels!)

Alles leere Worte. Keine Ahnung, wie ich ihn »gekriegt« habe. Normalerweise wecke ich bei schönen Männern kein größeres Interesse als ein Tapetenmuster, das irgend jemand von der kommunalen Wohnungsbaugesellschaft ausgewählt hat.

Aber nachdem Örjan mich gesichtet hatte – ich arbeitete an der Auskunft der Bibliothek und war ihm behilflich, englische Fachzeitschriften für Zoologie zu finden –, entschied er sich offenbar zielstrebig dafür, daß ich »seine Frau« war, die er künftig allen anderen vorziehen würde. Ungefähr so, wie er die Outdoorprodukte von Fjällräven bevorzugte.

Am Anfang hatte ich ständig das Gefühl, als wolle er mich prüfen, als sei das Ganze eine großangelegte Untersuchung der Stiftung Warentest. Im Wald. Im Bett. Im Kino und hinterher beim Gespräch im Café. Und nirgendwo tauchten scharfe Ekken und Kanten auf. Wir hakten alle unsere Ansichten ineinander wie zwei Stricknadeln die Maschen und betrachteten zufrieden das Muster, das allmählich entstand.

Also heirateten wir und atmeten erleichtert auf. Reifeprüfung bestanden, Zeit für die nächste Phase.

Wir hatten gerade begonnen, uns vor dem Schaufenster des Kinderwagenladens zuzulächeln, als er einfach starb. Eines Tages wurde er von einem Lkw angefahren, als er früh morgens losradelte, um Auerwild bei der Balz zu beobachten. Eine Kassette mit Vogelstimmen steckte in seinem Walkman – entweder hatte er den Lkw nicht gehört und war auf die Fahrbahn gefahren, oder der Lkw-Fahrer war am Steuer eingeschlafen.

Dieser kleine nüchterne Stein vor mir ist alles, was übriggeblieben ist. Und ich bin wütend auf ihn, weil er mich so zurückgelassen hat, ohne daß wir vorher jemals darüber diskutiert hätten … Jetzt werde ich niemals erfahren, wer er war.

Ich zog mein Notizbuch aus der Tasche. Es ist ein kleines blaues Buch mit festem Einband, auf dessen Vorderseite ein Segelboot auf einem leuchtend blauen Meer abgebildet ist. Und dann schrieb ich:

Natürlich kämpfen die Wundränder, um zusammenzuwachsen, und auch die Uhr will aufgezogen werden …

Ich bilde mir wirklich nicht ein, daß ich in meinem Notizbuch »Dichtung« erschaffe. Ich versuche nur, das Dasein in Bildern einzufangen. Das mache ich beinahe jeden Tag, ungefähr so wie andere Leute To-do-Listen schreiben, um Ordnung in ihren Alltag zu bringen. Niemand braucht sie jemals zu lesen – ich erzähle den Leuten ja auch nicht meine Träume. Jeder hat seine eigene Methode, um das Leben in den Griff zu bekommen.

Der Waldbesitzer sah mich vorsichtig von der Seite an. Glotz du nur, dachte ich, und glaub ruhig, daß ich eine »ordentliche Hausfrau« bin, die gerade ihr Haushaltsbuch führt.

Gerade als ich meinen Füllfederhalter zuschraubte (ich habe mir extra einen Füller besorgt – derartiges muß mit Tinte geschrieben werden), kam eine Mutter mit einem kleinen Mädchen von drei, vier Jahren zu dem Grab, das hinter dem des Waldbesitzers lag. Das Mädchen hatte eine kleine, glitzernde quietschrosa Gießkanne dabei, die ganz neu aussah, und sie trug sie so, als seien es die Kronjuwelen. Die Mutter machte sich mit spitzen Plastikvasen und raschelndem Blumenpapier zu schaffen, und das Mädchen hüpfte um den Grabstein herum und spritzte Wasser aus der Kanne. Plötzlich schlug es die Hand vor den Mund und sah erschrocken aus, und seine Augen waren rund wie Murmeln:

»Oh, Mama! Ich habe auf das Schild gegossen! Jetzt wird Opa aber sauer!«

Ich spürte, wie sich meine Mundwinkel nach oben zogen,

und warf dem Waldbesitzer einen Blick zu. Und im selben Moment sah er mich an.

Er lächelte auch. Und ...

Es gibt keine Worte, um dieses Lächeln zu beschreiben, ohne in der wunderbaren Welt der Schlagertexte zu landen.

Sonne und Walderdbeeren, Vogelgezwitscher und Buchten mit glitzerndem Wasser lagen darin. Und es war mir gewidmet, vertrauensvoll und stolz, als wäre er ein Kind, das ein zerdrücktes Geburtstagsgeschenk überreicht. Meine Mundwinkel blieben an den Ohren hängen. Und zwischen uns verlief ein Lichtbogen, das schwöre ich bis heute – so ein blauer, den mein Physiklehrer mit irgendeinem Gerät erzeugen konnte. Es dauerte drei Stunden oder vielleicht auch nur drei Sekunden.

Dann drehten wir unsere Köpfe geradeaus, beide auf einmal, als hätte jemand an einem Faden gezogen. Die Sonne verschwand hinter Wolken, und ich saß einfach nur da und ließ vor meinem inneren Auge sein Lächeln in Zeitlupe Revue passieren.

Wenn Märta, meine beste oder vielleicht sogar einzige Freundin, mir von einem Lächeln erzählt hätte, das der Waldbesitzer und ich soeben ausgetauscht hatten, dann hätte ich es auf ihre besondere Fähigkeit geschoben, die Realität immer zu etwas Größerem und Schönerem umzudichten.

Darum beneide ich sie. Ich selbst neige eher dazu, die Ursache für das Lächeln eines Säuglings bei geglückten Verdauungsvorgängen zu suchen und eine Sternschnuppe für einen havarierten Fernsehsatelliten zu halten. Vogelgesang ist eigentlich nichts anderes als eine Warnung an die Artgenossen vor Eindringlingen, und Jesus hat vermutlich nie existiert, zumindest nicht dort und damals.

Die sogenannte Liebe ist das Bedürfnis einer Art nach genetischer Variation, sonst würde es ja reichen, wenn sich die Weibchen durch Knospung fortpflanzen würden.

Ich bin mir durchaus darüber im klaren, daß zwischen Mann und Frau starke Kräfte herrschen. Da drinnen in uns schwappt das Ei umher und *will* von einem geeigneten Spermium befruchtet werden. Die ganze Maschinerie setzt sich mit einem Ruck in Gang, sobald eines in Reichweite ist.

Allerdings war ich nicht darauf vorbereitet, daß die äußere Hülle des Spermiums so lächeln würde! Das Ei zuckte in mir, hüpfte und planschte und schlug Purzelbäume und sandte Signale aus: »Hierher! Hierher!«

Am liebsten hätte ich dem Ei »Platz!« zugerufen.

Ich wandte mich vom Waldbesitzer ab und schielte statt dessen aus dem Augenwinkel auf seine Hand. Seine drei Finger spielten die ganze Zeit an einem Volvoschlüsselanhänger herum.

Wo der Ringfinger und der kleine Finger hätten sein sollen, befanden sich nur glatte Knöchel. In seine Haut schienen Erde und vielleicht auch Öl wie eingewachsen, und die Adern auf dem Handrücken schwollen an. Ich wollte an seinen Händen riechen und die leeren Knöchel mit den Lippen liebkosen.

Herrgott, ich mußte hier weg! Passiert so was einer erwachsenen Frau, die eine Zeitlang ohne Mann gelebt hat?

Also erhob ich mich und packte mit kalten Händen meine Tasche und rannte über Steine und niedrige Hecken geradewegs zur Friedhofspforte.

4

Ich bin mit der Buchführung in Verzug. Ich habe das Gefühl, als ob alles den Bach runtergeht, und frage mich, ob das vielleicht der wahre Grund ist, warum ich es nicht fertigbringe, die Rechnungen in Angriff zu nehmen. Der Papierhaufen, der aus Vaters altem Sekretär herausquillt, wirkt explosiv – als würde da drin irgendein verdammter kleiner Zettel von der Vereinsbank vor sich hin ticken, ein Zettel mit der Mitteilung, daß der Dispokredit vollständig ausgeschöpft ist. Zu Bürozeiten traue ich mich kaum noch ans Telefon zu gehen, es könnten ja die von der Bank sein.

Ich konnte mit Geld und dem ganzen übrigen Papierkram noch nie gut umgehen. Mutter konnte das. Sie saß immer drüben am Sekretär und murmelte halblaut vor sich hin, und ab und zu drehte sie sich um, sah mich über den Rand ihrer Brille hinweg an und stellte irgendwelche Fragen, die einigermaßen leicht zu beantworten waren:

»Kommen wir mit dem Saatgut aus? Hast du die Rechnung der Tierärztin bezahlt?«

Um alles andere kümmerte sie sich selbst. Und man mußte ihr nur sagen, wieviel Bargeld man brauchte – sie fragte nie nach, nicht einmal, als ich den Einfall hatte, Annette, mit der ich eine Weile zusammen war, ein breites Goldarmband zu schenken. Annette lag mir ständig in den Ohren, daß sie Panzerketten liebte, das ist fast das einzige, was mir von ihr in Erinnerung geblieben ist.

Gegen Ende sagte Mutter einmal, daß ich den Betrieb künftig der Landwirtschaftlichen Buchstelle überlassen solle. An so was dachte sie, während sie da am Tropf hing. Der Tropf führte dazu, daß sie ständig eine Bettpfanne brauchte, was ihr unendlich peinlich war. Ich sagte immer, ich müsse eben rausgehen und eine rauchen, wenn die Schwester mit der Bettpfanne reinkam. Und ich brachte es nicht übers Herz, ihr zu sagen, daß ich mir die Landwirtschaftliche Buchstelle wohl nicht würde leisten können, die Milchabrechnung schien von Monat zu Monat zu schrumpfen.

Die vor kurzem angestellten jungen Schnösel in der Buchstelle sehen aus wie Börsenmakler. Ich fühle mich in ihrem Büro völlig fehl am Platz.

Mutter war beinahe verärgert über den Krebs, der sie daran hinderte, aufzustehen und etwas Nützliches zu tun. Durch die Chemotherapie erlosch allmählich ihr Lebenslicht, aber wenn ich kam, sah sie aus, als wolle sie sagen: »Wie ärgerlich! Es tut mir wirklich leid, daß es mir so schlecht geht!«

Verdammt, jetzt ist sie schon wieder da, die Beige! Hat sie denn nichts anderes zu tun? Sie sieht aus wie eine alte Jungfer, die noch bei ihren Eltern wohnt. So eine, die stundenweise in der Bank arbeitet und auf die Hochzeit mit dem Zweigstellenleiter wartet. Im Grunde sieht sie verdammt noch mal so aus, als würde sie in der Vereinsbank arbeiten!

Sie setzt sich hin und sieht mich von der Seite an, als sei ich ein ungedeckter Scheck – was zwar ziemlich peinlich ist, sie aber eigentlich nichts angeht. Dann seufzt sie tief und zieht ein Notizbuch aus einer großen, geblümten Tasche. Umständlich schraubt sie den Deckel von ihrem Stift (ein Füller? Ich dachte immer, so was benutzt keiner mehr, seit der Kugelschreiber erfunden wurde) und beginnt zu schreiben, langsam und pedantisch.

Natürlich werde ich furchtbar neugierig. Wer ist diese Frau, die an einem Grab sitzt und sich *Notizen macht*? Führt sie Buch über die Ehemänner, die sie um die Ecke gebracht hat? Plötzlich blickt sie auf, und ich höre ein kurzes, entschlossenes Schnauben: Sie hat gemerkt, daß ich sie beobachte. Um mich an ihrer überheblichen Art zu rächen, stelle ich sie mir mit einer gelockten lilafarbenen Nylonperücke und in Netzstrümpfen vor. Die Brüste, weiß wie Mehl und fest zusammengepreßt, quellen aus einem geschnürten Lackkorsett. Die weißen Augenwimpern dürfen bleiben, und die alberne Zottelmütze mit den Pilzen drauf darf sie aufbehalten.

Was ich vor mir sehe, ist unglaublich albern, und plötzlich geht mir auf, daß ich dasitze und sie anstarre und von einem Ohr zum anderen grinse. Wieder wirft sie mir einen Blick zu – und ehe ich mein Gesicht wieder zurechtgerückt habe, lächelt sie zurück!

Das heißt – ist sie das wirklich?

Die Beige, die eben noch dagesessen und einen alten Feldstein angestarrt und ihre bleichen Lippen verzogen hat – kann die so lächeln?

Wie ein Kind in den Sommerferien oder wenn es sein erstes Fahrrad bekommen hat. Dasselbe glückliche Lächeln wie bei dem kleinen Mädchen mit der rosafarbenen Gießkanne am Grab dort drüben.

Wir lächeln einfach weiter. Wir haben beide das Fernlicht angeschaltet, und keiner von uns gibt nach.

Worum geht es hier überhaupt, verdammt noch mal?

Sollte ich irgendwas tun? Zu ihr sagen: »Sind Sie oft hier? Viel los auf dem Friedhof heute – wie gefällt Ihnen die Kapelle?« oder womöglich näher rücken?

Dann zieht irgend jemand den Stecker raus, und wir starren beide geradeaus nach vorne.

Eine Weile sitzen wir reglos da, als wäre die Bank vermint. Dann beginne ich an den Schlüsseln herumzuspielen, um innerlich nicht zu platzen.

Aus dem Augenwinkel sehe ich, daß sie ihren Blick insgeheim auf meine Hand geheftet hat. Ich habe jahrelang geübt, sie nicht in die Tasche zu stecken, wenn Leute sie anglotzen. Und ich tue es auch jetzt nicht. Three-finger-Benny, that's me, babe. Take it or leave it!

Es wurde »leave it« daraus, ha ha. Sie steht auf und stolpert davon, als wollte ich sie mit meinen armseligen drei Fingern angrabschen. Warum sieht sie nur so wütend aus?

Ich nehme an, daß mal wieder Benny, der Tangokavalier, zugeschlagen hat.

So ist es mir damals ergangen, als ich ständig auf der Suche nach Mädchen war. Ich ging, wohin der Schwanz zeigte, und der zeigte immer auf Frauen, wie eine Wünschelrute, mir blieb nichts anderes übrig, als hinterherzulaufen. Im Sommer in den Volkspark. Im Winter in ein Tanzlokal in irgendeinem Dorf, auch wenn man manchmal ziemlich weit fahren mußte. Große, triste Säle mit Neonröhren, in denen unter der Woche die Sportstunden der Dorfschule und abends die Treffen des Guttemplerordens stattfanden, und am Freitag und Samstag wurde ein bißchen Kreppapier über die Lampen geklebt und irgendeine Band engagiert. Ich fuhr fast nie in die Stadt, um dort in die Disko zu gehen – teils, weil mir klar war, daß ich den Anschluß an die aktuellen Trends verloren hatte (das begriff ich, als die Leute anfingen, die Schirmmützen falsch herum zu tragen), teils aber auch, weil ich es für vergebliche Liebesmüh hielt, ein Stück voneinander *entfernt* herumzuwippen. Ich wollte sie im Arm halten. Ich fand es so herrlich, einem fremden Mädel den Arm um den Rücken zu legen und sie zur Tanzfläche zu schieben, es war so, als würde man ein Los ziehen, jedesmal mit Gewinn. Sie rochen so gut, und ich fand sie alle so wahnsinnig niedlich. Ich verliebte mich in jede und wollte sie nicht loslassen, wenn das Stück vorbei war. Und auf gar keinen Fall wollte ich die Band übertönen und mich mit ihnen unterhalten oder so. Ich wollte sie nur im Arm halten und an ihnen schnuppern und durch den Saal gleiten und die Augen schließen.

Niemals wäre ich auf die Idee gekommen, daß ich mich nicht einfach nur bedienen konnte – in der Abschlußklasse war ich einer von denen gewesen, der von allen möglichen Mädchen angegraben wurde, hier und da stand mein Name sogar auf ihren Schulbänken. Aber seit ich den Hof übernommen habe, sind mir nicht sonderlich viele Frauen über den Weg gelaufen, und woran merkt man selbst, daß die Jahre vergehen? Mir war nicht klar, daß ich allmählich aus dem Rennen war.

Anfangs ging es immer gut. Ich trampelte etwas herum, wie ich es für richtig hielt, und die Mädels sind ja meistens geschickt genug, um ihre Füße rechtzeitig zurückzuziehen. Manchmal waren sie noch viel besser, sie bewegten sich so unwiderstehlich im Rhythmus der Musik, daß wir irgendwie in Eigenrotation gerieten, und das war herrlich. Wenn das Stück vorbei war, begannen sie mich von der Seite anzugucken, und ich stand einfach nur da, sah sie an und lächelte und sagte nie: »Bist du oft hier ... wie findest du die Band ... viel los heute abend ...«, wie es sich gehört. Ich habe nichts gegen Smalltalk, aber es ist irgendwie nicht mein Ding. Einige der Mädels rissen sich nach ein paar Tanzrunden los und gingen wieder an ihren Platz zurück – sie standen immer in einer Traube an derselben Wand. Aber die meisten tanzten weiter.

Einmal öffnete ich den Mund und sagte zu einer: »Was macht dich glücklich?« Irgendwie hatte ich beim Tanzen darüber nachgegrübelt.

»Was macht mich wie?« schrie sie und versuchte, den Lärm zu übertönen.

»Glücklich! Was macht dich ... ach, vergiß es!« Ich schob sie schnell zur Mädchentraube zurück, mit roten Ohren.

Aber das war nicht mein schlimmstes Erlebnis. Einmal tanzte ich fünf Tänze nacheinander mit einem Mädchen, ohne weiter darüber nachzudenken, denn sie roch so gut. Nach dem fünften Stück beugte ich mich vor und schnupperte an ihrem Halsgrübchen, ohne mich vorzusehen.

Sofort machte sie drei Schritte rückwärts. Glaubte sie, ich sei ein Vampir? Vor meinem inneren Auge sah ich, wie meine harmlosen Fluorzähne zu Vampirzähnen mutierten, und konnte mir das Grinsen nicht verkneifen. Da zischelte sie wie ein wütender Schwan, machte auf dem Absatz kehrt und ging davon.

Später stand ich im Foyer zufällig hinter ihr. »Was war das denn für ein Tangokavalier?« fragte ihre Freundin.

»Wahrscheinlich war er besoffen«, sagte sie. »Hat kein Wort gesagt, bloß wie ein Blöder gegrinst!«

Tangokavalier. Das Wort hat einen Beigeschmack von Seidenhemd und zuviel Aftershave. Einer, der zuviel versucht.

Benny, der Tangokavalier. Jagt die Frauen mit seinem Mörderlächeln davon. Deshalb ist vermutlich auch die Beige vor mir geflohen.

Aber … na ja, sie hat doch auch gelächelt?

5

Tag für Tag
Auge in Auge
mit kaputten Spiegeln
und schadenfrohen Politessen

Wenn ich die Aufzeichnungen in meinem blauen Buch von jenem Herbst lese, kommt mir im nachhinein der Gedanke, daß ich vielleicht depressiv war, und zwar im klinischen Sinne.

In der Mittagspause im Aufenthaltsraum war ich beinahe hysterisch albern, und ich genoß es, die anderen lachen zu sehen, bis ihre Wimperntusche verlief. In dem Moment fühlte sich alles plötzlich so normal an, und ich selbst hatte am meisten Spaß von allen.

Und wenn ich mit meinem Einkaufsbeutel nach Hause kam, sorgte ich dafür, daß ich immer genug zu tun hatte. Mit dem eingekauften Gemüse arrangierte ich ein Stilleben auf einer dänischen Keramikplatte, ich goß meine Keimlinge, wählte sorgfältig eine nicht zu dramatische Opernarie aus, die ich dann in voller Lautstärke hörte, zündete in meinem weißen Badezimmer die Kerzen im Kandelaber an und nahm ausgedehnte Bäder, während das Lavendelaroma der Duftlampe den Raum durchzog.

In jenem Herbst las ich Autobiographien und Fantasybücher, die bestenfalls eine betäubende Wirkung hatten – als würde ich in fremde Welten eintauchen. Und wenn die Bücher plötzlich zu Ende waren, lag ich ermattet und zitternd in der Sofaecke, wie nach einem Schiffbruch an Land gespült. Die Biographien und Fantasywelten stellten mir die Frage: Warum lebst du eigentlich, und was machst du aus deinem Leben, das so zerbrechlich ist, so unhandlich und kurz?

Nachts träumte ich mir verschiedene Antworten zurecht. In einem meiner Träume war ich eine Göttin, bewegte mich in einem Gitternetz von Licht und Schatten, und meine Fingerspitzen erzeugten Leben in den unterschiedlichsten Formen: üppige, fleischige Schlingpflanzen und dralle Kinderkörper.

Andere Tage schienen hauptsächlich aus Schneeregen und einer ewigen Warterei auf den Bus zu bestehen. Ich erhöhte die Prämie meiner Rentenversicherung und schrieb mein Testament – wenn Örjan sich seinerzeit dafür entschieden hatte, wollte ich ihm wenigstens darin folgen. An solchen Tagen legte ich Mappen für verschiedene Sorten von Quittungen an, kaufte Schubkästen von IKEA für meinen Kleiderschrank und begann alte Dias zu rahmen – Bilder, die ebenso bedeutungslos schienen wie das raschelnde Laub des Vorjahres.

Ich masturbierte oft. Die Männer in meiner Phantasie waren alle grobschlächtig, hatten schwielige Hände und ein kratziges Kinn. Gesichter hatten sie keine.

Märta war mein Rettungsring, meine Verankerung im Leben. Sie kam ins Badezimmer gestürmt und wedelte mit zwei Kinokarten herum, bis ich mich aufraffte, die Kerzen auspustete und mitging. Hinterher fläzten wir uns zu Hause bei mir auf meine Sofas und redeten über die großen und kleinen Dinge des Alltags, was eine herrliche Mischung ergab – von der neuesten Geschichte über ihren neurotischen Chef bis zu einer boshaften Kritik am Frauenbild des Kirchenvaters Augustinus.

Märta verbreitete einen warmen Duft von Brot, Parfüm und Zigarillos. Phasenweise wohnte sie mit ihrer Großen Leidenschaft namens Robert zusammen, und manchmal, wenn er auf einer seiner geheimnisvollen Geschäftsreisen war, leerten Märta und ich eine Flasche weißen Portwein, und dann übernachtete sie auf meinem Sofa. Den folgenden Morgen verbrachten wir unter friedlich brummelnden Zankereien, mit strähnigem Haar und aufgedunsenen Gesichtern, Märta in Örjans dunklem Bademantel, denn ich hatte nicht übers Herz gebracht, ihn wegzuwerfen. Mehr als einmal bedauerten wir, daß wir nicht lesbisch waren – ich hätte mir vorstellen können, mit jemandem wie ihr zusammenzuleben, und oft fand sie Robert nur schwer erträglich.

Eines Nachts erzählte ich ihr vom Waldbesitzer und von dem unerklärlichen Lächeln. Sie richtete sich im Bettsofa auf, steckte einen Finger in den Mund und hielt ihn in die Luft, als wolle sie die Windrichtung feststellen.

»Da bahnt sich was an!« sagte sie entzückt.

6

Ein einsames Leben, ohne Familie und Kinder, fällt vielleicht besonders ins Gewicht, wenn man Bauer ist, mit einigen Hektar nutzbarem Boden und Wald dazu.

Für wen bewirtschaftet man eigentlich einen Wald, der erst in dreißig Jahren abgeholzt werden kann? Für wen läßt man die Felder brachliegen, damit die Erde keinen Schaden nimmt und auf lange Sicht ausgelaugt ist?

Und wer wird mir bei der Heuernte helfen?

Ich versuchte mich an den Ergebnissen des monatlichen Probemelkens festzuhalten. Stetig bessere Zahlen, höhere Erträge und weniger Bakterien. Ich plante Verbesserungen bei der Düngung, reinigte den Melkstand und schaffte einen neuen Tank an. Ich kaufte einen neuen Traktor mit Zwillingsbereifung – nicht, weil ich ihn unbedingt gebraucht hätte, sondern weil ich das Gefühl haben wollte, daß sich zumindest irgendwas in meinem Leben zum Besseren wendete.

Wie verrückt es auch klingen mag, ich blieb abends immer länger draußen und beschäftigte mich mit verschiedensten Dingen. Ich scheute die kompakte, armselige Stille im Haus. Sie roch ein wenig nach Verfall und Ungemütlichkeit – daher fuhr ich eines Tages mitten in der Woche in die Stadt und kaufte mir ein schwarzes, zigarrenförmiges Monsterradio, das ich in der Küche mitten auf die Arbeitsplatte stellte.

Von da an drehte ich, sobald ich abends reinkam, irgendeinen Werbesender auf volle Lautstärke, bevor ich duschen ging. Die erregten Stimmen, die aus dem Radio schallten, gaben mir das Gefühl, als spiele sich irgendwo das Leben ab und als plätschere wenigstens ein kleines Rinnsal davon in meine alte, abgenutzte Küche. Dennoch konnte ich es nicht übers Herz bringen, das alte, braune Bakelitradio mit dem gelblichen Gewebe wegzuwerfen, das Vater irgendwann in den fünfziger Jahren Mutter zum Hochzeitstag geschenkt hatte – ich ließ es sogar mit abgedrehtem Ton laufen, weil die Katze so gern darauf lag, wenn es sich erhitzte.

Ich wusch alle meine Kleider zusammen, und sie nahmen denselben graublauen Farbton an. Manchmal blätterte ich im zweiten Teil von »Land« und las, wie die Leute ihre Veranda vor dem Haus mit Schnitzereien verzierten und wie sie selber Wurst herstellten. Wen kümmerte es schon, wie es vor der Haustür aussah, das war doch sowieso nur ein Platz, wo man seine Stiefel und leere Bierkästen abstellte! Und Wurst zu kaufen dauerte nur wenige Sekunden, wenn man ohnehin seine wöchentliche Einkaufsrunde im Konsum machte.

Ich hatte vage Pläne, den alten Kühlschrank auszuräumen. Darin befanden sich nämlich Dinge, die vermutlich von selbst hätten davonlaufen können: Mutters Marmeladengläser mit handgeschriebenen Etiketten und einer dicken, flaumigen Schimmelschicht unter dem Deckel. Sie wegzuwerfen wäre dasselbe gewesen, als hätte ich Mutter hinausgeworfen.

Natürlich wäre es durchaus machbar gewesen, abends Kurse zu besuchen und »Leute zu treffen«. Die Regionalgruppe des Bauernverbandes veranstaltete einen Fortbildungskurs mit dem Titel »Lernen Sie Ihren Hof kennen«, der sofort in »Lassen Sie Ihren Hof brennen« umgetauft wurde – die Lösung erschien allen am ertragreichsten. Am Anfang war ich ein paar Male dabei und traf genau dieselben Leute, die ich sonst auch bei »Göte Nilssons Landmaschinen«, bei den Versammlungen und bei der jährlichen Weihnachtsfeier des Bauernverbandes traf.

Mit dem Unterschied, daß sie auf der Weihnachtsfeier ihre Frauen dabeihatten, und ich tanzte mit ihnen und ließ meine Hände mal hierhin, mal dorthin gleiten. Manchmal fing eine von diesen Frauen an, schwer zu atmen und mit dem Unterleib zu rotieren, so daß ich ganz verlegen wurde und zu ihren Männern hinüberschielte. Am späteren Abend, wenn wir Männer um die nächste Ecke verschwunden waren und dort unseren mitgebrachten Schnaps gepichelt hatten, erzählten wir uns Witze über die Bauerstochter und den Handelsreisenden und über die Magd und den Knecht. Manchmal wurden wir sentimental und sagten zueinander, daß wir zwar die Erde verwalteten, aber nur Scheiße dafür kriegten.

Und dann war das Fest vorbei, und diejenigen, die verheiratet waren, tanzten den letzten Tanz miteinander, und wir anderen standen in der Türöffnung und stritten über Faulschlamm oder die EU, und dann gab es immer jemanden, dessen Frau nüchtern geblieben war, weil sie früh am nächsten Morgen aufstehen und zur Arbeit ins Krankenhaus mußte, und die fuhr mich dann nach Hause. Wenn ich nicht zu besoffen war, phantasierte ich mir irgendwas zurecht über eine Frau, mit der ich Engtanz getanzt hatte, und die ganze Zeit hatte ich im Hinterkopf, daß ich um sechs wieder aufstehen mußte, weil ich mir keine Vertretung für den Kuhstall leisten konnte.

Jetzt fahren sie nach Hause, alle miteinander, zu ihrer verdammten Veranda mit Schnitzereien und decken ihre schlafenden Kinder zu, dachte ich, und morgen kocht sie ihm starken Kaffee, damit er besser in Schwung kommt, und dann setzt sie einen Brotteig an und macht Wurst. Wofür lebe ich eigentlich, verdammt noch mal?

Ich schäme mich nicht mal dafür, daß ich an so eine Vermittlung geschrieben habe, die einem eine Philippinerin zur Ansicht schickt. Aber als ich den Prospekt bekam, eine schlechte Kopie mit schmuddeligen Schwarzweißfotos, drehte sich mir der Magen um. Plötzlich frage ich mich, was die Beige vom Friedhof wohl gedacht hätte, wenn sie mich in diesem Prospekt hätte blättern sehen. Ich glaube, ich bin in meinem Leben noch nie so tief gesunken.

7

Parkuhren
Haltbarkeitsdaten
letzter Zahltag
Metastasen des Gesellschaftskörpers

Eine Weile lang widerstrebte es mir, zu Örjans Grab zu gehen. Es wird allmählich kälter, sagte ich mir, da kann man doch nicht auf der Bank herumsitzen und sich eine Eierstockentzündung holen. Das Risiko gehen wir ein, sagten die Eierstöcke, wir wollen diesen Waldbesitzer etwas genauer in Augenschein nehmen.

Eines Tages stand ich mitten in einer Besprechung über das Jahresbudget der Bibliothek einfach auf und trabte zum Friedhof.

Der Waldbesitzer war natürlich nicht dort. Übrigens war ich mir gar nicht sicher, ob ich ihn überhaupt wiedererkannt hätte, wenn er andere Kleidung getragen und ernst dreingeblickt hätte.

Das Lächeln dagegen hätte ich wiedererkannt. Überall auf der Welt.

Örjan tat mir so leid, mein brauner, schöner, wohlmeinender Örjan. Jemanden zu haben, der am Grab von einem sitzt und an völlig andere Dinge denkt! Obwohl ... wenn ich unter der Erde gelegen und Örjan dort auf der Bank gesessen hätte, dann hätte er vermutlich sein Vogelfernglas dabeigehabt.

Meine Verliebtheit war schon vorbei, als wir heirateten. Sie verschwand wie eine Urlaubsbräune – wer merkt schon, wann sie weg ist? Aber im Gegensatz zur Sonnenbräune kehrte sie nie wieder. Und es gab Phasen vor meiner Hochzeit, in denen ich händeringend dasaß und etwas hinter den Bergen ahnte, was ich nie zu sehen bekommen würde, zumindest nicht zusammen mit Örjan.

In dieser Phase beanspruchte ich Märta stark. Eimerweise Tee bis morgens um halb vier.

»Man kann doch nicht in alle Ewigkeit verliebt sein, oder? Verliebtheit wird nach und nach durch Liebe ersetzt, etwas Dauerhafteres, worauf man bauen kann, nicht wahr? Eine Liebe, die aus einer warmen Freundschaft besteht, Sex inklusive?« lamentierte ich. Ein Wunder, daß sie davon nicht total angekotzt war. Bei ihr lagen die Therapiebücher über Liebe auf dem Klo, und man konnte sich bei Bedarf Seiten herausreißen.

»Es ist ganz schön anstrengend, sich selbst zu überzeugen, oder?« meinte sie nur ungerührt und starrte mich über ihre ewigen Zigarillos hinweg an. Märtas Prinzip lautete: Hör auf dein Herz.

»Örjan hat alles«, sagte ich starrköpfig.

»Nach den Richtlinien des Verbraucherschutzes?« schnaubte Märta. »Best in test, ausgewählt unter den Männern der Altersgruppe 25–35? Aber gibt es ihn überhaupt, oder ist er nur ein Prototyp? Hast du nachgesehen, ob er vielleicht batteriebetrieben ist? Du weißt, wenn du ein schwach surrendes Geräusch aus seinem Ohr vernimmst ...«

Wenig später verkaufte Robert ihr Auto und türmte mit dem Geld nach Madagaskar, allein. Märtas Gesicht ging für eine Weile aus den Fugen, aber sie eroberte es sich wieder zurück, indem sie ihn haßte, ein paar Tränen vergoß, wie eine Verrückte arbeitete und ihn abends vorm Zubettgehen noch ein bißchen haßte. Und als er drei Wochen später nach Hause kam, braungebrannt und gutaussehend, empfing sie ihn mit offenen Armen.

Damit war meine Entscheidung gefallen. Wenn es das war, was sich hinter den Bergen verbarg, dann hatte es sich für mich erledigt.

Also stellte ich mich der Aufgabe, »glücklich verheiratet« zu sein. Binnen einem halben Jahr hatten wir eine Ehe, die ebenso bequem war wie ein Paar gut eingelaufene Pantoffeln. Solidarisch teilten wir unsere Ausgaben und die Hausarbeit, veranstalteten Partys mit unseren Kollegen und kauften Demestica und den echten *bulgarischen* Fetakäse, erstanden Schnäppchen auf der Antiquitätenauktion und strichen sie neu, und wir schnitten uns gegenseitig interessante Zeitungsartikel aus.

Unser Leben im Doppelbett gestaltete sich ein wenig problematisch, und das pflegten wir auf meine in bezug auf Sinnlichkeit eher dürftige Kindheit zu schieben. Örjan mühte sich mit Vorspielen ab, die immer mindestens eine halbe Stunde dauerten, und ich war trocken wie Sandpapier, daß es nur so knirschte.

Natürlich kannte ich Örjan nie so richtig.

Es war keineswegs so, daß er irgendwas geheimgehalten hätte – auf Nachfrage teilte er bereitwillig alles mit, was ich wissen wollte, von politischen Vorlieben bis hin zum Geburtsnamen seiner Mutter. Aber …

»Die Personen auf dem Foto stehen in keinerlei Zusammenhang mit dem Inhalt des Artikels«, heißt es manchmal in Zeitungen. Diese Formulierung brachte Örjans Persönlichkeit auf den Punkt, auf irgendeine dunkle Art und Weise. Also hörte ich auf zu fragen.

Er fragte auch nicht viel, und wenn er es tat, dann war auf seiner Stirn »ich zeige Interesse« zu lesen. Also hörte ich auf zu antworten. Das schien ihn nicht weiter zu stören.

Die größte Zusammengehörigkeit spürten wir, wenn wir über Freunde und Bekannte diskutierten, die sich nach stürmischen Sitzungen in der Familientherapie scheiden ließen. Wir liebten es, ihre Fehler von allen Seiten zu beleuchten, und es kam vor, daß wir anschließend in unsere Designerbetten stiegen und ich weniger knirschte als sonst.

Aber niemals, kein einziges Mal schlug ein Ei in meinem Inneren Purzelbäume – trotz Örjans Bemühungen um meine erogenen Zonen.

Ich fror mir auf der Friedhofsbank beinahe den Hintern ab

und ging wieder. Heute kein Waldbesitzer, haha! Auch die beiden folgenden Male war er nicht am Grab.

Beim dritten Mal begegnete ich ihm auf dem Rückweg an der Friedhofspforte. Er hatte Tannenzweige, einen kleinen Kranz mit weißen Callablüten aus Plastik und ein Grablicht dabei. Richtig, es war ja Allerheiligen! Er nickte mir streng zu wie ein alter Volksschullehrer, als wollte er sagen: Na? Ist *Ihr* Grablicht schon am rechten Platz, junge Dame?

Ich dachte an Märta und ihre Große Leidenschaft. Hatte es so begonnen? Damit, daß man hinging, wo man eigentlich gar nicht hinwollte, daß Füße und Eierstöcke ein Eigenleben zu führen begannen?

Ein Kranz aus Plastikblumen! Örjan hätte seinen Spaß gehabt – denn lachen, das konnte Örjan wirklich.

In der folgenden Woche ging ich nicht zum Friedhof. Meine Füße und Eierstöcke mußten erzogen werden, alles andere war lächerlich.

Olof, Bibliotheksleiter und frisch geschieden, fragte mich, ob ich Lust hätte, mit ihm nach der Arbeit einen Happen essen zu gehen. Wir gingen in einen Pub, der vor kurzem eröffnet hatte und mit viel Sorgfalt in einem Stil eingerichtet war, den es seit den dreißiger Jahren in keinem echten britischen Pub gegeben hatte. Olof hat jungenhafte, grau melierte Ponysträhnen, die ihm in die Stirn fallen, wenn er sich ereifert, und lange, weiße Hände, mit denen er sehr elegant gestikuliert. Ich glaube, damit hat er angefangen, als er in seiner Jugend an der Sorbonne studierte.

Wir aßen Lammspieß, ich trank Wein und Olof trübes belgisches Bier, über das er sich lange ausließ, während sein Haar ihm ins Gesicht fiel. Dann diskutierten wir Lacan und Kristeva und gregorianische Chormusik, und dann gingen wir zu mir nach Hause und liebten uns. Es war ganz in Ordnung, ich war ja so lange ohne Mann gewesen.

Aber auch jetzt zuckte es nicht in den Eierstöcken.

Als wir aufgestanden waren, geduscht und die Pernodflasche

geleert hatten, zeigte er mir Fotos von seinen beiden Kindern und erzählte detailliert von der kieferorthopädischen Behandlung seiner Tochter. Dann weinte er. Ich glaube, wir waren beide erleichtert, als er ging.

Danach dachte ich mehrere Tage lang nicht mehr an den Waldbesitzer. So macht man es vermutlich, wenn man seine Eierstöcke erziehen will. Man nehme sich dann und wann zur Schlafenszeit einen Liebhaber, um das System in Gang zu halten. Das Interesse am Waldbesitzer war nur das Symptom einer Mangelerscheinung gewesen, ungefähr so wie brüchige Nägel ein Anzeichen für Vitamin-B-Mangel sind. Ein paar Hefetabletten, und schon ist alles wieder in bester Ordnung.

8

Ich bin der Trottel, der Reichstrottel von Schweden. Ich werde im Freilichtmuseum Skansen enden, ausgestopft. Das spüre ich jedesmal, wenn ich in die Stadt fahre, und auch sonst ziemlich oft, wenn ich fernsehe zum Beispiel. Ich gehöre eben nicht so recht ins dritte Jahrtausend. Das gilt nicht nur für meine Ansichten, sondern auch für mein äußeres Erscheinungsbild.

Ich bin vom Land und trage eine etwas übereilt getroffene Auswahl von Kleidung aus dem Bestellkatalog der Firma Halén. Mit sechsunddreißig Jahren ist man in unserem Dorf der ewige Junggeselle. Inzwischen werfen mir Frauen nur noch selten Blicke zu. Es ist bergab gegangen, seit ich der beste Speerwerfer der Schule war ... vor zwanzig Jahren! Herrgott, wo sind die Jahre nur geblieben, ein Viertel meines Lebens ist vorbeigegangen, ohne daß ich es geschafft hätte, die Nase aus dem Stallbuch zu heben.

Aber nicht nur die Kleider machen mich zum Trottel, es gibt in diesem Land genug Leute, die aussehen wie ich, ohne auch nur im entferntesten unzufrieden zu sein. Es liegt wohl eher daran, daß ich immer öfter Dinge tue, die mich als minderbegabt dastehen lassen, gelinde gesagt. Ich habe keine Umgangsformen. Bin wohl zu lange auf dem Hof herumgelaufen und habe niemand zum Reden gehabt außer den Kühen.

Wie vorgestern zum Beispiel. Es war Allerheiligen. Seit Vater tot ist, sind Mutter und ich jedes Jahr zu Allerheiligen auf den Friedhof gegangen und haben ein Grablicht angezündet. Mutter kaufte immer einen Kranz aus Tannenzapfen oder weißen Plastikblumen, die lange halten sollten, denn wir hatten ja nicht Zeit, so oft zum Friedhof zu fahren. Jetzt lag sie selber unter der Erde und sollte auch so einen Kranz bekommen.

An der Friedhofspforte traf ich die Beige. Mir kam es plötzlich so vor, als befürchte sie, daß der Tangokavalier wieder sein Wahnsinnslächeln abfeuern werde, und ich legte daher die Stirn in tiefe Falten, nickte und schritt vorüber.

Und dann.

Es war so, als hätte mir jemand eine gelangt, mitten zwischen die Augen.

Ich war enttäuscht, weil sie ging! Mehrere Wochen lang hatte ich mir gesagt, wie angenehm es doch sei, allein auf der Bank zu sitzen und zu meditieren. Aber jetzt wollte ich sie neben mir haben. Ich wollte wissen, wo sie hinging, wenn sie den Friedhof verließ.

Ich machte kehrt und begann ihr in einiger Entfernung zu folgen. Die Leute zuckten zusammen, als sie mich herumschleichen sahen, mit einem Kranz und einem Grablicht in der Hand, vor allem, weil ich ab und zu hinter einem geparkten Auto in Deckung ging, wenn ich fürchtete, sie könne sich gleich umdrehen.

Das tat sie nicht. Sie durchquerte rasch die halbe Stadt und ging geradewegs in die Bibliothek.

Das hätte ich mir denken können. Sie sah aus wie eine, die ununterbrochen und freiwillig Bücher liest. Dicke, eng bedruckte, ohne Abbildungen.

Unentschlossen blieb ich vor dem Eingang stehen. Sogar der Reichstrottel begriff, daß man nicht mit einem Kranz und einem Grablicht in der Hand in eine Bibliothek platzt. Ich sah vor mir, wie ich den Kranz auf der Hutablage plazierte, das Grablicht auf den Ausleihtresen stellte und mich an der Auskunft erkundigte, ob jemand ein beiges Mädchen gesehen habe.

Vielleicht würde sie bald wieder herauskommen, mit einer bis zum Rand gefüllten Tasche, ihrer Tagesration? Aber wie lange sollte ich warten? Schon jetzt starrten mich die Leute merkwürdig an. Der Reichstrottel konterte mit seinem strahlendsten Tangokavalierlächeln und wedelte höflich mit dem Grablicht. Schaut mal, ich bin ganz harmlos! Bin bloß auf Freigang!

Plötzlich machte ich auf dem Absatz kehrt und begann durch die Stadt zu laufen, zurück zum Friedhof.

Was nicht dazu führte, daß die Leute weniger geglotzt hätten.

Wo will der bloß so eilig hin mit seinem Kranz, was ist los, was ist passiert, und wo ist eigentlich die Leiche?

Wie blöd die Menschen doch sein können!

9

Ich träume von einem Duft nach Apfelblüten –
du schwankst unter dem Gewicht schwerer Körbe.
Wer von uns weiß etwas über Äpfel?

»Bei dir ist das ja alles kein Problem«, sagte Lilian vielsagend. Sie ist die Kollegin in der Bibliothek, der ich am liebsten aus dem Weg gehe, wenn sie angekeucht kommt – mit wichtig klappernden Absätzen und den Händen voller unwichtiger Dinge, die sie mit geschäftiger Miene hin und her trägt. Sie ist immer erschöpft, arbeitet wenig effektiv und sieht schon zu, daß niemand sich insgeheim bei seiner Arbeit wohlfühlt.

»Klar«, seufzte sie dann und drehte ihr Kenzo-Tuch zu einem Tau. »Ich meine, du hast ja abends genug Zeit. Du kannst dich voll und ganz deiner Arbeit widmen.«

Sie sagte das mit einem aggressiven Unterton, als würde ich irgendwie mogeln. Erwachsen und ohne Familie, eine Streikbrecherin im Frauenleben.

Blöde Kuh! Insbesondere, weil sie sonst gern den Kopf schief legte und mich bat, ob ich (»wo du doch keine Familie hast«) nicht ihre Abend- und Sonntagsschichten übernehmen könne.

Ich war gerade zur Leiterin der Kinderbuchabteilung befördert worden. Das mag vor allem daran gelegen haben, daß ich im Lauf der letzten Jahre eine Menge Veranstaltungen auf die Beine gestellt hatte: Märchenstunden, Theateraufführungen, Kinderbuchfestivals und eine Ausstellung mit Kinderzeichnungen. Frau Lundmark, die bis dahin für die Kinderbuchabteilung verantwortlich gewesen war, sollte bald pensioniert werden und wollte auf Teilzeit gehen. Sie betrachtete noch immer das Lesebuch der Volksschule als Norm für gute Kinderliteratur, aber hatte wohl schon seit langem das

Interesse verloren. Oft sahen wir sie nicht einmal, sie hielt sich unten im Magazin auf. Es war ihr nur recht, wenn ich ihre langweilige alte Abteilung aufpeppte, und sie ließ mir freie Hand, obwohl es eigentlich nicht zu meinem Arbeitsbereich gehörte. Eigentlich tat ich es, weil ich insgeheim so fasziniert von Kindern bin.

Insgeheim! Denn das darf man ja nicht zeigen, wenn man eine kinderlose Witwe von fast fünfunddreißig ist! Hätte ich auch nur ein Kind auf den Schoß genommen, hätte ich beim gesamten weiblichen Teil meines Bekanntenkreises – außer bei Märta – wollüstiges Mitleid erregt, und das gönnte ich ihnen nicht. Und sie hätten sich gesagt, daß sie immerhin nicht kinderlos seien, auch wenn sie zur Familientherapie gingen und/oder geschieden waren und nur halbtags arbeiten konnten und arm wie Kirchenmäuse waren. Sie klagten darüber, daß die Kinder sie nachts wach hielten und sich mit ihren Geschwistern prügelten, daß sie beim Autofahren spucken mußten und sich weigerten, ihre Hausaufgaben zu machen, und sie beschwerten sich über die Preise von Milch und Fußballschuhen und Reitstunden. Dann mußten sie früher gehen, weil Pelle Fieber hatte und Fia zum Zahnarzt mußte. Oder sie waren »Eltern, die in der Stadt unterwegs waren«, wenn sie nicht gerade zu Elternabenden oder Suzukikursen hetzten. »Für dich ist es ja kein Problem, Überstunden zu machen«, sagten sie oft. »Du hast es gut.«

Deshalb machte ich es mir zur Gewohnheit, abends manchmal zurück zur Arbeit zu gehen und heimlich Überstunden zu machen. Denn ich hatte solche Freude an all diesen lustigen Kinderzeichnungen, und ich organisierte Märchenstunden, nur um den Kindern heimlich zuzusehen, wenn sie lauschten. Mit großen Augen, den Mund halb geöffnet, den Körper zum Märchen gedreht wie eine Blume zur Sonne.

Ich war eine Art Kindervoyeurin.

Peinlich, wir Kinderlosen dürfen kein Interesse an Kindern zeigen, das scheint die »richtigen« Eltern zu provozieren.

»Wenn du wüßtest«, seufzen sie. »Manchmal will man sie einfach an die Wand klatschen.«

Vermutlich meinen sie es gut mit mir.

Klar, ich weiß: Die biologische Uhr tickt immer lauter. Märta hat auch keine Kinder, weil ihre Große Leidenschaft sich auf gar keinen Fall noch mehr davon aufhalsen will. Er arbeitet hart daran, sich vor dem Unterhalt für die drei zu drücken, die er schon hat, mit verschiedenen Müttern. Sie hat einmal mit einem schiefen Lächeln gesagt, daß Eltern wirklich keine Kinder haben dürften, denn sie wüßten sie nicht zu schätzen.

Im Gegensatz zu uns. Aber wir mußten schließlich auch nie Erbrochenes von den Autositzen wischen.

»Tja, ich hätte ja nie eine Stelle als Abteilungsleiterin annehmen können«, sagte Lilian. »Denn das würde vermutlich heißen, wöchentlich eine Katastrophe zu Hause, mindestens, bis der Jüngste zum Wehrdienst muß. Und ein bißchen mehr Lohn bekommst du ja auch. Vielleicht erreichst du ja endlich das Einstiegsgehalt eines Parkwächters. Und kannst deinen Studienkredit abbezahlen, bevor du tot bist! Ich kann es mir ja nicht mal leisten, zu den Weight Watchers zu gehen – aber das macht nichts, denn ich kann mir ja auch nicht leisten, Essen zu kaufen, haha! Wahrscheinlich hat Olof dich empfohlen, das könnte ich mir gut vorstellen ...«

Es gelang ihr, mir in ein und demselben Atemzug die Schuld daran zu geben, daß ihre Kinder hungerten, und anzudeuten, daß ich mich eigentlich hochgeschlafen habe, um meinen Job zu bekommen. Super, Lilian! Für dich gibt es künftig keine freien Sonntage mehr!

Biologische Uhren. Ich stelle sie mir wie große Wecker vor, mit einem kleinen Hämmerchen, das hysterisch zwischen zwei runden Glöckchen hin- und herschlägt, bis man voller Panik aufwacht und sich nur noch fortpflanzen will. Ich frage mich, ob die biologische Uhr womöglich auch eine Snooze-Funktion hat, damit man wieder einschlafen und sich später noch einmal wecken lassen kann. Wenn dem so ist, dann besten Dank!

Denn was hat die biologische Uhr bloß aus mir gemacht? Perverse Reaktionen auf einen Waldbesitzer! Dabei habe ich keine Ahnung, ob er nicht schon eine ganze Riege Kinder hat, alle mit genau den gleichen Waldbesitzermützen. Ich stelle mir vor, wie sie in einer Reihe hinter ihm herlaufen, mit kleinen Spaten in der Hand.

Morgen werde ich fünfunddreißig. Frühstück im Bett gibt es nicht, das ist schon mal klar. Denn Märta ist mit der Großen Leidenschaft in Kopenhagen, und Papa hat sich noch nie einen Geburtstag merken können, das war immer Mamas Aufgabe. Und Mama – tja, sie erinnert sich nach wie vor an Geburtstage, immer muß sie aufstehen und irgend jemandes Geburtstag feiern, manchmal sogar mitten in der Nacht, das sagen zumindest die Angestellten auf ihrer Station. Aber die Geburtstage haben nie etwas mit dem tatsächlichen Kalender zu tun.

Bei der Arbeit erwarten sie bloß, daß ich alle zu Marzipantorte einlade, sonst bekomme ich vermutlich nicht den verdammten Keramikblumentopf aus dem Kunsthandwerkladen, für den sie bestimmt zusammengelegt haben.

Örjan hat mir immer etwas zum Geburtstag geschenkt, geschmackvolle und praktische und unpersönliche Dinge. Einen Designertoaster, einen Fahrradhelm und einmal lange norwegische Wollunterhosen. Aber er hat mir nie das Frühstück ans Bett gebracht, er ist davon ausgegangen, daß wir beide Angst um unsere teuren Daunendecken hatten.

10

Die Herbstbestellung ist fertig, und dieses Jahr habe ich nicht unbedingt vor, im Wald zu arbeiten, ich werde höchstens ein bißchen entästen. Eigentlich müßte ich jetzt anfangen, die Fahrzeuge und Geräte zu reparieren, die Mistplatte neu zu gießen und die Maschinenhalle zu streichen.

Und ich tue es nicht.

Die Tage vergehen, und manchmal komme ich aus dem Kuhstall, lege mich auf die Küchenbank und starre an die Decke. Denn wenn ich aus dem Fenster starre, sehe ich bloß, was ich alles nicht getan habe. Ab und zu lese ich »Land«, beide Teile, akribisch arbeite ich mich durch alle Kleinanzeigen im zweiten Teil und alle Todesannoncen in der Lokalzeitung. Es hat keinen Sinn, mit irgendwas anzufangen, denn bald ist wieder Melkzeit.

Vor fünf Jahren waren wir noch zwei Bauern hier im Dorf. Bengt-Göran hatte ebenfalls den Hof von seinem Vater übernommen, und wir saßen abends beim Bier und planten, die Kühe auf einer gemeinsamen Weide grasen zu lassen und einen gemeinsamen Melkstall zu bauen. Aber Bengt-Görans Schwager, der in der Finanzabteilung der Gemeindeverwaltung arbeitet, hat ausgerechnet, daß es das reinste Verlustgeschäft wäre. Dann begegnete Bengt-Göran Violet, und Violet fuhr gerne auf Charterreisen. Bengt-Göran bekam Eifersuchtsvisionen von Strandcasanovas mit einer Matte von schwarzem Brusthaar und Kettchen mit Goldkreuz um den Hals, und ehe man sich's versah, hatte er seine Milchkühe verkauft und begleitete Violet auf ihren Reisen. Er ging zur Haltung von Fleischrindern über, die irgendein Ökofreak aus der Stadt versorgte, wenn er verreist war, und im Winter verdiente er sich etwas dazu, indem er den Schneeräumdienst übernahm. Ich sehe ihn nur noch selten.

Letzten Herbst, bevor ich wußte, daß Mutter krank war,

schnappte ich mir jeden Abend das Auto und fuhr durch die Gegend, um Leute zu besuchen. Das heißt diejenigen, die im Dorf wohnen geblieben waren. Die älteren luden mich zum Kaffee ein und erzählten von ihren Krankheiten, die jüngeren mußten immer gerade die Kinder ins Bett bringen oder die Küchenschränke streichen. Aber jedesmal, wenn eine Cousine oder eine Freundin ihrer Frau zu Besuch war, luden sie mich für Freitag abend ein, und dann aßen wir Elchbraten und tranken ein paar Schnäpse, und manchmal tanzten wir. Früher oder später war ich mit der Frau allein, und wenn ich genug getrunken hatte, legten wir uns irgendwohin und taten es, aber mehr wurde nie daraus. Diesen Herbst bin ich kein einziges Mal mit dem Auto losgefahren, um jemanden zu besuchen, aber ab und zu kommen Leute bei mir vorbei. »Ich bin ein guter Nachbar« steht in Leuchtschrift auf ihrer Stirn. Vielleicht bilde ich es mir aber auch nur ein.

Als ich neulich in die Stadt fuhr, um Bankgeschäfte zu erledigen, habe ich die Beige gesehen. Sie war auf dem Weg in die Bibliothek, und sie hatte keine Bücher dabei, soweit ich sehen konnte. Mir kam der Gedanke, daß sie vielleicht dort arbeitete. Und dann ... als ich mit meinen Bankgeschäften fertig war und auf die Straße hinauskam, sah ich plötzlich meine Stiefel, die geradewegs durch die Glastüren der Bibliothek stapften, und ich steckte in ihnen! Es war ziemlich merkwürdig.

Im überdachten Innenhof wurde ich nervös und schnupperte ängstlich am Kragen meiner Jacke, um festzustellen, ob ich nach Kuhstall roch.

Da entdeckte ich sie. Sie stand vornübergebeugt und unterhielt sich mit einem kleinen Kind und zeigte auf etwas in einem Buch. Sie lachten.

Ich stiefelte hin und klopfte ihr auf die Schulter. Sie erhob sich mit einer irritierten Falte auf der Stirn. Als sie mich sah, schien sie verwirrt und ein wenig ängstlich. Und ich war nicht minder verwirrt.

»Ja ... hallo ... habt ihr ... habt ihr zufällig irgendwelche Bücher über Bienenzucht?« brachte ich hervor und bemühte mich, mein Mörderlächeln zu unterdrücken.

»Ich denke schon, hallo selbst übrigens«, sagte sie kurzangebunden. »Du kannst bei der Auskunft fragen. Ich habe jetzt Mittagspause.«

Der Reichstrottel setzte zum alles entscheidenden Sprung an.

»Du hast nicht zufällig Lust ... zum ... mit zum Friedhof zu kommen?«

Sie sah mich lange an.

»Das fragst du vermutlich alle Frauen«, sagte sie, und dann lachte sie wie ein Kind in den Sommerferien.

Von diesem Moment an habe ich Gedächtnislücken, aber ich weiß, daß mir nichts mehr kompliziert oder fremd vorkam.

Sie holte ihren Mantel, und wir gingen. Mir gefiel sogar ihre Filzmütze. Mit den Pilzen drauf und überhaupt.

Wir gingen in irgendein Restaurant, und ich habe keine Ahnung, was wir aßen oder was wir sagten. Doch, eine Sache weiß ich noch. Als ich für uns beide bezahlen wollte, sagte sie: »Vielen Dank. Ich werde heute nämlich fünfunddreißig. Und das ist mein Geburtstagsgeschenk.«

Da wurden mir zwei Dinge auf einmal klar.

Sie rechnete mit keinen weiteren Geschenken.

Und ich hatte mich in sie verliebt.

Es machte nicht gerade klick. Es fühlte sich mehr so an wie damals, als ich mich aus Versehen gegen den Elektrozaun lehnte.

11

Der Kalender ist voll
von herrenlosen Namenstagen
und zugesicherten Vollmonden.
Man muß nur zugreifen.

Ich stand in der Bibliothek und unterhielt mich mit einem wütenden kleinen Mädchen, das fand, Schneewittchen sei ganz schön blöd. »Daß sie nicht mal ihre eigene Stiefmutter erkannt hat, als sie mit dem Apfel ankam! Wie doof!« sagte sie. Wir lachten.

Da klopfte mir jemand auf die Schulter. Es fühlte sich an wie der lange Arm des Gesetzes, aber es war der Waldbesitzer. Er trug seine übliche quietschbunte Daunenjacke, aber er hatte seine Mütze abgenommen, und über seiner Stirn lagen Haarsträhnen in einer staubig gelben Farbe. Er sah böse aus und spuckte in einem fordernden Tonfall irgendeine unbegreifliche Beschwerde aus. Ich hatte die fixe Idee, er wolle sich darüber auslassen, daß ich das Grab vernachlässige, und es dauerte eine Weile, bis ich begriffen hatte, daß er ein Buch suchte.

»Frag doch bei der Auskunft, ich habe jetzt Mittagspause!« schnauzte ich ihn an.

Es zuckte unkontrolliert in seinem Gesicht. Dann fragte er, ob ich Lust hätte, mit zum Friedhof zu kommen.

Das Kind betrachtete ihn interessiert.

Und plötzlich war mir klar, daß ich irgendwas in die falsche Kehle bekommen haben mußte, und daß es da noch eine Menge gab, was ich nicht begriffen hatte.

Also gingen wir los und aßen zu Mittag. Er verschlang unglaubliche Mengen von Gulasch, roter Bete, Brot und Milch, und beim Trinken schlürfte er ein bißchen, aber ich saß einfach nur da und sonnte mich in der Wärme seines Lächelns. Ohne Mütze und mit einem Gesicht, das lebendig vor Aufmerksamkeit war, sah er weder trist noch mittelalt aus, nur sehr wirklich. Und das Haar war richtig wuschelig, wie bei einem Troll.

Unsere Unterhaltung war fröhlich und chaotisch, und wir verloren nicht ein Wort über Kristeva und Lacan – soweit ich mich erinnere, ging es um Grundstücke, die einzelnen Arbeitsgänge beim Gießen von Zement, um Goldammern, den Petersdom und um Fußnägel. Er begriff so schnell, daß ich das Gefühl von Gedankenübertragung hatte.

Ich erzählte, daß heute mein Geburtstag sei, und irgendwie wurde ihm klar, daß man mich nicht gerade mit Geschenken überhäuft hatte.

»Jetzt kommst du mit!« sagte er, setzte die Mütze auf und half mir mit entschlossenen Griffen in den Mantel. Dann zerrte er mich im Laufschritt zu Domus und begann Geburtstagsgeschenke zu kaufen. Er fragte nicht, was ich mir wünschte, sondern forderte mich nur auf, die Augen zu schließen, wenn er sich für etwas entschieden hatte. Wir gingen durch alle drei Stockwerke und setzten uns dann ins Warenhauscafé und bestellten Kuchen.

Er breitete all die sorgfältig eingepackten Geschenke auf dem Tisch aus und blickte mich erwartungsvoll an. Ich fiel mit einem Eifer darüber her, der kein bißchen gespielt war, riß sie eines nach dem anderen auf und sagte voller Begeisterung »Oooh!«, »Wie schön!« und »Das wäre doch nicht nötig gewesen!«

Im Erdgeschoß hatte er ein Paar Mickymaus-Ohrringe, eine Seife in der Form eines Schmetterlings und eine lila Strumpfhose gekauft. Im nächsten Stockwerk einen glänzenden roten Ball, ein Poster mit einem Sonnenuntergang am Meer und der schwarzen Silhouette eines Liebespaars, das Hand in Hand in einer riesigen Muschel stand, und eine Mütze, die genauso schrecklich war wie seine eigene, nur ohne die Aufschrift »Wir Waldbesitzer«.

Im letzten Päckchen lag eine Mundharmonika.

»Kannst du Mundharmonika spielen?« fragte er.

Ich schüttelte den Kopf.

»Gut! Ich auch nicht! Ich wußte doch, daß wir was gemeinsam haben!« lächelte er.

Gerade als er mit der Kuchengabel über das dritte Stück herfallen wollte, erstarrte er am ganzen Körper. Sein Blick war auf die Uhr gefallen.

»Ich muß los!« rief er. »Ich hätte schon längst zu Hause sein müssen!«

Und dann erhob er sich, daß Papier und Geschenke in alle Richtungen fielen, und lief mit langen Schritten auf die Rolltreppe zu. Gerade als er sie betreten hatte, drehte er sich um.

»Wie heißt du?« brüllte er.

Ich fühlte mich ziemlich blöd, als ich »Desiréeee!« zurückschrie. Rundum drohten den Kunden ihre Augen aus dem Kopf und in die Einkaufswagen zu fallen.

»Waaas?« hörte ich von der Rolltreppe, aber dann war er verschwunden.

»Und du heißt vermutlich Aschenputtel«, murmelte ich zu meinem Kuchenstück. »Paß auf, daß du deine Stiefel nicht verlierst.«

Es herrschte eine merkwürdige Stimmung im Aufenthaltsraum der Bibliothek, als ich zurückkam – drei Stunden zu spät und ohne Marzipantorte.

12

Der Geburtstag kam mich teuer zu stehen. Nicht die Geschenke, oh nein – aber als ich anderthalb Stunden nach der gewohnten Melkzeit in den Stall kam, schlug mir das Gebrüll der Kühe entgegen. Sie hatten ihr Futter aufgefressen und sich in die Kuhfladen gelegt, und sie waren so bockig, daß ich mehrere Stunden beschäftigt war. Erst als ich die Melkanlage reinigte, fiel mir ein, daß ich die Milch einer Kuh, die gerade mit Penicillin behandelt wurde, in den Tank zur übrigen Milch getan hatte, und abgesehen davon, daß mich das einige Tausend Kronen kosten würde, die ich mir nicht leisten konnte, würde es mehrere Stunden dauern, die Milch zu entsorgen. Aber das war es wert. Ja.

So ein Patzer war mir nicht mehr unterlaufen, seit ich fünfzehn war. Mutter arbeitete damals bei der mobilen Krankenpflege, und ich war für das Nachmittagsmelken zuständig, wenn ich von der Schule nach Hause kam. Wir hatten eine wichtige Abschlußprüfung in Mathe, und ich hatte Angst um meine gute Note und grübelte während der Arbeit über irgendeinen Lehrsatz nach. Das darf man nicht. Bauern müssen die ganze Zeit so aufmerksam sein wie Kampfpiloten, pflegte Vater zu sagen. Sonst liegen sie bald unter dem Traktor oder bekommen Hörner in den Leib gestoßen oder die Motorsäge in den Oberschenkel. Damals mußten wir siebenhundert Liter weggießen. Vater ging zur Regentonne und steckte seinen Kopf hinein, aber er sagte nicht viel. Ich weiß, daß er sich sein Leben lang Vorwürfe machte, weil ich die Finger in der Kreissäge verloren hatte, als ich vier war.

Die Mathenote nützte mir allerdings wenig. Als Vater starb, brach ich die weiterführende Schule ab und übernahm den Hof. Mutter wollte das nicht, sie hätte lieber den Hof aufgegeben, sagte sie, obwohl es der Erbhof ihrer Familie war. Meine Entscheidung fiel in einer Sommernacht, als ich sah, wie Mutter unter der großen Eberesche auf dem Hofplatz saß, den Arm um den Baumstamm gelegt, und über die Wiesen starrte.

Und ich fühlte mich wie der reinste Teufelskerl, wenn ehemalige Klassenkameraden vorbeikamen, um mich zu besuchen, und ich mit dem Großtraktor auf den Hofplatz gebrettert kam, in meinen Stallstiefeln mit Stahlkappen heraussprang und um mich herum Kautabak auf die Erde spuckte. Es klappte, nicht zuletzt durch die Hilfe von Großvater. Und dann starb er, und ich bekam immer seltener Besuch. Vermutlich hatten sie es satt, daß ich immer draußen war und arbeitete, wenn sie kamen, und daß ich nur von Schlachtgewichten und den Preisen für Industrieholz sprach, wenn ich sie mal traf. Ich kann sie gut verstehen.

Jetzt reiß dich am Riemen. Die Brunstkontrolle steht an – ich kann es mir nicht leisten, eine Brunstzeit zu verpassen. Außerdem muß ich die Egge reinigen, ehe sie anfängt zu verkleben. Die Tierärztin anrufen. Und zur Bank, morgen. Bin mit der Buchführung in Verzug. Und das Feuerholz ist fast zu Ende.

Schweinekalt ist es im Haus – ich habe es nicht geschafft, Feuer zu machen, ehe ich in den Kuhstall gegangen bin. Es wird eine Stunde dauern, bis ich duschen kann. Morgen früh muß ich mehr Holz hacken, bevor ich in den Stall gehe. Damit ich nach dem Morgenmelken duschen kann. Denn ich muß einfach in die Stadt zurück und sie wiederfinden. Nein, verdammt! Morgen kommen die Besamungstechnikerin und die Tierärztin, und man weiß nie genau, um wieviel Uhr! Verdammt!

Ich habe nicht mal geschafft einzukaufen. Der alte Hering in der geöffneten Konservendose ist vermutlich gesundheitsschädlich – und sollte ich an Lebensmittelvergiftung sterben, würde sie niemals davon erfahren. Denn sie weiß nicht, wie ich heiße! Würde sie sich fragen, warum ich mich nie mehr gemeldet habe?

Doch ich weiß immerhin, wie sie heißt! Oder zumindest ungefähr. Ich nehme ein Stück aufgeweichtes Knäckebrot mit leicht ranziger Butter in die Hand und beginne im Telefonbuch unter Wallin zu suchen.

Es gibt acht Einträge, aber keinen mit einem weiblichen Vornamen. Es gibt eine D. Wallin in der Kofferdistgatan – ich habe sie nicht verstanden, als sie ihren Namen schrie, aber es klang natürlich wie irgendwas mit »D«. Nur der Reichstrottel ruft einen unbekannten Menschen an und fragt nach »jemandem mit D«.

Aber am Freitag fahre ich in die Stadt, gegen Mittag.

Nein! Am Freitag ist Probemelken, und der Kontrollassistent kommt. Verdammt! Verdammt! Verdammt!

Am nächsten Morgen wache ich auf dem Sofa in der Stube auf, mit einem halb aufgegessenen Butterbrot in der Hand und einem seligen Grinsen im Gesicht.

13

Der Ritter ist vom Pferd gefallen,
die Totempfähle sind wurmzerfressen,
und die Dampfmaschine muß immer wieder
aufs neue erfunden werden –
nur der Sonnenaufgang ist unverändert.

Als ich nach Hause kam, zog ich mir die Schuhe aus, sprang aufs Sofa und riß einen Kunstdruck von Käthe Kollwitz von der Wand, der Örjans Augenstern gewesen war. Es war eine Kohlezeichnung von einer verhärmten, weinenden Frau. Anschließend nagelte ich das Poster mit dem Paar in der Riesenmuschel an die Wand.

Dann zog ich mich nackt aus, legte die Mickymaus-Ohrringe an, streifte die lila Strumpfhose über und schenkte mir ein Glas kalten Glühwein ein, mit dem ich mir selbst zuprostete. Das war das einzige, was ich an Alkohol im Haus hatte.

Den ganzen Abend saß ich dann so ausstaffiert da, versuchte mir »Zum Tanze da geht ein Mädel« auf der Mundharmonika beizubringen und ließ dabei die Gedanken schweifen. Schließlich ging ich ins Badezimmer und nahm ein langes heißes Bad, planschte mit dem roten Ball im Wasser herum und streichelte mich mit der Schmetterlingsseife.

Ich habe schon langweiligere Geburtstage erlebt!

Gerade als ich eingeschlafen war, klingelte das Telefon. Wie hat er meine Telefonnummer herausgefunden? dachte ich gleich. Aber es war Märta, aus Kopenhagen. Sie gratulierte mir zum Geburtstag und entschuldigte sich, daß sie sich nicht früher hatte melden können. Anscheinend waren sie und Robert aus irgendwelchen undurchsichtigen Gründen von der Polizei festgenommen worden, sie konnte nicht auf nähere Details eingehen, weil sie noch immer auf der Wache saß. Ich antwortete offenbar so zerstreut, daß es Märta auffiel.

»Jetzt ist es passiert!« sagte sie. Märta hat eine Nase wie ein Spürhund, in allen Angelegenheiten außer ihren eigenen.

»Ich bin dem Kerl vom Grab nebenan begegnet!« kicherte ich.

Ausnahmsweise verstummte sie. Dann war im Hintergrund jemand zu hören, der auf dänisch schimpfte, und das Gespräch wurde abgebrochen.

Am Donnerstag kam er nicht in die Bibliothek. Ich ließ einen Karteikasten fallen und löschte aus Versehen eine wichtige Datei im Computer.

Am Freitag kam er auch nicht. Ich nahm die Mickymaus-Ohrringe in der Mittagspause ab. Lilian lachte darüber und sagte, sie entsprächen eigentlich nicht meinem Stil, wenn sie das so direkt sagen dürfe. Ich lachte ebenfalls und sagte, ich hätte sie von einem der Kinder aus der Märchenstunde geschenkt bekommen.

Das entsprach beinahe der Wahrheit.

Gegen drei Uhr am Freitagnachmittag reichte mir Olof den Telefonhörer rüber.

»Jemand will mit einem ›Fräulein Wallin‹ sprechen«, sagte er. »Das dürftest wohl du sein.«

Mein Magen zog sich zusammen, als hätte ich etwas Unverträgliches gegessen. Meine Finger glitten auf dem Hörer umher.

»Ja, Desirée Wallin?«

»Desirée?« sagte er. In seinem breiten Dialekt klang es wie »Däsiräj«. Aber er war es, ohne Zweifel. Jetzt erkannte ich seine Stimme.

»Benny heiße ich, Benny Söderström. Ich hab's einfach mal mit dem Namen Wallin probiert. Vom Grabstein.«

»Ja.«

»Können wir uns morgen treffen? An der Friedhofspforte, gegen eins?«

»Ja«, wiederholte ich einsilbig. Wie ein richtiges kleines Plappermäulchen.

Es war still.

»Ich kann jetzt ›Zum Tanze da geht ein Mädel‹ spielen«, sagte ich.

»Dann nimm doch die Mundharmonika mit und bring es mir bei!«

»Darf man auf dem Friedhof Mundharmonika spielen?«

»Es wird sich schon keiner beschweren. Und dann gehen wir was essen. Ich habe seit zwei Tagen keinen Bissen runtergekriegt.«

»Ich auch nicht.«

»Gut.« Er legte einfach auf.

Olof betrachtete mich. Das Gespräch muß ziemlich merkwürdig geklungen haben. Dann lächelte er wehmütig und strich mir über die Wange. Das Leben ist nicht spurlos an ihm vorübergegangen, er erkennt einen verwirrten Teenager, wenn er vor ihm steht.

Ich ließ eine Schachtel Disketten auf den Boden fallen und verlor das Gleichgewicht, als ich sie aufsammeln wollte. Und konnte kaum aufhören zu lachen.

14

Ich konnte keine sauberen Strümpfe finden, und da die Pumpe streikte, gab es kein warmes Wasser, und als ich zehn Minuten zu spät zur Friedhofspforte gerannt kam, wußte ich, daß ich nach Kuhstall stank. Manchmal, wenn man im Dorfladen einkaufen geht, vergißt man, daß man den Stalloverall anhat, bis man merkt, daß die Leute sich außer Riechweite bringen. Vermutlich glauben sie, daß man an Blähungen leidet, heutzutage gibt es nicht mehr so viele Leute, die ganz gewöhnlichen Stallgeruch erkennen.

Sie hatte die lila Strumpfhose an. Die Farbe biß sich ziemlich mit der ihres Mantels.

»Ich rieche wahrscheinlich nach Kuhstall, ich bin ja Bauer«, sprudelte es aus mir heraus, noch bevor ich hallo gesagt hatte. »Vierundzwanzig Milchkühe plus Nachzucht.« Nicht einmal das hatte ich letztes Mal zu erzählen geschafft.

»... und einige Schafe«, fügte ich hinzu. Schafsköpfig. Und sah sie von der Seite an und blieb ein Stück entfernt stehen, gegen den Wind.

Sie starrte mich an. Dann breitete sich ihr Sommerferienlächeln langsam über das ganze Gesicht aus. »Was bedeutet Nachzucht?« fragte sie.

Wir gingen ganz einfach ins Schwimmbad, und auf dem Weg dorthin erklärte ich ihr, was Nachzucht bedeutet. Ich mietete eine potthäßliche dunkelblaue Badehose und kaufte eine kleine Packung Haarwaschmittel und rieb mich ordentlich ab, und dann trafen wir uns am Rand des Schwimmbeckens. Sie hatte ihr glattes weißblondes Haar zu einem kleinen, wurstartigen Knoten hochgesteckt, ich hätte sie kaum erkannt.

Ihr Badeanzug war natürlich beige, und sie war mager, beinahe knochig. Wären da nicht ihre kleinen Pflaumenbrüstchen gewesen, wäre sie ohne weiteres in der Altersgruppe Herren 14–16 durchgegangen. Ihre Magerkeit erinnerte eher an einen Windhund als an Hungersnot – ihre Bewegungen waren irgendwie effektiv und energiesparend. Wie verhext folgte ich ihrer bleichen Hand, wenn sie das, was sie erzählte, mit Bildern in der Luft nachzeichnete.

Ich dachte daran, daß ich immer kräftige Farben gemocht hatte – und kräftige Frauen mit Fleisch auf den Rippen, irgendwie hat man mehr zwischen den Fingern. Und daß ich sie nur mit der äußersten Spitze meines Zeigefingers berühren würde, sollte ich jemals in die Nähe ihrer Pfläumchen kommen.

Ich hatte mal eine Colliehündin, die ich mit einem Collierüden mit gutem Stammbaum paaren wollte. Die Hündin ging die Wände hoch und wollte raus – sie weigerte sich ganz einfach, ausgerechnet mit diesem Hund zusammenzusein. Einige Monate später stand sie wie angewachsen da und ließ sich von einer Promenadenmischung aus Norwegischem Elchhund und Labrador decken.

Über so etwas nachzudenken lohnt sich gar nicht erst.

Wir schwammen ein paar Bahnen, fuhren auf Heimtrainern um die Wette, und dann gingen wir ins Café, wo wir uns zwei trockene, krümelige Mandeltörtchen aussuchten. Wir redeten die ganze Zeit – vor allem sie.

Plötzlich spürte ich mitten in einem Satz, wie ihr Fuß an meiner Wade entlangstrich, und da verlor ich den Faden völlig. Widerhallende Kinderschreie vom Becken mischten sich mit dem Pochen in meinen Ohren, und ich war gezwungen, mir das Handtuch auf den Schoß zu legen. Wir spielten einen Weile mit unseren Zehen, und ich gab mir alle Mühe, meinen Blick auf ihr Gesicht zu richten. Alles was ich sah, war ihr Mund, der sich bewegte, aber ich hatte keine Ahnung, wovon sie sprach.

Plötzlich nahm sie meine versehrte Hand und knabberte vorsichtig an den fingerlosen Knöcheln. Ich saß wie angewurzelt da.

»Jetzt gehen wir zu mir«, sagte sie.

Und das taten wir. In ihre weiße und beige Wohnung.

Das werde ich mein Leben lang nie vergessen.

Sie sperrte auf, warf die Badetasche in die eine Ecke und den Mantel in die andere. Dann drehte sie sich um, riß ihr hellblaues T-Shirt herunter und legte den Kopf schief.

Ich sah mich um und begann mich aus der Jeans zu pellen. Und dann machte mein bestes Stück schlapp. Ich hatte das Gefühl, als seien wir Exhibitionisten in der Stadtbibliothek.

»Deine ganzen verdammten Bücherregale machen mich nervös!« brummte ich.

»Der war neu!« grinste sie, nahm meine Hand und legte wieder die leeren Knöchel an ihre Lippen.

Dann taten wir es zweimal, einfach so. Ohne Finessen – aber mittendrin aufzuhören wäre genauso unmöglich gewesen wie die Vollbremsung für einen ICE bei Höchstgeschwindigkeit.

Beim dritten Mal murmelte ich ihr ins Ohr: »Jetzt sind wir zwei Hunde, die aneinander hängen, bis jemand einen Eimer kaltes Wasser auf uns schüttet!«

Und dann zogen wir in der Wohnung herum, während wir immer noch zusammenhingen. Sie briet Eier und Würstchen, und ich stand hinter ihr und war in ihr drin. Sie knotete eine Schürze um ihren Bauch und meinen Rücken.

Wir gingen ins Bad und duschten wie ein achtbeiniges Urvieh.

Wir dachten darüber nach, ob wir uns vielleicht in ein Laken wickeln und runtergehen sollten, um die Abendzeitung zu kaufen und den Leuten einen Schrecken einzujagen, und übten den Paßgang. Aber noch ehe es uns gelungen war, das Laken vernünftig zu befestigen, verdrehte sie die Augen, sank auf dem Teppich im Flur zusammen und murmelte irgendwas Unverständliches von roten Flecken auf der Brust.

Ausnahmsweise mußte ich nicht auf die Uhr achten, denn ich hatte Bengt-Göran überreden können, das Abendmelken zu übernehmen, aber morgen war ja auch noch ein Tag. Ich konnte mir nicht vorstellen, mich auch nur für eine Minute von ihr zu trennen, und bat sie deshalb, mit zu mir zu kommen.

Als wir zum vierten Mal zueinanderfanden, hatte ich Zeit genug zu fühlen, wie sie ihn in ihrem Körper zusammenpreßte. Sie hatte dort unten Muskeln wie eine alte Sennerin in den Händen. Und das sagte ich ihr.

Sie rieb ihre Nase an meiner.

»Glaubst du, daß du mir auch Handmelken beibringen kannst?« murmelte sie.

15

Andere werden bei der Liebe zu Tauben,
Gazellen, Katzen, Pfauen –
aber ich,
zitternd, naß und durchsichtig,
zu deiner Ohrenqualle?

Örjan und ich lasen zusammen »Die Freuden der Liebe«. Oft massierten wir uns gegenseitig mit Öl, und dann probierten wir alle Stellungen aus, sogar eine komische Variante vom Modell Brezel. Ich täuschte häufig einen Orgasmus vor. Nicht um Örjan glücklich zu machen, das muß ich leider gestehen – aber manchmal konnte ich es einfach nicht mehr aushalten, denn er wollte nie aufgeben, bevor er das Ziel erreicht hatte, das er sich gesetzt hatte. So war er übrigens auch als Forscher – er stellte eine Hypothese auf und gab nicht auf, ehe er sie bewiesen hatte.

Er hatte nämlich gelesen, daß Frauen nach dem Orgasmus rote Flecken auf der Brust bekamen, und als ich genauso weiß war wie sonst, runzelte er irritiert die Stirn und sah aus, als wolle er gleich noch mal von vorne beginnen. Ich versuchte mich damit herauszureden, daß ich zuwenig Hautpigmentierung hatte, und er stürzte sich in eine Darlegung des Unterschieds zwischen Hautpigmentierung und Nervenreizung, bis ich völlig ermüdet einschlief.

Ich ging davon aus, daß ich nicht so sonderlich erotisch veranlagt war.

Ich hatte mich geirrt.

Als ich aus der Damenumkleide ins Schwimmbad trat, konnte ich meinen Waldbesitzer zunächst nicht entdecken. Ich hielt Ausschau nach einem nachlässigen Gang und der ewigen Mütze mit den Ohrenklappen. Und da stand er plötzlich neben mir in der schwimmbadeigenen Badehose, schmalhüftig und breitschultrig, die Arme sehnig und mit Adern, die sich wie Seile abzeichneten. Das Gesicht und die Unterarme wettergegerbt, der Rest des Körpers kreideweiß. Das staubige, gelbe Haar hatte sich gelockt und war goldbraun und naß.

Als ich im Café mit meinem großen Zeh an seiner Wade entlangstrich, legte er sich mit einem verschämten Grinsen sein Badetuch auf den Schoß. Das ist mir keineswegs entgangen.

Meine Eierstöcke schlugen Purzelbäume, und ich konnte ihn nicht schnell genug nach Hause bekommen.

Natürlich war es Desirée Wallin, die diesen Nachmittag zusammen mit einer männlichen Person in ihrer Wohnung verbrachte. Ich meine, ich hatte dieselbe Personennummer und denselben Führerschein und dieselben Muttermale, die ich am Morgen gehabt hatte.

Dennoch war ich nicht derselbe Mensch. Vielleicht handelte es sich um eine Art Persönlichkeitsspaltung, wovon man in den Wochenendbeilagen liest.

Er hatte mir nicht nur den Kopf verdreht, er hatte ihn mehrere Runden weitergedreht, bis er sich gelöst hatte und ich ihn wie einen Ballon an einer Schnur hielt, während sich der Körper wand und umherwälzte. Stunde um Stunde. Ich schaffte sogar, Örjan einen wehmütigen Gedanken zu widmen, als die roten Flecken auftauchten.

Wenn ich in einem Buch von den ganzen Schritten des Liebesaktes lese, muß ich manchmal gähnen. Der Ablauf ist ja doch irgendwie immer derselbe. Aber wenn es einem selbst widerfährt, entspricht es einer neun auf der Richterskala, ich brauche nur daran zu denken, und schon wird mir schwindlig.

Gegen Abend waren wir rotgefleckt und an gewissen Stellen wundgescheuert. Er teilte mir mit, daß ich mit zu ihm nach Hause kommen solle, und ich warf Zahnbürste und Haarwaschmittel in eine Tasche.

Kein Nachthemd. Aber ich setzte die Geburtstagsschirmmütze auf.

Sein Auto war ein unglaubliches Gefährt, ein halber Lastwagen, und ich mußte erst mal eine Tonne Eisenschrott beiseite räumen, ehe ich mich neben ihn quetschen konnte. Unterwegs hielten wir an einer Tankstelle und kauften ein Stück Käse und ein Weißbrot. Er machte eine vage Handbewegung zum Ständer mit den Kondomen, ich schüttelte den Kopf und zeichnete eine Spirale auf die beschlagene Fensterscheibe. Die saß noch immer drin, als Erinnerung an Örjan.

Es war dunkel, als wir zu seinem Hof kamen, daher bekam ich keinen rechten Eindruck von der Umgebung. Aber es roch vertrauenerweckend ländlich, und das Haus war groß, rot gestrichen und alt. Er schob mich durch den Windfang in die Diele und verschwand dann in den Kuhstall, um noch eine Abendrunde zu drehen.

Drinnen roch es übrigens auch dumpf ländlich, ziemlich unangenehm, um ehrlich zu sein. Schimmel, saure Milch und nasser Hund.

Ich mußte also sein Haus allein kennenlernen, und das war eigentlich schade – ich hätte seine trockene, warme linke Hand mit den drei Fingern als Stütze gebraucht. Denn es herrschte kein Zweifel darüber, daß hier der Mann mit dem vulgären Grabstein wohnte.

Ich fing in der Küche an. An der Decke hing eine Neonröhre mit ein paar toten Fliegen. Die Wände waren graublau gestrichen, was sie offenbar schon die letzten fünfzig Jahre gewesen waren. Teils waren sie mit Fliegendreck übersät, teils mit Kreuzstichbildchen, auf denen schreiend orange Blumen in braunen Körben, Katzenjunge, Kohlmeisen und rote Häuschen zu sehen waren, einige davon trugen Sprüche wie »Trautes Heim, Glück allein«. Im Fenster stand eine Reihe von Topfpflanzen, die ebenso tot waren wie die staubigen Immortellen in der schwarzen Fünfzigerjahrevase. Eine Küchenbank, auf deren Sitzfläche ein schmutziger Flickenteppich lag, ein fleckiges Küchenhandtuch, Sprossenstühle mit selbstgenähten Kissen aus braungeblümtem Stoff. Auf dem freistehenden Kühlschrank, der so alt war, daß er abgerundete Ecken hatte, befanden sich eine blaue Stoffrose in einem Porzellanschuh und eine Katze aus Plastik, das vor Alter beinahe durchscheinend war. Ich legte den Käse in den Kühlschrank, der so gut wie leer war und nach Kompost roch.

Dann ging ich zögernd ins nächste Zimmer. Neben der Tür befand sich in Hüfthöhe ein großer schwarzer Lichtschalter. Dunkelgrüne Vinyltapeten mit Reliefdruck, von der Sorte, die so aussehen, als würde Moos an der Wand wachsen. Eine alte Couch, die mit zerschlissenen Decken in verschiedensten Mustern bedeckt war. Ein Eichenbüfett, über dem ein ovaler Spiegel angebracht war und auf dem ein großer Fernseher stand. Ein eckiger Fünfzigerjahresessel, ein Zeitungsständer, gefüllt mit alten Ausgaben von »Land« – und noch mehr Kreuzstichbildchen. Plus eine eingerahmte Reproduktion der »Ährenleserinnen«.

Ich sagte fröhlich zu mir selbst: Hier könnte man ein postmodernes Kultcafé eröffnen! Dann dachte ich, daß ich diese Umgebung, wenn ich beispielsweise in Estland darauf gestoßen wäre, vielleicht rührend gefunden hätte, oder gar exotisch. Aber ich spürte, wie meine Mundwinkel zu einem Lächeln erstarrten.

Und sie fielen endgültig hinab, als ich ins Schlafzimmer kam und das nicht gemachte Bett mit der gräulichen Bettwäsche sah.

16

Ich ging durch die Kellertür ins Haus und duschte unten, um nicht den Stallgeruch mit nach oben zu nehmen. Ansonsten vermeide ich die Dusche im Untergeschoß, denn um ehrlich zu sein, bin ich einfach nicht dazu gekommen, sie mal richtig zu schrubben. Ich muß wohl den Hochdruckreiniger nehmen, wenn ich sie jemals wieder sauber kriegen will. Den könnte ich übrigens auch sonst hier und da im Haus gebrauchen. Aber wann zum Teufel …?

Mutter arbeitete mindestens zehn Stunden am Tag, und ich arbeite ungefähr fünfzehn, das macht insgesamt fünfundzwanzig, so viele kriege ich nicht mal zusammen, wenn ich zu den Fingern noch die Zehen zur Hilfe nehme. Bleibt nur die Einsicht, daß die frischgescheuerten Fliesen zusammen mit den selbstgebackenen Wecken und den gemangelten Laken verschwunden sind.

Während ich in der Dusche stand und vor mich hin summte, stellte ich mir aus irgendwelchen Gründen vor, wie sie, mein beiger Schatz, in diesem Moment mit ihren schmalen, bleichen Händen über den Küchentisch schwebte und leckeren gepökelten Rollbraten auftrug, den es früher immer gab, und goldbraunes gesüßtes Brot und ein kaltes Pils. Und Waffelröllchen, in Hagelzucker getaucht.

Natürlich tat sie das nicht, wo hätte sie in der Eile Waffelröllchen herbekommen sollen? Sie hatte noch nicht mal die Shell-Tüte ausgepackt oder Teewasser aufgesetzt. Mit hängenden Schultern stand sie vor dem Bücherregal in der Stube und starrte auf die Buchrücken. Die Ärmste, da gab es keine Entdekkungen zu machen. Meine alten Schulbücher und ein paar Lesezirkelbücher von Mutter – und fünfzehn uralte eingebundene Jahrgänge der Zeitschrift vom Bund der Landwirte.

Mir war nicht so richtig wohl zumute. Obwohl ich in ihrer Wohnung so aufgekratzt gewesen war, hatte ich gesehen, daß sie zwei Wände voller Bücher hatte.

»Suchst du nach einer geeigneten Bettlektüre? Was hättest du denn am liebsten, ›Chemie für die Hauptschule‹ oder Jahrgang 1956 der Bauernzeitschrift? In dem Jahr war auf dem Gebiet der Schweinemast ziemlich viel los«, probierte ich. Sie lächelte ein bißchen müde. Allerdings kein Sommerferienlächeln.

Wir gingen in die Küche und begannen Tassen aus dem Schrank zu holen und Wasser aufzusetzen. Sie setzte sich an den Tisch und blätterte in »Der Landmann«.

Es fühlte sich ein bißchen komisch an. Ich meine, daß sie erwartete, bedient zu werden.

»Ich habe eine mehrjährige Hochschulausbildung hinter mir«, sagte sie plötzlich. »Und normalerweise schaffe ich die Fragen im Alltagsquiz von ›Dagens nyheter‹, ohne zu mogeln. Aber ich habe nie auch nur die geringste Ahnung davon gehabt, daß es sowas wie Ladewagen und Euterhalter gibt.«

Ich schwieg. Sie wollte auf irgendwas hinaus. Ich stellte das Brot auf den Tisch, und sie griff gedankenverloren danach.

»Ich meine, du hast sicher jeden Tag damit zu tun und weißt, wo bei solchen Sachen vorne und hinten ist. Das ist für dich nicht merkwürdiger als für mich die Theorien von Lacan.«

»Wessen Theorien?« fragte ich. »Lakong? Irgendein Kerl von Alfa Laval, wie? Hat der nicht den Milchseparator erfunden?«

Natürlich war mir klar, daß sie das nett gemeint hat. Daß ich mich nicht dumm zu fühlen brauchte, weil ich keine Bücher besaß und nicht studiert hatte, daß sie auf ihre Weise Wissenslükken hatte und so weiter und so fort. Ich war trotzdem irritiert. Was fiel ihr eigentlich ein, so einfach anzukommen und mich trösten zu wollen, weil ich nicht sie war? Ich klang wohl sauer, denn sie betrachtete mich von der Seite durch ihre Ponyfransen hindurch.

»Ich meine bloß, hier auf der Küchenbank müßte eigentlich

ein Mädchen mit dicken blonden Zöpfen sitzen, das zu dir sagt: ›Benny, hast du gesehen, dies Jahr gibt es neue Typen von Euterhaltern für die Kühe! Und solltest du nicht in einen Krone 2400 Ladewagen investieren?‹ Ich hab keinen blassen Schimmer von dem, was du so machst.«

»Wenn ich so eine Frau suchen würde, hätte ich mich an die Vermittlung von landwirtschaftlichen Aushilfskräften gewandt«, sagte ich. »Oder eine Bekanntschaftsanzeige in ›Land‹ aufgegeben. Frau mit Traktorführerschein gesucht, Aussehen ohne Bedeutung. Aber wenn man Frauen auf Friedhöfen aufgabelt, muß man ja nehmen, was man kriegt. Und wolltest du nicht melken lernen?«

Da kam das Sommerferienlächeln.

»Hast du nicht irgendwas zum Üben?« fragte sie.

Das hatte ich. Hier und jetzt.

Dann schleppten wir uns ins Bett, ich schaffte nicht einmal mehr, es frisch zu beziehen, obwohl ich mir das fest vorgenommen hatte.

Mitten in der Nacht wachte ich davon auf, daß sie aufrecht und wie gelähmt vor Schreck im Bett saß und schnell atmete.

»Örjan?« sagte sie mit einer ganz kleinen trockenen Stimme und griff mit verschwitzten Fingern nach meinem Arm.

»Jetzt bist du bei mir«, murmelte ich und strich ihr über die Arme, bis sie sich beruhigt hatte. Sie nahm meine drei Finger, legte sie sich auf die Lippen und schlief mit einem Seufzer wieder ein.

17

Gute Laufschuhe und ein verläßlicher Kompaß,
was hilft das schon,
wenn ich nicht weiß,
wo bei der Karte oben und unten ist?

Ich erwachte davon, daß Benny auf der Bettkante saß und versuchte, mein glattes, dünnes Haar zu Zöpfen zu flechten.

Ich hatte das Gefühl, als sei es mitten in der Nacht, und im Hinterkopf hatte ich noch Spuren von Alpträumen. Irgendwas über Örjan, der mich davon überzeugen wollte, eine Schwimmweste anzulegen. »Aber ich will doch bloß mit einer Muschel fahren ...«, versuchte ich ihn zu beruhigen, aber als ich mich umsah, konnte ich nirgendwo Land entdecken. Ich stöhnte.

Benny rollte über mich hinweg und fing an, auf der anderen Seite zu flechten. »Wir werden dich schon noch hinbekommen«, sagte er. »Obwohl du das Morgenmelken verschlafen hast.« Er hatte nasse Haare und roch nach Seife.

»Verschwinde, du Bauerntölpel!« krächzte ich. »Nimm deine Kühe und hau ab! Servier mir eine Tasse Café au lait am Bett, mit Croissants und dem Kulturteil von ›Dagens nyheter‹! Dann kannst du dir im Radio die Landwirtschaftsnachrichten oder so anhören!«

Er drehte die Zöpfe zu einem Kranz auf dem Kopf zusammen und sicherte sie mit einem Gummi, das so groß war wie ein Fahrradschlauch. »So wirst du morgen zur Arbeit gehen«, sagte er. »Und du wirst Stallstiefel tragen, mit wiegendem Gang herumlaufen und dich mit den Leuten über Klauenpflege unterhalten.«

Wiegender Gang, genau so wurde es. Ich war ganz geschwollen zwischen den Beinen.

»So ergeht es einem, wenn man sich nicht vor freilaufenden Stieren in acht nimmt«, sagte er richtig zufrieden.

Wir gingen in die Küche, und ich kaute weiter an dem anonymen Tankstellenbrot. Benny schlang Grütze mit Apfelmus herunter, als sei er innen völlig hohl. Er fragte, ob ich selber Brot backte, und ich sagte, ich hätte geglaubt, Brote würden an Bäumen wachsen und man könnte sie entweder als kleine Brötchen pflücken oder sie reifen lassen, bis aus ihnen große, dicke Laibe geworden waren.

Er lachte, aber es klang ein wenig bemüht.

Dann zog er mich hinaus auf seine Besitztümer, voller Ungeduld, mir alles zeigen zu können. Ich nickte und sagte »aha« und »ach so« und »jawohl, Herr Gutsbesitzer«. Das fiel mir nicht schwer, denn der Hof lag wunderschön inmitten einer hügeligen Landschaft, die mit den letzten goldenen Herbstblättern geschmückt war. Leichte Nebelschwaden über der fetten, schwarzen Erde, die er gerade im Herbst gepflügt hatte. Leuchtende Vogelbeeren, solche, aus denen seine Mutter immer so leckeres Gelee gekocht hatte, wie er sagte ... Riesengroße Plastiktüten voller Silage oder etwas ähnlichem in ordentlichen Reihen hinter der Scheune. Und dann ein Stall voller satter, dösiger Kühe – ich hatte bis dahin so gut wie nie eine Kuh in Originalgröße gesehen, sie erschienen mir fast etwas unwirklich.

Natürlich ging ich gleich zu den Kälberboxen und ließ die kleinen Tiere mit den großen Rehaugen an meinen Fingern saugen, während Benny an mir zerrte, um mir die Feinheiten der neuesten Düngetechnik zu erklären. Er *kann* doch nicht im Ernst geglaubt haben, es würde mich auch nur im mindesten interessieren! Die Schafe waren noch draußen auf der Weide, »aber wir müssen sie bald eintreiben!« sagte er. Wir?

Mich überkam das Gefühl, als würde ich mich im Traum eines anderen befinden. Da hatte man plötzliche einen attraktiven Hofbesitzer mit vierundzwanzig Milchkühen an der Angel, plus Nachzucht. Obwohl man eigentlich gar nicht darum gebeten, sondern sich mit dem Gedanken abgefunden hatte, eine alte Jungfer zu werden, mit Katze, wenn's hochkommt. Und Liebhaber in homöopathischen Dosen, um das hormonelle Gleichgewicht zu halten.

Es war einfach too much, wie Märta zu sagen pflegt. Ja, zumindest vierundzwanzig zuviel. Aber das sagte ich nicht. Er war so stolz.

Dann gab es natürlich Ärger, als ich nach Hause wollte. Ich hatte genau so viele Kreuzstichbildchen und Entmistungstechniken bekommen, wie ich in vierundzwanzig Stunden verkraften konnte. Ich mußte meinen stark mitgenommenen Unterleib in einem heißen Bad verwöhnen, »Dagens nyheter« lesen, etwas Boccherini hören und in sauberer weißer Bettwäsche daliegen und Kräutertee trinken.

Ich brauchte Zeit zum Nachdenken.

Doch noch ehe es mir gelungen war, ihm das auf eine wirklich ansprechende Weise zu vermitteln, schleuderte Benny mir ein Kilo tiefgefrorenes Hackfleisch aus der Tiefkühltruhe entgegen und sagte eifrig, daraus könnten wir doch was zum Abendessen machen – Fleischklößchen vielleicht? Ich starrte von ihm zu dem kalten Klumpen und wieder zurück. Und dann sagte ich irgendwas Geschraubtes – daß ich mich in einem Zustand des Kulturschocks befände und für eine Weile in meine gewohnte Umgebung zurückgeführt werden müsse.

Er sah mich an, und ich konnte richtig spüren, wie sein langer Fühler sich über mein Gesicht bewegte. Ja, er ist empfindsam, wenn es um Gemütsstimmungen geht. Das muß man wohl sein, wenn man einen guten Kontakt zu Tieren, unseren stummen Freunden, bekommen will.

Und sein wunderbares Lächeln verschwand hinter Wolken.

»Klar, ich fahr dich zurück«, sagte er bloß. »Sonntags gehen keine Busse.«

Dann fuhr er mich die vierzig Kilometer zurück in die Stadt, berührte ganz sacht meine Filzmütze und stellte mich auf der Straße ab. Denn er mußte schnell nach Hause zum Abendmelken.

Als ich meine Tür aufgeschlossen hatte und meine Wohnung betrachtete, die wir am Tag zuvor so zugerichtet hatten, schlug meine Stimmung um, und ich lief über die Türschwelle wieder nach draußen. Hätte ich mich des gefrorenen Klumpens annehmen sollen, nur um nicht sein Lächeln erlöschen zu sehen?

Allerdings wäre es mir ja ohnehin nicht gelungen, ihn in Fleischklößchen zu verwandeln, vielleicht drückte dort der Schuh. Örjan und ich hatten uns vegetarisch ernährt, und seit seinem Tod hatte ich nur fertige Fleischklößchen aus der Tiefkühltruhe gegessen. Ich habe keinem selbstgemachten Fleischklößchen Auge in Auge gegenübergestanden, seit ich nicht mehr zu Hause bei Mama wohne. Und sie ließ es nicht zu, daß ihre kleine Desirée sich ihre gelehrten Hände mit klebrigem Hackfleisch schmutzig machte.

Jetzt könnte sie mir nicht mehr beibringen, wie man welche machte, selbst wenn ich sie bitten würde. Letztens, als ich sie besuchte, nannte sie mich Schwester Karin und schimpfte mich aus, weil sie keinen Kaffee bekommen habe.

Ich machte wieder kehrt, ging hinein und ließ Badewasser ein.

18

Es war mir keineswegs entgangen, daß irgendwas fehlte. An dem, was ich ihr auf dem Hof zeigte, hatte sie ungefähr soviel Spaß, wie wenn ich versucht hätte, ihr detailliert die Funktionen meines Verdauungssystems zu beschreiben. Höflich war sie, klar. Stellte schlaue Fragen. Aber ihre Augen blitzten nicht gerade vor Interesse.

Ich versuchte mir einzureden, daß ich genauso desinteressiert gewesen wäre, wenn sie versucht hätte, mich in der Bibliothek herumzuführen und mir zu erklären, was die Buchstaben an den Regalen bedeuteten und wie das Karteikartensystem aufgebaut war. Aber ganz gelang es mir nicht, mich selbst zu überzeugen. Ich meine, Bücher sind ja trotzdem nur Bücher. Ein Hof ist ein Hof.

In dem Moment, als ich ihr ein Paket tiefgefrorenes Hackfleisch zuwarf, wußte ich, noch während es durch die Luft flog, daß das ein Fehler war.

Ich hatte nicht so genau darüber nachgedacht, ich lebe in einer Gegend, wo die Männer ihren Frauen einen rohen Elch nach Hause bringen und sich hinterher vor ein duftendes Elchgulasch setzen, ohne jemals über die Zwischenstufen nachzugrübeln. Ich hatte wohl geglaubt, daß ich es gerade schaffen würde, den Jungtierstall fertigzumachen, während sie was Schönes kochte, und dann hätten wir vor dem Abendmelken noch essen und ein Schäferstündchen halten können, haha. Sie guckte das Paket an, als wäre es gefrorene Kuhscheiße. Und dann wollte sie nach Hause. Da half alles nichts.

Den ganzen Heimweg saß sie da und hatte ihre Hand in meinem Nacken. Ab und zu spielten ihre Finger mit meinem Haar.

»Ich hab's nicht böse gemeint«, sagten die Finger. »Und glaub ja nicht, daß dies das Ende der Geschichte ist!«

Ansonsten sagte niemand was im Auto.

Am Abend fuhr ich zu Bengt-Göran und Violet.

»Wir haben gesehen, daß du ein Mädel dabeihattest«, sagte Violet neugierig.

Bengt-Göran blinzelte mir zu und stieß mich in die Seite – mit einem Grinsen, als hätten wir uns gerade zusammen einen Porno angeguckt. Das haben wir übrigens auch das eine oder andere Mal gemacht, vor Violet.

»Eine aus der Stadt, wie?« fragte er eifrig.

Irgendwie hat Bengt-Göran die Vorstellung, daß die Mädchen in der Stadt ständig läufig sind und sexy schwarze Spitzenslips mit Schlitz in der Mitte tragen und sich mit gespreizten Beinen auf den Rücken werfen, sobald man mit ihnen allein ist. Witzig eigentlich, wenn man bedenkt, was für eine harmlose spießige Kleinstadt es im Grunde ist. Und wenn man sich daran erinnert, wie Bengt-Görans eigene Schwester mich einmal mit einem festen Nackengriff ins Heu gestoßen hat. Ich war vierzehn und sie siebzehn, es war mein erstes Mal – und auch das letzte, mit ihr zumindest. Ich hatte Schiß vor ihr und ging ihr danach aus dem Weg. Ein Spitzenhöschen trug sie nicht, sie hatte gar keines an. Bengt-Göran weiß natürlich nichts davon. Und seine Schwester hat inzwischen vier Kinder und sieht aus wie ein Sumoringer.

»Mmm. Eine aus der Stadt. Ich hab sie auf dem Friedhof gefunden. Ich meine, wir sind uns dort begegnet.«

»Ja, sie sah ja ein bißchen blaß aus ...«, meinte Bengt-Göran kichernd, aber Violet sah ihn bloß mißbilligend an.

»Auf dem Friedhof?« sagte sie. »Daß du immer so seltsam sein mußt, Benny!«

Ich weiß nicht, was ich getan habe, daß Violet mich so seltsam findet. Vielleicht war es damals auf dem Fest, als sie und ich nebeneinander saßen und in der Bierseligkeit so vertraulich wurden. Ich sagte zu ihr, daß sie vermutlich genau die Richtige sei, um Bengt-Göran dabei zu helfen, mit seiner uralten Bauernwehmut fertigzuwerden. Bauernwehmut! Ich winde mich vor Verlegenheit, wenn ich heute daran denke.

»Sieh nur, wie still und verschlossen er mitten im Lärm dasitzt«, hickste ich. »Er ist bloß besoffen«, sagte Violet kurz angebunden. Und natürlich hatte sie recht, wenig später erbrach er sich in einem Fliederbusch.

»Sie kann nicht mal Fleischklößchen braten«, sagte ich. »Sie kann nur Bücher lesen und über Lakongs Theorien reden.«

Lieber gleich raus mit der Wahrheit. Sie sollen bloß nicht erwarten, daß sie demnächst zu Kaffee mit Waffelröllchen oder gar zur Verlobung eingeladen werden. Es ist so schon schwierig genug.

»Keine Fleischklößchen braten?« sagte Violet und linste zufrieden über den Tisch. Dort stand eine Schüssel so groß wie ein Waschtrog, voller knuspriger, goldbrauner Fleischklößchen. »Ach ja, willst du welche?«

»Du hast ganz recht«, lachte Bengt-Göran, wieder mit seinem Pornoblick. »Ex und hopp! Versink bloß nicht im Ehesumpf!«

In Bengt-Görans Welt kommt es nicht vor, daß jemand sich ernsthaft in eine Frau verliebt, die keine Fleischklößchen braten kann, und noch viel weniger, daß er sie heiratet.

Als Violet mir einen bis zum Rand gefüllten Teller mit Fleischklößchen reichte, dazu kaltgerührte Preiselbeeren, die sie selbst gepflückt hatte, konnte ich ihn beinahe verstehen.

19

Ich schmecke die Einsamkeit ab,
lasse eine stille Minute auf der Zunge zergehen,
allein der staubige Sonnenstrahl drängt sich mir auf.

Meine Wohnung geht zu einem Hof hinaus, der von dreistöckigen Häusern umgeben ist. Das Wohnviertel ist etwa zwanzig Jahre alt, und die Bäume sind inzwischen so hoch, daß ich sie von meinen Fenstern aus sehen kann, die Sandkästen sind nur noch selten frequentiert. Die Kinder, die vor fünfzehn Jahren darin herumbuddelten, sind längst ausgeflogen, doch ihre Eltern, inzwischen mittleren Alters, wohnen immer noch hier. Biedere, undramatische Menschen ohne störende Angewohnheiten.

Es ist also sehr still vor meinen Fenstern. Sie gehen nach Süden hinaus, und die Sonne bahnt sich einen Weg durch meine Holzjalousien und zeichnet ein Streifenmuster auf die weißen Sofas. Manchmal hört man draußen auf der Treppe Schritte, aber nicht oft, ich wohne im obersten Stock. Wenn ich das Fenster öffne, rauscht es sachte in dem großen Ficus benjamini, den Örjan immer gepflegt hat. Aber ich bin viel zu verfroren, als daß ich das Fenster lange offen stehen ließe. Statt dessen lasse ich alle Heizkörper auf höchster Stufe laufen, und meistens sind es mindestens dreiundzwanzig Grad hier drinnen.

Ich liege gern in meinem weißen Morgenmantel auf einem der Sofas und sehe zu, wie die Sonnenstrahlen die Luft im Zimmer streifig machen.

Manchmal hebe ich eine Hand, damit die Sonne auch auf ihr Streifen bildet, und man hört nichts außer dem Surren des Kühlschranks und eine späte Herbstfliege, die in der Stille schwer gegen die Scheibe schlägt.

Natürlich weiß ich, daß die Sache mit Benny völlig unmöglich ist.

Wie wenn man am letzten Urlaubstag im Schatten der Platanen dasitzt und kalten Retsina trinkt und davon träumt, seine Wurzeln zu kappen, einfach Richtung Süden zu ziehen und den Tag zu nehmen, wie er kommt. Irgendeinen Job annehmen, ein eigenes weißgetünchtes Haus finden, mit einer Sonnenterrasse voller Kräuter in Blumentöpfen. Und die ganze Zeit weiß man, daß man in fünf Stunden am Stockholmer Flughafen im Nieselregen steht und am nächsten Tag auf seinem höhenverstellbaren Schreibtischstuhl herumstreßt, und als einziges ist die Sonnenbräune übriggeblieben. Und sogar die ist innerhalb weniger Wochen durch den Abfluß der Badewanne verschwunden.

So träumte ich vor mich hin, als ich an Benny und unsere Spiele dachte – es mußte einen Weg geben, es festzuhalten. Die Wohnungstür abzuschließen und ihn im Kleiderschrank aufzubewahren, bis ich von der Arbeit nach Hause kam. Wie in diesem spanischen Kultfilm mit Antonio Banderas.

Ich versuchte mich in sein Leben hineinzudenken. Aber es kamen überhaupt keine Bilder.

Ich hatte nicht mit einem solchen Kulturschock gerechnet – zu Hause bei einem beinahe gleichaltrigen schwedischen Mann, der vierzig Kilometer entfernt wohnte.

Vermutlich hätte ich mich besser mit einem gläubigen Muslim arrangieren können.

Sofort begann ich, mir einen dunklen, mageren Mann mit wehmütigen Augen vorzustellen, der ins politische Exil hatte gehen müssen und jetzt in einem Einzimmerapartment wohnte, mit den Wänden voller Gedichtsammlungen in persischer Sprache. Tagsüber arbeitete er als Putzmann, trotz der Universitätsausbildung in seinem Heimatland, nachts traf er sich mit seinen politischen und poetischen Freunden, oder wir sahen uns unvergeßliche Schwarzweißfilme im kommunalen Kino an. Und ich beschäftigte mich mit seiner Kultur, übersetzte seine Gedichte und sammelte auf der Straße Geld für den Kampf gegen den Diktator. Wir aßen stark gewürztes Essen und saßen auf wunderschönen Teppichen …

Aber in Bennys scheußlicher Küche Fleischklößchen braten und die ganze Woche, das ganze Jahr über die Sklavin von vierundzwanzig Kühen sein? Seine schmutziggraue Dusche sauberhalten, mit Feuerholz einheizen, wenn man Warmwasser haben wollte, die Artikel in »Land« diskutieren? Ich?

Es mag sein, daß ich Rassistin bin, aber keine von der gewöhnlichen Sorte.

Dennoch hing ich tagelang wie eine Klette am Telefonhörer. Manchmal, weil das Telefon nicht klingelte, manchmal, weil ich nicht anrief.

Um diesem demütigenden Teenagergefühl zu entgehen, war ich abends unterwegs. Ich machte Überstunden, ging ins Kino, zog mit unverheirateten Kollegen durch die Kneipen. Sie fanden mich ungewöhnlich fröhlich und gesellig und ich mich auch.

Das Wetter wurde herbstlich ungemütlich, ich hatte nicht einmal mehr die Sonnenstreifen zum Spielen. Und in dem trüben Zwielicht war meine Wohnung ähnlich aufmunternd wie das Wartezimmer eines Zahnarztes. Als einziges stach der neonfarbene Sonnenuntergang hinter dem Liebespaar in der Muschel heraus, auf dem Poster, das Benny mir zum Geburtstag geschenkt hatte.

Es verging kein Tag, keine Stunde, ohne daß ich an Benny dachte.

In der Bibliothek vertiefte ich mich in »Land«, zu Lilians lautstarker Verwunderung. Ich sagte, daß ich einen Artikel suchte, den die Stadtverwaltung bestellt habe. Über Abflußreinigung.

Olof blickte mich manchmal an, als wollte er mich etwas fragen. Aber klugerweise tat er das nie.

Eines Tages kam mir die Idee, in einem Lokal Mittag zu essen, das ein Treffpunkt von männlichen Einwanderern aus verschiedensten Ländern war. Von meinem einsamen Tisch aus fixierte ich sie so hartnäckig und nachdenklich, daß sie meine Absichten völlig mißverstanden und mich in komplizierte Gespräche verwickelten, die ich am liebsten verdrängen würde. Insbesondere, da der Grund meiner Anwesenheit so unklar, um nicht zu sagen einfältig war, daß ich bis zu den Zehenspitzen errötete.

Die Tage vergingen, und meine alte Depression kehrte in neuer Frische zurück. Und Märta war immer noch weg. Ich verbrachte die halben Nächte in der Badewanne, bis die Haut weiß und schrumpelig war und schleppte tütenweise billige Fantasybücher nach Hause. Die Schmetterlingsseife verbrauchte ich, bis sie nur noch ein buckliger rosafarbener Klumpen war.

Wie konnte eine Sache, die sich so richtig angefühlt hatte, plötzlich so verkehrt werden?

Vermutlich stellte sich Benny zu diesem Zeitpunkt dieselbe Frage. Denn er meldete sich nie.

20

Jedesmal, wenn ich den Telefonhörer hob, um sie anzurufen, blieb ich sitzen, bis der Wählton verstummt war. Sie hatte gesagt, sie hätte einen Kulturschock erlitten und müsse allein sein. Also wartete ich drei Tage lang auf ihren Anruf. Dann rief ich an. Niemand meldete sich.

Ich fand eine alte »Gute-Besserung«-Karte, die ich an sie adressierte, klebte eine Briefmarke darauf und riß sie entzwei.

Mehrmals überlegte ich mir, ob ich nicht in die Stadt fahren und in die Bibliothek gehen sollte. Aber ich hatte das Gefühl, daß ich damit zu weit gehen würde.

Das Wetter wurde immer schlechter. Zwei Tage war ich damit beschäftigt, die Schafe einzutreiben, mit Hilfe des dreizehnjährigen Nachbarsohns. Sie waren zu lange auf der Weide gewesen und inzwischen muskulös wie Elitesportler. Die Lämmer flogen nur so über die Weidezäune, und die Mutterschafe sprangen umher wie Hirschkühe. Falls ich sie zum Schlachthof schickte, würden sie pro Stück nicht sehr viel mehr einbringen, als was mich ein ordentliches Essen bei McDonald's kostet. Und falls ich zu Hause schlachtete, mit Hilfe des alten Nilsson, würde es kaum möglich sein, sich durch diese Muskelmassen hindurchzuarbeiten. Der Nachbarsjunge und ich sprangen hin und her durch den Schneeregen und fluchten, daß es nur so zischte, vor allem er. »Fuck you!« schrie er den Schafen hinterher.

Ich verstehe nicht, warum ich sie eigentlich behalten habe. Mutter wollte gern ein paar Schafe haben, denn sie verarbeitete die Wolle und benutzte sie in ihren Kursen über Filzherstellung. Und sie kochte einen Lammeintopf mit Kartoffeln und Bohnen, der nicht von schlechten Eltern war. Ich wäre nie auf die Idee gekommen, mir von ihr zeigen zu lassen, wie man ihn zubereitete.

Ich wäre nie auf die Idee gekommen, daß sie sterben könnte.

Und es widerstrebt mir, ihre Schafe zu verkaufen. Eines meiner schlimmsten Erlebnisse war es, kurz nach ihrem Tod ihr Zimmer aufzuräumen. Kleider wegzuwerfen, die noch immer nach Mutter rochen, ihre Lesebrille und Medizindöschen und Strickanleitungen in die Hand zu nehmen. Ich war durch nichts darauf vorbereitet, wie man so etwas tat. Deshalb wählte ich natürlich den einfachsten Weg, packte alles in ein paar alte Reisetaschen und stellte sie auf den Dachboden. Und in ihrem Zimmer habe ich nichts angerührt, außer daß ich ihr Bett abgezogen habe. Sie hatte das ganze Fensterbrett voll von diesen kleinen, blauvioletten Blumen. Die werden inzwischen eingegangen sein.

Was zum Teufel meint sie mit Kulturschock?

Heute vormittag war ich in der Stadt und habe einige Besorgungen gemacht. Mehrmals hatte ich das Gefühl, sie irgendwo zu sehen. Beim Bauernverband, bei »Berggrens Eisenwaren« und in der Molkerei.

Bengt-Göran war zwei Abende nacheinander bei mir, vermutlich um meine sündige Stadtfrau genauer in Augenschein zu nehmen.

»Ich weiß nicht so recht, ob ich sie noch mal mit zu mir nehme«, sagte ich. Er seufzte voll stummer Bewunderung. Meinetwegen kann er gerne glauben, daß ich die Frauen verschleiße, wie es mir gerade paßt.

Er braucht nicht zu wissen, daß ich mich nach ihr sehne oder daß ich abends das Telefon mit nach oben ins Schlafzimmer nehme.

21

Entsetzen ergriff die Cherubim; zu Gott flohen sie empor:
»Sieh an, o Herr, was Salami und Zulamith brachten hervor!«
Aus: »Die Milchstraße« von Zacharias Topelius

Endlich kam Märta aus Kopenhagen zurück. Nach der Arbeit erwartete sie mich mit einer Tüte Carlsberg Elephant Beer und einem Souvenir: einem nackten Paar aus Plastik in einer Kugel, in der es schneite. Wir gingen zu mir nach Hause und kochten Tee und streckten uns auf den Sofas aus.

Sie antwortete ausweichend, als ich sie fragte, was sie in Kopenhagen eigentlich angestellt hätten.

»Jetzt wollen wir nicht von mir reden«, sagte sie. »Das weißt du ganz genau!«

Also gab ich ihr eine völlig unzensierte Darstellung der letzten Woche. Alles andere ist Zeitverschwendung, wenn es um Märta geht, sie fischt dennoch das meiste aus den trüben Tiefen ihres Gegenübers.

Ich ersparte ihr nichts. Weder den protzigen Grabstein und die Idiotenmütze noch die Kreuzstiche, den Fliegendreck oder die moosigen Tapeten.

Sie schnaufte.

»Ich weiß überhaupt nicht, was du hast«, sagte sie. »Es klingt doch, als wäre dieser Mann ein netter, kleiner Spielkamerad für dich. Und du sitzt da und beschwerst dich über Einrichtungsdetails! Warum kümmerst du dich um seine Kreuzstichbilder? Im übrigen hat er sie vermutlich nicht selbst gestickt. Wahrscheinlich wollte er nur nicht die Erinnerung an seine Eltern auslöschen. Hast du eigentlich geglaubt, daß alle schwedischen Bauernhäuser so aussehen wie bei Carl Larsson?«

Ich hielt inne. Wenn ich mir überhaupt irgendwelche Vorstellungen von einem schwedischen Bauernhof gemacht hatte, dann war es wohl am ehesten etwas in der Art von Carl Larsson gewesen: eine große Küche mit einem Steinbackofen für Holzfeuerung, mit Kupferpfannen und flachen Broten, die zum Trocknen an einer Stange unter der Decke hingen. Ich fühlte mich ertappt und erhob die Stimme.

»Du weißt doch ebenso gut wie ich, daß es hier nicht um ›Einrichtungsdetails‹ geht! Es geht um Lebensstile auf Kollisionskurs! Niemals ein Kreuzstichbild über meine Schwelle, und vermutlich nie eine Käthe Kollwitz über seine – das ist nicht nur eine Frage des Geschmacks, dem sollte man lieber gleich ins Auge sehen!«

»Und warum hast du das Poster mit dem Paar in der Muschel aufgehängt?« fragte sie listig.

»Weil er mich so glücklich gemacht hat ...«, murmelte ich.

Sie nickte vielsagend.

»Aber ehrlich gesagt – kannst du dir vorstellen, wie *ich* auf einem dreibeinigen Melkschemel sitze, mit dem Milcheimer zwischen den Knien?«

»Das war doch verdammt noch mal kein Vorstellungsgespräch!« brüllte Märta. »Dieser Kerl hat dir den besten Fick seit Jahren besorgt, ja, vielleicht überhaupt. Und du hast mit ihm zusammen gelacht, das übertrifft alles, was du mit diesem Vogelfreund jemals erlebt hast, und mit dem warst du immerhin verheiratet! Was spielt denn da ein bißchen Fliegendreck für eine Rolle? Sei nicht so verdammt feige! Jetzt nimm dir, was du brauchst! Sonst kannst du dich ebensogut ins Bett legen und dir deinen fleckenlosen Bettbezug über den Kopf ziehen!«

»Was soll ich denn machen? Ich habe ja keine Ahnung, was er denkt. Er hat sich nicht mal gemeldet!«

Märta hielt die Kugel mit dem Liebespaar im Schneegestöber hoch.

»Weißt du, jetzt nimmst du dieses Spielzeug und ein paar von den Carlsberg Elephants mit, und dann kaufst du ein Paket

Tiefkühlfleischklößchen und überraschst ihn morgen abend. Er hat den ersten Schritt gemacht, ihr müßt euch schon abwechseln, wenn was daraus werden soll. Du kannst dir mein Auto leihen!«

Mir fielen plötzlich Salami und Zulamith ein, zwei Figuren aus dem Gedicht »Die Milchstraße« von Zacharias Topelius, in das ich mich verliebte, als ich klein war, obwohl ich fast kein Wort davon begriff. Mit Hilfe meiner Mutter lernte ich es auswendig, und sie stellte mich bei ihrem Kaffeekränzchen stolz auf den Tisch und ließ mich das Gedicht vor ihren gelangweilten Bekannten herunterleiern.

Salami und Zulamith sind ein Mann und eine Frau, die auf zwei weit voneinander entfernten Sternen wohnen und sich so sehr lieben, daß sie eine Brücke aus Sternen durchs All bauen. Im Geiste sah ich vor mir, wie Benny auf seiner Seite sachkundig mit der Maurerkelle einen Stern an den nächsten fügte, während ich versuchte, auf meiner Seite von Stern zu Stern zu hüpfen wie von einer Eisscholle zur nächsten …

Märtas Ratschläge sind nicht immer gut, aber sie bringen meistens die Ereignisse irgendwie voran. Am folgenden Abend packte ich einen Korb mit Carlsberg Elephant Beer, tiefgefrorenen Fleischklößchen, fertig gekauftem Kartoffelsalat und einem (ebenfalls gekauften) Blaubeerkuchen. Und die Schneekugel mit dem Liebespaar, die ich in Goldpapier eingewickelt hatte. Dann fuhr ich zu Benny.

Niemand antwortete, als ich anklopfte, aber da die Tür offen stand und das Licht in der Küche an war, trat ich ein. Die Neonröhre surrte, aus einem schwarzen Monsterradio auf der Spüle tönte ein lärmender Werbesender. Ich schaltete um auf den Seewetterdienst und begann geschäftig herumzuwerkeln. Bald machte sich hinter den lappigen Fransengardinen eine Art Kindheitsheimeligkeit breit. Ich nahm einen Teller mit eingetrockneter Grütze vom Tisch und stellte ihn ins kalte Wasser im Spülbecken, wo schon ein weiterer schwamm. Dann stöberte ich in den Schränken nach Geschirr und Besteck, entdeckte im

Eichenbüfett im Wohnzimmer ein besticktes Deckchen und briet in einer ziemlich verdreckten Bratpfanne die Fleischklößchen. Als ich ihn die Kellertreppe hochtrampeln hörte, hatte ich ein Déja-vu-Erlebnis: Diese Situation kam mir schon bekannt vor.

»Was zum Teufel …« Er blieb in der Türöffnung stehen und hatte noch seinen Stalloverall an. Dann machte er einen Satz über den Fußboden, daß Spreu und Streu nur so herunterwirbelten, und umarmte mich, daß meine Knochen knackten.

»Oh, Fleischklößchen?« grinste er. »Hast du sie ganz allein gebraten, du kleines, blasses Menschenkind?«

»Glaub bloß nicht, daß ich das einreißen lasse«, murmelte ich in seinen stinkenden orangenen Helly-Hansen-Pullover.

22

Es war das Allerbeste, was sie sich hätte einfallen lassen können – obwohl ich immer noch das Gefühl habe, als würden mir die Fleischklößchen bis zum Hals stehen. Violet hatte mir einen ganzen Eimer voll mitgegeben, von dem ich drei Tage gegessen hatte.

Sie übernachtete bei mir, und als ich das Bett frisch bezog, sagte sie, daß sie ihre Regel habe und hoffe, sie würde keine Flecken hinterlassen.

Das macht nichts, dachte ich, denn es gefiel mir, daß sie mir davon erzählte. Es fühlte sich so vertraut an, beinahe heimelig. Man kommt nicht einfach bei irgendwelchen Typen vorbei, wenn man gerade seine Regel hat. Sie erhöhte mich sozusagen zu einem festen Freund. Der Sex war nicht der Grund ihres Kommens.

Im übrigen glaube ich, daß es mir gefallen würde, einen Fleck von ihr auf meinem Laken zu haben. Für solche Perversionen gibt es sicher einen lateinischen Fachausdruck.

Wir lagen stundenlang da und unterhielten uns. Und wir waren die ganze Zeit über so fröhlich, wir konnten gar nicht aufhören zu reden. Daran erinnere ich mich besonders.

»Das mit dem Kulturschock werde ich dir heimzahlen«, sagte ich. »Ich werde mir nämlich einen Trachtenanzug kaufen. Eine gelbe Hose und einen zweireihigen Rock mit Silberspangen! Und du webst den Stoff für die Weste, hörst du? Dann werde ich sonntags mit den Daumen in den Westentaschen vor der Kirche umherstolzieren und mit den anderen Bauern über das Wetter und über die Ernte reden. Und alle nennen mich Groß-Benny vom Rönnhof und wissen, wer ich bin! Und du schweigst und kochst den Kirchkaffee!«

»Vor hundert Jahren wärst du vermutlich ein richtiger Großbauer gewesen, oder? Mit vierundzwanzig Kühen?«

»Da kannst du Gift drauf nehmen! Und Gerichtsschöffe und Kirchenvorsteher gleich dazu. Ein Großbauer mit jeder Menge Knechten, die einem gehorchen müssen, und süßen Mägden, denen man in den Hintern kneifen kann. Die Leute im Dorf hätten Groß-Benny um Rat gefragt und mich gebeten, im Gemeinderat zu sitzen! Statt dessen rennt man wie eine vergiftete Ratte allein zwischen den Maschinen herum und hat nicht mal Zeit, zu den Treffen des Bauernverbandes zu gehen.«

»Hättest du um die Hand der mageren Jungfer aus der Stadt angehalten, die nichts besitzt außer einer Kiste Bücher?«

»Nein, natürlich nicht! Benny vom Rönnhof muß doch die dicke Brita vom Nachbarhof heiraten, um die Besitztümer zu erweitern. Aber die kleine Magere hätte ich als Magd angestellt und wäre nachts zu ihr aufs Ausziehsofa in der Küche geschlichen und hätte ihr Kinder gemacht. Und für diese Kinder hätte ich redlich gesorgt und sie zu Hütejungen und Hirtenmädchen gemacht, da hätte die dicke Brita sagen können, was sie will.«

»Aber eines Tages läuft die magere Magd mit dem Fiedel-Emil davon. Was macht Benny da?«

»Dann wirft er auch noch ihre Kinder raus und stellt eine neue Magd fürs Küchensofa ein! Eine jüngere!«

Sie schlug mit dem Kissen nach mir, und wir rauften eine Weile miteinander. Dann mußte ich mich ergeben, sonst hätte ich noch mal aufstehen und kalt duschen müssen.

Ihr keuchender Atem beruhigte sich.

»Ich werde niemals eine Magd für dein Sofa, das weißt du, oder?« sagte sie. »Ich wäre auch nicht sonderlich geeignet. Ich kann weder backen noch große Wäsche machen oder den Schlachtabfall verwerten. Muß eine Bauersfrau nicht dem Schwein in den Hals stechen und das dampfende Blut auffangen und irgendwas Ekliges daraus kochen?«

»Keine Ahnung, wir bekommen unser Fleisch direkt vom Schlachthof. Fertig zerlegt.«

Es wurde still.

»Aber als du das vorhin gesagt hast, daß du dich zum Küchensofa schleichen und mir Kinder machen würdest ...«, sagte sie wie zu sich selbst. »Mein ganzer Unterkörper kriegt das große Beben, wenn ich so was höre. Mit Tampon und allem Drum und Dran. Die biologische Uhr tickt wie verrückt.«

Ich drehte mich auf den Bauch und wimmerte.

»Du darfst so was nicht sagen! Sonst beschere ich diesen sauberen Laken womöglich noch lauter kleine Kopfkissenbezüge!«

Sie schlief ein, meine Knöchel an ihre Lippen gepreßt, auch diesmal.

23

Ich rufe zu Hause an:
Signalton.
»Kein – Anschluß – unter – dieser – Nummer!«
Nicht einmal der Anrufbeantworter weiß eine Antwort.

Und so begann der mühsame Prozeß, sich näher kennenzulernen.

Er verlief keineswegs geradlinig, nur weil wir von außen betrachtet über eine ziemlich große Handlungsfreiheit verfügten.

Wir waren beide elternlos – er endgültig, ich in der Praxis. Mama liegt seit fünf Jahren im Pflegeheim und erkennt mich nur in den seltensten Fällen. Papa scheint es nahezu als Störung zu empfinden, wenn ich ab und zu nach Hause fahre, um ihn zu besuchen, vor allem, wenn ich versuche, mit ihm zu reden.

So war er übrigens auch, als ich klein war. Er mißbilligte jegliches Gerede über das, was er als »Weiberkram« bezeichnete: Heim und Kinder, Kochen, Kleidung, Einrichtung und natürlich alles was unter »Gefühlen« subsumiert werden konnte. Zu Weiberkram zählte er auch Kunst, Literatur und Religion … Am meisten haßte er die Leiden, die mit dem weiblichen Körper zu tun hatten. So etwas durfte man in seiner Anwesenheit nicht einmal andeuten – als hätte er Angst davor, Frauenbazillen abzubekommen. Sobald es anstandshalber möglich war, verschwand er zum Regiment. Er war Major.

Manchmal habe ich mich gefragt, ob er eigentlich homosexuell ist. Dieser Gedanke mag merkwürdig erscheinen, aber ich habe Papa nie sonderlich nahe gestanden. Ich meine, normalerweise erschaudern Kinder doch beim Gedanken daran, daß ihre eigenen Eltern »es« getan haben müssen, zählen ihre Geschwister und denken: »Es muß mindestens dreimal passiert sein.« In meinem Fall ist die Frage wirklich berechtigt, ob er »es« mehr als einmal getan hat, zumindest mit Mama. Ich habe mich entschieden, nicht weiter darüber nachzugrübeln, sondern zu versuchen, mich einfach nur darüber zu freuen, daß es wenigstens dieses eine Mal geschehen ist.

Mama hatte also nichts anderes, womit sie sich hätte beschäftigen können, als mich. Ich wurde zu ihrer Babypuppe, die sie sich immer gewünscht und endlich bekommen hatte, und sie liebte mich so heiß und innig, wie man es nur tut, wenn man sich zu lange nach etwas gesehnt hat. Das lange Warten hatte sie auch nicht gerade kritisch und klarsichtig gemacht.

Sie stammte aus einem wohlhabenden Elternhaus. Opa besaß eine Konservenfabrik, und während des Krieges gingen seine Geschäfte glänzend – wie ich den Alten kenne, hat er sein Vermögen auf Füchse und Eichhörnchen gegründet, die er als »Wildfleisch« verkaufte. Papa kam aus einer vornehmen Familie, und einmal hörte ich die Damen aus Mamas Bridgeclub tuscheln, daß er meine Mutter geheiratet habe, weil er so große Spielschulden hatte. Klingt vielleicht unzeitgemäß, kann aber sehr wohl der Wahrheit entsprechen. Es verläuft eine direkte Linie von den Männern, die sich um die Jahrhundertwende vor dem Casino in Monte Carlo erschossen, zu denen, die heute an den einarmigen Banditen in den Einkaufspassagen stehen. Wer Papa anruft, während im Fernsehen Bingo kommt, ist selber schuld.

Als ich klein war, trug Mama die Haare messingfarben getönt und legte sie mit Hilfe von heizbaren Wicklern in steife Locken. Sie war beinahe vierzig, als sie heiratete, und zweiundvierzig, als sie mich bekam, und sie hatte niemals arbeiten müssen. Sie war es, die mir den Namen Desirée gab, die Ersehnte. Das war zwar ein schöner Gedanke, aber während meiner Schulzeit lernte ich den Namen hassen, weil ich manchmal gehänselt und natürlich Diarrhö genannt wurde.

Ich hätte viel lieber Hanni oder Nanni geheißen. Oder Dolly.

Vielleicht werden alle Kinder gehänselt, denen zu Hause vermittelt wird, daß sie das achte Weltwunder seien, und die erst in der Schule mit der harten Wirklichkeit konfrontiert werden.

Wie auch immer, die Ehe meiner Eltern war völlig unsichtbar. In gewisser Weise lebten sie wie in einer Wohngemeinschaft, völlig unabhängig voneinander, in der großen Wohnung mit Eichenparkett und Zimmerfluchten, für die Mama die Möbel ausgewählt hatte und wo Papa seine Schirmmütze aufhängte. Sie stritten sich nie in meiner Gegenwart und vermutlich auch nicht in meiner Abwesenheit. Papa aß meistens im Offizierskasino, Mama und ich fuhren in den Sommerferien allein in irgendwelche Pensionen. Papa hatte immer »Manöver«.

Bei uns zu Hause gab es nicht gerade ein ausgeprägtes Gesellschaftsleben oder Feste, die ihren Namen wert gewesen wären – dann und wann kamen die Bridgedamen mit ihren Ehemännern oder Papas Kollegen mit ihren Gattinnen zu langweiligen Dreigängemenüs mit Servierhilfe. Madeira in geschliffenen Gläsern und Zigarillos aus dem Silberetui. Ich mußte hineingehen, um die Gäste zu begrüßen. Knochige Arme und Beine stachen aus den Samtkleidern, die eigens zu diesem Anlaß gekauft worden waren, Onkel mit geröteten Gesichtern klopften mir auf den Rücken, daß ich husten mußte, und sagten, das Mädchen müsse mehr an die frische Luft und ein bißchen Farbe kriegen. Mama hatte mehr Locken als gewöhnlich.

Ich habe nie gesehen, daß Mama und Papa sich berührt hätten, nicht einmal, daß sie Arm in Arm gegangen wären.

Wie hätte ich also wissen sollen, wie eine Ehe aussah? Kein Wunder, wenn ich fand, daß Örjan und ich eine Musterbeziehung führten. Und es war nicht weiter seltsam, daß ich nicht um ihn trauern konnte. Männer waren da oder auch nicht, die Frage war meistens nur, wie viele Koteletts man zum Essen einkaufen mußte. Ansonsten hatte ihre Anwesenheit keine tiefere Bedeutung, diese Botschaft hatte ich von zu Hause mitbekommen.

Ich war also völlig unvorbereitet auf eine Person wie Benny. Es gibt Tage, an denen ich finde, daß er in mein Revier eindringt, in Zimmer und Vorräume, Tage, an denen ich es nicht aushalte, ihn zu sehen. Das ist mir mit Örjan nie passiert, er war ganz und gar zufrieden damit, irgendwo nebenherzulaufen, und ich konnte ganz gut damit leben.

Und es gibt andere Tage …

24

Desirée – ich habe Schwierigkeiten mit ihrem Namen. Er klingt spitz, schnippisch und aufgeblasen, all das, was ich am Anfang von ihr gedacht habe. Ich nenne sie Krabbe. Das paßt so gut, daß es fast schon gemein ist. Bleich, in sich zusammengekrochen ein weiches Inneres mit einer harten Schale nach außen. Und langen Fühlern.

Es gibt so vieles, was ich an ihr nicht verstehe.

Sie stand lange da und starrte ein Foto von meinen Eltern an, das mir selber sehr gut gefällt. Sie liegen da und sonnen sich auf einem Felsen, halbnackt, die Arme und Beine ineinander verschlungen. Sie liegen Wange an Wange, blinzeln in die Sonne und lächeln.

Sie fand das Foto unangenehm, zu intim.

»Ich meine, es sind doch deine Eltern«, sagte sie. »Findest du nicht, daß es etwas ... na ja, zu intim ist, ein bißchen eklig?«

Eklig?

Ständig friert sie. Ich kann nicht genug einheizen, und wenn ich mir am liebsten das Hemd vom Leib reißen würde, hockt sie im Pullover und mit dicken Socken da. Sie liebt es, wenn ich einfach nur ruhig dasitze und ihr mit kräftigen, gleichmäßigen Bewegungen übers Haar streiche. Dann rollt sie sich bei mir zusammen wie eine ausgehungerte Sommerkatze, die endlich ein Herrchen gefunden hat.

Dabei ist sie alles andere als hilflos und abhängig! Es nervt mich ziemlich, wenn ich damit gerechnet habe, mich mit ihr zu treffen, und sie mir plötzlich mitteilt, daß sie ihre Pläne geändert hat und statt dessen mit einer Freundin ins Kino gehen will. Oder wenn sie weiß, daß ich viel zu tun habe und kaum Zeit finde, in die Stadt zu fahren, und am Telefon einfach nur sagt: »Na gut, dann sehen wir uns vielleicht nächste Woche.« Niemals würde sie sagen: »Ach, dann komme ich statt dessen zu dir!«

Ich möchte zu ihr vordringen und sie – um ehrlich zu sein – an mich binden, aber da sie mich anscheinend nur manchmal haben will, kann ich keine Forderungen stellen, und das macht mich verdammt frustriert. Im übrigen könnte man doch wohl eigentlich erwarten, daß sie auch mal *einen* Handgriff im Haushalt macht! Oder mir beim Probemelken hilft oder irgendein Interesse für das aufbringt, was ich mache! Ich weiß, ich bin es gewohnt, daß Frauen als verlängerter Arm funktionieren, und ich habe wirklich nicht vor, sie darum zu bitten, mir Wecken zu backen, aber es fällt mir so schwer, sie mit der Nase in der Zeitung dasitzen zu sehen, während ich mich zwischen meinen Aufgaben zerreißen muß!

Im Grunde genommen könnte ich mir vorstellen, Bigamist zu werden – und mich mit Violet *und* der Krabbe zusammenzutun. Violet könnte im Erdgeschoß Gardinen säumen und Pökelfleisch machen, während sich die Krabbe oben im Schlafzimmer an meiner Brust zusammenrollt und ihr leises, heiseres Lachen von sich gibt. Dieses Lachen ist für mich eine Art Belohnung geworden, für die ich beinahe alles tue. Es ist wie bei so einem Hau-den-Lukas, den es auf alten Jahrmärkten gibt. Wenn man mit einem schweren Hammer auf einen Block haut, schießt ein Wagen an einer Anzeige nach oben. Wenn man richtig stark ist und den Block ganz nach unten durchschlägt, klingelt oben ein Glöckchen.

Ihr Lachen ist genau dieses Glöckchen. Ich bringe es nicht oft zum Klingeln, aber es kommt vor. Und ich fühle genau, wann ich es auf der Anzeige bis achtzig geschafft habe und wann ich den Block ganz nach unten geschlagen habe.

»Daß du immer so seltsam sein mußt, Benny!« sagt Violet in mißbilligendem Ton. Wenn ich den Großtraktor mit Zwillingsbereifung fahre oder in Schutzkleidung mit der Motorsäge in den Wald gehe, findet sie, daß ich genauso ein Teufelskerl bin wie ihr Bengt-Göran.

Die Krabbe ist in dieser Hinsicht genau umgekehrt. Ich habe das Gefühl, als würde gerade meine »seltsame« Seite ihr Interesse wecken, während sie mich anstrengend findet, wenn ich meinen Helm aufsetze oder eine Prise Kautabak einschiebe.

Wie weit ist die medizinische Entwicklung gediehen? Ob es wohl möglich wäre, die kleine, komplizierte, beige Seele von der Krabbe in Violets üppigen Busen und in ihre fleißigen Hände zu transplantieren?

25

Das dampfende, schlampige Leben
habe ich in den Griff bekommen.
Ich versehe es mit Etiketten, versiegele es in Mappen
und archiviere es.

Heute ist etwas wirklich Unheimliches passiert. Ich zittere noch immer, wenn ich daran denke.

Frau Lundmark ist gestern nicht zur Arbeit gekommen. Damit hat es angefangen.

Es dauerte eine Weile, ehe wir es überhaupt bemerkten. Häufig kommt sie früher als wir anderen, hängt ihren Mantel und ihren kleinen Pelzhut in ihrem Zimmer auf und schleicht hinunter ins Magazin, um ... Tja, was tut sie eigentlich, wenn sie nicht in der Kinderbuchabteilung ist? Wir gehen allesamt davon aus, daß sie mit der Katalogisierung, mit dem Sortieren und Ausmustern beschäftigt ist, aber natürlich hakt niemand von uns nach, und bei ihrer Position hat keiner von uns die Befugnis, ihre Arbeit in Frage zu stellen. Immer mehr Zeit verbringt sie im Magazin und hinterläßt nur kurze Notizen an Britt-Mari oder mich, daß wir uns um die Kinderbuchabteilung kümmern sollen.

Wir merkten es also erst in der Mittagspause. Frau Lundmark sitzt *immer* am Fenstertisch, und sie ißt *immer* Sauermilch mit Müsli, während sie den Katalog vom Bibliotheksinformationsdienst liest. Falls es mal ganz still im Zimmer werden sollte, hört man das Röcheln in ihren Atemwegen, ansonsten verbreitet sie keinerlei Geräusche.

Sie sitzt dort von 12.01 Uhr bis 12.55 Uhr. Dann erhebt sie sich, spült ihre Müslischüssel ab und stellt sie auf den Geschirrständer. Dann geht sie auf die Toilette. Darüber haben wir uns schon lustig gemacht. Nicht jeder hat einen Magen, nach dem man die Uhr stellen kann.

Wir haben uns so sehr an ihren Rhythmus gewöhnt, daß sie für uns eine Art Fabriksirene geworden ist: Wir wissen, daß es Zeit für die Mittagspause ist, wenn sie am Regal mit den Musikalien vor der Tür des Aufenthaltsraums vorbeigeht, und unser Speichelfluß nimmt zu wie beim Pawlowschen Hund. Manchmal reicht schon das Geräusch ihres Atems, um hungrig zu werden. Und wenn sie sich erhebt und zur Spüle geht, nachdem sie mit gespitzten Lippen ihre Sauermilch sozusagen von der Löffelspitze geküßt hat, beenden wir rasch unser Gespräch. Wir müssen nicht einmal einen Blick auf unsere Armbanduhren werfen.

Gestern kam sie nicht in den Aufenthaltsraum. Sie hatte sich auch nicht krankgemeldet oder Urlaub genommen. Wir redeten vielleicht zwei Minuten davon – so lange haben wir noch nie über sie gesprochen, seit ich in dieser Bibliothek arbeite. Keiner von uns hat näher mit ihr zusammengearbeitet oder Auseinandersetzungen mit ihr gehabt. Wir haben sie aber auch nicht gemieden, fast täglich haben wir uns mit ihr über das Wetter und über Dienstpläne unterhalten – und aus irgendeinem Grund ist sie immer diejenige, die es auf sich nimmt, Geld einzusammeln, wenn jemand einen runden Geburtstag hat, in Ruhestand geht oder Kinder bekommt. Sie verfügt über die unerwartete Fähigkeit, stets die passenden Geschenke auszusuchen – zwar recht konventionelle, aber genau das, was die Leute sich gewünscht haben. Na ja, zwei Minuten lang fragten wir uns, wo sie steckte. Dann gingen wir wie gewöhnlich davon aus, daß das nicht unser Problem war, und wandten uns wieder unseren eigenen Angelegenheiten zu.

Aber auch heute war sie nicht im Aufenthaltsraum. Wir redeten vielleicht drei Minuten darüber. Und dann fragten wir sogar Olof, ob er etwas wisse. Er wußte aber nichts und sagte, er habe auch keinerlei Einblick, wie sie sich ihre Arbeit aufteile. Einmal wollte er mit ihr über ihre Aufgaben diskutieren, woraufhin sie ihm einen mehrstündigen Bericht ablieferte, der den halben Nachmittag in Anspruch genommen habe.

»Sie bekam ganz rote Wangen, als ich sie fragte«, sagte Olof. »Sie holte das Buch mit ihren Einträgen, und dann erzählte sie sehr detailliert von einem Ausmusterungssystem, das sie ausgearbeitet hatte. Ich mußte schließlich einen Zahnarzttermin vorschieben. Ich meine, wie hätte ich sie von diesem Buch zum Windows-Dateimanager führen sollen?«

Keiner der übrigen Abläufe in der Bibliothek schien durch Frau Lundmarks Abwesenheit beeinträchtigt. Die Kinder- und Jugendbuchabteilung betreue ich inzwischen oft allein, und ich habe es immer geschätzt, daß sie mir freie Hand gelassen hat. Nein, das ist zu freundlich formuliert: Ich hielt mich für kompetenter als sie, und es hätte mich gewaltig irritiert, wenn sie versucht hätte, sich in meine Arbeitsweise einzumischen. Für mich ist sie wohl nie etwas anderes als ein weniger funktionelles Büromöbel gewesen, eines, das wir bei der nächsten Inventur gut entbehren könnten.

Ich rief sie zu Hause an. Ein Anrufbeantworter teilte mit, daß ich bei Inez Lundmark gelandet sei, die zur Zeit leider nicht ans Telefon gehen könne. Ich rief ein paarmal: »Inez? Inez? Ich bin's, Desirée!« für den Fall, daß sie in der Nähe war, ohne ans Telefon zu gehen. Dabei wußte ich ja nicht, durch welches Zimmer meine Stimme schallte, und nicht einmal, ob sie und ich uns wirklich duzten – ich hatte noch nie ihren Vornamen benutzt.

Im Grunde bin ich wirklich kein barmherziger Samariter. Viel typischer für unseren Arbeitsplatz wäre es gewesen, wenn Lilian händeringend gesagt hätte, daß »wir etwas tun« müßten – wobei wir alle wußten, daß sie mit »wir« uns anderen meinte. Und schließlich hätte Britt-Mari, die Mutter von fünf Kindern ist und am wenigsten Zeit von uns allen hat, die Sache in die Hand genommen.

Aber irgendwas in Olofs Erzählung, wie er den Zahnarzt vorgeschoben hatte, um Frau Lundmark zu entkommen, als sie ihm so eifrig ihr System erklären wollte, irgendwas verursachte mir Schmerzen in der Herzgegend. Oder vielleicht eher an der Galle. Ein Druck, ein vages Unbehagen.

Ich bat Olof, mir freizugeben, damit ich sie zu Hause besuchen konnte. Sie hatte sich ja nicht krankgemeldet, und da er nicht so recht wußte, wem er das Problem zuschieben sollte, nickte er und sah erleichtert aus. Ich ging.

Sie wohnte in einem großen, rußigen Mietshaus aus dunklem Backstein, das schon bessere Tage gesehen hatte. Das Treppenhaus war mit marmorierten Holzpaneelen verkleidet, und in die Nischen, in denen wohl früher mal Statuetten standen, hatte jemand mit Sprühfarbe »fuck your ass!« geschrieben.

Sie öffnete die dunkelbraun gefirnißte Wohnungstür nach dem ersten Klingeln. Innen war eine Sicherheitskette angebracht. Sie zögerte nur kurz, ehe sie sie löste und mich in den Flur ließ.

»Hallo Inez!« sagte ich und lächelte bemüht. »Wie geht es dir? Wir machen uns nämlich schon Sorgen!«

Sie murmelte etwas und machte eine lahme Geste in Richtung Wohnzimmer, und ich folgte ihr in einen großen, kahlen Raum, in dem an zwei Wänden Archivschränke standen. Archivschränke?

»Wohnst du ... allein hier?« fragte ich. Es gab keine taktvolle Art, sie zu fragen: Und wo hast du *Herrn* Lundmark gelassen?

»Schon in den sechziger Jahren hat man den Titel ›Frau‹ auch für unverheiratete Frauen eingeführt«, sagte sie und schob ihr Kinn ein wenig vor. »Ich glaube, damit haben sie bei ›Dagens nyheter‹ begonnen. Oder vielleicht im Gesundheitswesen, damit sich die unverheirateten Mütter nicht zu schämen brauchten.«

Was sollte ich dazu sagen? Daß es uns herzlich egal war, ob sie Fräulein oder Frau war?

»Mir war ein bißchen unwohl«, sagte sie dann. »Hoffe, ihr entschuldigt mich. Das geht sicher wieder vorbei.«

Entschuldigen? Und die Krankmeldung, die Karenztage und das Attest vom Betriebsarzt? Soweit ich wußte, war sie noch nie krank gewesen. Vielleicht wußte sie nicht mal, daß man nicht einfach zu Hause bleiben und sich hinterher entschuldigen konnte. Aber ich war ja nicht gerade als Repräsentantin der Obrigkeit gekommen.

Es wurde still.

»Was hast du in deinem Archiv?« fragte ich geradeaus in die Luft.

Sie sah eine Weile aus dem Fenster. Es hatte Jalousien im Stil der Fünfziger, die Lamellen waren abwechselnd in Weiß und in einem ausgeblichenen Türkis gehalten.

»Du bist ein nettes Mädchen«, sagte sie schließlich. »Viel netter, als du denkst. Deshalb kann ich es dir zeigen, wenn du willst.«

Und das tat sie.

Zwei Stunden später stolperte ich die ausgetretenen Steinstufen des hallenden Treppenhauses hinunter, den Tränen nahe. Mit irgend jemand mußte ich reden, und ausnahmsweise fiel mir als erstes nicht Märta ein. Ihr hatte ich allzu oft von Frau Lundmarks regelmäßigen Darmfunktionen erzählt. Ich ging in eine Telefonzelle und rief Benny an.

26

Meine Kuh Lisa hat sich die letzten Wochen kaum auf den linken Vorderfuß stützen können. Ihre Klauen sind so lang wie bei einer Disneykuh, und ich mache mir Sorgen, ob sie vielleicht schon Klauenfäule hat. Mir wird immer schlecht bei der Vorstellung, daß die Tiere im Dreck herumstehen, während sich die Fäule immer weiter nach innen frißt. Vater hat es mit der regelmäßigen Klauenpflege immer sehr genau genommen, und wenn der Klauenpfleger kam und Hilfe brauchte, sprang ich für Vater ein – aber wer zum Teufel springt für mich ein? Während der Herbstbestellung dachte ich jeden Tag, daß ich eigentlich den Klauenpfleger anrufen müßte, aber ich brauche ja auch Zeit, um ihm zu assistieren. Und eine Sache ist sicher: Es wird nicht besser davon, wenn man herumläuft und von völlig belanglosen Dingen träumt. Desirée kann ruhig wissen, daß ihr Sommerferienlächeln beinahe meine beste Kuh ruiniert hat.

Schließlich bekam ich ihn zu fassen. Er kam eines Vormittags, und wir fingen gleich an. Als wir nach ein paar Stunden Kaffeepause machten, rief Desirée an. Ich schloß die Tür zur Küche und bereitete mich darauf vor, das eine oder andere zu sagen, was nicht für die Ohren des Klauenpflegers bestimmt war. Aber sie hatte nicht angerufen, um mit mir am Telefon zu reden. Sie schluchzte in den Hörer.

»Ich muß mit dir reden, jetzt sofort!« sagte sie. »Wann geht der nächste Bus?«

Es kribbelte auf der Kopfhaut. D-Day. Jetzt würde sie mir erzählen, daß sie genug, ja mehr als genug hätte von mir, und dann würde ich nichts außer Lisas Klauen haben, um mir den Tag zu vertreiben. Mein Leben stünde wieder auf »Los«, bereit für neue triste Runden, in Ewigkeit, amen.

Ich stand und starrte mich im Dielenspiegel an. Eine schmuddelige, alte Strickmütze in Braun und Orange. Und darunter Haar wie gehechelter Flachs, eine ganze Ecke dünner, als ich es in Erinnerung hatte. War ich das? Wann hatte ich mich zuletzt im Spiegel betrachtet? Daß sie überhaupt Lust hatte, mit dem Bus herzukommen, um es mir persönlich mitzuteilen! Anständige Frau, wirklich!

Ich gab ihr lustlos die Buszeiten durch und schleppte mich in den Kuhstall, um die Arbeit abzuschließen. Dann melkte ich, und gerade als ich die Silage herausfuhr, kam sie, die Pilzmütze über die Ohren gezogen und die Hände tief in den Taschen vergraben. Sie stieg vorsichtig auf den Futtertisch und lief den ganzen Weg bis zu mir, wobei sie nervös zur Seite sprang, wenn die Kühe ihre Köpfe hin- und herwarfen. Ich stellte die Schubkarre ab und stand still da, gespannt wie ein Flitzbogen.

Sie kam zu mir, schlang die Arme um mich und legte ihre Wange an meinen dreckigen Overall.

»Du bist so normal«, sagte sie. »Und du hast so eine häßliche Mütze!«

Ihr Tonfall klang, als hätte sie gesagt: »Hör mal, Schatz, sie spielen gerade unser Lied!«

Ich schwöre, daß es im Stall auf einmal heller wurde. Das kommt manchmal an Spätsommerabenden vor, wenn man den Heulüfter abstellt und der Strom plötzlich mehr Watt für die Lampen liefert. Es wird heller, und man erinnert sich: Klar, genau so hell sollte es eigentlich sein!

Sie war nicht gekommen, um Schluß zu machen.

Wir gingen ins Haus und kochten Tee und stellten die verbliebenen Zimtwecken auf den Tisch, die ich gekauft hatte, um sie dem Klauenpfleger anzubieten. Dann erzählte sie von ihrer Kollegin, die den Absprung gewagt hatte.

27

Ich bin aus meinem Leben herausgewachsen,
könnte ein neues gebrauchen.
Macht nichts, wenn es aus zweiter Hand ist.

Inez hatte ihre Archivschränke gekauft, als das Regiment irgendwann in den siebziger Jahren aufgelöst wurde. Zwanzig Jahre lang hatte sie darin Mappen gesammelt.

Erst über ihre Verwandtschaft, bis zu sieben Generationen zurück. Sie hatte Familienforschung betrieben. So hatte es angefangen, das wurde mir später klar.

Aber warum sollte man nur Informationen über längst Verstorbene sammeln?

Sie begann Mappen über Nachbarn, Kollegen und alte Klassenkameraden anzulegen. Freunde hatte sie keine.

»Das hat mich nicht interessiert«, sagte sie sachlich. »Man wird so abhängig voneinander, das ist anstrengend. Man fühlt sich nicht mehr frei.«

Die Mappen, die sie über die Kassiererin im Konsum um die Ecke, über den Vermieter und den Briefträger angelegt hatte, waren nicht sonderlich umfangreich.

»Es ist schwierig, an Auskünfte über sie zu gelangen«, sagte sie entschuldigend. »Es kommt vor, daß ich direkte Beobachtungen anstelle, und manchmal bekomme ich meine Informationen über die Familienanzeigen. Aber ich besuche sie nicht zu Hause.«

»Direkte Beobachtungen?« fragte ich.

Sie lächelte zufrieden.

»Das hast du nie bemerkt, oder?« meinte sie.

Gemerkt? Was?

»Ich spioniere nicht«, sagte sie. »Ich habe nicht das geringste

Interesse daran, in das Leben anderer Leute einzugreifen, ich will ihnen weder schaden noch helfen. Und ich werde mit Sicherheit keine meiner Informationen mißbrauchen. Was ich sammele, ist im übrigen für die meisten Menschen völlig uninteressant. Ich habe in jedem Fall mit meinem Rechtsanwalt ausgemacht, daß im Fall meines Todes alles ungelesen vernichtet wird. Aber deine eigene Mappe darfst du sehen.«

Sie öffnete eine grüne Blechschublade, auf der »Kollegen« stand, und zog eine Hängemappe heraus. Sie war ziemlich dick.

»Setz dich!« sagte sie in einem peitschenden Tonfall, als wäre ich ein ungewöhnlich träger Hund, und legte die Mappe vor mir auf den Tisch.

Es gab Schwarzweißfotos von mir in der Bibliothek, auf der Straße und auf meinem Balkon, letzteres schien von schräg unten aufgenommen worden zu sein, von der gegenüberliegenden Straßenseite. Die Fotos auf der Arbeit waren körnig, als seien sie heimlich aus weiter Entfernung gemacht und dann vergrößert worden.

»Ich entwickele die Bilder im Badezimmer«, sagte sie stolz.

In der Mappe befanden sich meine Dienstpläne bis zum aktuellen Datum, Rundschreiben, Fachprotokolle und Notizen, die ich unterzeichnet und an die Kollegen verschickt hatte. Es gab ein kleines Heft mit der Beschriftung »Kleidung«, in dem sehr korrekt meine Lieblingsfarben und -stoffe aufgelistet und mit ein paar Kommentaren zu Kleidungsstücken versehen waren, die ich zu verschiedenen Anlässen getragen hatte: »Weihnachtsfeier: roter Faltenrock, lange Strickjacke, Bluse mit langen Kragenspitzen«, »15. Mai: dunkelblaue Jacke, zu groß, hat sie dem verstorbenen Ehemann gehört?« Es gab eine Liste von Büchern, die ich ausgeliehen hatte, und ein paar Quittungen vom Lebensmittelgeschäft, in dem ich einkaufte.

»Es sind deine Quittungen«, sagte sie. »Ist es dir im nachhinein unangenehm, daß ich dich fotografiert habe, ohne daß du davon gewußt hast, und daß ich die Quittungen von deinen Einkäufen gesammelt habe?«

Das konnte ich nicht wirklich behaupten, vor allem weil sie mich mit schräggelegtem Kopf anstarrte, unergründlich wie eine Sphinx.

Ich zog ein großes weißes Taschentuch aus der Mappe, das einen vage bekannten Duft verströmte. Sie errötete.

»Ja, es ist deines«, sagte sie. »Normalerweise hebe ich keine Gegenstände auf. Aber es war wegen des Parfüms, ich wollte wissen, was für ein Parfüm du benutzt. Es ist doch Eternity von Calvin Klein, oder? Das hab ich an der Parfümtheke bei Domus herausgefunden.«

»Aber irgendwas mußt du doch mit den ganzen Informationen anstellen? Tust du es nur, weil du so gerne sammelst und archivierst? Oder möchtest du einen Roman schreiben?« Dieser Gedanke war mir plötzlich gekommen. Ich hatte von Schriftstellern gelesen, die so arbeiteten.

»Ganz sicher nicht«, sagte sie irritiert. »Es gibt schon viel zu viele Romane. Aber ... ja, manchmal ... es ist vorgekommen, daß ich eure Leben ein bißchen ausprobiert habe, so wie man Kleider in Geschäften anprobiert. Sachen, die man eigentlich nie kaufen würde, die man aber trotzdem anzieht, um sich selbst in etwas Neuem zu sehen. Ich setze mich auf meinen Balkon und stelle mir vor, ich wäre du und säße an einem Vorfrühlingstag auf deinem Balkon, mit der alten Daunenjacke und der Mütze mit den Pilzen drauf, und ich esse die Finn Crisp, die du immer kaufst. Ich schließe die Augen und spüre, daß mein Haar strähnig und weißblond ist und daß ich nur knapp über dreißig bin. Ich habe mich tatsächlich vorbereitet und Finn Crisp eingekauft, und ich hätte mir fast eine kleine Flasche Eternity gekauft. So sitze ich da und denke darüber nach, was ich morgen anziehen soll – den langen grünen Rock oder die Jeans und den Pulli? Soll ich mit meiner Freundin Mittag essen oder lieber zum Friedhof gehen? Und dann denke ich an meinen verstorbenen Mann, weißt du, den habe ich ja oft gesehen, als er dich abholte. Dabei gehe ich allerdings nicht sonderlich in die Tiefe. Ich habe kein so großes Interesse an deinen wahren Gefühlen.«

»Meine Mappe ist dick«, murmelte ich. »Über Lilian hast du gar nicht so viel gesammelt, sehe ich.«

»Ihr Leben interessiert mich nicht so sehr. Ich habe in erster Linie ein paar oberflächliche Beobachtungen gemacht, denn manchmal bleibt mein Blick auf ihr hängen, wenn ich gerade jemand anders bin. Und auch sie soll ja Geburtstagsgeschenke bekommen!«

Geburtstagsgeschenke! Kein Wunder, daß sie Meisterin darin war, die richtigen Geschenke auszuwählen!

»Du dagegen hast mich ziemlich interessiert«, sagte Inez. »Du bist auch eine, die lieber zusieht, als am Leben teilzunehmen. Aber ich glaube, du bist zu ungeduldig, um das zu archivieren, was du siehst. Vielleicht kommt es ja mit der Zeit.«

Sie klang wie eine geduldige Grundschullehrerin. Mit der Zeit wirst du vielleicht auch verrückt, mein Kind. Obwohl … war sie das?

»Kannst du mir etwas über mein Leben sagen, was ich nicht weiß?« fragte ich plötzlich.

»Ja«, sagte sie. »Aber das werde ich ganz bestimmt nicht tun. Das wäre Mogelei. Und vielleicht sogar gefährlich? Es wäre wie in diesen Science-fiction-Geschichten, weißt du, in denen jemand an einem kleinen Rad in der Vergangenheit dreht und so die ganze Gegenwart verändert. Tja, ich weiß nicht. Eigentlich probiere ich ja nur dein Leben aus, manchmal und für eine kurze Weile. Ich leihe es mir nur aus. Ich nutze es nicht ab.«

Ich habe mal einen finnischen Forscher sagen hören, daß nur derjenige normal sei, der noch nicht hinreichend untersucht worden sei. Warum sollte es verrückter sein, das Leben von Menschen zu erfassen, als Vögel zu beobachten? Sie war kein bißchen verrückter als ich, und weder verbittert noch sentimental. Nur praktisch und effektiv und sehr poetisch.

»Dieser Neue«, sagte sie. »Er verblüfft mich. Entweder ist er völlig verkehrt für dich, oder er ist der einzig Mögliche.«

»Benny? Ja, Inez, was soll ich mit Benny machen?«

»Ich gebe *wirklich* keine Ratschläge!« sagte Inez.

28

Irgendwas ist passiert, ungefähr in dem Moment, als sie herkam und von dieser Kollegin erzählte. Es war so, als habe sie seitdem begonnen, häufiger die Augen zu öffnen als den Mund. Oder wie ich das auch immer ausdrücken soll.

Klar redete sie viel. Und ich hatte keineswegs etwas dagegen – in Anbetracht der Stille, in der ich gelebt hatte. Und ich fand das meiste von dem, was sie sagte, interessant, witzig, lieb oder sonstwas. Aber manchmal fragte ich mich, ob sie *eine einzige Sache* erleben konnte, ohne gleichzeitig davon zu sprechen. Es schien ihre Art zu sein, das, was sie erlebte, in sich aufzunehmen. Als ob sie es zerkleinern müsse, um es schlucken zu können, wie Rentner mit schlechten Zähnen.

Im übrigen gibt es Menschen, die ihren Fotoapparat so verwenden. Einmal, als ich klein war, machten wir drei Tage Urlaub in Göteborg zusammen mit Mutters Cousine Birgitta. Und Birgitta knipste die *ganze Zeit*: den Stadtpark, den Hafen, den Vergnügungspark Liseberg, die Hafenrundfahrtsschiffe und Straßenbahnen. Irgendwie hatte sie keine Freude an Dingen, wenn sie sie nicht fotografieren konnte. Und dann im Winter, als sie zu Besuch war und wir uns über die Reise unterhielten und ihr Fotoalbum ansahen, da stellte sich heraus, daß sie sich an rein gar nichts erinnerte, was sie nicht fotografiert hatte, nicht einmal an diesen verrückten Kellner im Speisesaal des Hotels, der mit den Ohren wackeln konnte. Für Birgitta mußte es die Hölle sein, eine Filmrolle zu verbummeln. Als würde sie ein paar Monate ihres Lebens verlieren. Dabei machte sie nicht mal besonders tolle Fotos.

Die Krabbe war also ein bißchen wie sie. Über alles mußte sie reden. Und es gab eigentlich nur eine einzige Situation, in der es mich störte: im Bett. Denn während sie mich liebkoste, daß mir ganz schwindlig wurde, konnte sie über irgendwas reden. Manchmal sogar über das, was wir gerade taten, und das machte mich beinahe verlegen: »Hmmm, manchmal frage ich mich, ob der Ellenbogen eine erogene Zone *ist* oder ob du ihn dazu machst ...? Wußtest du, daß die Herzogin von Nivers eine kleine Karte von ihrem Unterkörper gezeichnet und mit Aquarellfarben illustriert hat, damit es ihren Liebhabern leichter fallen sollte, sie zu befriedigen?«

So ging es die ganze Zeit. Und irgendwie fiel mir nichts ein, was ich hätte sagen können.

Bis zu dem Abend, als sie bei der Tante mit den Archivschränken gewesen war. Erst wirkte sie gar nicht besonders interessiert an Sex, obwohl sie bei mir übernachten wollte. Sie zog sich aus, legte sich in meinem Bett auf den Rücken und starrte schweigend an die Decke. Und weil es für mich noch immer wie Heiligabend ist, sie einfach bei mir zu haben, konnte ich meine Hände nicht im Zaum halten.

Manchmal glaube ich, daß ich versuche, ihren Körper auswendig zu lernen, als könnte er plötzlich verschwinden. Ich kenne ihre Grübchen an den Schlüsselbeinen, ihre kleinen, geraden Zehen, den Leberfleck unter ihrer linken Brust und den weißen Flaum auf ihren Unterarmen. Wenn wir Blindekuh spielen würden, könnte ich mich bei ihr nie irren, vorausgesetzt, sie wäre nackt. Übrigens glaube ich, daß ich sie allein an ihrer Stupsnase erkennen würde. Witzigerweise hält sie sich selbst für sehr nichtssagend. Ich habe keine Ahnung, ob sie schön oder häßlich ist, das ist irgendwie uninteressant. Wenn sie bloß so ist, wie sie ist.

An diesem Abend sagte sie kein Wort. Ich wußte nicht, ob ich anfangen sollte, mit ihr Liebe zu machen, normalerweise zeigt sie deutlich, wenn sie findet, daß Zeit dafür ist. Aber dann seufzte sie tief, schob mich auf den Rücken, nahm meine Hände und legte sie übergekreuzt auf meine Brust. Und dann begann sie mit mir Blindekuh zu spielen, noch immer schweigend.

Man sagt, daß einsame Menschen viel zu oft zum Friseur,

zum Zahnarzt und zur Fußpflege gehen, nur um das Gefühl zu haben, daß jemand sie anfaßt. So wie jetzt hatte sie mich nie zuvor berührt – und dabei ging es nicht um erogene Zonen. Jedenfalls eine ganze Weile nicht. Ich glaube, daß ich den Tränen nahe war. Und ich weiß, daß sie weinte. Ihre Tränen tropften auf meine Hand, aber als ich etwas sagen wollte, legte sie ihren Finger auf meinen Mund.

»Sch, ich probiere mein Leben aus«, sagte sie. Ich weiß nicht, was sie meinte, aber in dem Moment schien es so selbstverständlich wie manchmal in Träumen.

29

Deine Hände streicheln
Schultern und Brüste aus mir hervor.
Du gibst mir meine Fußwölbungen, meine Ohrläppchen
und ein Eichhörnchenjunges zwischen den Schenkeln.

Er hat zwei kleine Windpockennarben im Gesicht, eine an der Schläfe und eine am Mundwinkel. Heute vormittag bei der Arbeit ertappte ich mich mitten in einer komplizierten Computerrecherche nach Referenzliteratur dabei, wie ich dasaß und mit dem Zeigefinger über die Tastatur strich, als sei sie sein Gesicht mit seinen Narben. Ich schloß die Augen und folgte ihnen von P bis D, streichelte die leichten Mulden der Tasten mit der Fingerkuppe, und dann öffnete ich die Augen und betrachtete meine Hände, als hätte ich sie nie zuvor gesehen. Diese weißen, knochigen Finger spüren den Flaum auf seinen Nackenwirbeln, die Grübchen an seinen Schlüsselbeinen und die Adern, die sich auf seinem Unterarm entlangschlängeln, und sie sind seiner Behaarung vom Nabel an abwärts gefolgt …

Mein Dasein ist so physisch geworden, ich spüre, daß ich die Kontrolle darüber zu verlieren drohe. Mir haben Leute erzählt, daß sie zu rauchen aufgehört und plötzlich erlebt hätten, wie der Tee duftete, wie Sahne schmecken konnte, wie der Frühling zu einer ganzen Komposition von Düften wurde. Meine Fühler scheinen diesen Sprung geschafft zu haben: Ich spüre, daß der Stuhl an den Schenkeln weich und federnd ist, daß der Leinenstoff sich beim Drüberstreichen grob anfühlt, ich spüre, daß ein kleines exaktes Gefühl entsteht, wenn man eine Feder über die Lippen streicht. Wenn das so weitergeht, werden die Leute sich an die Stirn fassen und die Augen verdrehen, weil ich beginne, die Umwelt zu befingern.

Ich mußte unbedingt Märta anrufen. Als ich ihr erzählte, wie ich dagesessen und meine Computertastatur gestreichelt hatte, gab sie ein merkwürdiges Geräusch von sich, eine Art leises, warmes, beschützendes Taubengurren, als habe sie sagen wollen, wie sehr sie sich für mich freut. Aber sie sagte bloß, ich solle aufpassen, daß ich nicht wegen sexueller Belästigung von Büroausstattung eingelocht würde.

Ich bin noch nie ein sinnlicher Mensch gewesen, das hat mich mein Leben mit Örjan gelehrt. Ich nahm es mit Gleichmut hin, möglicherweise war ich sogar stolz darauf, als würde es mich zu einem Vernunftmenschen machen, der über tierische Verhaltensweisen erhaben war. Die sonntäglichen Sexbeilagen der Boulevardblätter ließen mich vor Ungeduld schnauben: »Drükken Sie hier« und »rotieren Sie dort mit der Zunge«, manchmal mit dem Zusatz versehen »So erhalten Sie sich seine Liebe ...« Es klang alles so effektiv, als sei es ein Kurs, wie man beim Fliesen seines Badezimmers die Kacheln möglichst gerade anbringt. Es ist ja nichts gegen effektive Kurse einzuwenden, aber man soll bloß nicht ankommen und behaupten, sie würden von Liebe handeln. Ich weigerte mich, eine Karriere als Haremsdame zu beginnen, bei der Arbeit mußte ich effektiv genug sein.

Und Örjan verstand mich und übernahm so gern die Rolle des Mannes, der immer ein bißchen mehr wollte als seine Frau. Ich machte ihn sozusagen potenter, indem ich abweisend war. Was hätte er getan, wenn ich ihm in wildem Begehren ein Bein gestellt und ihn auf den Flurteppich gezerrt hätte? Ich glaube, seine Erregung wäre sofort dahingewesen. Er war wohl auch nicht so besonders sinnlich, denke ich jetzt im nachhinein.

Denn es kam nie vor, daß er eine so kindliche Ungeduld an den Tag legte wie Benny es tut, insbesondere wenn wir uns eine Weile nicht gesehen haben. Als hätte er lange dagestanden und seine Nase sehnsüchtig an die Scheibe eines Kiosks gepreßt, mit dem wöchentlichen Taschengeld in der Hand. Inzwischen hat er meinen ganzen Körper erforscht, Quadratzentimeter um Quadratzentimeter, mit allen fünf Sinnen und manchmal auch dem sechsten, scheint mir. Er entdeckt Leberflecken, die ich noch nie gesehen habe, schnuppert lange in meiner Kniekehle oder liegt da und betrachtet eine Brustwarze, als hätte er noch nie eine gesehen. Er ist ein bißchen irritiert, wenn ich ihn auslache, und sagt, das sei eine Berufskrankheit, er sei es eben gewohnt, Euter zu begutachten ... Aber sein Eifer und sein Vergnügen sind unverkennbar, ebenso wie sein Wunsch, sie mit mir zu teilen.

Als er mit seinen Entdeckungsreisen über meinen Körper begann, war ich etwas verlegen und fragte, ob wir hier beim TÜV seien. Aber das war in erster Linie, weil ich mich so dumm und unerwartet schüchtern fühlte. Ich weiß nicht, wann es dazu kam, daß auch ich anfing zu forschen, aber von da an fanden wir natürlich doppelt so viel, und meine Hände begannen sich leer anzufühlen, wenn ich ihn nicht greifbar hatte.

Manchmal, wenn ich seine Lippen betrachte und daran denke, wo sie überall gewesen sind, werde ich noch immer ganz rot im Gesicht. Ich! Die immer die Einnahme von Liebhabern als eine Art Vitaminpräparat empfohlen hatte, um den Organismus in Schwung zu halten ...

30

Meistens sind wir zu Hause bei mir, denn ich kann mich schwerer loseisen, aber dann und wann verbringen wir einen Abend in ihrer Wohnung. Ich fühle mich dort überhaupt nicht wohl. Die Wände sind weiß, die Teppiche sind weiß, die wenigen Möbel, die sie hat, bestehen aus Stahlrohr. Man kommt sich vor wie in einer verdammten Pflegeabteilung. Sie steht in der Küche und kocht so eine Gemüsepampe, von der ich Blähungen kriege. Jeden Moment könnte jemand den Kopf reinstecken und sagen: »Der nächste bitte!«

In der Ecke stehen Topfpflanzen, so groß wie junge Birken. Wenn ich es nicht besser wüßte, würde ich denken, sie wären aus Plastik, die ganze Wohnung wirkt richtig allergikergerecht. Das einzige, was etwas aufmunternd aussieht, ist das Poster, das ich ihr gekauft habe. Es ist eigentlich ziemlich albern, deshalb ist es süß von ihr, daß sie es aufgehängt hat.

Vielleicht sollte ich ihr welche von Mutters Kreuzstichbildchen geben? Gott weiß, daß ich mehr als genug davon habe. Ich glaube, Mutter stickte fünfzig Jahre lang eins pro Woche, die meisten fanden ihre Verwendung bei Geburtstagen von Nachbarn und Freunden. Wo ich im Dorf auch hingehe, starren mich die Werke ihrer fleißigen Hände aus irgendeiner Ecke an. Und trotzdem habe ich genug zu Hause, um das ganze Haus damit zu tapezieren, auf dem Dachboden steht ein ganzer Koffer voll.

Sie hat auch keinen Fernseher. Und natürlich keinen Videorecorder. Deshalb vermeide ich es, sie zu besuchen, wenn irgendein wichtiges Spiel im Fernsehen ist – aber das sage ich natürlich nicht, an solchen Abenden muß ich »die Buchführung erledigen«. Einmal kam sie statt dessen zu mir nach Hause. Ich knirschte mit den Zähnen und konnte natürlich nicht das Fußballspiel sehen und mußte mich dem Nahkampf mit Vaters Sekretär stellen, aus dem die Papierstapel schon herausquollen. Und das war im Grunde ein verdammtes Glück. Da war die Rede von »Überziehung«, »Inkassodrohung«, »letztem Zahltag« und »wiederholten Mahnungen«. Ich saß die halbe Nacht wach und schwitzte Blut und Wasser, und es gelang mir tatsächlich, das meiste davon zu klären. Vielleicht fungiert sie wie eine Art Schutzengel, ganz unbewußt.

Und es war phantastisch, dazusitzen und die Stirn über den Rahmenkredit in Falten zu legen, während sie sich auf meinem Schoß räkelte und mich schamlos ausnutzte. Mit solchen Vergünstigungen am Arbeitsplatz könnte man sich ja vorstellen, ein fleißiger und gewissenhafter Buchhalter zu werden ... Ja, wir warten nicht immer bis zu unseren Blindekuh-Spielen, die bis tief in die Nacht gehen. Ich meine, ich habe ja einen Kuhstall, in den ich mich jeden Morgen in aller Herrgottsfrühe schleppen muß.

Ich habe sie gefragt, warum sie keinen Fernseher hat. Wenn wir bei mir zu Hause sind, guckt sie begierig alle Sendungen, besonders die Werbung. Ihre Lieblingsspots sind die mit den dicken Babys, die in ihren auslaufsicheren Windeln vor Wohlbehagen juchzen, und die mit den Mädels, die von ihren Slipeinlagen schwärmen, als seien sie gerade durch das teure Blut des Lammes erlöst worden, halleluja! Dann sieht sie sich mit großen Augen alles an: von der Talkshow mit den fröhlichen Rentnern, die Gartenzwerge sammeln, bis zu nächtlichen Krimis, die immer damit enden, daß jemand mit dem Auto eine Schlucht hinunterstürzt. Ich habe mit ihr auf dem Wollflokati vor dem Fernseher Sex gehabt, ohne daß sie sich von der Vorabendserie losgerissen hätte.

»Da kannst du mal sehen!« sagte sie. »So eine wie ich kann natürlich keinen Fernseher haben!«

Nur Sport kann sie nicht leiden. Sobald sie die Erkennungsmelodie einer Sportsendung hört, beginnt sie vor Ungeduld zu stöhnen und gräbt irgendeine verdammte Gedichtsammlung aus ihrer geblümten Stofftasche. Ohne die geht sie nirgends hin, und es sind immer ein paar Bücher darin.

Oder sie tut, was sie kann, um mich abzulenken. Sie hat mich auf dem Flokati genommen, ohne daß ich den Blick vom Eishockeyfinale zwischen Björklöven und Modo abgewandt hätte.

Ein paar Male haben wir uns ein Video ausgeliehen. Das heißt, wir haben nie *einen* Film ausgeliehen, weil wir uns nie einigen können, welchen. Wir nehmen zwei mit. Während mein Video läuft, packt sie ihre geblümte Tasche aus, und bei ihrem Film schlafe ich ein.

Wir passen zueinander wie die Faust aufs Auge. Und ich will nicht, daß es aufhört. Ich nehme den Tag, wie er kommt.

31

Gut,
du hast den Eimer und die Schaufel,
aber ich habe die ganzen schönen Sandförmchen.

Manchmal frage ich, ob ich ihm aus der Bibliothek etwas zu lesen mitbringen soll, wenn er schon keine Zeit hat, selber hinzugehen. »Hat man ein Buch gelesen, hat man alle gelesen, und das habe ich schon letztes Jahr getan!« sagt er und grinst mich albern an.

Manchmal locke ich ihn mit ins Kino, und gerade wenn er in »Police Academy 14« stiefeln will, ziehe ich ihn zur Seite und schiebe ihn in »Das Piano«. Er sieht sich den Film eine Weile lang griesgrämig an. Bei den Liebesszenen im Dschungel läßt er seine Finger zwischen meine Schenkel gleiten, bis ich mich winde wie ein Wurm. »Genau *jetzt* verpasse ich die Sportschau!« zischt er mir ins Ohr.

Wenn wir herausgehen, lärmt er so herum, daß die Leute sich umdrehen: »Die Leute früher waren gar nicht so bescheuert! Sie wußten ganz genau, wie man ein ordentliches Hafenbecken anlegt, und sie schmissen ganz bestimmt keine Klaviere auf den Sandstrand!«

Ein einziges Mal schleppe ich ihn mit ins Theater. Es ist ein düsteres, avantgardistisches Stück in kurzen Szenen, das die Leere des modernen Großstadtlebens schildert, er lacht laut wiehernd durch den ansonsten totenstillen Zuschauerraum. »Soviel Spaß hab ich ja nicht mehr gehabt, seit ich ›101 Dalmatiner‹ gesehen habe«, sagt er mit lauter Stimme im Foyer und starrt mich herausfordernd an.

»Das machst du nur, um mich zu ärgern!« rufe ich hinterher bei McDonald's. »Niemand hat behauptet, daß du blöd bist oder eine mangelnde Auffassungsgabe hast. Warum kannst du nicht akzeptieren, daß ich auch ein eigenes Leben habe, in dem es wertvolle Dinge gibt? Ich mache ja auch keine unqualifizierten Bemerkungen über deine Scheibenegge!«

»Ich habe aber auch noch nie erwartet, daß du dasitzt und sie zwei Stunden lang anstarrst«, sagte er gekränkt. Und dann wird es still.

Um sich zu rächen, nimmt er mich am darauffolgenden Sonntag auf eine Veranstaltung mit, die Tractor Pulling heißt. Riesige Traktoren wetteifern darin, schwere Gewichte zu verschieben, und verpesten die klare Herbstluft mit ihren blauen Dieselabgasen. Der Lärm ist entsetzlich. Örjan hätte eine Reihe aufgebrachter Artikel verfaßt. Mir ist irgendwie übel. Benny zieht seine Waldbesitzermütze noch tiefer ins Gesicht, schert sich einen Dreck um mich und diskutiert mit anderen Kerlen in Mützen über Vergaser.

Dann gehen wir nach Hause und lieben uns wie die Verrückten.

»Geht es eigentlich immer nur um das eine?« jammere ich Märta vor.

»Wieso nur?« sagt sie.

Am besten sind die Momente, wenn wir hinterher ruhig und entspannt ineinander verschlungen daliegen. Dann erfinden wir verschiedene Arten von Tests, um uns gegenseitig zu erforschen.

»Was würdest du tun, wenn du einem entlaufenen Stier Auge in Auge gegenüberstehen würdest?« fragt er.

»Ich würde einen Riesensatz von fünf Metern bis zum Weidezaun machen und kurz bevor ich es schaffe drüberzuklettern, in Ohnmacht fallen und zu Brei gestoßen werden«, sage ich.

»Das würdest du gar nicht. Du wärest zum Stier marschiert und hättest streng zu ihm gesagt, daß es verboten sei, Frauen in der Öffentlichkeit zu belästigen, und der Stier wäre in Ohnmacht gefallen!« sagt er.

»Was machst du, wenn du plötzlich entdeckst, daß du auf einer festlichen Abendgesellschaft mit offenem Hosenstall herumläufst, aus dem ausgewählte Körperteile heraushängen?« frage ich.

»Dann packe ich alles aus und sage, daß ich Beauftragter für den Reichsverband der Exhibitionisten bin, und frage die Leute, ob sie bereit sind, unsere Sache mit einer kleinen Summe zu unterstützen«, antwortet er schnell. »Nein, in Wirklichkeit würde ich vermutlich versuchen, den Reißverschluß heimlich zuzuziehen und dabei in der Tischdecke hängenbleiben und alle Teller auf den Boden zerren. Und dann würde ich rückwärts zur Tür gehen, während mir die Tischdecke aus dem Hosenstall hängt, und würde von einem Ohr zum anderen grinsen und mich herausschleichen und über die Decke stolpern und die Treppe hinunterfallen und mir beide Beine brechen! Was machst du, wenn du dir ein Buch gekauft hast und dann in eine andere Buchhandlung gehst und die Verkäuferin glaubt, du hättest das Buch geklaut?«

»Dann lache ich hysterisch und bezahle es ein zweites Mal und kaufe mir außerdem drei weitere Exemplare desselben Buchs und fasle was davon, daß es so gut sei, daß ich es allen meinen Freunden schenken werde, und dann gehe ich mit roten Ohren hinaus und vergesse alle vier Bücher auf dem Ladentisch!«

Wir sind uns einig, wenn er der Reichstrottel ist, dann würde ich eine gute Frau Reichstrottel abgeben und neben ihm in derselben Ausstellungsvitrine in Skansen stehen.

32

In den Wintermonaten ist auf dem Hof nicht soviel los wie sonst. Zwar sollte ich eigentlich im Wald arbeiten, aber Anfang November war matschiger Schnee gefallen, und man kam nur schwer vorwärts. Redete ich mir jedenfalls ein. Außerdem war es unangenehm, eiskalt und windig – so ein Wetter, für das es kaum richtige Kleidung gibt.

Ich kriegte solch eine Lust, irgendwas mit dem alten Haus zu machen. Nicht unbedingt Schnitzereien an der Veranda, das steht ganz unten auf meiner Liste von Dingen, die noch erledigt werden müssen. Aber …

Neulich hab ich eine Sendung darüber gesehen, wie sie Tankstellen aus den fünfziger Jahren unter Denkmalschutz gestellt haben. Erst da ist mir klargeworden, daß sie genausogut mein Wohnzimmer unter Denkmalschutz stellen könnten. Und die Küche. Mutter hatte eigentlich nie Interesse an der Einrichtung. Sie machte sauber, klar, aber ansonsten ließ sie das meiste so, wie es zu Lebzeiten ihrer Eltern gewesen war, und sie hätte sich nie vorstellen können, irgendwas wegzuwerfen, was sie und Vater gemeinsam gekauft hatten. Und ich?

Das einzige Zimmer im Haus, für das ich zumindest etwas Einrichtungsinteresse aufgebracht habe, ist mein eigenes. Mit siebzehn, bevor ich den Hof übernahm, ging ich auf die düstere braune Tapete aus Großmutters Zeiten los – um sie schwarz zu streichen! Ich legte eine Decke mit Tigermuster aufs Bett und hängte ein paar pudelhaarige Hardrocker an die Wände und ein Bild von einem nackten Mädel, auf deren Körper mit Blaustift ein Zerlegeplan gezeichnet war. Das fand ich damals extrem geil. Herrgott, ja! Und Carina fand es auch geil. An einem Mittsommerabend, als meine Eltern verreist waren und ich das Morgenmelken übernehmen sollte, schmuggelte ich sie mit auf mein

Zimmer, und dann versuchte ich, den Zerlegeplan auf ihren Körper zu übertragen. Mit Tinte. Wir waren beide ziemlich breit, von irgendwas, wovon man genausogut hätte blind werden können. Und als wir uns auf der Tigerdecke herumgewälzt hatten, sah sie ganz schön fertig aus, Mutter warf sie später weg, ohne irgendwelche Fragen zu stellen. So war sie eben.

Später riß ich die Rockerposter von der Wand und hängte Fotos von Monstertraktoren auf. Aber ich hab es nie auf die Reihe bekommen, das Zimmer neu zu streichen. Eines Tages sagte Desirée, daß sie das Gefühl habe, in einer Krypta zu ruhen, wenn sie diese schwarzen Wände ansah. Und das war der Moment, in dem ich beschloß, etwas im Haus zu verändern. Vermutlich entwickelte ich irgendwelche Nestbauinstinkte, als sie in mein Leben trat. Das hätte ich wissen müssen. Denn die Erde war vermint, wie sich herausstellen sollte.

Erst tapezierte ich mein Zimmer, mit einer ganz hübschen geblümten Tapete. Und dann bestellte ich über Haléns Versandhauskatalog fertiggenähte Gardinen, weiß mit massenhaft Rüschen und glänzenden Bändern, durch die sie seitlich sozusagen hochgehoben wurden. Am Schluß hängte ich ein paar von Mutters Kreuzstichbildchen mit Blumen auf, anstelle der Traktoren.

Die Änderungen führte ich durch, als ich wußte, daß sie eine ganze Woche lange nicht zu mir rauskommen würde. Und als sie kam, führte ich sie nach oben ins Schlafzimmer und öffnete die Tür und versuchte eine Trompete nachzumachen.

Sie starrte. »Aha ... schön!« sagte sie dann nur.

Ich stand da wie ein begossener Pudel. Und dann versuchte ich sie dazu zu bewegen, etwas mehr zu sagen, mir zu erzählen, wie tüchtig ich gewesen sei ...

Zu sagen, daß sie sich in diesem Schlafzimmer bestimmt sehr wohl fühlen werde.

Aber das einzige, was ich aus ihr herausbekommen konnte, war, daß es jetzt sehr viel heller sei und größer wirke.

»Aber findest du es nicht schön?« versuchte ich.

Das hätte ich nicht fragen sollen. Mir wurde klar, daß Desirée nichts von Lügen hielt, schon gar nicht von Notlügen. Sie antwortete bloß, daß ich das Zimmer natürlich nach meinem Geschmack einrichten solle und nicht nach ihrem.

»Meinst du, daß du gern beim Tapetenaussuchen dabeigewesen wärst?« fragte ich und hätte mir im selben Moment am liebsten auf die Zunge gebissen.

Und damit hatte ich die alles entscheidende Frage gestellt, was mir allerdings erst später aufging. Eine Frage, die viel zu früh kam. Denn sie antwortete nur: »Nein, wieso?« und ging runter, um den Fernseher anzuschalten, denn sie wollte die Nachrichten nicht verpassen.

Dann herrschte den ganzen Abend schlechte Stimmung. Wir gerieten über die Nachrichten in Streit. Sie ist irgendwie links, zwar nicht von der Toskanafraktion, aber doch aus der Kräutertee-Ecke, und ich verteidige die Unternehmerinteressen, denn ich sehe mich selbst als Kleinunternehmer. Rasch treibt sie mich in eine Falle, in der ich das internationale Großkapital verteidige, und da sie es gewohnt ist zu argumentieren, kriegt sie mich dazu, Dinge zu sagen, hinter denen ich eigentlich gar nicht stehe. Und ich werde wütend, und dann fängt es erst richtig an: Ich verteidige die Forstwirtschaft und ziehe über flaumgesichtige Feldbiologen her, sie hält flammende Reden über Umweltzerstörung und die Ausbeutung der Ressourcen unserer Erde, und ich klage sie im Grunde an, zusammen mit militanten Vegetariern Brandanschläge auf Schlachtereien zu verüben.

Und die ganze Zeit werde ich das Gefühl nicht los, als würde es bei dem ganzen Streit eigentlich um Schlafzimmertapeten gehen. Sie will einfach streiten, weil sie nicht dazu Stellung beziehen will, ob sie in diesem Haus etwas zu sagen haben soll oder nicht.

Zum ersten Mal schlafen wir ein, ohne vorher Liebe zu machen.

Aber wir halten uns an den Händen.

33

Ich liebe das ausgesucht Einfache,
strenge Formen, gedämpfte Farben …
Eine blühende Sommerwiese
ist wirklich etwas peinlich.

Zunächst mußte ich mich sehr beherrschen, um nicht loszukichern, als ich die Gardinen sah, die einem Ballkleid aus »Vom Winde verweht« ähnelten, und als ich merkte, daß die Kreuzstichbildchen das letzte Reservat des Hauses übernommen hatten, seine alte Krypta. Aber er stand da und platzte fast vor Stolz, und ich war bloß niedergeschlagen und wußte nicht, was ich sagen sollte. Ich hatte ganz sicher nicht vor, irgendwelche Meinungen zu seiner Einrichtung zu äußern – denn das hätte ja bedeutet, daß ich in dieser Sache Mitspracherecht haben wollte. Und diese Frage möchte ich nicht mal mit der Zange anfassen. Noch.

Und hinterher dieses Theater am Fernseher! In dem Moment ging es mir einfach nur gut, als ich ihn in eine Falle nach der anderen lockte, aber danach war ich den Tränen nahe, denn ich will ja eigentlich nicht, daß er reaktionäre Phrasen von sich gibt, denn dann verliere ich den Respekt vor ihm. Schließlich weiß ich, daß er weder einfältig noch ein reaktionärer Mensch ist. Und er hat Kenntnisse auf Gebieten, die ich noch nicht mal mit dem kleinen Zeh berührt habe. Aber wenn man auf verschiedenen Sternen sitzt, dann ist es eben so.

Manchmal kann es sich auf harmlosere Weise äußern.

Eine Sache, die wir beide nicht leiden konnten, waren die Kleider des anderen.

Eines Tages kam er zu mir nach Hause mit einer Tüte

von Dianas Mode Shop, einem Geschäft, in dem Damen um die Siebenundfünfzig vom Chefsekretärinnentyp dreiteilige Kostüme in Marineblau mit pfiffigen kleinen Halstüchern zu kaufen pflegen. Und aufwendig drapierte Abendkleider mit Paillettenstickereien, die sich wie ein Ekzem am Dekolleté ausbreiten. Märta und ich stehen oft vor dem Schaufenster und kichern.

»Es war gerade Schlußverkauf!« sagte er stolz. »Mach die Tüte auf!«

Kein Kostüm, kein Abendkleid. Aber ein grausiger, weiter, »mädchenhafter« Rock mit riesigen lila Rosen und neongrünen Blättern. Ich hätte ihn vielleicht zu Hause an die Wand hängen können, als Installation. Aber mich darin in der Öffentlichkeit zeigen? Nie im Leben!

»Aber ... das bin doch nicht *ich*!« versuchte ich vorsichtig und irgendwie schonungsvoll.

Vergebliche Liebesmüh. Er begreift viel zu schnell. Also versuchte ich es noch etwas deutlicher auszudrücken, damit er nicht glaubte, ich würde ihm etwas vorheucheln.

»Also, der ist ... ja, ziemlich scheußlich.«

Er hätte es wohl vorgezogen, wenn ich ihm etwas vorgeheuchelt hätte.

»Warum mußt du dich immer so anziehen, daß du aussiehst wie eine frischangespülte Wasserleiche?« zischte er und knüllte den Rock wieder zurück in die Tüte. »Nimm den Scheiß trotzdem, du kannst ihn ja immer noch in Stücke reißen und zum Fensterputzen nehmen!«

»Wasserleiche!« Es verschlug mir die Sprache. »Nimm ihn doch selber! Falls du jemals die Fenster putzen solltest! Oder zieh ihn im Kuhstall an, der Gestank kann diesen Rock ohnehin nicht schlimmer machen!«

Wir starrten einander an.

Dann ließ er sich schwer neben mir aufs Sofa fallen und schob sich die Handflächen unter die Oberschenkel.

»Ich schlage niemanden, der kleiner ist als ich!« sagte er zwischen zusammengebissenen Zähnen. »Das tu ich nicht, das *tu* ich nicht!«

»Aber ich *schubse* sie!« fügte er hinzu und stieß mich auf dem Sofa um. Und riß mir mein T-Shirt herunter, das aus ungebleichter Baumwolle ohne Schädlingsbekämpfungsmittel hergestellt war. »Wenn ich nachdenke, bist du am hübschesten ohne Kleider. Jedenfalls ohne deine eigenen Kleider. Ich habe noch nie was Schlimmeres gesehen als deine Filzmütze mit den Pilzen!«

Ich hatte immerhin sehen können, daß er fast dreihundert Kronen für den Rock bezahlt hatte, und mir war klar, daß er nicht gerade Geld hatte, um es einfach zum Fenster herauszuwerfen. Deshalb beschloß ich, mit ihm in die Stadt zu gehen und als Versöhnungsgeste irgendein Kleidungsstück im Wert von dreihundert Kronen für ihn zu kaufen. Ich würde es aussuchen, und wenn es ihm nicht gefiel, würde er das Vergnügen bekommen, mir es direkt ins Gesicht zu sagen. Dann würden wir quitt sein.

Wir gingen mehrere Stunden lang in den Warenhäusern herum, bis er wie immer zurück zum Kuhstall mußte. Ich zupfte an Flanellhemden von Mulberry mit kleinen eierschalenfarbenen und tabakbraunen Karos. Etwas für den lässig gekleideten Landjunker! »Solche kauf ich über den Versandhauskatalog, drei für 99,50 Kronen, die trage ich im Kuhstall!« murrte er. Ein raffiniertes französisches Hemd, das weit bis auf die Brust aufgeknöpft getragen werden sollte, entlockte ihm ein vergnügtes Lachen. »In dem würde ich vermutlich viele Angebote bekommen!« sagte er. »Von anderen Kerlen!«

Wie ein Drever an der Hundeleine zerrte er mich zu einem Ständer mit grellen Hemden in Phantasiemustern und passenden Krawatten und zu merkwürdig geschnittenen Sakkos, die man vielleicht vor zehn Jahren in Hollywood getragen hatte. Sein Geschmack war etwas zuhältermäßig, wenn es um »Stadtkleidung« ging. Arbeitskleidung kaufte man ohnehin nicht im Geschäft, sondern bestellte sie aus Versandhauskatalogen und setzte sie von der Steuer ab.

Schließlich durfte ich ihm so ein T-Shirt kaufen, das ich auch hatte, und er versprach mir fröhlich, es beim nächsten Reinigen des Düngerstreuers anzuziehen.

34

»Darf ich in deinen Schubladen herumwühlen?« fragte sie.

Ich dachte, ich hab wohl nichts zu verbergen als möglicherweise irgendeinen alten Porno, und zu dem stehe ich dann auch.

Aber sie fand etwas viel Schlimmeres.

Sie fand mein Abgangszeugnis von der neunten Klasse.

Sie guckte meine ganzen Einser und Zweier durch, während ihr Kinn immer tiefer zu ihren kleinen Pflaumenbrüstchen hinunterfiel. Dann begann sie vor Aufregung zu stottern und meinte, falls sie sagen dürfe, was sie denke, dann sei es eine Schande, daß meine Eltern mich nicht auf eine weiterführende Schule geschickt hätten. Mit solchen Noten! Sie begann etwas von staatlicher Unterstützung und Abendgymnasien und Berufsoberschulen zu faseln.

Zum ersten Mal wurde ich vollkommen rasend und blind vor Wut auf sie. Ich wollte ihr eine langen, mitten in ihr eierschalenbleiches Gesicht, daß das Nasenblut nur so spritzte. Aber in unserer Sippe schlagen wir ganz einfach keine Weiber. Das liegt nicht daran, daß wir besonders ritterlich wären, glaube ich, sondern eher daran, daß wir keine wertvolle Arbeitskraft schädigen wollen.

Aber sie wollte ich schlagen, und von irgendeiner Arbeitskraft konnte ja kaum die Rede sein.

Statt dessen warf ich die Jacke über und lief wortlos hinaus, mitten in ihrem Wortschwall. Ich ging in den Stall und sah nach einer Kuh mit Milchfieber, die gerade versuchte sich in ihrer Box aufzurichten. Ich war so aufgewühlt, daß meine Hände zitterten, als ich ihr über das schwitzige Fell strich, während sie sich abmühte. Schließlich stand sie auf allen vieren und kaute an einer Extraportion Kraftfutter. »Halt durch!« flüsterte ich. »Halt durch! Halt durch!«

Dann ging ich wieder rein.

Fräulein Desirée, die Ersehnte, rümpfte irritiert die Nase.

»Kannst du die Stallkleidung nicht im Keller lassen?« sagte sie. »Ja, weißt du, mit diesen Berufsoberschulen ...«

Ich ballte die Hände zu Fäusten und drückte sie gegen die Ohren.

»Begreifst du eigentlich, was du da sagst? Du sagst zu mir, daß ich den Hof verkaufen soll!« schrie ich. »Denn du hast ja wohl nicht vorgehabt, dich um den Hof zu kümmern, während ich mir ein schönes Leben mit der staatlichen Unterstützung mache? Oder hast du womöglich geglaubt, daß ich die Kühe mitnehmen und im Schülerwohnheim unterbringen kann?«

Sie wurde noch bleicher, eher weiß als beige.

»Ich verstehe nicht, warum du so böse wirst«, murmelte sie. »Es muß für dich doch irgendeine Möglichkeit geben zu studieren, wenn du wolltest. Ich meinte ja nur, daß du offensichtlich begabt bist. Aber vielleicht willst du ja gar nicht. Vergiß, was ich gesagt habe!«

»Will!« schrie ich. »Will und will und will! Und dann? Wenn ich fünf, sechs Jahre studiert und eine halbe Million Studienkredit aufgenommen habe, zusätzlich zu den Schulden, die ich ohnehin schon habe? Soll ich dann vielleicht Bibliothekar werden und zwischen den Bücherregalen herumtapsen und an meine schönen Noten denken? Und was zum Teufel weißt du davon, was meine Eltern mich tun ›ließen‹!«

Sie saß ganz still da und starrte eigensinnig ins Zeugnis. Ich zerrte es ihr aus der Hand, riß es in kleine Stücke und ließ sie über ihren Kopf hinunterrieseln. Ich benahm mich so, als wäre ich nicht ganz normal.

»Dir ist es doch scheißegal, was ich ›will‹!« schrie ich. »Du willst nur selber. Einen haben, der mit dir über Lakong reden kann, damit du dich nicht vor deinen Bibliotheksfreunden schämen mußt. Und du hast keinen blassen Schimmer davon, was es heißt, einen Hof zu haben. Was ich will, das ist jemand, der mir hilft daran zu denken, daß die Kühe nach der Kalbung rechtzeitig Kalzium bekommen, damit sie kein Milchfieber kriegen!«

Ich schrie, lauter und lauter.

Sie stand auf.

»Wen versuchst du eigentlich zu übertönen?« sagte sie nur und ging lautlos hinaus. Ich hörte, wie sie das Auto auf dem Hofplatz startete, dann wurde es ohrenbetäubend still. Nur ihre Frage hing in der Luft.

35

Ich hinterlasse keine Spur im Wasser,
auf dem Klassenfoto bin ich Wie-hieß-sie-noch,
und nach meinem Tod fallen meine goldenen Ohrringe der
Allgemeinheit zu.

Es war das Schlimmste, was ich jemals erlebt habe.

Zuerst habe ich mich ja *gefreut*. Sein Zeugnis, das ich ganz hinten in einer Schublade fand, zwischen einem Schwimmdiplom und der Explosionszeichnung eines Mopedmotors, war der Beweis für etwas, was ich schon die ganze Zeit im Gefühl gehabt hatte. Einser in fast allen Fächern – Schwedisch, Mathe, Englisch. Nur zwei Zweier – in Religion und Werken. Er war ganz einfach ein aufgeweckter Kerl. Ein Streber zu werden, dazu hatte er nie Zeit gehabt, ich wußte, daß er auf dem Hof mithelfen mußte, sobald er gehen gelernt hatte. Vermutlich wurde er deshalb so übertrieben bäurisch, wenn ich versuchte, ihm höhere Kultur aufzudrängen. Das provozierte ihn. Er wußte, daß es da irgendwas gab, wovon er hätte profitieren können, und wenn er nachgegeben hätte, dann hätte er einräumen müssen, etwas verpaßt zu haben. Die »falsche« Entscheidung getroffen zu haben.

Ich war ganz unvorbereitet auf seine wütende Reaktion. Es schien, als hätten wir uns nichts mehr zu sagen. Ich hatte ihn doch nur näher kennenlernen wollen, und ich hatte mir gedacht, daß wir vielleicht ein paar Sterne finden könnten, um diese Brücke da zu bauen. Goldsterne.

Ich hatte Tränen des Selbstmitleids in den Augen, als ich davonzischte. O, wie wurde ich mißverstanden!

Das stimmte natürlich überhaupt nicht. Ich war es, die alles falsch angepackt hatte, das ging mir gegen sechs Uhr morgens nach vierzehn Tassen Tee auf. Das Mädchen, das immer Goldsterne in ihr Heft bekommen hatte. Und Lob von Mama. Die tüchtige Desirée, die das Licht der Bildung in seiner ländlichen Finsternis anzünden würde. Und ich hatte tatsächlich keinen blassen Schimmer von dem, was seine Eltern von ihm verlangt hatten. Ich wußte nur, daß sie tot waren und daß er eine ganze Baumschule auf ihrem Grab angepflanzt hatte.

Plötzlich sehnte ich mich ganz verzweifelt nach meiner eigenen Mama, so sehr, daß ich mich sogar ein kleines bißchen nach Papa sehnte. Nach dem großen Eichentisch aus Familienbesitz, an dem ich gesessen und Mama laut aus dem Englischbuch vorgelesen hatte, mit sehr übertriebener Aussprache. Sie konnte kein Englisch, aber sorgte dafür, daß ich jeden Sommer auf eine Sprachreise durfte. Und sie weinte, als ich mich das erste Mal auf dem Klavier durch eine Mozartsonatine klimperte. Sie konnte sich nicht entscheiden, ob ich Konzertpianistin oder Nobelpreisträgerin ganz allgemein werden sollte.

Bibliothekarin bin ich geworden, mit niedrigem Gehalt und mehreren Tausend Kronen Studienkredit, der noch abbezahlt werden muß. Aber mit hoher Allgemeinbildung. Spielte nie Klavier, aber konnte inzwischen »Zum Tanze da geht ein Mädel« auf der Mundharmonika. Ich war gerade die Richtige, um Groß-Benny auf dem Rönnhof das Evangelium zu predigen.

Am nächsten Tag traute ich mich nicht, ans Telefon zu gehen. Ich hatte Angst, daß es Benny sein würde. Und ich hatte noch mehr Angst, daß es nicht Benny sein würde. Deshalb nahm ich einfach drei Tage Urlaub und teilte Papa mit, daß ich nach Hause kommen würde.

Manche Leute sagen, sie wüßten genau, in welchem Moment sie erwachsen geworden seien. Märta sagt, daß sie es wurde, als sie ihre Mutter im Bett des rothaarigen Nachbarn erwischte. Märta ist die einzige Rothaarige in ihrer Familie.

Ich wurde es in diesen Tagen zu Hause bei meinem Vater.

Nicht, daß ich irgendwelche Familiengeheimnisse aufgedeckt

hätte. Falls es welche gibt, sind sie auf ewig unter dem Inlandeis begraben. Nicht, daß überhaupt etwas Unerwartetes passiert wäre. Papa war widerwillig von einem Rotariertreffen zu Hause geblieben, saß da und erzählte Jammergeschichten davon, wie untauglich die Schlampen vom sozialen Pflegedienst seien. Zwischendurch war er still. Er stellte keine einzige Frage, wie es mir mit meinem Leben erging, und über Mama sagte er nur: »Ja, mit ihr ist es, wie es ist! Ich kann da nicht ständig hinrennen, und mit dir kann sie ja nicht rechnen!« Doch, dachte ich, an diesen Tagen kann sie mit mir rechnen. Ich werde zu ihr gehen und spüren, ob ihre Hände sich so anfühlen, wie ich sie in Erinnerung habe.

In dieser Zeit habe ich sie täglich besucht. Einmal lächelte sie mich an und sagte: »Hast du gerade eine Freistunde, mein Schatz?« Ansonsten verstand ich nicht viel von dem, was sie sagte, aber sie sagte immerhin eine ganze Menge. Ihr Kopf war wie eine kaputte Telefonzentrale, sie antwortete die ganze Zeit auf falsche Signale.

Auf dem Heimweg im Zug dachte ich, wenn ich auf einem Formular meinen nächsten Angehörigen angeben müßte, dann könnte ich die Reihe ebensogut leer lassen. Und wenn ich nachts aufstünde und mich bei der Tür zur Zugtoilette irrte und in die Dunkelheit hinausstürzte, dann würde die Welt deshalb nicht so sonderlich anders aussehen.

36

Mehrere Tage lang arbeitete ich wie ein Verrückter, um nicht drinnen zu sein, wenn das Telefon klingelte. Ich ging sogar in den Wald und fällte Bäume auf einem Kahlschlaggelände, obwohl ich es normalerweise vermeide, allein in den Wald zu gehen. Ich kenne genug Leute, die unter irgendeinem Baum liegengeblieben sind, der in die falsche Richtung gefallen ist, oder die mit einem halb durchgesägten Bein durch den Wald gekrochen sind. Und dann dachte ich, falls mir das passieren würde, wer würde dann eine Anzeige in die Zeitung setzen? Vor meinem inneren Auge sah ich die längste Todesanzeige der Welt, unterschrieben von vierundzwanzig Kühen mit Name und Nummer.

Aber ich bin natürlich kein Kind, das verloren im Wald umherirrt, das weiß ich ja. Bald war Weihnachten, und bestimmt zehn Familien haben mich eingeladen, bei ihnen Weihnachten zu feiern. In erster Linie die Verwandten – aber die wohnen ein Stück entfernt und wissen ja eigentlich, daß ich schlecht meine Kühe mitbringen kann, wenn ich komme. Und dann ein paar Familien im Dorf. Ein altes Paar, die engsten Freunde meiner Mutter, die keine eigenen Kinder hatten – sie wären vor Begeisterung um mich herumgeflattert wie Spatzen, wenn ich sie zu Weihnachten besucht hätte. Und Bengt-Göran und Violet natürlich, sie gingen selbstverständlich davon aus, daß ich bei ihnen sein würde, und dann würde es wohl so werden. Violets Weihnachtsessen war vermutlich nicht von schlechten Eltern.

Ich versuchte den Gedanken daran zu vermeiden, zusammen mit der Krabbe mit glänzenden Augen vor einem Weihnachtsbaum zu stehen. Und fertig gekaufte Sülze direkt aus der Plastikverpackung zu essen. Oder irgendeine verdammte Linsensuppe!

Mutter und ich luden immer die Verwandtschaft zu uns ein. Das machten wir sogar noch letztes Jahr. Sie war über die Feiertage aus dem Krankenhaus entlassen, und Tante Astrid und meine Cousine Anita hatten ihre Dachgepäckboxen voller Essen, als sie kamen. Wir waren elf Personen. Wir wußten alle, daß es Mutters letztes Weihnachten war, aber wir hatten unglaublich viel Spaß, so seltsam das auch klingen mag. Anita ist Krankenschwester im Landeskrankenhaus, sie hat früher mehrere Jahre in der Schweiz gearbeitet. Sie erzählte Anekdoten aus dieser Zeit, und dann schwirrte es nur so in der Luft von Geschichten, Jugenderinnerungen und abgedroschenen Witzen aus der Verwandtschaft. Wir lachten sogar, als Onkel Greger wie üblich den Liederdichter Evert Taube imitierte. Und als es später wurde, sagte Mutter so hinterlistig: »Nein, jetzt sollten wir Alten die jungen Leute mal eine Weile allein lassen!« Sie meinte Anita und mich. Und wir blieben brav sitzen und tranken Kognak mit Malzbier bis halb fünf morgens, und Anita erzählte, wie sie von einem verheirateten Schweizer Arzt schwanger geworden war und abgetrieben hatte.

Dies Jahr verzichtete ich darauf, das Haus weihnachtlich zu schmücken. Finster saß ich am Küchentisch und sah mich in der Küche um.

Mutter wäre verzweifelt. Das Haus begann sich dem Verfall zu nähern, es hatte schon den Geruch eines verlassenen Hofs oder eines alten Männerwohnheims. Ich hatte das Geländer der Veranda neu gestrichen und die Dachrinnen ausgetauscht, klar – aber ich wußte irgendwie nicht, wo ich anfangen sollte, um es drinnen gemütlicher zu machen. An das Aufpeppen meines Zimmers wollte ich gar nicht denken. Ich hielt es notdürftig sauber um mich herum, aber ich konnte doch verdammt noch mal nicht dastehen und kleine Deckchen stärken oder die Wichtelgirlanden an den Regalen befestigen, die sie jedes Jahr zu Weihnachten herausgeholt hatte.

Von dem alten Paar bekam ich einen Plastikkorb mit zwei kläglichen rosafarbenen Hyazinthen und eine Riesenschachtel mit Alladin-Pralinen, weil ich ihre Weide gemäht hatte. Und dann kaufte ich noch eine Packung rote Kerzen im Sonderangebot. Wenn ich einige davon anzündete und in die Kerzenhalter steckte, die ich hatte auftreiben können, mußte ich zumindest nicht den Rest der Küche angucken. Der Fernseher war an, sobald ich im Haus war, und gab in seiner Ecke Weihnachtslärm von sich. Ich hatte ihn in die Küche gestellt.

Zwei Tage vor Weihnachten rief die Krabbe an, um zehn Uhr abends.

»Ich bin's. Darf ich Weihnachten bei dir verbringen?«

»Klar bist du Weihnachten bei mir!« sagte ich.

Und am nächsten Tag fuhr ich in die Stadt und holte sie.

37

Wie zwei zottlige Bären sind wir, du und ich, mein Freund,
wenn wir Winterschlaf halten und uns vom Sommer träumt,
an der Menschen Lärm und große, düstre Häuser denken wir nicht,
wir träumen von stillen Wäldern und der Sommernächte Licht.

Die Finsternis wird täglich dichter, es weht ein eisiger Wind –
komm her, leg dich nah zu mir, und wärme dich geschwind!
Draußen lauert der Jäger, weit entfernt heult ein einsamer Fuchs.
In deinem warmen, borstigen Pelz such ich mit meiner Schnauze Schutz!

Märta und ihre Große Leidenschaft hatten mich zu Heiligabend eingeladen. Die Große Leidenschaft heißt, wie gesagt, Robert – Märta nennt ihn Robertino, Bobby oder den verdammten Bobbel, je nachdem, was sie gerade für ihn empfindet oder was er ihr zuletzt angetan hat. Robert ist fünfundvierzig und hat dunkles Haar, das er über seine beginnende Glatze verteilt, und er hätte mit seinem Charme sogar eine Schaufensterpuppe dazu gebracht, alle Hüllen fallen lassen – und das meine ich ganz ernst. Und er ist immer bereit, diesen Charme auch auf mich auszuweiten.

Ein paar Kolleginnen in der Bibliothek, die alleinstehend oder alleinerziehend sind, hatten beschlossen, in einem Freizeitheim außerhalb der Stadt zusammen Weihnachten zu feiern. Auch ich hatte mich sehr dafür eingesetzt. Ein Robertino, der sich Glühwein hinter die Binde kippte, war mehr, als ich ertragen konnte.

Ich lief in der Stadt herum, um kleine Weihnachtsgeschenke für meine Kolleginnen und ihre Kinder zu kaufen.

Aber ich kam mit einer Tüte voller Weichnachtsgeschenke für Benny zurück. Ich brauchte den ganzen Abend, um zu begreifen, daß alles, was ich gekauft hatte, für ihn war. Ich redete mir ein, daß ich die Sachen für die Kinder gekauft hätte oder für unsere fröhliche Clique. Aber ich dachte nur daran, was Benny zu den Geschenken gesagt hätte. Und da gab ich auf und rief ihn an und fragte, ob ich mit ihm Weihnachten feiern dürfe. Er sagte ganz einfach ja, ich glaube, wir waren beide ziemlich erstaunt. Ich legte auf, und dann weinte ich eine Runde und sah vor meinem inneren Auge eine Zugtür, die im Dunkeln auf- und zuschlug.

Am nächsten Tag holte er mich ab, und wir machten eine Shoppingrunde im Gedränge von Domus. Märta hatte mir ein fettfleckiges Exemplar des guten alten »Kochbuchs des schwedischen Königshauses« geliehen, und ich kaufte die Zutaten für »Feine Rahmkaramellen I«, »Hasenohren«, »Gefüllten Rippenspeer (Falsche Gans)« und »Hering russische Art«. Ich hatte noch ein paar mehr Projekte im Kopf, gab aber auf, als ich weder Pottasche noch Bierwürze oder Vorzugsmilch entdecken konnte. Benny begeisterte sich für Preßsack, aber das Rezept erforderte einen Schweinekopf, und da gab er auf und interessierte sich statt dessen für Lungenhaschee. Er behauptete, er könne Kalbsbeuschel machen. Während ich im Gewürzregal zwischen all den exotischen Chutneyvarianten nach Pottasche suchte, verdrückte sich Benny und kam mit einer Tüte zurück, die ich nicht öffnen durfte. Dann fuhren wir zum Rönnhof zurück.

Wir schalteten die Neonröhre an der Decke an, banden uns Handtücher um Kopf und Bauch, lehnten das »Kochbuch des schwedischen Königshauses« an den Fernseher und fingen an.

Mit den »Feinen Rahmkaramellen I« klappte es gut. Wir hatten natürlich vergessen, Förmchen zu kaufen, aber Benny zeigte gleich Interesse daran, nach der Anleitung im Buch die Förmchen aus Butterbrotpapier selber zu falten. Wir gossen die duftende Masse in seine kleinen verknitterten Gebilde und waren sehr zufrieden mit uns. Schlimmer war es mit den Hasenohren. »Wird der Teig zu stark gerührt, so werfen die Küchlein Blasen«, sagte Benny streng und stellte eine Eieruhr auf zwei Minuten.

Soweit war alles in Ordnung, doch als wir an der Stelle im Rezept angekommen waren, wo man einen Längsschnitt in die Streifen machen, die eine Hälfte des Streifens durchziehen und das Ganze in sich drehen sollte, ging es völlig schief.

»Gib mir einen Hasen, und ich werde ihm das Ohr durch einen Längsschnitt ziehen und völlig verdrehen!« brüllte Benny.

Währenddessen kämpfte ich mit dem »Gefüllten Rippenspeer (Falsche Gans)« und verlangte keuchend nach Segelgarn und Spicknadeln. Um ehrlich zu sein, wurden wir immer aufgekratzter und ließen immer bereitwilliger den einen oder anderen Rezeptschritt aus, weil wir die ganze Zeit Glühwein kippten. Wir hatten auch eine erregte Diskussion darüber, wer eigentlich falsch war – der arme Rippenspeer, der versuchte eine Gans darzustellen, oder die arme Gans, die nie darum gebeten hatte, in diesem Zusammenhang genannt zu werden. Ich ergriff die Partei des Rippenspeers und Benny die der Gans.

Der »Hering russische Art« wurde sehr hübsch, ein bißchen wie ein Frühwerk von Niki de Saint Phalle, der Frau, die Farbe in Gips einarbeitete und dann mit einer Schrotflinte ein Kunstwerk daraus schoß.

Um halb zwölf nachts sah es in der Küche ungefähr so aus wie im Kuhstall – aber es roch besser, meinte Benny und schlief auf der Küchenbank ein. Ich räumte auf, so gut ich konnte, und fühlte voller Befriedigung, wie sich Generationen von abgearbeiteten Hausfrauen hinter mir aufreihten.

Dann zerrte ich ihn ins Bett. Außerdem war er besoffen! Das galt auch für mich, was das Bild von der abgearbeiteten Hausfrau vielleicht etwas beeinträchtigte. Er wachte kurz auf und jammerte ein wenig, als ich ihn im Treppenhaus fallen ließ, aber dann schlief er ruhig weiter. Ich fiel neben ihm ins Bett, starrte mit alkoholisierter Ernsthaftigkeit auf seine geblümten Tapeten und fühlte sogar eine Art sentimentaler Zärtlichkeit gegenüber den Ballkleidgardinen.

So kann man doch leben, jeder auf seinem eigenen Stern und einfach die besten Freunde sein, die Spaß miteinander haben, wenn ihnen die Einsamkeit kalt in den Nacken bläst? Das kann man doch, oder?

38

Heiligabend schlich ich morgens in den Kuhstall hinaus, ohne sie zu wecken. Ich sang den Kühen die dritte Stimme von »Hosianna, Davids Sohn« vor, das ist das einzige, was ich kann, aber dafür nicht schlecht.

Dann wollte ich sie eigentlich mit Milchreis am Bett überraschen, aber siehe da: Sie war aufgewacht und hatte natürlich in meiner heimlichen Tüte mit Lebensmitteln herumgewühlt, die ich unauffällig gekauft hatte, als ihr Gefasel von Pottasche und Butterschmalz den Höhepunkt erreichte. Die Tüte enthielt fertigen Milchreis in einer wurstförmigen Plastikpackung, eine Dose Pfefferkuchen und ein Päckchen tiefgefrorenen Laugenstockfisch (denn sie hatte gestern auch nach den Zutaten dafür gesucht, nach getrocknetem Lengfisch und Soda für die Lauge). Und sie hatte den Milchreis in der Mikrowelle gewärmt und den Tisch mit den wackligen Hyazinthen und den roten Kerzen dekoriert.

»Ich hab schon begriffen, daß du dich nicht auf meine Kochkünste verläßt!« sagte sie. »Aber ich werde deine Hasenohren fotografieren und gegen dich verwenden, wenn ich *ein* böses Wort höre. Du solltest verdammt froh darüber sein, daß du heute abend keinen Kichererbseneintopf bekommst!«

Wir mummelten uns ein und stiefelten los, um einen Weihnachtsbaum zu fällen. Natürlich konnten wir uns nicht einigen. Ich wollte einen von den kleinen schief gewachsenen Bäumen nehmen, aus denen niemals gutes Bauholz werden würde, und sie wollte eine Disneytanne. Schließlich entdeckten wir einen Baum, der so häßlich war, daß er ihr leid tat, und der durfte mit nach Hause kommen, und wir waren beide zufrieden.

Aber ich konnte den Weihnachtsschmuck beim besten Willen nicht finden. Mutter hatte mit mir über viele wichtige Dinge gesprochen, aber sie hatte mir nie verraten, wo sie die Festdekoration aufbewahrte. Deshalb mußten wir selber welche machen: Girlanden aus Alufolie, Kugeln aus meinen alten Tischtennisbällen, auf die wir Streifen von der Postwurfsendung des örtlichen Lebensmittelladens und Bilder aus der Zeitschrift »Der Landmann« klebten. Dann befestigten wir mit Gummibändern Kerzenstummel an den Zweigen und banden an die Tannenbaumspitze einen roten Wimpel mit der Aufschrift »Toronto Maple Leaf«.

»Da kannst du mal sehen! Eine Ausbildung nützt einem in allen Lebenslagen«, sagte sie und blickte mich vorsichtig an. Wir hatten den Großen Wutausbruch von neulich noch nicht angesprochen. »Kinderbastelgruppe im Gemeindehaus«, sagte sie und zeigte auf ihre Girlanden. »Und woran hättest du sie gehängt, wenn ich keinen eigenen Wald gehabt hätte?«

Dann aßen wir zu Mittag. Der Hering russische Art sah aus wie frischer Gartenkompost, aber er schmeckte wunderbar, genau wie die falsche Gans. Die Hasenohren stellten wir dem Hofwichtel hin, aber dann überlegten wir es uns anders, holten sie wieder rein und warfen sie ohne viel Federlesens weg. Wenn der Hofwichtel sie probiert hätte, dann hätte er sicher den Kuhstall angezündet. Dann warfen wir auch den Stockfisch weg, keiner von uns hat jemals Stockfisch gemocht.

Es stellte sich heraus, daß sie die zweite Stimme von »Hosianna, Davids Sohn« konnte, und dann diskutierten wir, wo wir eine erste Stimme auftreiben könnten. »Da sollten wir uns vielleicht zusammentun und uns eine zulegen«, sagte ich, und dann stürmte ich in den Kuhstall, ohne ihre Reaktion abzuwarten. Das war ein Tritt ins Fettnäpfchen, das war mir klar. Den Tag zu nehmen, wie er kommt – so lautete unsere unausgesprochene Übereinkunft, ich mußte aufpassen.

Nach dem Abendmelken legten wir unsere Geschenke unter den Weihnachtsbaum und drängten einander, als erster auszupacken. Wir fingen mit unverfänglichen Scherzartikeln an: Ich schenkte ihr einen Hundehaufen aus Plastik, mit dem sie ihre antiseptische Wohnung ein bißchen aufpeppen konnte, sie schenkte mir einen Gangsterhut und eine Krawattennadel mit Dollarzeichen, die ich bei meinen wichtigen Bankerfreunden tragen konnte. Dann bekam sie ein paar riesige Wollfäustlinge und ich ein Spiel namens »Geisterschloß«. Natürlich hatte keiner von uns in ein Geschenk investiert, das ein gemeinsames Leben auch nur angedeutet hätte, das war Bestandteil unserer stillschweigenden Übereinkunft – aber ich hatte gewagt, ihr ein ganz besonderes Geschenk zu machen. Ich hatte Tante Astrid aus einem Silberrahmen gefieselt und ein Schulfoto von mir selbst in der neunten Klasse hineingeschoben.

»Das bin ich ja eigentlich nicht, aber du kannst ihn ja so gut leiden«, sagte ich. Sie errötete etwas. »Dann sollst du auch was bekommen, was du eigentlich auch nicht bist, aber was du vielleicht leiden kannst«, sagte sie. Es war eine dicke Gedichtsammlung von Gunnar Ekelöf.

»Die ganze Natur stark von Liebe und Tod um dich herum ...«, las sie und sah mich von der Seite an. Ich verkniff mir den dummen Witz, daß er genau die richtige Dicke hatte, um damit den wackligen Eßtisch zu stabilisieren. Sie weiß genau, daß ich nach hinten ausschlage wie ein Pferd, wenn sie mich in die kulturelle Richtung zu schubsen versucht, aber ich spürte, daß sie mir hier etwas schenken wollte, was zumindest sie war, und ich nahm mir vor, abends im Bett darin zu blättern, wenn ich allein war. Es konnte wenigstens keinen Schaden anrichten. Höchstens, wenn man einschlief und das Buch auf einen drauffiel ... Still jetzt, Benny!

Ich küßte sie, und dann spielten wir »Geisterschloß«. Gemütlich wollten wir es haben, wir beiden im Wald verlorenen Kinder. Schließlich war Heiligabend!

Das Spiel lief darauf hinaus, daß man sich durch eine Menge Zimmer mit verschiedenen Gefahren vorarbeiten, einen Schatz finden und das Schloß verlassen mußte, ehe es zwölf schlug. Ich begegnete herabstürzenden Schwertern, Monstern, abgrundtiefen Löchern und Giftspinnen, entdeckte aber auch Geheimgänge und Zaubertränke. Sie zog die ganze Zeit die Karte »Leeres Zimmer« und setzte ordentlich einen Schritt nach dem anderen. Und nur ich schaffte es, mein Leben zu retten, einen Schatz konnte ich allerdings nicht heben.

Da begann sie zu schluchzen. »Aber ... bist du so eine schlechte Verliererin? Ich gehe wieder zurück ins Schloß und falle mit dir in das abgrundtiefe Loch«, versuchte ich sie zu trösten.

»Das ist es nicht!« sagte sie traurig. »Aber das war die Geschichte meines Lebens. Lauter leere Zimmer.«

39

Und eines Tages erwachen wir, wenn der Winter zu Ende ist,
mager, verfroren und struppig blicken wir zögernd ins Licht,
spüren die Düfte des Frühlings und trinken sie wie Wein,
beginnen den Honig zu suchen, den wilde Bienen sammelten ein.

Langsam kehren die Kräfte wieder, und wir streunen frei durch den Wald,
fangen Fische im Bach und hoffen, der Sommer kommt bald.
Wenn wir einander helfen und die Kälte nicht lassen hinein,
haben wir die Gewißheit: am Ende zieht stets der Frühling ein.

Irgendwie waren wir uns völlig einig darüber, während dieser Weihnachtstage die Außenwelt nicht hereinzulassen. Wir verließen den Hof nicht, wir gingen nicht ans Telefon. Einmal schalteten wir das Licht in der Küche aus, als wir die Lichter eines Autos sahen, das sich unten auf der Straße näherte, und dann saßen wir still da und hielten uns fest umarmt, als draußen jemand ein paarmal an die Tür klopfte.

Wir hatten das Gefühl, wenn wir sie nur einen Spaltbreit zur Außenwelt öffneten, würde der Windzug kleine fliegende Unholde hereintragen, und Gerippe würden aus dem Kleiderschrank fallen. Und das war es wohl, was schließlich passierte.

Die ersten Unholde, die erschienen, waren Bennys Freund Bengt-Göran und dessen Freundin Violet. Sie waren so schlau, ausgerechnet in dem Moment zu kommen, als Benny im Kuhstall war und sich nicht verstecken konnte. Er nahm sie mit ins Haus und übergab sie an mich, während er duschte. Und es ging von Anfang an schief.

Violet hatte eine ganze Tüte voller Reste von ihrem Weihnachtsessen dabei, das offensichtlich das des Stadthotels um mehrere Kochtopflängen geschlagen hatte. »Ja, Benny hat uns ja erzählt, daß du es mit dem Kochen nicht so hast«, kicherte sie und blickte vielsagend auf die Milchreisreste in der Plastikverpackung, die wir gerade geleert hatten.

Ich war natürlich stinksauer auf Benny und fühlte mich verraten und verkauft. Und das Schlimmste war, daß wir natürlich rein gar nichts anzubieten hatten außer zwei verlorenen Rahmkaramellen auf einer Platte – und ich konnte ja schlecht dastehen und mit der aufgegessenen falschen Gans protzen. Violet fuhr Unmengen an Essen auf und hantierte in den Geschirrschränken, als wäre sie bei sich zu Hause. Dabei erzählte sie die ganze Zeit, wie gut ihr dies Jahr verschiedenste Arten an Eingelegtem gelungen seien. »Sieh mal einer an, vielleicht bringen sie ja in der Weihnachtsnummer von ›Land‹ eine ganze Seite über dich!« sagte ich in einem giftigen Ton, der auch Violet nicht entgangen sein konnte.

Bengt-Göran schien etwas beschwipst, denn er stand die ganze Zeit still da und glotzte mich mit einem schmierigen Lächeln an, während er sich die Unterlippe leckte. Und je mehr er leckte, desto schwärzere Blicke bekam ich von Violet. Als Benny schließlich aus dem Keller gestiefelt kam, ganz rosig vom Duschen und mit einem unschuldsvollen Lächeln, stand der Haß schon wie schwerer Dunst in der Küche. Er blieb verblüfft auf der Türschwelle stehen und wollte ganz offensichtlich die Stimmung heben.

»Ach, Violet, wie lieb von dir, was von deinem herrlichen Essen mitzubringen! Ich habe Desirée von deinen superleckeren Fleischklößchen erzählt, nicht wahr, Desirée?«

Wenn er doch bloß nicht ausgerechnet ihre Fleischklößchen erwähnt hätte! In meinem aufgedrehten Zustand bildete ich mir ein, er habe damit auf die Tiefkühlfleischklößchen anspielen wollen, die ich ihm einst als Opfergabe dargeboten hatte.

»Jeder bekommt die Fleischklößchen, die er verdient«, sagte ich düster und geheimnisvoll, und alle drei starrten mich verwundert an.

Bengt-Göran grinste und glaubte offenbar, daß auch ich noch Restalkohol hatte. Er zog einen Flachmann aus der Tasche und wedelte damit einladend in meine Richtung. Violet wandte mir demonstrativ ihren breiten Rücken zu und holte eine Auflaufform aus der Mikrowelle. Benny begriff nicht, was da vor sich ging, und trat verlegen von einem Fuß auf den anderen. Dieser Verräter!

Wir setzten uns an den Tisch. Benny aß, als hätte er seit letztem Weihnachten nichts zu essen bekommen, und witzelte, daß ich gedroht hätte, ihm Kichererbseneintopf zu kochen. Violet schüttelte mitleidig den Kopf, und Bengt-Göran versuchte unentwegt mein Schnapsglas nachzufüllen. Als ich die Hand über das Glas legte, goß er Schnaps darauf und erbot sich anschließend, sie abzulecken. Ich zog die Hand wortlos an mich. Benny begann mit einem wirren Bericht, wie er am Formen der Hasenohren gescheitert war, und Violet machte große Augen. »Hast du etwa *selbst* dagestanden und gebacken ...?« fing sie an.

Genau in dem Moment klingelte das Telefon. Ich stürmte in die Diele.

Es war das Regionalkrankenhaus.

»Desirée Wallin? Wir haben hier eine Patientin, die Ihre Nummer angegeben hat. Sie möchte gerne, daß Sie sie besuchen, wenn es Ihnen irgend möglich ist. Sie brauchen sich nicht an die allgemeinen Besuchszeiten zu halten. Station 34, Zimmer F, ein Einzelzimmer. Allerdings sollten Sie vorher mit dem Stationsarzt sprechen. Leider dürfen wir am Telefon keine Angaben über ihren Zustand machen. Der Name? Hab ich das nicht gesagt? Die Patientin heißt Märta Oscarsson. Sie wurde gestern eingeliefert. Darf ich ihr sagen, daß Sie kommen?«

»Ja, ich komme sofort«, flüsterte ich, und dann ging ich in die Küche.

»Darf ich dein Auto haben, Benny? Märta ist plötzlich krank geworden!«

Ich weiß nicht, ob sie mir glaubten, aber das war mir auch vollkommen egal. Ich nahm Bennys Lastwagen und verschwand.

40

»Tja, dazu sag ich lieber gar nichts«, meinte Violet, als Desirée wegfuhr, und ich hörte natürlich all das, was sie *nicht* sagte: Gehört es sich, daß man sich einfach aus dem Staub macht, wenn man Gäste hat? Die sich außerdem die Mühe gemacht haben, etwas zu essen mitzubringen? Weil sie begriffen haben, daß sie eine von der Sorte ist, die nicht mal Fleischklößchen braten kann! Oder will …

Bengt-Göran war ziemlich breit und murmelte etwas davon, daß man der aber mal ganz gehörig die Meinung geigen müsse. Damit sie weiß, wo ihr Platz ist. Ein bißchen härter anpacken, darauf stehen die doch. Vielleicht liegt sie ja nur bei sich zu Hause und wartet darauf, daß du kommst und sie dir mal richtig vornimmst?

Er leckte sich die Lippen und stieß Violet in die Seite, daß sie fast vom Stuhl fiel. Dann gingen sie Arm in Arm nach Hause, und ich nehme an, daß Violet die einzige war, die irgendwas von der ganzen Sache hatte. Bengt-Göran hat manchmal ziemliche Startschwierigkeiten, damit zieht sie ihn öfter mal auf, nach dem dritten Schnaps.

Als sie weg waren, saß ich mit den Händen zwischen den Knien da und fühlte mich vollkommen ratlos. Warum war sie abgehauen? War wirklich jemand krank geworden? Ich weiß ja, daß man sich an Bengt-Göran und Violet nach und nach gewöhnen muß, aber Desirée hatte mich auch schon einigen ihrer Bekannten in der Stadt vorgestellt, bei denen sich mir die Nakkenhaare sträubten. Das war in einem Pub gewesen, nach einem Kinobesuch.

Nicht, daß sie unfreundlich gewesen wären, überhaupt nicht! Sie waren so verdammt *nett* zu dem armen Trottel vom Land, sprachen in einfachen Sätzen und übersetzten alle viersilbigen Wörter, die ihnen versehentlich herausrutschten, sofort in zweisilbige. Und ein Typ, der an der Hochschule arbeitete und einen BMW fuhr, klopfte mir auf den Rücken und sagte, er hätte immer schon so gern mit dem Körper gearbeitet, und dann gebe es ja auch all diese Zuschüsse und Abschreibungsmöglichkeiten, und ob ich zufällig gutes Fleisch zu verkaufen habe? Und eine kleine, wichtigtuerische Bibliothekarin fragte mich, was die Bauern eigentlich im Winter täten. »Du meinst, wenn die Milchkühe Winterschlaf halten?« schnauzte ich sie an, und danach war die Stimmung am Tisch nicht mehr so gut.

Ich habe solche Leute so unendlich satt. In irgendwelchen reißerischen Boulevardblättern haben sie gelesen, was für Zuschüsse die Gutsbesitzer in Schonen bekommen, und jetzt wissen sie alle, daß die schlauen Bauern in diesen schweren Zeiten die großen Gewinner sind. »Wie erklärt ihr euch denn dann, daß jeden Tag massenhaft Bauern in Konkurs gehen?« krächzt man hilflos. »In zwanzig Jahren gibt es vermutlich keinen einzigen Bauern mehr in Schweden!« Aber da haben sie schon längst das Gesprächsthema gewechselt.

Sie müßten uns im Grunde unter Naturschutz stellen. Wir sind eine vom Aussterben bedrohte Art, wie Wanderfalken oder Leberblümchen. Und ich weiß, warum. Ich wünschte, ich könnte ihnen erzählen, daß Vater mit dem Kleintraktor zum Kiosk fahren und für das Geld, das er mit einem Liter Milch verdiente, eine Tafel Schokolade kaufen konnte. Ich dagegen müßte heute mit demselben alten Traktor, inzwischen mit Spachtel und Isolierungsband geflickt, hinfahren und das hinblättern, was ich für fünf Liter Milch bekomme. Ich kriege heute nicht sehr viel mehr für die Milch als er vor zwanzig Jahren, aber der Preis von Schokolade ist ebensowenig still gestanden wie der von Diesel.

Und es ist lange her, daß ich mir eine Aushilfe leisten konnte. Ich frage mich, ob der BMW-Typ, der körperliche Arbeit so schätzt, es genauso gut finden würde, eine Neunzigstundenwoche ohne Feiertagszulage zu haben, nicht mal zu Heiligabend!

Das Schlimmste ist, daß man niemals ein Wort sagen kann, um ihnen das zu erklären, nicht einmal, wenn man wüßte, wo man am besten anfängt. Denn dann werfen sie einander nur vielsagende Blicke zu und sagen, ja ja, die Bauern, die müssen immer herumjammern. Entweder ist es zu feucht für die Kartoffeln oder zu trocken, ha ha!

Desirée und ich haben nie darüber gesprochen, nicht nach dem Großen Wutausbruch, als sie mein altes Zeugnis entdeckte. Sie traut sich nicht zu fragen, warum ich den Hof nicht aufgebe, obwohl sie es wohl gerne täte. Und ich finde keinen Anfang, es ihr zu erklären. Wenn ich den Hof aufgebe, muß ich ihn mit nichts als Schulden verlassen – ja, die verfolgen mich, denn ich war einmal so dumm, einen Kredit über eine Million für Modernisierungsmaßnahmen aufzunehmen, mehr Geld als ich zusammenbekäme, wenn ich heute den ganzen Scheiß verkaufen würde. Und wer sagt denn, daß ich jemals einen Job bekomme, damit ich auch nur die Schulden abbezahlen kann? Aber man kann doch im Männerwohnheim leben und bei der Schuldnerberatung der örtlichen Verbraucherzentrale Hilfe bekommen ... klar, verdammt noch mal!

Und wenn ich verkaufe, wenn ich nicht mehr Benny vom Rönnhof bin, wer bin ich dann?

Ich will Diesel unter den Nägeln haben und eine richtige Maschinenhalle und einen Hochdruckreiniger, ich will »Die Milchkuh« abonnieren und den Anzeigenteil der »Zeitschrift für Landwirte«, und ich will zwei Traktoren haben, einen John Deere und eine Rundballenpresse und einen Düngerstreuer von Bögballe und einen Ladekran! Bis der Gerichtsvollzieher kommt und die Zwangsversteigerung beantragt.

Wenn ihr mir den John Deere wegnehmt und mich in einen Anzug zwängt, werde ich mich wie ein Transvestit fühlen.

Aber wir haben uns vorsichtig an den Außengrenzen dieses Themas entlangbewegt, Desirée und ich. Sie hat mich mal gefragt, ob es nichts anderes Gewinnbringendes auf einem Hof gebe als Kühe, sie dachte vermutlich an einen Karpfenteich und an Immortellenzucht oder so. Und ich sagte kurzangebunden, daß auf dieser Welt offenbar nur der Handel mit Waffen, Drogen und Sex wirklich gewinnbringend sei.

Und sofort begannen wir einen Plan zu entwerfen, wie wir den Hof zu einem originellen Sexclub umbauen könnten, Desirée taufte ihn Kinky Country Club. Kommen Sie her und sehen Sie, wie Tiere es tun! Stehen Sie auf Sex in Gummi? Kommen Sie zu uns und beobachten Sie die Besamungstechnikerin, wie sie in Stiefeln und Gummischürze eine Kuh besamt! Buchen Sie einen Platz in der Scheune für eine nostalgische Silberhochzeitsnacht! Peppen Sie Ihr Sexleben mit etwas SM auf, mieten Sie sich Zaumzeug und binden Sie sich gegenseitig an Pflöcke! Und dann das Rönnhof-Special: Der ultimative Sexkick, den Sie nie vergessen werden! Sex am Elektrozaun …

Der Pfad, den wir einzuschlagen pflegen, wenn eine Frage auflodert, die für uns hätte wichtig sein können, dieser Pfad ist allmählich ziemlich ausgetreten. Wir machen einen Scherz und umgehen alles, was schwierig sein könnte.

Wo zum Teufel ist sie hin?

41

Die ganze verschüttete Milch, die du für mich aufgewischt hast,
dein Gelächter, mit dem du mich warmgerubbelt hast –
nichts darf ich dir zurückgeben.
Deine Fenster sind dunkel, und der Schlüssel ist verschwunden.

Ich hatte Märta einen Tag vor Heiligabend gesehen, und da sah sie genauso aus wie die Mädchen auf den Glanzbildchen im Poesiealbum – rotbäckig, mit strahlenden Augen und den Händen voller glitzernder Weihnachtsgeschenke.

Auf einem zerschlissenen roten Plastiksessel in der Psychiatrie saß jetzt eine Frau mittleren Alters mit bleichem, aufgedunsenem Gesicht und leeren Händen, die mit den Handflächen nach oben auf den Knien ruhten. Ich kniete mich vor sie hin und legte den Arm um sie, sie lehnte ihr Kinn gegen meine Schulter, und ich spürte, wie sie über meine Schulter hinweg in die gegenüberliegende Wand starrte.

Lange Zeit sagten wir gar nichts.

»Was hat er getan?« fragte ich schließlich. Ich konnte mir nicht einmal im entferntesten vorstellen, was es sein könnte. Robert hatte ihr schon so viel angetan, und sie war immer wieder wie ein Stehaufmännchen auf die Füße gekommen.

Sie antwortete nicht. Nach einer ganzen Weile richtete sie ihren Blick wieder auf mich und fragte mit einer unzufriedenen Stirnfalte:

»Warum muß man eigentlich leben? So unnötig und mühsam!« Sie starrte mich anklagend an.

Mir wollte keine gute Antwort einfallen, wenn die Frage auf diese Weise gestellt wurde.

»Aber immerhin wolltest du doch, daß ich komme«, murmelte ich.

»Ich?« sagte sie. »Ich will gar nichts!«

Ich besuchte sie jeden Tag und saß stundenlang schweigend neben ihr. Es schien sie zumindest nicht zu stören. Wenn ich sie fragte, wie sie sich fühlte, murmelte sie Sachen wie »alle Anzeigen stehen auf Rot, und die letzte Krone ist durch ein Loch in der Hosentasche gefallen«.

Am vierten Tag verzog ihr Mund sich zu einem schiefen Lächeln, und sie erzählte mir von einem Test, den sie hatte ausfüllen müssen, damit man feststellen konnte, ob sie selbstmordgefährdet sei. Suizidal. Seite rauf und Seite runter Hunderte von Fragen wie: »Finden Sie das Leben sinnlos? Immer/oft/manchmal« und »Fühlen Sie sich wertlos? Ständig/meistens/oft«.

»Wenn man vor diesem Test nicht selbstmordgefährdet ist, dann ist man es auf alle Fälle hinterher!« sagte sie und ließ etwas von ihrem normalen Ich hervorblitzen. Und dann begann sie zu erzählen.

Vor einem halben Jahr war es Robert gelungen, sie zur Sterilisation zu überreden. Sie konnte keine Spirale benutzen, und Robert fand alles andere ganz einfach störend. Sie hatte lange herumgegrübelt, aber es dann wie eine bittere Medizin geschluckt, daß Robert sich nicht noch mehr Unterhaltszahlungen aufhalsen wollte. Sie wollte Robert, und alles hatte seinen Preis.

Am Abend vor Heiligabend hatte eine Frau angerufen und darum gebeten, mit Robert sprechen zu dürfen. Nach dem Gespräch hatte er irgendwas gemurmelt, seine Lederjacke genommen und war verschwunden.

Er war nicht zurückgekommen. Märta hatte an Heiligabend allein dagesessen. Immerhin kannte sie ihn soweit, daß sie nicht bei der Polizei angerufen und sich Sorgen wegen eines Verkehrsunfalls gemacht hatte. Sie würde es schon erfahren, sagte sie sich und duckte sich schon vor dem Schlag.

Drei Tage nach Weihnachten kam er, Hand in Hand mit einer ganz jungen Frau, die Märta zunächst langweilig und pummelig vorkam.

Dann sah sie, daß das Mädchen im fünften Monat sein mußte, mindestens.

Es stellte sich heraus, daß Robert erst jetzt die Große Liebe gefunden hatte und alles für Jeanette und das Kind tun wollte. Sie waren gerade auf dem Weg zum Geburtsvorbereitungskurs, und ob Märta ihm vielleicht über Neujahr das Auto leihen könnte, in alter Freundschaft? Jeanette hatte nämlich Verwandtschaft, die außerhalb wohnte.

Sein Ton gegenüber Märta, mit der er zwölf Jahre zusammengewesen war – abgesehen von einigen Unterbrechungen –, war von einer leicht zerstreuten Anhänglichkeit geprägt, als wäre sie eine Cousine oder eine alte Klassenkameradin.

»Und so hat er es in dem Augenblick auch empfunden, darauf könnte ich schwören!« sagte Märta.

»Hast du immer noch nicht genug Kinder?« hatte sie Robert gefragt.

»Das verstehst du wahrscheinlich nicht, Märta«, hatte Robert ganz ruhig geantwortet. »Ich meine, du hast dich ja gegen Kinder entschieden. Du verstehst nicht, wie ein Mann sich nach einem Kind sehnen kann, wenn er die richtige Frau gefunden hat.«

Da hatte Märta ihr Auto verliehen. Alles, um sie möglichst schnell aus der Wohnung zu bekommen.

Meine Hände zitterten, als ich zurück zur Arbeit ging.

Eine Woche später war Märta entlassen. Sie stand in meiner Küche und hackte Zwiebeln fürs Mittagessen.

»Ich fühle mich wie eine Statistin im Film meines Lebens«, sagte sie. »Ich wusele im Hintergrund herum und marschiere mit den Armeen und dem Pöbel ins Bild und wieder heraus und murmle mit den Volksmassen. Aber es steht auch jemand im Vordergrund. Ich erkenne bloß nicht, wer es ist.«

Sie sprach mittlerweile oft wie im Traum, ohne sich dafür zu schämen oder etwas zu erklären. Und dann tat sie etwas wirklich Ergreifendes.

Sie schnitt sich aus Versehen mit dem Messer in den Daumen,

ein tiefer Schnitt. Eine Weile lang starrte sie das Blut an, und dann entdeckte sie das alberne Poster mit dem Paar in der Muschel, das Benny mir geschenkt hatte.

Schnell huschte sie quer durchs Zimmer, kletterte aufs Sofa und drückte den Daumen gegen die Augen der Frau, vorsichtig, wie eine Liebkosung.

Jetzt weinte die Frau in der Muschel Blut.

42

Sie konnte nicht mal herkommen und mir mein Auto zurückbringen, weil sie bei ihrer Freundin im Krankenhaus sitzen mußte, sagte sie. Den ganzen Tag saß sie dort und arbeitete abends. Ich mußte den Bus in die Stadt nehmen und das Auto abholen, sie hatte den Schlüssel auf einen der Reifen gelegt. Der Wagen stand vor ihrem Haus. Ich ging auf den Hof und starrte hoch zu ihrem Fenster. Die Jalousien waren heruntergelassen – solche Dinger aus Holz, sie hatte nicht mal Stoffgardinen.

Sie ging nicht ans Telefon, und auch der Anrufbeantworter war nicht an.

Es vergingen fünf Tage, ohne daß ich etwas von ihr gehört hätte. Ich begann mich mit all den neuen Landwirtschaftsformularen auseinanderzusetzen, die fast täglich den Briefkasten verstopften. Sollte sie jemals wieder herkommen, wird sie meine erkaltete Leiche unter einem Stapel von Formularen finden, dachte ich. Und dann legt sie mich vermutlich auch unter so einen Grenzstein und beginnt auf den Friedhofsbänken nach dem nächsten armen Teufel Ausschau zu halten. Ich versuchte wirklich, böse auf sie zu sein, dann tat es etwas weniger weh, und ich konnte zumindest schlafen.

Ich wußte ja nicht, ob ich ihr nur scheißegal war oder ob sie einen wirklich guten Grund hatte wegzubleiben. Würde ich dasselbe für Bengt-Göran tun? Tag für Tag in der Psychiatrie bei ihm sitzen, mir frei nehmen und abends arbeiten? Und keine Zeit haben, sie anzurufen?

Ach, das ließ sich nicht mal als Gedankenexperiment durchführen. Bengt-Göran hat verdammt noch mal keine Psyche. Man könnte bei ihm eine Lobotomie mit der Motorsäge durchführen, und keiner würde einen Unterschied merken. Irgendwie verbindet uns auch keine Freundschaft, sondern eher alte Gewohnheit aus Kindertagen, und ich habe nie Zeit gehabt, mir andere Freunde zuzulegen.

Und außerdem hatte ich wohl dieselbe Einstellung zu »Nervenkrankheiten« wie viele der älteren Leute hier in der Gegend. »Die hätten den allerersten Psychologen erschießen sollen, dann hätten wir nie irgendwelche Probleme gekriegt«, hat ein alter Mann mal gesagt. Das waren ja keine echten Leiden. Nur Drückeberger schoben es auf die Nerven, wenn sie nicht ordentlich anpacken wollten.

Wenn ich so in Krabbes Anwesenheit geredet hätte, dann hätte sie mich mit einem Tritt in den Schritt auf ein Sofa befördert und mich grün und blau analysiert, das weiß ich wohl.

Dann rief sie plötzlich an. Sie wirkte bedrückt, und ich spitzte die Ohren: »Was ist denn?«

»Es ist ziemlich hart zur Zeit«, sagte sie nur. Ich fragte mich, ob sie mich direkt abservieren wollte, am Telefon. Jetzt aber schnell denken, Benny.

»Ich werde am Freitag siebenunddreißig«, stieß ich hervor, ehe sie mich hätte unterbrechen können. »Hast du Lust, mit mir auszugehen? Mir ist klar, daß du nicht gerade in Champagnerstimmung bist, aber ein kleines Bier vielleicht? Es ist ja kein wichtiger Tag oder so.« Nervös bis zum Gehtnichtmehr.

»Oder eine winzig kleine Apfelschorle an so einem völlig unbedeutenden Tag?« Ihre Stimme klang ein bißchen fröhlicher, und dann beschloß sie, die Geburtstagsfeier zu organisieren und schon am Abend vorher mit Märtas Wagen zu mir herauszufahren, um mir am Geburtstag das Frühstück ans Bett zu bringen. Ich zwitscherte vor Entzückung wie eine verdammte Singlerche. Sie würde zurückkommen!

Manchmal habe ich auf meiner Friedhofsbank gesessen und mich gefragt, ob es schon der Anfang vom Ende war, als Violet und Bengt-Göran ihre Kochtöpfe anschleppten, oder ob es erst an meinem Geburtstag geschah. Ich meine, wir waren auch danach noch zusammen, die Krabbe und ich – es war eher so, als ginge uns allmählich die Luft aus.

Es fing so gut an. Am Abend vor meinem Geburtstag alberten und kicherten wir herum wie in fröhlicheren Tagen und kippten ganz nebenbei eine ganze Flasche trockenen Champagner, den sie mitgebracht hatte und der so schmeckte, als wäre er das Ergebnis einer Ameisensäure-Gärung. Sie raschelte und wirbelte hinter der verschlossenen Küchentür herum und versteckte irgendwas in meinem Kleiderschrank. Nachts klammerte ich mich an sie, als wäre ich ein Ertrinkender und sie das einzige Rettungsfloß weit und breit. Wir schliefen spät ein.

Am nächsten Morgen wachte ich wie immer vom Wecker auf. Ich betrachtete sie von der Seite und wartete auf meinen Geburtstagskaffee.

Aber sie war noch nicht aufgewacht! Ich lag eine Weile da und kaute an den Fingernägeln und fragte mich, ob ich sie diskret wecken sollte. Ich bekam es hin, daß der Wecker noch mal klingelte, während ich mich räusperte wie ein alter Schwindsüchtiger. Aber sie wachte nicht auf. Möglicherweise hatte es etwas damit zu tun, daß sie normalerweise um zehn Uhr zu arbeiten beginnt und ich um sechs.

Eine halbe Stunde nach meiner üblichen Melkzeit kam ich in den Kuhstall und war die perfekte Beute für gemischte Gefühle und sauren Vortagschampagner. Und alles ging schief. Weil ich so spät kam, bockten die Kühe mehr als sonst, und eine Färse trat mir gegen das Schienbein. Meine Laune war nicht die beste, als ich fertig war.

Als ich wieder ins Haus ging, duschte ich, so schnell ich konnte, und dann öffnete ich vorsichtig die Küchentür einen Spaltbreit.

Da stand die Champagnerflasche mit einem Rest von drei Fingerbreit Essiggetränk. Die Küche war still und leer. Sie schlief noch immer.

Eigentlich war ich ja verdammt froh darüber, daß sie überhaupt hier war, in meinem Haus. Ich hätte mich nach dem Aufstehen nicht lautstark im Schlafzimmer anziehen und auf ihre Reaktion warten müssen.

»Spüre ich den Geruch eines brennenden Märtyrers?« war aus der zerwühlten Bettwäsche zu hören. Sie blickte auf die Uhr und blinzelte mir entgegen.

»Ich hatte gar nichts erwartet«, murmelte ich.

»Wie meinst du das?«

Zornige hellblaue Augen, ein irritiertes Zwinkern mit den weißen Augenwimpern. Sie sprang auf und begann, sich ihre züchtige Unterwäsche aus ungebleichter Baumwolle überzuziehen. »Dann wirst du genau das bekommen, was du erwartet hast. Nämlich nichts!«

War *ich* jetzt etwa der Schuldige? Schweigend trottete ich in die Küche, sie kam hinterher und brachte es fertig, auf wütenden bestrumpften Füßen die Treppe hinunterzupoltern.

Ich hielt die Kaffeekanne unter den Wasserhahn und drehte ihn auf. Der Hahn explodierte und spuckte Luft. Verdammt! Die verflixte Pumpe war wieder kaputt! Ich mußte raus. Und den Klempner erwischen!

Die Krabbe sah mich von der Seite an und machte sich am Kühlschrank zu schaffen.

»Es gibt keinen Kaffee«, sagte ich. »Die Pumpe ist wieder stehengeblieben!«

»Dann gibt es eben Bier und Torte«, lächelte sie. Aber ich war zu aufgedreht, um ihren Stimmungsumschwung zu registrieren. Sie kam nicht auf den Gedanken, daß der Kaffee nicht das Hauptproblem darstellt, wenn auf einem Bauernhof das Wasser ausfällt. Das Hauptproblem sind vierundzwanzig durstige Kühe, plus Nachzucht.

»Bier! Schwedische Kühe trinken kein Bier, selbst wenn ich ein paar Hundert Liter hätte! Aber es ist gut, daß du da bist, ich brauche Hilfe. Ich werde erst mal versuchen, es selbst hinzukriegen, bevor ich den Klempner anrufe! Wir müssen sofort raus«, sagte ich und versuchte etwas netter zu klingen.

Sie starrte mich an und rührte sich nicht vom Fleck. Ich hatte schon die Jacke an. »Zieh die hier an!« sagte ich und warf ihr meine Lederjacke zu. »Und du kannst Mutters Stiefel nehmen, die stehen im Kleiderschrank. Worauf wartest du noch?«

»Auf nichts!« zischte sie. »Aber meine Arbeit wartet auf mich! Du mußt dir wohl heute einen anderen Handlanger suchen!«

Es gab nichts mehr zu sagen. Ich lief zum Pumpenhaus und hörte nach einer Weile, wie sie den Wagen auf dem Hofplatz anließ.

Ich mühte mich ein paar Stunden lang voller Wut mit der Pumpe ab, aber wir hätten zu zweit sein müssen. Ich kriegte es nicht hin und ging ins Haus, um den Klempner anzurufen. Auf dem Küchentisch lagen eine große Fleischwurst und ein Kuhfladen auf einem Teller. Es stellte sich heraus, daß es ein gepökelter Rollbraten und eine ziemlich mißglückte Schokoladentorte waren. Daneben lag ein Zettel.

»Benny! Du bist ein Idiot, und ich bin auch einer. Iß die Torte, rackere dich meinetwegen den ganzen Tag ab, aber komm heute abend spätestens um halb sieben zu mir. Bitte! Du mußt ja nicht gerade den Stalloverall anziehen, denn ich würde dich zur Feier des Tages gerne ausführen.«

Ich war zu müde, um zu reagieren. Wenn ich mich aufs Ohr haue, schaffe ich es, ein paar Stunden zu schlafen, dachte ich. Ich schob mir ein bißchen Torte und Rollbraten zwischen die Kiemen und legte mich auf die Küchenbank. Ich war gerade eingeschlafen, als der Klempner auf dem Hofplatz hupte. Wieder raus, hundemüde. Es dauerte mehrere Stunden, um die Pumpe wieder auf Vordermann zu bringen, und dann war wieder Melkzeit.

Um halb sieben warf ich mich ins Auto, die Haare mit Wasser gekämmt und in Schale geschmissen. Die Schokoladentorte und das Pökelfleisch tummelten sich in meinem Magen, ich hatte nicht geschafft, etwas anderes zu essen. Ich hoffe, sie führt mich in irgendein richtig blutiges Steakhaus aus, dachte ich. Sauce Béarnaise!

Akuter Mangel an Schlaf und Essen lautet meine beste Erklärung für das, was im Laufe des Abends passierte.

43

Katzengold war es, was ich dir reichte,
es verwandelte sich in der Sonne zu verwelkten Blättern,
und du betrachtetest erstaunt mein eifriges Gesicht.

Es war nicht so, daß ich Benny in der Zeit, die ich bei Märta im Krankenhaus verbrachte, vergessen hätte. Ich hatte ihn nur aufgeschoben, denn ich schaffte einfach nicht mehr auf einmal.

Mehrmals war ich kurz davor, Märta gegenüber mein Herz über ihn auszuschütten – das ist so viele Jahre lang meine Art gewesen, all das zu verarbeiten, was ich selbst nicht in den Griff bekomme. Aber das konnte ich ja jetzt nicht. Und wenn ich an diesen verdammten Robertino dachte, wollte ich am liebsten alle Kerle an den Daumen aufhängen. In gewisser Weise blieb die Wirklichkeit während dieser Tage stehen. Ich saß da, arbeitete und schlief. Und grübelte. Depressionen sind ansteckend, da kann mir keiner was erzählen.

Schließlich rief ich ihn an. Und ich erwachte aus meinem düsteren Dämmerzustand, als ich hörte, daß er bald Geburtstag hatte, und erinnerte mich daran, was er aus meinem Geburtstag gemacht hatte. Ich ging in die Stadt und kaufte Champagner und Rosen und einen ganzen gepökelten Rollbraten, den er so liebt. Nach reichlichem Nachdenken kaufte ich schließlich einen Overall für mich selbst im Geschäft für Berufskleidung, er sollte begreifen, daß es eigentlich ein Geschenk für ihn war. Ja, ich würde ab und zu mit ihm im Kuhstall herumtrotten und nach bestem Vermögen »solidarisch« sein. Und dann kaufte ich zwei Eintrittskarten für eine Aufführung von Rigoletto, der gerade in der Stadt gespielt wurde. Es ist meine Lieblingsoper, niemand kann ihr widerstehen. Dachte ich. Und dann stellte ich mir vermutlich eine Art Balance vor – Overall und Oper.

Ich schmuggelte den Overall in seinen Kleiderschrank und rührte eine Torte aus einer Backmischung zusammen. Sie sah überhaupt nicht so aus wie auf der Verpackung, das ist alles, was ich dazu sagen kann. Ich hatte vor, an seinem Bett zu stehen, mit Overall, Torte und Kaffee, ihm ein Geburtstagsständchen zu bringen und dabei mit den Eintrittskarten zu wedeln. Die Rosen stellte ich auf die Eingangstreppe vor dem Haus, damit sie frisch blieben. Dann kuschelten wir uns in Embryostellung aufs Sofa mit dem Champagner zwischen uns. Die Nacht war wunderbar, ich fühlte mich wie ein siamesischer Zwilling, ich wußte gar nicht, daß man einander so nahe kommen kann, ohne den Blutkreislauf zu teilen.

Und dann habe ich verschlafen.

Das war schon schlimm genug. Ich schämte mich, sobald mir klar war, wo ich mich befand. Benny stapfte im Schlafzimmer herum und hatte mir die ganze Zeit den Rücken zugedreht, auf dem in Großbuchstaben stand: Ich habe Geburtstag, aber ich muß trotzdem arbeiten und schuften, während andere schlafen können! Und mit kleineren Buchstaben: Ich habe nicht mal Kaffee gekriegt!

»Ich hatte mir ohnehin nichts von dir erwartet!« sagte er, und plötzlich sah ich rot. Ich brachte es nicht fertig, vom siamesischen Zwilling zu dieser ganzen Schuld und Schande geschleudert zu werden. Ich zischte ihm zu, daß er sowieso nichts von mir bekommen würde, und meinte damit den Overall, mein Anerkennen seiner Arbeit und meine Hilfe, wie auch immer die aussehen würde. Unten in der Küche hatte ich mich soweit beruhigt, daß ich die Torte aus dem Kühlschrank holen wollte. Da stand er plötzlich vor mir, mit einer Lederjacke in der Hand, und befahl mir, rauszugehen und zu arbeiten, und dann schnaubte er irgendwas davon, daß Kühe kein Bier trinken würden, damit ich mich richtig daneben fühlen sollte.

Als er gegangen war, schmiß ich den Overall ins Auto, warf

die Rosen weg, die über Nacht natürlich erfroren waren, setzte mich an den Küchentisch und atmete heftig. Schließlich schrieb ich ihm einen Zettel. Die ganze Geschichte war zu armselig, das mußte man doch irgendwie in den Griff kriegen.

Er tauchte erst um Viertel nach sieben auf, mit nassem Haar und einem vorsichtigen Lächeln. Ich hatte vorgehabt, zuerst bei einem leichten Essen ein paar Hauptfragen anzusprechen und so eine glückliche Stimmungslage für Rigoletto zu schaffen, aber dafür war keine Zeit mehr. Wir stürmten in die Oper, und ich schaffte gerade noch, ihm alles Gute zum Geburtstag zu wünschen, ehe die Ouvertüre begann. Er nickte und schielte in der Dunkelheit ins Programm.

Ich liebe nicht alle Opern, die Handlung der Fledermaus beispielsweise kommt mir so unglaublich albern vor, daß es mir sinnlos erscheint, sie im Opernhaus auszusitzen, sie macht sich besser auf Schallplatte. Aber Rigoletto, das ist eine Oper aus Fleisch und Blut, die von Schuld und Unschuld und Liebe wider besseres Wissen handelt, und mit einer Musik, die einen in den Himmel hebt. Für mich wurden Gilda und ihre vom Tode gezeichnete Leidenschaft an diesem Abend zu Märta, die in der Psychiatrie so still dasaß. In der Schlußszene, als Gilda ihr Leben für den Herzog opfert, der lachend mit einer neuen Frau dasteht, weinte ich hemmungslos und preßte die Fingernägel in die Handflächen. Ich fummelte eifrig mit dem Taschentuch herum, als das Licht anging, und hoffte, daß Benny Verständnis zeigen würde.

Aber ich hätte mir keine Sorgen zu machen brauchen. Er schlief felsenfest. Er hatte sich auf dem Sitz ein wenig zur Seite gelehnt und schnarchte unschön vor sich hin, das Kinn an die Kante gestützt und mit offenem Mund. Ich brauchte volle zehn Minuten, um ihn ganz wach zu bekommen, und alle starrten uns an.

Danach war der Abend natürlich gelaufen. Wir sagten nichts, als wir zu seinem Auto zurückgingen, ich bat ihn nicht mal, über Nacht zu bleiben. Er mußte wieder um sechs aufstehen.

Am Auto legte er die Hand mit den verkrüppelten Fingern an meine Wange und lächelte blaß.

»Sind wir quitt?« fragte er. Und ich konnte nicht widerstehen, seine Knöchel zu küssen.

44

Es ist klar, daß es nicht geht. Nie im Leben.

Es ist nicht nur wegen dem Hof. Ich sehe es förmlich vor mir, wie ich abends völlig fertig reinkomme – während der Heuernte zum Beispiel –, und sie steht mit den Opernkarten in der Hand da und wartet und trommelt mit den Fingern auf den Tisch. Opern, Herrgott! Ich fand, daß mein Magen den ganzen ersten Akt lang lauter knurrte als der Fettwanst mit dem Degen, der heulte, als wolle er die Kühe nach Hause locken. Die Krabbe sollte froh sein, daß ich einfach eingeschlafen bin, ich hätte sie noch viel mehr blamieren können, wenn ich bei Bewußtsein gewesen wäre. Ich hätte vielleicht sogar gesagt, was ich dachte, und zwar laut.

Aber sie war nicht so sonderlich froh. Das hab ich sehr wohl gesehen.

Es gibt fast nichts, worin wir einer Meinung sind. Politik umgehen wir inzwischen sorgfältig. Ich erinnere mich an die erste Schlacht. Es fing damit an, daß ich ihr einen Leserbrief zeigte, den ich witzig fand, es endete damit, daß sie mich einen Faschisten nannte und mit dem Rücken zu mir einschlief. Und es folgten noch mehr Meinungsverschiedenheiten. Mittlerweile sehen wir beinahe verlegen weg, wenn im Fernsehen irgendwas gesagt wird, wovon wir wissen, daß wir dazu unterschiedliche Ansichten haben.

Unsere Sternzeichen passen vermutlich nicht zueinander. Das hätte Tante Astrid gesagt, sie hat sich früher mit so was beschäftigt. Mutter und ich zogen sie immer auf, wenn sie sich voller Entschiedenheit dazu äußerte, was zu tun sei, wenn man Jupiter als Aszendenten hätte. Ich hatte einen Zeitungsartikel entdeckt, der behauptete, daß alle heutigen Horoskope eigentlich um einen Monat falsch gingen, da sich der römische Kalender, der gültig war, als man sie erstellte, durch die Jahrhunderte hindurch verschoben hatte. Tante Astrid wurde so verwirrt, daß wir uns schämten. Sie hatte sich so sehr in die Vorstellung hineingelebt, ein schöner, gutherziger Stier zu sein, und jetzt war sie plötzlich ein Fisch.

Die Krabbe liest auch Horoskope, aber meistens, um mich zu ärgern. »Wenn du zwei Tage früher geboren wärst, hättest du ein verträumter, künstlerisch interessierter Charakter und ein Lebenskünstler werden können, der den Tag nimmt, wie er kommt«, sagte sie mal boshaft, als sie das Horoskop vor meinem gelesen hatte. »Verträumte Milchbauern, die den Tag nehmen, wie er kommt, machen pleite oder werden vom Traktor überfahren«, murrte ich.

Vermutlich können wirklich nur unsere Horoskope erklären, warum wir uns zueinander hingezogen fühlen, obwohl wir uns beide mit Händen und Füßen dagegen wehren, denn ich glaube, das tun wir gerade. Vielleicht sollte man mal so eine alte Hellseherin ransetzen, um das aufzuklären. Eventuell gibt es ja irgendeinen verdammten Transzendenten in der Venus, der mit Mars im zwölften Haus steht? Kann man diese Linien und Kreise nicht zurechtbiegen, damit man endlich mal frei ist und aufhört, von kleinen, bleichen Krabben zu träumen? Und statt dessen mit einer muskulösen, jungen Dame mit Haushaltsausbildung von der Vermittlung für landwirtschaftliche Aushilfskräfte dem Glück entgegenschreiten kann? Und die Krabbe könnte sich mit irgendwas Bärtigem zur Ruhe setzen, mit arbeitsfreien Sommern und achtzehn Metern Bücherregal.

Wir trafen uns nach dem katastrophalen Geburtstag zwar weiterhin, aber es ist so, als würden wir herumschleichen, einander beobachten und die Unmöglichkeiten nur so auftürmen. »Ich kann mir im Sommer nicht frei nehmen, aber wenn ich ein paar freie Tag im September hätte, würde ich auf die Lofoten fahren und angeln!« sage ich mit heiterer Stimme. »Das wäre nichts für dich, was?« »O nein! Lieber das Festival für avantgardistisches Theater in Avignon. Im Juli!« kontert sie. »Sie spielen auf französisch«, fügt sie hinzu.

Wir versuchen uns gegenseitig und uns selber davon zu überzeugen, daß es besser ist, vom Fest aufzubrechen, solange es noch schön ist. Bevor es böse endet. Ich will der Krabbe auf keinen Fall weh tun, lieber gebe ich die Finger her, die ich noch habe.

Ich glaube, das versteht sie nicht. Ich hasse es zum Beispiel, wenn sie anfängt, all die Scheußlichkeiten aufzuzählen, die dieser Robert ihrer Freundin Märta angetan hat. Das tut sie oft in letzter Zeit. Ich fühle mich irgendwie angeklagt, wenn sie loslegt, ich glaube, ihr ist nicht bewußt, daß sie diesen »So-sind-die-Kerle-eben«-Tonfall draufhat. Manchmal sage ich Sachen wie: »Tja, wer weiß, vielleicht hat sie ihn ja provoziert«, und dann wird die Krabbe fuchsteufelswild und verrückt. »Aber *ich* bin nicht so einer!« versuche ich sie dann zu beruhigen. »Du findest, daß wir egoistisch sind und uns bei den Frauen einfach bedienen – aber nur weil ich ein Kerl bin, bin ich nicht schuld an dem, was andere Männer tun! Nimmst du die Schuld für all die Schurkenstreiche auf dich, die die Weißen anderen Rassen angetan haben? Schließlich bist du ja auch weiß!«

Da sagt sie, sie habe gar nicht behauptet, daß ich Robert sei, und weshalb glaubte ich, ihn verteidigen zu müssen? Er hat Märta zumindest nicht mißhandelt, fügt sie hinzu – und dann stehe ich da und schäme mich dafür, daß eine Menge Männer ihre Frauen schlagen. Wir kommen nicht weiter.

Und nach solchen Zusammenstößen ist der Boden so vermint von all dem, was gesagt ist und was noch nicht, daß es uns immer schwerer fällt zu spielen, worin wir am Anfang doch so gut waren.

Aber wenn ich mir selbst gegenüber brutal ehrlich bin, liegt das große Problem ganz woanders. Das ist mir immer klarer geworden, seit Mutter gestorben ist.

Ich will und brauche eine Frau, die eine Art Heim schaffen kann. Okay, meinetwegen kann sie fertige Fleischklößchen kaufen und Torten aus Backmischungen backen, sie kann fertig genähte Gardinen aufhängen und Kleider kaufen, die so aussehen, als würden sie dem Landeskrankenhaus gehören – wenn sie sich nur irgendwie kümmert und eine Art System reinbringt, damit man ein Gefühl von Heimat entwickelt. Ich könne mir die Fleischklößchen ja selbst kaufen, würde die Krabbe sagen, und Kleider am Leib hätte ich ja auch – aber ohne dieses Heimatgefühl scheint mir das alles so sinnlos: Man nimmt Nahrung zu sich, bloß um zu überleben, und zieht Kleidung an, damit einen die Polizei nicht aufgreift.

Bald muß ich mir keine Sorgen mehr machen, den Hof abzugeben und in einem Männerwohnheim zu landen. Allmählich sieht es hier aus wie in einem verdammten Männerwohnheim. Und ich weiß nicht, wie ich das mit dem Heimatgefühl hinkriegen soll. Ich glaube, ich würde ohne Sex auskommen, das habe ich über lange Zeiten hinweg gemußt – aber auf seinem eigenen Hof heimatlos zu sein, das macht keinen Spaß.

Und ich glaube nicht, daß die Krabbe es will. Oder kann.

45

Liebe geht durch den Magen, heißt es.
Aber was soll man tun,
wenn man gerade mal mit einem Dosenöffner zurechtkommt?

Das Leben zerfiel mehr und mehr in zwei Teile. Inez Lundmark war in den Vorruhestand entlassen worden, und ich hatte die Kinderbuchabteilung ganz übernommen. Ich ließ mich von der Arbeit auffressen, plante eine Kindertheaterwoche, beauftragte Künstler aus der Stadt, zusammen mit Kindern Märchen zu illustrieren, begann die Kommunalpolitiker zu neuen Kulturinvestitionen zu ermutigen – und es hätte fast damit geendet, daß ich in eine Partei eingetreten wäre. Ich glaube, ich hatte den netten kleinen Ruf, eine ideenreiche Person zu sein, die Sachen auf die Reihe bekam. Ich fuhr auf Messen und Fortbildungen und hatte beinahe den einflußreichsten Mann auf Kommunalebene an der Angel, als es darum ging, Geld für ein Kinderfilmfestival locker zu machen. Dann stellte sich heraus, daß er nicht in erster Linie am Festival interessiert war.

Er machte den Vorschlag, zusammen über ein Wochenende zu einem Kinderfilmfestival in Polen zu fahren. Seine Sekretärin rief mich an und erkundigte sich, ob wir tatsächlich ein Doppelzimmer haben wollten, und plötzlich fügten sich alle Umarmungen und vertraulichen Anreden (»meine Kleine«) zu einem Gesamtbild. Als ich ihn damit konfrontierte, sagte er erst, daß die Gemeinde auf diese Weise Geld sparen würde … und außerdem seien wir doch moderne Menschen. Dann meinte er, daß seine Sekretärin alles mißverstanden habe und daß sie ungeeignet sei und vielleicht bald entlassen würde. Und schließlich wurde nichts aus dem Kinderfilmfestival.

Ich konnte natürlich in dieser Richtung nicht mehr weitermachen, denn dabei wäre höchstens herausgekommen, daß die Sekretärin Schwierigkeiten bekommen hätte. Solche Herren achten darauf, sich immer doppelt und dreifach abzusichern. Aber ich bin mir gar nicht sicher, ob er nur auf ein kleines Abenteuer im geborgenen Hafen der kommunalen Hierarchie aus war – es kam vor, daß er nachts anrief und in den Hörer nuschelte und schniefte. Ich erzählte Benny davon, und er erbot sich, einen falschen Schnurrbart aufzusetzen und einen Undercoverjob in der Gemeindeverwaltung anzutreten. Das war eine der wenigen Gelegenheiten, bei denen es mir gelang, ein gewisses Interesse für meine Tätigkeit zu wecken – ich glaube, er wurde ein bißchen eifersüchtig.

Das Schlimmste an der Geschichte war nicht, daß dieser Kommunalbonze versucht hatte, mich anzugraben, oder daß nichts aus dem Festival wurde. Im Lauf der Jahre habe ich gelernt, mich ein bißchen zurückzuhalten, wenn ich nett zu Männern sein will, manche von ihnen scheinen eine beinahe unbegreifliche Schwäche für meinen Typ zu entwickeln. Erst glauben sie, daß ich zerbrechlich bin, und wenn sie einsehen, daß ich es vielleicht gar nicht bin, werde ich zu einem Rätsel, das ausgerechnet sie unbedingt lösen müssen. Das ist schon früher vorgekommen.

Das Schlimmste daran war, daß die Frau dieses Bonzen eine Arbeitskollegin von mir ist. Sie wußte natürlich von nichts – es gab ja auch nicht viel, was man hätte wissen können –, aber ich hörte sie im Aufenthaltsraum reden, wie sie es schon seit Jahren tat:

»Jetzt, wo die Kinder ausgeflogen sind, haben Sten und ich endlich mehr Zeit füreinander! Wenn Sten sich nur frei nehmen könnte, würden wir zu unserem Hochzeitstag nach Madeira fahren und dort unsere zweiten Flitterwochen verbringen! Sten und ich und Sten und ich …«

Und nachts schniefte Sten in mein Telefon.

Wir hatten zeitweise viele Ehemänner in unserem Aufenthaltsraum. Lilian beschwerte sich meistens über ihren:

»... und wenn man von der Arbeit nach Hause kommt und zehn Stunden auf den Beinen gestanden hat, dann sitzt er einfach am Küchentisch und hat die Abendzeitung über die Eierschalen und Cornflakesteller vom Frühstück ausgebreitet und fragt, was es zum Abendessen gibt. Und immer muß man ihn wegen irgendwas trösten: Weil er nicht im Toto gewonnen hat oder weil jemand auf der Arbeit blöd zu ihm war oder weil er allmählich eine Glatze kriegt. Es ist im Grunde am erholsamsten, wenn er krank ist, denn dann liegt er nur in seinem Zimmer und stöhnt, und die Kinder und ich können machen, was wir wollen ...«

»Sieh mal einer an! So würde Sten sich nie verhalten! Er ist so rücksichtsvoll, daß er oft auf der Arbeit frühstückt ...«

So ging es die ganze Zeit, und sie zerrten grausam an meinen Nerven. Denn ich war mir ziemlich sicher, daß sie einst für ihre Männer etwa das empfunden hatten, was mich jetzt zu Benny hinzog. Ich meine, ich bin zu alt, um zu glauben: »So wird es bei uns niemals enden ...« Insbesondere, weil jetzt schon einiges bei uns schief lief.

Das Leben zerfiel also in zwei Teile: die harte Arbeit, die Spaß machte und mich tagsüber beschäftigte – und die restliche Zeit, die ich immer mehr darauf verwendete nachzugrübeln.

Sten. Lilians Mann. Robertino. Und Örjan.

Und Benny?

Wie hoch war der Preis, den ich zu zahlen bereit war, und was wollte ich eigentlich haben?

Es gab eigentlich nur einen Menschen, den ich fragen konnte. Deshalb ging ich zu ihr nach Hause.

46

Wir sehen uns immer seltener.

Sie kann sich nicht mehr das Auto ihrer Freundin ausleihen, denn das hat sie offenbar verkauft, und deshalb muß ich sie entweder abholen, oder sie muß mit dem Bus fahren. Und es geht nur einer, werktags um 19 Uhr 30. Dann ist sie gegen halb neun hier, und um zehn sollte ich ins Bett. Und ich kann sie selten vor acht Uhr abends abholen, das wird genauso spät. Wenn ich bei ihr übernachte, muß ich um halb fünf aufstehen.

Anderthalb Stunden, ein- oder zweimal pro Woche. Und da sind die Wochen, in denen sie verreist ist, nicht eingerechnet.

Dabei hätten wir ein paar Tage gebraucht, nur um unter die Oberfläche unserer eigenen Witze zu gelangen. Man beginnt ja nicht gerade mit der Frage »Haben wir eine gemeinsame Zukunft?«, wenn sie in der Diele steht und ihren Mantel aufhängt.

Ich habe die Wochenenden vergessen. Da ist sie manchmal einen ganzen Tag hier. Das sind die Momente, wo wir uns streiten. Oder es zu umgehen versuchen, aber das ist beinahe genauso anstrengend.

Dennoch vermisse ich diese Wochenenden – die letzten drei ist sie auf Konferenzen und Fortbildungen und was weiß ich wo gewesen. Ich glaube, ich sollte dazu übergehen, mich wieder auf dem Friedhof mit ihr zu treffen.

Ich habe sie mit auf ein Fest hier im Dorf genommen. Vielleicht war es eine Art Versuchsballon. Die Stimmung zwischen ihr und Violet war ein bißchen frostig, aber bei den anderen im Dorf, die meisten sind über fünfzig, kam sie gut an. Mit mehreren von ihnen redete sie so eifrig, daß ich mir Sorgen machte, ob sie sie womöglich mit Buchtips versorgte – aber offenbar hatten sie sich über die Geschichte des Dorfs unterhalten. Echtes Interesse auf beiden Seiten schadet nichts – und außerdem weiß ich, daß meine Nachbarn geradezu rührend sind, wenn es darum geht, mich unter die Haube zu bringen. Wenn der letzte Hof verschwindet, dann stirbt das Dorf, nach Auffassung der Leute hier – das haben wir alle irgendwo im Hinterkopf. Ich meine, dann wird es zum Vorort.

Ich weiß noch, daß ich ziemlich düster vor meinem Bier saß und mir den Rönnhof als Ferienpension für die Angestellten irgendeiner Computerfirma vorstellte.

Dann wurden wir zum Kaffee bei Tante Alma und Onkel Gunnar eingeladen, Mutters alten Freunden. Am Sonntag.

»Das geht leider nicht! Ich fliege morgen um drei nach Uppsala!« sagte Desirée.

Tja.

Wenn ich so allein im Kuhstall herumgehe, denke ich immer öfter, daß ich zwischen verschiedenen Wegen wählen kann und mich bald entscheiden muß.

Weg eins: Ich versuche Desirée dazu zu bewegen, ihre Zelte abzubrechen und zu mir zu ziehen. Das kommt für *sie* nicht in Frage, das weiß ich – sie wäre genervt, wenn ich sie nur fragen würde.

Weg zwei: Ich verkaufe den Hof und ziehe in die Stadt und halte den Kaffee warm, bis sie aus Uppsala zurückkommt. Das kommt für *mich* nicht in Frage.

Und Weg drei: Ich blicke der Wirklichkeit ins Auge und gebe ein unmögliches Unterfangen auf. Und dann treibe ich eine Frau auf, die sich vorstellen kann, mehr als drei Stunden die Woche mit mir zu teilen.

Denn Alternative vier, das, woran ich nicht einmal denken mag, würde lauten, Junggeselle zu bleiben. Wie Bosse, den die Leute immer noch »Nilssons Junge« nennen, obwohl er sechsundvierzig ist. Er wohnt allein mit seiner Mutter auf dem Hof seiner Eltern, hat ein bißchen Vieh und arbeitet halbtags beim Bauernverband. Er hat eine riesige Parabolantenne installiert, bekommt Päckchen mit diskretem Absender und lebt für die Auer- und Birkhahnjagd, ansonsten hat er, soweit ich weiß, keine Interessen. Er kommt manchmal unter irgendeinem Vorwand beim Rönnhof vorbei und bleibt drei Stunden, und wenn Desirée da ist, stehen wir seufzend hinter den Gardinen, wenn wir sein Auto auf den Hofplatz fahren sehen.

Nein, niemals so werden wie Bosse. Söderströms Junge, dreiundfünfzig … ich tue, was ich kann, um dem zu entgehen. Und allmählich wird es höchste Zeit.

Vielleicht schlägt Desirée eine Masse Junggesellenangst entgegen, wenn sie mich besucht. Sie spürt die Erwartungen, schiebt trotzig das Kinn vor und will nur Spielkameradin sein. Die kleine Krabbe ist eben noch ein Mädchen, hat keine Angst davor, in ihrem ereignisreichen Stadtleben allein zu bleiben.

Wenn ich sie, was mittlerweile immer seltener vorkommt, in meinem Bett für mich allein habe, spüre ich es wie einen Stein im Magen. Denn sie ist noch immer genauso schwindelerregend weiß, warm und graziös wie früher, und ich sage zu ihr: »Du bist schuld, wenn ich vorzeitig sterbe! Die statistische Prognose für unverheiratete Männer sieht schlecht aus!« Und wenn sie sich in ihrer Bemühung, einer Antwort auszuweichen, spiralenartig windet, begreift sie nicht, daß gerade der letzte Akt eingeläutet wird.

47

Ich will keine Zielbänder zerreißen,
Anlauf nehmen, Gegenstände schleudern.
Warum sollte es mehr wert sein, über die Latte zu springen,
als aufrecht unter ihr durchzugehen?

Natürlich versuchte ich, es wie einen Höflichkeitsbesuch aussehen zu lassen. Ich hatte Blumen dabei, teure Tulpen, und ein Päckchen guten Darjeeling.

Sie öffnete die Tür mit vorgezogener Sicherheitskette. Als sie mich sah, ließ sie mich hinein, aber ohne Enthusiasmus. Sie war auch nicht ablehnend, eher zerstreut. Wie eine Person, die eigentlich etwas zu beschäftigt ist, um Besuch zu empfangen.

»Hallo, Inez«, sagte ich. »Lange her! Wie geht es dir?«

»Warum?« fragte sie. »Das kann doch für dich nicht von Interesse sein?« Nicht unfreundlich.

Ich hatte den Eindruck, als fände Inez das Leben inzwischen zu kurz für Smalltalk. Deshalb entschied ich mich spontan, nicht mehr zu reden als nötig.

»Doch, ein bißchen schon«, sagte ich. »Ich habe viel an dich gedacht. An deine Art, das Leben wahrzunehmen, und daran, wie weise du sein mußt. Ich würde mich freuen, wenn du etwas davon mit mir teilen würdest.«

»Mhmmm?« sagte sie abwartend.

»Du mußt einmal eine Entscheidung getroffen haben«, sagte ich. »Und ich muß auch eine treffen, bald. Es wäre interessant, von dir zu erfahren, wie dein Gedankengang ausgesehen hat. Wie es dazu kam, daß du dich für deine Archive und nicht für die Erlebnisse aus erster Hand entschieden hast. Verstehst du?«

Plötzlich bekam sie zwei rote Flecken auf den Wangen, erhob

sich und stellte die Tulpen in eine altmodische Kristallvase, die sie aus dem obersten Fach eines Küchenschrankes hervorkramte. Ich sah sie in der Küche auf einen Stuhl steigen. Dann kam sie ins Wohnzimmer und setzte sich wieder, nahm ihre Brille ab und sah mich irritiert an.

»Was bringt dich dazu, zu glauben, daß ich irgendwelche Alternativen gehabt hätte? Natürlich hatte ich keine andere Wahl, was Erlebnisse aus erster Hand betrifft. Meine Eltern waren Missionare in Tansania, ich wurde von einer unverheirateten Tante erzogen, im übrigen eine unglaublich unsaubere und unordentliche Person! Als ich auf die Bibliothekshochschule kam, war das die große, berauschende Freiheit für mich. Als ich die Dinge so ordnen durfte, wie ich es wollte. Systematisch. Natürlich hätte ich Erlebnisse aus erster Hand wählen können. Kurse in Porzellanmalerei und Gruppenreisen. Das hat mich nie auch nur im geringsten gereizt! Dann habe ich siebenunddreißig Jahre in der Bibliothek gearbeitet, voilà tout! Und es ist am besten, wenn ich dir gleich sage, daß ich kein Interesse an ›Freunden und Vertrauten‹ habe. Verstehst du?«

»Wenn du mich rausschmeißt, Inez, gehe ich nach Hause und eröffne eine Datei über dich«, sagte ich. Da lächelte sie etwas.

Dann unterhielten wir uns fast eine Stunde lang. Sie machte für jeden von uns eine Tasse von meinem Darjeeling, aber so, wie sie ihn zubereitete, hätte es ebensogut Beuteltee von Lipton sein können.

»Ich will keinen Rat von dir«, sagte ich, »nur ein weiteres Paar Augen. Meine Augen so schärfen wie du. Was hast du gemeint, als du sagtest, daß Benny entweder völlig verkehrt für mich sei, oder aber der einzig Mögliche?«

Sie erhob sich und ging zum Archivschrank, aus dem sie meinen Ordner wühlte.

»Hm … ich habe euch nur bei sechs Anlässen beobachtet«, sagte sie. »Und das letzte Mal war kurz nach Weihnachten, bevor ich aufgehört habe. Daß er völlig verkehrt für dich ist, darauf brauche ich nicht näher einzugehen, das weißt du sicher selbst. Seine Kleidung ... und man entscheidet sich ja für ein bestimmtes Aussehen, bewußt oder unbewußt. Aber das andere. Dieses Gefühl, das ich gesehen habe. Ja, bei euch beiden. Dein Ehemann schien mir ganz sympathisch, aber du hast nicht aufgehört zu arbeiten, wenn er kam. Du hast nichts fallen lassen, und du hast nie so getan, als würdest du ihn nicht kennen, nicht einmal am Anfang eurer Beziehung. Du hast dich sozusagen nie darum gekümmert. Zu dem anderen warst du beinahe unhöflich. Und dann stand er da und hielt das Buch, das du ihm gegeben hattest, in den Händen, als sei es ein geliebter Welpe. Ja, mehr kann ich dazu nicht sagen, denn auf solche Dinge verstehe ich mich nicht. Aber ich habe so was schon früher gesehen, und es geht immer vorbei«, fügte sie beinahe schadenfroh hinzu.

»Der einzig Mögliche?« quengelte ich.

»Das habe ich gesagt, weil *du* anders warst als sonst. So hatte ich dich noch nie gesehen. Und jetzt mußt du mich wirklich entschuldigen, aber ich habe viel zu tun.«

Dann zeigte sie mir ihr neuestes Projekt. Sie hatte begonnen, Reklamebroschüren zu sammeln und zu archivieren und auf Sonderangebote zu antworten, sie nahm an Preisausschreiben teil und archivierte die Ergebnisse.

»Aber ich mag es nicht, wenn sie mich ›Sehr geehrte I. M. Lundmark‹ nennen«, sagte sie streng.

Inez weiß, wer sie ist, und das sollen die gefälligst lernen. Ordnung muß sein!

48

Warum zum Teufel sollte es so verdammt unmöglich sein? Dachte ich eines Tages, als ich die Brunstkontrolle verpaßt hatte, weil ich mit der Krabbe am Telefon gequatscht hatte. Zwei erwachsene, beinahe gleichaltrige Menschen, ein Haus, eine Stadt in der Nähe, zwei Jobs. Zusammen wohnen, in die Stadt pendeln, das Haus renovieren … Kinder kriegen. Jede Nacht miteinander verbringen, sich mehr als drei Stunden pro Woche sehen.

Ich stellte mir das so anschaulich vor, daß ich mit Leichtigkeit die Hindernisse übersprang, in die wir bisher mit dem Kopf zuerst gerannt waren. Ich packte einfach an meinem Ende an und fing an, das Haus neu zu planen.

Das Wohnhaus des Rönnhofs ist groß. Eine riesige Küche, Kammer, Stube und Diele. Zwei Schlafzimmer im Obergeschoß, ein Dachboden, der ausgebaut werden kann. Wenn wir jetzt die Kammer zu ihrem Arbeitszimmer umfunktionieren würden … das einzige, was zur Zeit drinsteht, ist Mutters Webstuhl, ich bin seit einem Jahr nicht mehr drin gewesen, glaube ich. Das Schlafzimmer für uns, Mutters Zimmer als Kinderzimmer … und ihre verdammten Bücherregale werden wir schon irgendwo unterbekommen.

Dann rechnete ich nach, ob wir es uns würden leisten können, ein Auto für sie zu kaufen. Wenn sie ihre Wohnung verkauft, spart sie sich ja ihre monatliche Rückzahlung … Sie wird ja keine Zeit haben, ganztags zu arbeiten, und sie setzt bestimmt ein paar Jahre aus, wenn das erste Kind da ist … Oder meinetwegen kann sie ja auf Teilzeit gehen, wenn sie unbedingt will. Es gibt keine Kindertagesstätte hier im Dorf … aber Violet könnte vielleicht Tagesmutter sein …

Das waren meine Gedanken, und natürlich vergoldeten sie

mir den letzten Monat, bevor der Höllenstreß des Sommerhalbjahrs losbrach. Ich war so sehr in meine Berechnungen versunken, daß ich die Krabbe ganz und gar vergaß.

Und eines Tages ...

Sie war gerade mit irgendeinem Theaterfestival für Kinder beschäftigt und kam ziemlich widerwillig mit dem Bus herausgefahren, weil ich gesagt hatte, ich hätte etwas Wichtiges zu besprechen. Ich setzte sie aufs Sofa, holte meine Unterlagen, Skizzen und Berechnungen und legte los.

Sie fragte nichts, sie sagte überhaupt nichts. Erst als ich zum Thema Teilzeitarbeit, Kinder und Violet als Tagesmutter überging, gab sie ein leises Stöhnen von sich. Als ich verstummte, war es eine Weile totenstill.

Dann sprach Desirée.

Sie erinnerte mich an die Hündin, die ich mal gehabt hatte, die die Wände hochgegangen war und nur rauswollte.

Ich habe eine Menge Kraft investiert, um das zu vergessen, was sie gesagt hat. Es ging darum, daß sie sich nicht vorstellen könne – *visualisieren*, sagte sie –, den Rest ihrer Sommer mit dem Picknickkorb am Wegesrand oder allein mit eventuellen Kindern in irgendeiner Pension zu verbringen. Daß sie ihren Job liebe und hart gearbeitet habe, um dorthin zu gelangen, wo sie jetzt sei, daß sie nicht halbtags eine Kinderbuchabteilung leiten könne und daß das Teilzeitgehalt einer Bibliothekarin kaum die Kosten fürs Auto decke – sie würde gezwungen sein, mich um Erlaubnis zu bitten, wenn sie zum Friseur gehen wolle. Und daß sie lieber abtreiben würde, als Violet zur Tagesmutter zu nehmen.

Als sie an diesem Punkt angelangt war, da war für mich alles gelaufen.

Sie plapperte weiter davon, daß wir es doch gut hätten, wie es jetzt sei, und wir könnten ja abwarten und zusehen – und ich brachte es nicht fertig, ihr zu widersprechen.

Dann begann sie davon zu reden, wie wichtig es sei, daß auch der Mann Erziehungsurlaub nehme, und daß sie im Sommer verreisen wolle. Ich fragte sie nicht mal, ob sie je von einem Milchbauern im Erziehungsurlaub mit Sommerferien gehört habe. Ich saß nur da und nickte, wie eine altmodische Sparbüchse.

Sie rief am darauffolgenden Tag an und sagte, daß sie wohl ein bißchen schroff gewesen sei, das seien die prämenstruellen Spannungen, meinte sie. Aber sie werde herkommen und etwas Leckeres zu essen für Samstagabend mitbringen.

Es war das erste Mal, daß sie so etwas tat. Kleine Krabbe, sie hatte nicht mal begriffen, daß es aus ist. Und ich mache mich auf alles gefaßt.

49

Ich hätte die Angel vorsichtig einholen,
hätte den Käscher nehmen können,
hätte sie sorgfältig schuppen und entgräten
und sie mir gut schmecken lassen können,
– aber sie riß sich los,
diese verdammte Liebe.

Scharfe Lage nennt man das beim Militär. Da heißt es, das Gewehr schußbereit zu halten, denn irgendwo da draußen schleicht der Feind herum.

In Bennys und meiner Beziehung herrschte jetzt schon seit einigen Wochen scharfe Lage. Das Problem war bloß, den Feind zu erspähen.

Irgendwas war geschehen, was sich wie der Anfang vom Ende anfühlte – wann genau war es passiert?

Man kann natürlich behaupten, es sei bei unserer ersten Begegnung gewesen.

Ansonsten würde ich vermutlich sagen, es sei an jenem Abend passiert, als Benny seine Skizzen aufreihte, wie wir das Haus umbauen könnten, und seine Berechnungen für den Fall, daß ich Örjans und meine Wohnung verkaufte und meine Arbeit kündigte. Oder zumindest auf Teilzeit ging.

Ich bekam Erstickungsgefühle, einen psychischen Asthmaanfall. Denn jetzt stieß er mich mit der Nase auf die Realität, genau die Realität, um die ich sonst einen großen Bogen gemacht hatte. Klar hatte ich über uns nachgedacht – aber da war es um unsere »Gefühle« gegangen und um die Unterschiede zwischen uns. Ob die »Gefühle« es aushalten würden, wenn wir an ihnen arbeiteten. Denn wenn uns das nicht gelang, waren die Wohnverhältnisse uninteressant.

Offenbar war es mir irgendwie geglückt, mir einzureden, er würde schon noch einsehen, daß die Milchproduktion auf die Dauer allzu mühselig sei. Natürlich würde er einen Job in irgendeiner Landmaschinenfirma bekommen, bei seinen Motorenkenntnissen. Und dann würden wir uns wohl etwas kaufen müssen, was näher an der Stadt lag. Wenn er den Familienbesitz unbedingt behalten wollte, konnte er den Hof ja bis auf weiteres verpachten. Irgendwo wußte ich, daß ich viel zu optimistisch war – nach seinem Wutausbruch im Herbst, als ich sein Zeugnis entdeckt hatte, ahnte ich, daß es nicht so einfach war. Aber wie gesagt – diese Frage hatte ich mir mit Erfolg vom Leib gehalten. Und dann kam er daher und legte sie mir in den Schoß und wedelte mit dem Schwanz.

Als er Violet als mögliche Tagesmutter vorschlug, brachen alle Dämme.

Und dann erzählte ich ihm, wie ich die Sache sah, ohne Rücksicht auf Verluste. Mir war bewußt, daß es eine »operation overkill« war, aber hier ging es darum, *deutlich* zu werden, ein für allemal. Dabei wollte ich keineswegs alle Brücken abbrechen. Ich wählte warme Worte und sprach davon, daß man die Zeit abwarten und zuerst unsere Beziehung vertiefen müsse, davon, daß wir unsere Bedürfnisse definieren und Schwerpunkte setzen müßten, um uns einander anpassen zu können. Vermutlich klang ich wie eine berufsgeschädigte Familientherapeutin. Ich wollte ihn locken, in anderen Bahnen zu denken. Hatte er denn zum Beispiel keine Lust, zu reisen und mit mir die Welt zu sehen, er hatte doch noch nie Gelegenheit dazu gehabt? Oder sein Kind mitzuerleben, Erziehungsurlaub zu nehmen und mir gleichzeitig eine Chance zu geben, meine Sachen weiterzumachen.

Es schien so, als habe er sich zu Herzen genommen, was ich sagte, er saß die ganze Zeit da und nickte versonnen.

Daher könnte man ja davon ausgehen, daß wir damit begonnen hätten, mit dieser Anpassung und Vertiefung. Statt dessen wurde es genau umgekehrt. Wir vergruben uns in unser jeweiliges Leben und gaben nicht eine Handbreit Boden auf.

Es wurde beinahe zu einer Art Sport. Benny tat alles, um sich wie ein einfacher Bauer zu verhalten, mit Ausnahme von Ausspucken und Messerstechereien, und ich wurde eine Karrierefrau mit Interesse an Kunst und Kultur. Die drei Ks, man hätte noch ein viertes für »krampfhaft« hinzufügen können.

Wir versuchten keine Abgründe zu überbrücken, wir versuchten uns gegenseitig hinunterzustoßen. Möglicherweise liefen wir beide durch die Welt und warteten auf ein Wunder. Ich wartete darauf, daß er zugeben würde, eine Seele zu haben, er hoffte wohl darauf, daß mir über Nacht eine Schürze wachsen würde. Und wir kämpften tapfer, denn die Anziehungskraft zwischen uns war noch immer so stark, daß man das Gefühl hatte, man könne jeden Moment in ein schwarzes Loch stürzen. Die Kehrseite der Medaille war natürlich, daß wir erbitterter miteinander stritten, als ich es jemals in meinem Leben getan hatte.

Dann hörten wir auf, miteinander zu schlafen. Es wurde zu anstrengend. Dabei tat nur das Herz weh.

Und dann war nicht mehr viel übrig. Denn in der Situation, die jetzt herrschte, konnten wir nicht einfach nur dasitzen und es gut miteinander haben, sondern mußten die ganze Zeit an unseren Barrikaden weiterbauen.

Es endete tatsächlich dort, wo es angefangen hatte, auf dem Friedhof. Eines Tages gingen wir zusammen hin und pflegten unsere benachbarten Gräber.

Plötzlich sagte Benny: »Glaubst du, daß du und ich jemals unter demselben Grabstein liegen werden?« Nachdenklich betrachtete er meinen Stein.

Ich schaute seinen Stein an und schauderte. »Unter welchem der Steine? Das ist hier wohl die Frage«, sagte ich.

»Ich glaube es nämlich nicht«, sagte Benny.

Es dauerte eine Weile, bis es bei mir angekommen war. Er glaubte nicht mehr an uns. Nicht jetzt und nicht später.

Irgendwo begann es sehr heftig weh zu tun.

Ich griff zu unserem gewohnten Betäubungsmittel und zog die Angelegenheit ins Lächerliche.

»Was auch aus uns wird, ich werde dich immer als den Kerl vom Grab nebenan in Erinnerung behalten«, sagte ich. »Weißt du, wie im ›abgeschlossenen Roman‹ in Frauenzeitschriften. Der Junge im Nachbarhaus. Dieser wirklich nette Kerl, mit dem die Heldin aufgewachsen ist. Erst als so ein reizender Typ aus der Stadt sie sitzenläßt, wird ihr klar, wie nett der Nachbarsjunge ist. Dann fährt sie wieder nach Hause und tut sich mit dem Mann von nebenan zusammen, der treu auf sie gewartet hat.

Was auch immer aus uns wird, irgendwann, wenn die Zeit dafür gekommen ist, will ich zum Kerl vom Grab nebenan zurückkehren. Zu dir, Benny. Dann können wir mit unseren Knochen Mikado spielen, bis keiner mehr weiß, wer von uns wer ist. Wirst du treu auf mich warten?«

Benny saß eine Weile schweigend da.

»Nur, wenn es sich nicht vermeiden läßt«, sagte er. »Und was machen wir mit den Ehefrauen und Ehemännern, die wir im Lauf des Lebens ansammeln?«

»Auf die pfeifen wir. Denn du und ich, wir gehören zusammen, Benny, auch wenn in diesem Leben nichts daraus wird.«

»Falls sich jemals eine Frau entschließen sollte, aus mir einen anständigen Kerl zu machen, werde ich sie nicht im Stich lassen«, sagte er. »Sie darf dabeisein.«

Wir saßen lange da und sagten kein Wort.

»Vielleicht ist es am besten, wenn wir uns gar nicht mehr sehen«, sagte Benny.

In diesem Moment war ich nur dankbar, daß er eine Art Beschluß für uns beide faßte. Und mir war einfach nicht klar, daß es in irgendeiner Art und Weise endgültig war. Deshalb stimmte ich zu.

Er erhob sich und nahm meine Hand. Wir stellten uns zwischen unsere Grabsteine. Wir legten die Arme umeinander und standen lange schweigend da, vielleicht eine halbe Stunde.

»Laß uns einen Treffpunkt ausmachen«, sagte ich schließlich. »Genau hier, in fünfzig Jahren oder so.«

»Man sieht sich«, sagte er traurig. Und dann ging er.

Ich blieb noch eine Weile stehen, und dann machte ich mich auf den Heimweg.

50

Ich werde wohl nie erfahren, ob Desirée wirklich begriffen hat, daß es Ernst war, dort auf dem Friedhof. Und wenn ja, wie sie damit umgegangen ist. Ich denke schon, sie hätte noch eine ganze Weile so weitermachen können – die ganze Woche über bei der Arbeit das Äußerste geben, und dann ein paar Stunden Entspannung in ländlicher Umgebung. Im Hinblick darauf, daß ich immer derjenige war, der mit der Mütze in der Hand dagestanden ist und sie angebettelt hat, war es bemerkenswert, daß ausgerechnet ich Schluß gemacht habe – ich glaube jedenfalls, daß ich es war. Ich konnte mein Leben nicht mehr zu diesem Preis führen. Aber es richtete mich fast zugrunde.

Sobald ich vom Friedhof nach Hause gekommen war, zog ich meine Stiefel aus, ging in die Stube und wühlte Schreibblock und Stift aus dem Sekretär. Dann machte ich einen Rundgang auf dem Hof. Stapfte herum wie ein Bauprüfer und schrieb alles auf, was getan werden mußte. Die ganze Zeit hatte ich meinen Radio-Walkman auf und hörte Radio Energy in voller Lautstärke, genau das Richtige, wenn man sich eine Vollnarkose ohne bleibende Schäden zufügen wollte. Drei Sachen pro Tag nahm ich mir vor, abgesehen von der gewohnten Arbeit. Und es waren Dinge wie die Mistplatte neu zu gießen und ein neues Pumpenhaus zu bauen …

Und ich führte es durch. Mit zusammengebissenen Zähnen betäubte ich mich mit Arbeit, soviel Arbeit, daß ich nicht mal Zeit hatte, die Lokalzeitung zu lesen. Ich wußte kaum, welcher Wochentag gerade war. Jeden Morgen um halb sechs ging ich raus, und dann war ich bis zehn Uhr abends zugange. Da fiel ich einfach nur todmüde um, oft schaffte ich es nicht mal nach oben ins Schlafzimmer. Es gab Tage, an denen ich mich nicht mal erinnern konnte, ob ich was gegessen hatte.

Diesen Schnitt hielt ich ungefähr bis zur Frühjahrsbestellung. Wenn die Kühe auch nur im geringsten aufmuckten, kam es vor, daß ich ihnen einen anständigen Tritt mit meinen Stallstiefeln mit Stahlkappen verpaßte. Eine Kuh wurde so nervös, daß ich ihr hinterher eine Schlagfessel anlegen mußte. Ich fand, sie konnten verdammt dankbar sein.

Ich verfiel nie wieder in diese Apathie, die ich verspürt hatte, bevor ich die Krabbe kennengelernt hatte. Aber ich glaube, daß es einen gedanklichen Zusammenhang gab – ich hatte ja das Aufregendste in meinem Leben aufgegeben, für das hier. Da war ich doch gezwungen, auch den Rest zu investieren. Alles, was ich hatte.

Dann kam eine Zeit, in der ich glaubte, Samstag abends ausgehen zu müssen. Es war wie eine Arbeitsaufgabe – raus und untersuchen, was der Markt zu bieten hatte, wie auf einer Messe für Landmaschinen. Ich ließ einen Friseur das Beste aus meinem gehechelten Flachs machen und zog mir ein sauberes Hemd, eine Jeans und eine alte Lederjacke an. Dann hing ich in Kneipen herum und baggerte Frauen an, und weil es mir eigentlich scheißegal war, was sie von mir dachten, kam ich offenbar viel besser an als in meiner Tangokavalierzeit. Ich ging sogar zu einigen von ihnen mit nach Hause, aber nie öfter als einmal. Nicht, daß es mich in irgendeiner Weise getröstet hätte, sie blieben gesichtslos für mich. Aber wenn ich ehrlich bin, kann ich auch nicht behaupten, daß es mich noch deprimierter gemacht hätte. Immerhin gab es irgendwo Frauen.

Dann näherte sich allmählich die Frühjahrsbestellung. Zu der Zeit arbeitete ich achtzehn Stunden pro Tag, und als ich eines Morgens im Heizungsraum ohnmächtig wurde, war mir klar, daß irgendwas passieren mußte. Sieben Kilo hatte ich abgenommen, und ich hatte einen Magenkatarrh. Um zumindest den in den Griff zu kriegen, rief ich Anita an, die eines Abends vorbeikam. Als sie mich sah, schlug sie beide Hände vor den Mund. »Ich will nicht reden«, sagte ich. »Hast du das Medikament dabei?«

Eine Woche später nahm sie sich frei. »Im Krankenhaus sind sie bloß froh, wenn ich jetzt Urlaub nehme und nicht im Sommer«, sagte sie. Dann zog sie in Mutters Zimmer ein. Sie bereitete gekochten Fisch und magenfreundliche Suppen zu und massierte meinen Rücken, wenn ich bis elf Uhr abends auf dem Traktor gesessen und gepflügt hatte. Sie füllte den Kühlschrank und die Tiefkühltruhe auf und wusch und putzte, sie hängte Küchengardinen auf und kam mit in den Kuhstall, wenn das Probemelken anstand. Abends saß sie da und strickte, während ich »Land« las und wir zumindest am Anfang nicht viele Worte wechselten.

Es war, als würde man zwei Aspirin nehmen, wenn der Kopf gerade kurz vorm Zerspringen ist. Langsam gehen die Schmerzen zurück, bis nur noch ein ganz leises Stechen irgendwo im Hinterkopf übrig ist, an das man sich gewöhnt.

In der dritten Woche begann ich zu reden. Sie sagte nicht viel, nickte nur und behielt ihre Maschen im Auge. Das war angenehm. Wenn sie angefangen hätte, irgendwelche Ansichten über die Krabbe zu äußern, wäre ich zusammengebrochen.

In der vierten Woche zog sie zu mir ins Schlafzimmer. Es spielte kein Streichorchester, es war mehr wie eine Sauna, wenn man sich richtig zerschlagen und verdreckt fühlt. Schön und selbstverständlich, aber nichts, wobei man richtig abdreht.

Ich rief Desirée kein einziges Mal an, und ich ging auch nicht zum Friedhof. Meine Eltern hätten sicher Verständnis gehabt.

Ein paarmal, direkt nach unserer Trennung, klingelte nachts das Telefon. Ich wußte, wer es war, ging aber nicht ran. Denn dann wäre ich wieder schwach geworden.

51

Ich muß mich durch die Minuten arbeiten,
eine nach der anderen,
sie wie bittere Pillen schlucken,
versuchen, nicht daran zu denken,
wie viele noch übrig sind.

Jeder erschafft sich seine eigene Hölle, die aus dem besteht, was er am meisten haßt. Für die Völker des Mittelmeerraums bedeutete die Hölle ewige Hitze, für die Bewohner nördlicherer Gefilde war sie ein Reich aus Eiseskälte und Stille.

Ich erschuf mir meine eigene Hölle, indem ich alle Fehler, die ich begangen hatte, und alle Chancen, die ich vertan hatte, vor mir ablaufen ließ wie einen Film.

Eine Woche, nachdem Benny und ich uns auf dem Friedhof voneinander verabschiedet hatten, wußte ich, daß er es ernst meinte. Erst in dem Moment. Ich rief ihn eines Nachts an, um irgendwo wieder anzuknüpfen. Er ging nicht ans Telefon, und ich wußte, daß er sich mir entzog.

Da begann der Film. Erst kam all das, was an jenem Tag gesagt worden war, als er mir die Pläne fürs Haus gezeigt hatte. Je öfter ich ihn ablaufen ließ, desto mehr fand ich, daß ich wie Donald Duck klang – ein widerlicher, übereifriger Donald Duck, der herumquakte und alles besser wußte. Als ich davon sprach, daß »wir« verzichten und uns anpassen müßten und damit eigentlich meinte, daß er sich anpassen müsse. Als ich mir alle Lösungsvorschläge unter der Prämisse ausdachte, daß er etwas aufgeben mußte – falls ich überhaupt gedacht hatte. Stets in der Gewißheit, daß ich die Begehrte war, diejenige, die die Entscheidungen traf. Vor nur einigen Wochen hatte es mir wirklich Kopfzerbrechen bereitet, daß ich nicht wußte, was ich wollte oder was ich möglicherweise aufgeben könnte – vermutlich gar nichts.

Inez hatte mich zwar gewarnt: »*Du* warst anders als sonst, ich hatte dich noch nie so gesehen.« Da war ein einzigartiges Gefühl gewesen, und das hatte sie gesehen, ich aber nicht. Und dieses Gefühl erwischte mich jetzt mit voller Kraft im Nacken und führte zu zwei Wochen Krankschreibung.

Meine erste Krankschreibung seit dem Gymnasium. Ich kaufte Joghurt, Brot und Eier ein und wackelte nach Hause. Ging nicht raus, stöpselte den Telefonstecker aus und steckte ihn wieder rein, mehrmals täglich. Ließ meinen Film ablaufen.

Diese Wochen sind mir am ehesten als ein Hin- und Herpendeln im Gedächtnis geblieben.

Im einen Moment war ich wütend auf Benny – er hatte doch verdammt noch mal genausowenig vorgehabt, auch nur das kleinste bißchen von seinem Leben aufzugeben. Ich sollte bei ihm wohnen, auf meine Arbeit so gut wie verzichten, mich soweit anpassen, daß ich Violet erlauben würde, mein Kind zu erziehen. Mir fiel nichts ein, was er jemals aufgegeben hatte – sein einziges Entgegenkommen war vermutlich die Renovierung des Schlafzimmers gewesen, und da hatte er mich vorher nicht mal gefragt, was ich davon hielt. Egoistisch. Störrisch. Fordernd.

In der Nacht rief ich ihn an, um ihn zu beschimpfen. Er ging immer noch nicht ran. Dieser Arsch.

Im nächsten Moment kroch ich zum Spiegel und betrachtete mein verheultes Gesicht. Leute wie ich werden nicht schöner vom Weinen: rot, angeschwollen und mit weißen Wimpern. Ich war so furchtbar häßlich – kein anderer würde jemals das in mir sehen, was Benny gesehen hatte. Und was er mir gezeigt hatte. Er hatte mich schön gemacht, und jetzt war der Zauber gebrochen.

In dieser Nacht rief ich an, um am Telefon zu heulen und um Erbarmen zu bitten. Ehe ich hörte, ob er ans Telefon ging oder nicht, legte ich wieder auf – ich war ja schlimmer als Sten, nuschelnd und schniefend!

Dann rief ich nicht mehr an. Aber ich machte mit dem Hin- und Herpendeln weiter. Manchmal setzte ich eine Bildfolge zusammen, in der er mit seiner Waldbesitzermütze dasaß, Suppe schlürfte und in seinem Dialekt reaktionäre Phrasen drosch. Und dann eine Sequenz von ihm im Gegenlicht, lachend, auf der Treppe des Rönnhofs, mit zerzaustem Trollhaar und einer Katze auf dem Schoß, die er streichelte. Seine sehnigen Arme, die mit einer Heugabel riesige Heuhaufen zusammentrugen. Und da weinte ich wieder und schrieb ununterbrochen in mein blaues Buch. Je nachdem, in welcher Phase ich mich gerade befand, stöpselte ich den Telefonstecker ein oder zog ihn raus und wartete auf ein Klingeln, von dem ich wußte, daß es nie kommen würde.

Ich erinnere mich auch an das Gefühl, als würde eine Stunde aus unglaublich vielen Minuten bestehen und daß jede Minute sehr langsam verging. Ich sah ständig auf die Uhr. Und ich bekam kaum meinen Joghurt hinunter. Einmal hielt ich mir die Nase zu und schluckte drei rohe Eier nacheinander, weil ich mir einbildete, ich würde Mangelerscheinungen bekommen. Ansonsten ernährte ich mich von Brühe.

Das hier war viel, viel schlimmer als alles, was ich je erlebt hatte, schlimmer als Örjans Tod. Ich brachte es nicht mal fertig, mich dafür zu schämen. Örjan war ganz aus meinem Gedächtnis verschwunden.

Märta hätte mir durch die erste Zeit helfen können. Aber sie war in einem Erholungsheim in Småland. Und was ihr widerfahren war, das war ja trotz allem weitaus entsetzlicher, wenn man in der Hölle überhaupt Abstufungen machen kann.

Und dann weinte ich auch noch Märtas wegen.

Nach zwei Wochen schleppte ich mich wieder zur Arbeit. Die anderen glaubten, ich hätte eine ausgewachsene Grippe gehabt. Nur Olof hatte meine Krankmeldung gesehen. Er sagte, wenn ich wolle, dann könne ich gern mit ihm reden, und mir war klar, daß ich das inzwischen könnte. Aber ich tat es nicht.

Ich vergrub mich in Arbeit. Das funktionierte sehr gut.

Eigentlich fühlte ich mich nur dann annähernd normal, wenn ich voll beschäftigt war. Sobald ich nach Hause kam oder allein Mittag essen ging, hatte ich das Gefühl, als würde mein ganzes Gesicht zerfallen. Als bestünde es aus Legosteinen und könne jeden Moment in seinen Fugen auseinanderbrechen. Und natürlich konnte ich nachts nicht schlafen. Da lag ich im Bett und kaute all die Dinge durch, aus denen nie etwas geworden war. Jede Nacht neue Sachen. Es wurden immer mehr.

52

Als ich neulich in der Stadt war, habe ich zum ersten Mal, seit wir Schluß gemacht haben, Desirée wiedergesehen. Es war inzwischen warm geworden, und sie saß zusammen mit einem mageren grauhaarigen Kerl in irgendeinem Straßenrestaurant. Sie steckten die Köpfe zusammen und schienen sehr vertieft in ihr Gespräch. Auf dem Tisch lag ein Bücherstapel. Ich ging so nah vorbei, daß ich sehen konnte, daß das oberste auf englisch war. Natürlich. Desirée hatte Lippenstift aufgetragen und eine neue raffinierte königsblaue Jacke an. Die Haare waren länger als sonst und etwas lockig. Der grauhaarige Typ lachte.

Am liebsten hätte ich ihm die Fresse eingetreten. Er sah nicht aus, als würde er besonders viel aushalten. Wenn Desirée ihm ihr Sommerferienlächeln geschenkt hätte, wäre ich vermutlich über den Zaun gesprungen und hätte mich zwischen sie geworfen. Aber sie tat es nicht.

Nächstes Mal werde ich Anita in die Stadt schicken. Allmählich kann sie meine Besorgungen genausogut machen wie ich.

Als Anitas Urlaub vorbei war, ging sie auf Teilzeit, ohne mich auch nur zu fragen. Wir machten weiter wie vorher, und ich brachte ihr Traktorfahren bei, damit sie das Silo füllen konnte, während ich die Silage einbrachte. Wir fingen an, kleine Radtouren mit Picknickkorb zu machen, und Freitag abends lieh sie ein (ein!) Video aus und kaufte Wein ein.

Der erste Film, den sie mitbrachte, war übrigens »Police Academy«.

Sobald ich allein war, drehte ich meinen Radio-Walkman wieder auf volle Lautstärke. Und in meinem Hinterkopf begann ich eine neue Desirée zu sehen, mit Schminke und schönen Kleidern und verschiedenen Kerlen, die weltgewandt waren und englische Bücher lasen. Dann hatte sie wohl das bekommen, was sie wollte!

Und das hatte ich ja auch.

Ich fragte mich, ob sie jemals an mich dachte. Und was sie wohl gewollt hatte, als sie mich anfangs nachts anrief. Mich wegen irgend etwas zur Sau machen, vermutlich.

Ich hätte ihre gerne gegenübergesessen, gelacht und ihr gesagt, wie schön sie mit Lippenstift war und mit dieser neuen Jacke. Und sie lächeln sehen.

Aber ich hatte ja selbst die Entscheidung getroffen, und jetzt sieht es ja so aus, als würde ich beides kriegen: Hof und Familie.

Mit Anita. Darauf läuft es hinaus, und es ist wahrlich nicht das Schlechteste.

Eigentlich habe ich wohl nie an die Sache mit der Krabbe geglaubt. Irgendwas Bedrohliches lag über den starken Gefühlen, die sie in mir weckte, die sie noch immer in mir weckt – einem völlig unbekannten Kerl die Zähne eintreten zu wollen! Übrigens habe ich nie ein besonderes Vertrauen in diese »Liebesehen« gehabt, die damit beginnen, daß man beim Tanzen in einem Ausschnitt ertrinkt. Wenn der Ausschnitt das richtige Alter und den richtigen Familienstand hat, macht man mit den üblichen Paarungsritualen weiter: Kino, Familienessen, IKEA und Ferien auf Rhodos, und dann bestellt man einen Termin in der Kirche, wo man gemeldet ist, und so geht es auf dieser Schiene weiter, bis die Zeit reif ist für die Familientherapie.

Es war früher sicher genauso gut, als die Eltern einem die Frau aussuchten, da wußte man, daß man eine bekam, die einigermaßen paßte, und dann blieb einem nichts anderes übrig, als sich an sie zu gewöhnen, denn eine andere kriegte man nicht. Mutter hätte Anita für mich aussuchen können.

Und ich glaube, daß Anita und ich beide das Gefühl haben, als hätten wir in Sachen Romantik unser Haltbarkeitsdatum überschritten. Wir brauchen beide jemanden, wir können die Welt um eine alleinstehende Frau und einen Junggesellen mittleren Alters betrügen, mit denen sie ihre Scherze treiben könnte.

»Sieh mal einer an, das ist ja was ganz anderes!« sagte Violet, als sie Anita zum ersten Mal gesehen hatte. Bengt-Göran kannte sie von früher.

Ich ging raus und schlug mit der Faust gegen den Türpfosten. Aber dann ging ich wieder rein.

Anita ist weder einfältig noch langweilig, auch wenn sie mich nicht zum Lachen bringt wie die Krabbe. Ich habe Anita immer gemocht und mich mit ihr zusammen wohlgefühlt. Aber ich kann mich nicht plötzlich in sie verlieben, genausowenig wie ich plötzlich Opernarien trällern kann. Ich habe es irgendwie nicht in mir.

Sie würde mich nie fragen, ob ich sie »liebe«.

Die Leute lieben Katzen und Erdbeereis und Rollkragenpullis und Ibiza – und dann sollen sie plötzlich eine einzige Person »lieben«, bis sie damit aufhören und anfangen jemand anders zu »lieben«. Das bewegte sich für mich etwa auf dem Niveau von Partyspielen wie »Polnische Hochzeit«.

Es ist wie mit diesem alten Witz vom Storch: Ich glaube nicht an den Storch, obwohl ich ihn selbst gesehen habe.

Ich glaube nicht an die Liebe, obwohl ich sie erlebt habe.

Könnte ich sagen.

Wenn ich nicht schlafen kann, denke ich mir, es liegt daran, daß ich der Liebe eigentlich nie eine Chance gegeben habe. Irgendwie habe ich nie soweit gedacht, daß ich sie über alles andere setzen sollte.

Und manchmal denke ich, daß ich immer noch nicht auf richtig festem Boden bin, wenn ich überhaupt mal dort lande.

Wenn meine Gedanken zu dieser Sache mit der Familiengründung hinübergleiten, kann ich mich beispielsweise nicht dagegen wehren, mir die Krabbe vorzustellen, schwanger, mit meinem Kind als Kugel vor diesem mageren, weißen Körper. Ihr ein Kind zu machen. Wonach sie sich so sehr gesehnt hat.

Ich kann die Leute verstehen, die eine Art Kurzschluß kriegen und all ihre Erinnerungen verdrängen, wenn sie meinen, Außerirdischen begegnet zu sein. Es paßt sozusagen nicht in ihr Weltbild, sie müssen es noch mal ganz neu aufbauen. Und ich schwöre, daß ich die Krabbe so sehr verdrängen werde, daß ich am Ende nicht mal mehr den Weg zur Bibliothek finde.

53

Zerplatzte Seifenblasen reparieren
und Schlafpuppen zum Lächeln bringen,
das kann Zeit kosten.

Ich träumte, daß ich beim Schlußverkauf eines Schuhgeschäfts war. Auf einem Tisch, mitten in einem Schuhhaufen, entdeckte ich einen sehr schönen blauen Wildlederschuh mit Riemchen, einen rechten Schuh, und zog ihn an. In Wirklichkeit sind meine Beine weiß und schmal wie Baseballschläger, aber im Traum sah ich, wie mein rechtes Bein in diesem Schuh kurvenreich und seidenbraun wurde und einen hohen Tänzerinnenspann entwikkelte. Und ich begann nach dem linken blauen Schuh zu suchen. Als ich ihn schließlich gefunden hatte, stellte sich heraus, daß er sehr klein war, er hätte vielleicht einer Fünfjährigen gepaßt. »So was kommt vor«, meinte die Verkäuferin gleichgültig. »Kaufen Sie sie, oder lassen Sie es bleiben. Das ist unser einziges Paar.« Aber wie sollte ich ein ungleiches Paar tragen? Den halben Fuß abhacken? Traurig verließ ich das Geschäft und wachte auf.

Ich zwang mich, an diesen Traum zu denken, wenn sich die Gedanken in Richtung Benny bewegten. Den halben Fuß.

Aber es war Bestandteil meiner Reha, mir ein anderes Aussehen zuzulegen. Es fing damit an, daß ich ein bißchen Wimperntusche auftrug, um die geschwollenen Augen zu verbergen, und Puder gegen die schwarzen Ringe. Dann kam Lippenstift hinzu, und ich merkte, wie gut es sich anfühlte, sichtbarer für die Augen der Männer zu werden. Jedesmal, wenn mir einer Blicke zuwarf, war es wie eine kleine Rache an Benny: Siehst du, es gibt trotzdem Männer, die mich wollen! Dann kaufte ich ein paar schöne Kleidungsstücke in kräftigen Farben, in erster Linie, um mir einzureden, daß ich noch am Leben war. Es gelang mir ganz gut.

Im Mai schickte mich die Bibliothek auf eine zweiwöchige Fortbildung nach Lund. Von dort aus machte ich einen Ausflug nach Kopenhagen und ging in die Glyptothek. In der Eingangshalle steht die Statue der Niobe mit all ihren Kindern, die um sie herumkrabbeln. Ich fotografierte sie aus allen Perspektiven. Dann verbrachte ich einige Stunden im Saal mit den Büsten römischer Kaiser und Kaiserinnen. Etwa zwei- bis dreihundert nach Christus wurden sie so scharf und realistisch wie Fotos, und man konnte das Aussehen einer Person von der Kindheit bis zum Alter verfolgen.

Wie werde ich in fünfzig Jahren aussehen? Und Benny?

Ich schwor mir, ihn mit achtzig Jahren zu besuchen. Das könnte er mir eigentlich nicht übelnehmen.

Dann meldete ich mich für einen Urlaubskurs in Aquarellmalerei an der Westküste Irlands an. Wir saßen tagelang da, umgeben vom Geschrei der Möwen, und versuchten die Sonnenreflexe auf dem Wasser unterhalb der Felswände einzufangen. Ein amerikanisches Paar, Bruder und Schwester, lud mich über Weihnachten nach Wisconsin ein. Er war Lehrer am College, und mit ihm zusammen ließ es sich angenehm schweigen.

In einem kleinen verstaubten Pub in Ballylaoghaire sah ich einen alten Kühlschrank von der Sorte, wie Benny ihn in der Küche stehen hat. Oder stehen hatte? Denn vielleicht hat es sich ja inzwischen verändert.

Einmal, ein einziges Mal, mietete ich mir ein Auto und fuhr durchs Dorf, in dem Bennys Hof liegt. Ich redete mir ein, daß ich auf dem Weg ins Nachbardorf war, wo man auf einem großen Kahlschlaggelände Himbeeren pflücken konnte. Auf dem Weg sah ich Benny und eine sonnengebräunte, dunkelhaarige Frau. Sie kamen mir entgegengeradelt, mit einem Korb am Lenker, aber bemerkten mich natürlich nicht. Benny schien etwas zu erklären und zeigte auf die Felder. Er war braungebrannt und mager und hatte eine neue Frisur. Er sah fröhlich aus.

Sie wirkte übrigens ziemlich langweilig. Verträgt sich bestimmt gut mit Violet, dachte ich. Und dann begann ich mich zu fragen, ob er mit ihr wohl denselben Sex hatte wie mit mir, und schließlich wurde es einfach unerträglich. Ich schaffte es gerade noch nach Hause und beschloß, nie wieder dorthin zu fahren.

Märta wurde allmählich wieder die alte – vom Äußeren her. Aber sie erinnerte mich an ein Spielzeug aus meiner Kindheit, eine gelbe Blechente, die auf ihren platten Füßen vorwärts watscheln und »quak« sagen konnte, wenn man sie mit einem Schlüssel aufzog. Eines Tages drehte ich zu fest, und die Feder brach ab. Ich konnte einfach nicht begreifen, daß sie nicht mehr gehen wollte, schließlich sah sie von außen genauso aus wie vorher.

Märtas Feder war ebenfalls abgebrochen.

Aber der Unterschied zwischen Menschen und Blechenten besteht unter anderem darin, daß unsere Federn mit der Zeit verheilen können. Märta begegnete einem Mann, der im Rollstuhl saß. Er hatte einen künstlichen Darmausgang und war schnell reizbar und launisch. »Ja ja«, sagte Märta. »Aber bei ihm weiß ich zumindest, wo er sich gerade befindet!« Sein Leben wurde durch die Begegnung mit ihr jedenfalls abenteuerlicher. Sie beharrte darauf, daß Rollstuhlfahrer dasselbe können wie wir anderen auch. Bei einer Bergwanderung ließ sie ihn an einem steilen Abhang versehentlich los. Der Rollstuhl kippte um, und er schrie sie an, aber sie richtete sich wieder auf und schleppte ihn auf den nächsten Berg.

Im September fingen meine Märchenstunden wieder an. Ein kleiner blonder Junge mit braunen Augen, der häufig in der ersten Reihe saß, mischte sich bei den Geschichten ein, und hatte Verbesserungsvorschläge verschiedenster Art. Sein Vater saß an der gegenüberliegenden Wand und sah stolz und verlegen zugleich aus. Nach der Veranstaltung blieben sie noch und redeten mit mir, und dann gingen wir zusammen ins Café. Der Vater heißt Anders und ist alleinerziehend. Wir begannen, uns öfter zu treffen, machten Ausflüge, gingen ins Museum und bekochten uns. Anders ist Historiker und erzählt auf eine so leichte und respektlose Art von der Vergangenheit, daß ich manchmal gar nicht weiß, was ich davon halten soll, aber er bringt mich oft zum Lachen.

Ich hoffte, ich würde mich in ihn verlieben.

Eines Tages, als wir zu dritt im Park spazieren gingen, sagte sein kleiner Sohn Daniel mit bebender Unterlippe: »Mir tun die Adler so leid!«

»Warum denn?« fragte Anders.

»Weil sie nicht in die Nistkästen passen.«

Da wurde mir klar, daß es Daniel war, in den ich mich verliebt hatte.

Im Oktober geschah ein Alltagswunder. In einem Schaufenster entdeckte ich ein Paar schöne, blaue Wildlederschuhe mit Riemchen. Ich erkannte sie. Sofort ging ich in den Laden und kaufte sie, und mit den neuen Schuhen an den Füßen lief ich geradewegs nach Hause und führte ein Telefonat.

54

Ich dachte, ich würde mich mit Wundern auskennen.
Genau das war ja mein Beruf. Leben zu säen und zu ernten.
Aber bei Wundern weiß man nie, wo man sie hat.
Sie können sich von hinten anschleichen und einen im Nacken packen.

Anita wollte sich verloben.

»Das geht nicht, ich habe keinen Ringfinger an der linken Hand«, sagte ich. Aber dann gab ich nach. Es war nur recht und billig.

Eines Abends im Oktober rief die Krabbe an. Ich war gerade aus dem Kuhstall gekommen, und Anita stand am Herd, wo eine Pfanne mit Bauchfleisch brutzelte. Radio Energy dröhnte durch die Küche. Ich wechselte das Telefon und ging nach oben ins Schlafzimmer.

»Ja?«

»Kannst du herkommen? Jetzt sofort? Es ist nichts Dramatisches oder so passiert, aber ich muß etwas mit dir besprechen.«

»Jetzt? Heute abend paßt es mir nicht so gut. Morgen?« Ich versuchte ungerührt zu klingen, aber das war ich natürlich nicht. Berührt?

Es war eine Weile still.

»Nein«, sagte sie. »Heute abend oder gar nicht. Aber ich bin dir nicht böse, wenn du nicht kommst. Das ist völlig in Ordnung.«

»Ich bin in einer halben Stunde da«, sagte ich.

Anita fragte nicht, warum ich plötzlich in die Stadt mußte. Aber sie wunderte sich bestimmt. Normalerweise erzähle ich ihr, wo ich hinfahre.

Auf dem Weg dachte ich gar nichts. Ich trommelte nur mit

den Fingern gegen das Lenkrad und versuchte meinen Kopf frei zu bekommen.

Mit einem völlig neutralen Gesicht ließ sie mich in die Wohnung und bat mich, in ihrem unbequemen weißen Stahlrohrsessel Platz zu nehmen. Sie sah aus wie sonst, aber irgendwie auch nicht. Für wen hatte sie begonnen, sich zu schminken? Wie immer trug sie Kleider in blassen Farben, Jeans und einen Pullover – aber merkwürdigerweise ein Paar sehr elegante blaue Schuhe mit Riemchen.

Sie setzte sich mir gegenüber und sah aus wie ein Kind, das rückwärts zählt, bevor es sich ins kalte Wasser stürzt: drei, zwei, eins …

Es wurde eine Weile still. Dann fingen wir gleichzeitig an zu reden.

Wir lachten etwas verlegen. Sie sah mich an, und ich glaube, ich habe selten einen so liebevollen Blick von ihr gesehen. Ich kann mich nicht entsinnen, daß sie oft so geschaut hätte.

»Ich konnte nicht fünfzig Jahre warten, obwohl ich es mir vorgenommen hatte«, sagte sie. »Du mußt dir keine Sorgen machen. Ich will dein Leben nicht durcheinanderbringen. Es gibt nur eine Sache, um die ich dich bitten möchte, aber ich weiß nicht, wo ich anfangen soll.«

»Du kannst es ja mit einem Witz versuchen. Das hast du ja immer getan, wenn *ich* versucht habe, mich ernsthaft mit dir zu unterhalten«, sagte ich und hörte, wie verbittert das klang. Die Bemerkung war eigentlich ziemlich überflüssig. Schließlich war ich selber genauso gewesen. Ich mußte die Sache entschärfen.

»Was Gutes gelesen in der letzten Zeit?« fragte ich. Das war der Schlüsselsatz, mit dem wir immer loslegten. Sie würde vermutlich »Schopenhauer« antworten, und ich würde »Batmans Weihnachtsbuch« sagen, und dann würden wir sie vergleichen. »Schopenhauers Weltbild ist enorm durchstrukturiert.« – »Ja, aber Batman hat schärfere Unterhosen …« So was hatte uns oftmals gerettet, wenn wir uns auf allzu dünnes Eis begeben hatten. Und manchmal hatten wir uns wichtige Dinge sagen können, indem wir sie in unsere Witzeleien verpackten.

»Ich habe neulich von einem französischen wissenschaftlichen Experiment gelesen«, sagte sie. »Man hat einen Haufen Männer in neue weiße Unterhemden gesteckt und sie darin schlafen und schwitzen lassen. Anschließend durfte eine Gruppe von Frauen an den Hemden riechen und sich den Kerl aussuchen, der ihnen am interessantesten erschien. Es stellte sich heraus, daß sie allesamt den Mann wählten, dessen körpereigene Abwehrkräfte ihre eigenen ergänzten. Wo es also einen gesunden Nachwuchs geben würde.«

»Dann haben dich also meine Abwehrkräfte angemacht und nicht mein Besitz?«

»Wer weiß?«

Sie saß eine Weile schweigend da und sah aus, als würde sie wieder zählen: Achtung, fertig, los …

»Das ist es, was ich will. Ich habe es die ganze Zeit gewollt, und ich weiß nicht, warum. Ich meine, ich will ein Kind mit dir. Nein, laß mich ausreden! Ich bin nicht darauf aus, noch mal von vorne anzufangen. Ich will nur diese verdammte biologische Uhr zum Schweigen bringen, sonst komme ich nicht weiter. Ich will, daß die vielen kleinen Eier in mir drin eine Chance bekommen, nur eine einzige Chance. Und du wirst nicht einmal was davon merken.«

»Hast du vor, mich bewußtlos zu prügeln und dich an mir zu vergreifen?« fragte ich. Ich muß zugeben, daß ich sie mit offenem Mund anstarrte.

»Ich werde dich bitten, noch ein einziges Mal mit mir zu schlafen«, sagte sie und sah mich mit ernster Miene an. »Jetzt, wo sie wie wild herumspringen. Du mußt es sein, du und kein anderer. Offenbar hüpfen sie nur für dich.«

Ich ließ mein Leben Revue passieren, wie man so sagt.

»Und dann wirst du nie wieder ein Wort von der ganzen Sache hören. Außer, du bestehst darauf. Und wenn nichts daraus wird – was ziemlich wahrscheinlich ist –, dann haben wir es zumindest versucht, und ich kann aufhören, darüber nachzudenken. Und dann können wir wahnsinnig glücklich werden, jeder für sich.« Sie schielte auf meinen Ring.

Ich sagte nichts.

»Es würde jedenfalls verdammt gute Abwehrkräfte kriegen«, murmelte sie. »Nein, entschuldige! So ernst wie jetzt habe ich es noch nie gemeint. Ich habe mir überlegt, daß ich ›Vater unbekannt‹ angeben könnte. Sag jetzt nichts! Ich habe es natürlich noch nicht durchdacht. Und natürlich gibt es auch anderes, was berücksichtigt werden muß, ich weiß, ich weiß! Und deshalb hast du genau eine Stunde Zeit zum Nachdenken. Ich gehe so lange raus.«

Sie stand auf, nahm ihre Stofftasche und ging zur Tür.

»Wenn du nicht hier bist, wenn ich zurückkomme, weiß ich Bescheid. Dann habe ich zumindest getan, was ich konnte, und sie müssen anfangen, für jemand anderen zu springen … Auf alle Fälle werde ich dich immer als meinen allerbesten Spielkameraden in Erinnerung behalten. Aber ich werde nicht so oft an dich denken.«

Sie schlüpfte durch die Tür, noch ehe ich etwas sagen konnte.

Vermutlich sah ich aus wie eine arme Kuh, nachdem der Fleischer bei der Notschlachtung sein Bolzenschußgerät betätigt hat.

Ich sah mich um. Das Poster mit der Muschel war weg. Statt dessen hing ein Tuschbild mit Klippen und Meer an der Wand und ein vergrößertes Foto von irgend so einer Statue, eine dicke Frau mit einem Haufen Kinder, die auf ihr herumkrabbelten.

Wenn ich auf ihren verrückten Vorschlag einging, würde ich Anita genau das antun, was dieser Robertino ihrer Freundin Märta angetan hatte. Das war unmöglich.

Neunundfünfzig Minuten lang saß ich da und saugte an meinen leeren Knöcheln. Und dann schaltete ich das Großhirn aus und den Autopiloten ein.

Sie schmiß ihre Tasche auf den Flurboden und stürmte herein. Zuerst sah sie mich nicht, weil es dunkel geworden war und ich kein Licht gemacht hatte. Sie schaltete die Deckenlampe an und sah mich, und da fing sie an zu weinen, daß die Wimperntusche nur so herunterlief.

»O nein«, sagte ich. »Glaub ja nicht, daß du alles allein entscheiden kannst! Ich stelle auch Forderungen. Erstens: Nichts da mit ›Vater unbekannt‹. Nie im Leben würde ich das Feld räumen und es dir so leicht machen! Du würdest meinen Jungen zu einem vergrämten kleinen Dozenten für tote Sprachen erziehen! Zweitens: Ich will drei Versuche, das kriegen sie im Märchen auch immer. Ich komme noch zweimal her, morgen und übermorgen. Und du bist in der Zeit mit niemand anderem zusammen, und ich natürlich auch nicht. Nach dem dritten Mal fahre ich nach Hause, und du bleibst hier, und wir hören nichts voneinander, bis du anrufst. Dann hast du entweder deine Regel oder ein Testergebnis.«

»Die Wahrscheinlichkeit steht ohnehin nur bei eins zu fünf«, schluchzte sie.

»Ich weiß doch, wie schwierig es sein kann, eine Färse trächtig zu machen«, sagte ich. Ich mußte mich verdammt anstrengen, um meine Stimme überhaupt benutzen zu können, sie schlitterte hin und her. »Immerhin wirst du nicht postwendend zum Schlachthof geschickt, wenn es nicht klappt. Wenn was draus wird, bringen wir ihm die erste Stimme von ›Hosianna, Davids Sohn‹ bei. Und wenn es nichts wird, verspreche ich, sehr glücklich ohne dich zu werden. Jedesmal wenn ich in die Bibliothek komme, werde ich an deiner Theke vorbeigehen und dir auf den Rücken klopfen. Du kannst dir ja denken, wie oft das sein wird.«

Wir nahmen uns bei der Hand und gingen in ihr weißes Schlafzimmer.

Ich kann unmöglich beschreiben, wie es sich anfühlte, jedenfalls nicht bei meiner Entfernung vom Literaturnobelpreis.

Und als ich wieder bei Bewußtsein war, wußte ich, daß ich noch zwei Versuche hatte. Im Märchen gehen die ersten beiden Versuche allerdings immer schief. Doch dann taucht ein rätselhaftes kleines graues Männchen auf, das ihnen die geheime Zauberformel verrät.

Ich werde nach ihm Ausschau halten.

Mein Kerl vom Land und ich
Eine Liebesgeschichte geht weiter

Was bisher passiert ist

»Es machte nicht gerade klick. Es fühlte sich mehr so an wie damals, als ich mich zufällig gegen den Elektrozaun lehnte.« So begann die Liebesgeschichte zwischen Benny und Desirée, zumindest aus der Sicht von Benny. »Mein Kerl vom Land und ich« fängt dort an, wo »Der Kerl vom Land« aufhört. Falls Sie Benny und Desirée noch nicht kennen sollten, sollten Sie folgende kurze Zusammenfassung lesen:

Die zweiunddreißigjährige Desirée Wallin lebt seit dem Tod ihres Mannes Örjan allein. Obwohl sie denselben Geschmack, denselben Lebensstil und dieselben Ansichten hatten, war ihre Ehe leicht unterkühlt gewesen. Desirée hat sich mit ihrem einsamen Leben arrangiert und steckt ihre Zeit vor allem in ihre Arbeit als Bibliothekarin, aber sie sehnt sich nach eigenen Kindern. Auf dem Friedhof begegnet sie Benny Söderström, der dort das Grab seiner Eltern pflegt. Nach ihrem Tod betreibt er den kleinen Bauernhof außerhalb der Stadt allein, doch weder Zeit noch Geld reichen so recht aus. Obwohl sie völlig unterschiedliche Interessen und Ansichten haben, verlieben sich Benny und Desirée ineinander. Benny nennt Desirée »Krabbe«, denn sie ist »bleich und in sich zusammengekrochen und hat ein weiches Inneres mit einer harten Schale«.

Doch es fällt ihnen schwer, ihren Alltag miteinander zu vereinbaren. Benny, der befürchtet, als ewiger Junggeselle zu enden, braucht eine Frau für seinen Hof, die ihm drinnen und draußen zur Hand geht. Die eher kulturell interessierte Desirée glaubt nicht, daß sie die Richtige für ihn ist, und kann sich auch nicht vorstellen, ihr gesamtes Leben umzukrempeln, um auf den Rönnhof zu ziehen.

Schließlich trennen sie sich. Desirée beginnt sich mit dem Historiker Anders zu treffen, sieht aber bald ein, daß sie sich vor allem in dessen kleinen Sohn verliebt hat. Benny tut sich irgendwann mit seiner gleichaltrigen Cousine Anita zusammen, die ihm genau das gibt, was er zu suchen glaubt: Unterstützung im Haus und im Stall. Aber er kann sich beim besten Willen nicht in sie verlieben …

Am Ende des Buchs weiß Desirée, daß sie unbedingt ein Kind will, selbst wenn sie es allein erziehen müßte, und sie bittet Benny, der Vater ihres Kindes zu werden, obwohl sie keine feste Beziehung miteinander haben. Er willigt ein, möchte aber auf gar keinen Fall das Feld räumen, *falls* es doch klappen sollte (»Sonst würdest du aus meinem Jungen sicher einen kleinen Dozenten für tote Sprachen machen!«). Sie beschließen, dem Schicksal drei Chancen zu geben, genau wie im Märchen. Wenn Desirée nicht schwanger wird, werden sie den Kontakt abbrechen, falls doch … dann werden sie weitersehen.

HEITER BIS WOLKIG

Benny

Vermutlich hatte ich Glück, daß ich mich im Treppenhaus auf die Nase legte, als ich nach der ersten der drei Nächte aus Desirées Wohnung schwebte. Ich rutschte mehrere Stufen hinunter, ehe ich mich mit den Ellenbogen am Fahrstuhlschacht abfangen konnte (tat verdammt weh) und auf einem Knie am Treppenabsatz zum Stillstand kam, mit ziemlich seltsam abgewinkeltem Bein. Ich glaubte sogar, es im Kniegelenk knacken zu hören.

Eine Tür öffnete sich im Stockwerk unter Desirée, ein alter Mann im Morgenmantel spähte mißtrauisch ins Treppenhaus hinaus. Da kniete ich also vor ihm und hatte so verflixte Schmerzen, daß ich mir auf die Lippe beißen mußte, um nicht zu stöhnen, aber irgendwie wollte ich ihn beruhigen, daß ich keine Gefahr für die allgemeine Sicherheit darstellte, weshalb ich mich würdig in seine Richtung verbeugte. Benny, der Reichstrottel von Schweden. Die Tür schloß sich mit einem Knall, und ich hörte, wie der Mann das Schloß und die Sicherheitskette einrasten ließ. Er muß geglaubt haben, daß ich Mitglied irgendeiner komischen Sekte wäre, ein Zeuge Jehovas von der schlimmsten Sorte, der schon auf der Treppe eine Andacht hielt, bevor er versuchte, weitere Jünger zu werben. Herrgott noch mal.

Haben Sie schon mal versucht, mit gestrecktem Bein Auto zu fahren, während Sie mit dem anderen Fuß Kupplung, Gas und Bremse betätigen? Das Auto hüpfte nach Hause wie ein Kaninchen.

Aber irgendwie hatte ich auch Glück. Denn den ganzen nächsten Tag hatte ich so verdammte Beinschmerzen, daß ich kaum an etwas anderes denken konnte. Wenn ich es versucht hätte, dann hätte es vermutlich einen Kurzschluß im Hirn gegeben von den ganzen Querverbindungen. Desirée, schon wieder. Die ganzen alten Gefühle, die im Bauch zerrten. Und Anita. Die Gott sei Dank schlief, als ich nach Hause kam, und auch noch, als ich am nächsten Tag in den Kuhstall humpelte. Ich vermied sogar den Anblick ihres Strickzeugs auf der Küchenbank, während ich eine Tasse Instantkaffee in mich hineinschlürfte, den ich mir mit warmem Wasser direkt aus dem Hahn zusammengerührt hatte. Dabei war ich ständig auf dem Sprung, um rechtzeitig hinauslaufen zu können und ihr nicht in die Augen sehen zu müssen.

Und dann das Melken: mit gestrecktem Bein und einem Knie, das so groß war wie ein Handball und heiß vor sich hin pochte. Ich humpelte herum und suchte nach dem Melkschemel, den man sich umschnallt und den ich so lange nicht benutzt hatte, daß ich nicht mehr wußte, wie man darauf das Gleichgewicht hält. Ich kippte um, rutschte in die Jaucherinne und stieß wieder gegen meinen empfindlichen Ellenbogen. Da lag ich mitten im Mist, grinste vor mich hin und sagte laut: Das geschieht dir nur recht, du Stinkstiefel. Und dachte daran, wie ich Desirée mit meiner Erzählung davon amüsieren würde. Ich war so glücklich, daß ich mich schämte.

Doch viel Gelegenheit zum Erzählen gab es nicht. Irgendwie nicht die richtige Stimmung für Smalltalk und lustige Geschichten. Schon als ich mich abends davonmachte, war ich nicht gerade gut drauf. Ich mußte Anita etwas vorlügen, obwohl sie Griebenwurst mit Dillkartoffeln gekocht hatte, mein Lieblingsessen. Der Katalog der Juwelierkette Guldfynd lag auf der Küchenbank, und ich wette, es war kein Zufall, aber ich tat so, als hätte ich ihn nicht gesehen. Ich hatte das Gefühl, als würde sie mich öfter anschauen als sonst, und stotterte eine Geschichte zusammen, wie ich auf dem Heuboden gestolpert sei und mir das Knie gebrochen hätte, und ich litt ziemlich herum. Der Stinkstiefel, der über die Stränge geschlagen hatte und jetzt Trost suchte. Aber das verfehlt nie seine Wirkung, die Krankenschwester in Anita übernahm, und sie drückte sachkundig am Knie herum, verpaßte mir einen Stützverband und sagte, es sei nur eine leichte Verstauchung.

Ich bekam kaum Luft, als ich vor mich hinmurmelte, daß Berggren in Norrbyn Hilfe beim Ausfüllen der EU-Formulare bräuchte. Dann humpelte ich zum Auto und raste geradewegs in Richtung Stadt. Erst nach einer Weile fiel mir ein, daß Berggrens in der entgegengesetzten Richtung wohnen – falls Anita aus dem Fenster gesehen hatte, mußte ich mich auf einige Fragen gefaßt machen.

Doch darauf pfiff ich – denn ich mußte ja los. Schließlich war ich ein Mann mit einer Mission. Ein richtiger Superheld! Einer, der mit magischen Kräften angeschwebt kommen und kleine Krabben schwängern würde. Eigentlich fehlten nur noch der Superman-Anzug und der Mantel. Und natürlich ein Logo auf der Brust ... Ein großes Spermium vielleicht?

Ich grübelte ein bißchen darüber nach, ob ich mir mißbraucht vorkommen sollte. War es nicht ein sexueller Übergriff, sich einen alten Liebhaber zu krallen und sich einfach zu bedienen, wenn man sich plötzlich in den Kopf gesetzt hatte, ein Kind haben zu wollen? Sollte ich ihr eine Abfuhr erteilen und ihr vorschlagen, statt dessen ein Konto bei einer Samenbank zu eröffnen?

Ach, ich wußte sehr wohl, daß ich es einfach nicht bleiben lassen konnte, selbst wenn ich auf einem Bein in die Stadt hätte humpeln müssen. Und Kinder waren für Desirée nicht einfach ein neues Spielzeug. Das einzige, was mich daran hinderte, im Auto laut Hosianna zu singen, war der nagende Verdacht, daß sie eigentlich nur an meinen kleinen schwänzelnden Racker ranwollte, und nicht an mich als Person. Natürlich hatte ich alle meine Zweifel in einen tiefen Brunnen gepackt und den Deckel mit einer Schraubzwinge befestigt. Vielleicht würde ich Anita niemals etwas erklären müssen? Verdammt, vielleicht war ich ja zu oft in der Nähe von grünem Kryptonit gewesen, so daß die Spermien ihren Geist aufgegeben hatten? Oder hatte zuviel Roundup abbekommen oder irgendein anderes Gift, das man in der Landwirtschaft verwendete. Und was würde Desirée dann von mir wollen?

Sie weinte, nachdem wir miteinander geschlafen hatten, und sagte, daß sie mich nicht wiedersehen wolle, denn dann würde sie anfangen, sich wieder nach mir zu sehnen. Nach mir? Wieder? Ich war so verwirrt, daß ich nur »Aha« sagte, aus ihrer Wohnung verschwand und mit dröhnenden Kopfschmerzen nach Hause irrte. Aber am Abend danach fuhr ich trotzdem hin. Drei Versuche, hatten wir gesagt. Und selbst wenn sie es nicht wollte, hatte ich zumindest beschlossen, sie zu fragen, was sie mit »wieder« gemeint hatte.

Aber am dritten Abend war sie nicht zu Hause. Sie öffnete jedenfalls nicht.

Desirée

Ich wachte mit Bennys Duft im Kopfkissen auf. Seife, mit einem Einschlag von Heu, Motoröl und Kaffee, Kuhmist als Kopfnote. Wie es in der Parfümwerbung immer heißt.

Es war ein so merkwürdiger Tag. Es kam mir so vor, als hätte ich einen Schritt aus meinem eigenen Leben getan und mich ein Stück danebengestellt. Alles, was ich dachte, waren nur Randnotizen, ein Schwänzen von meinem zurechtgelegten, vorhersagbaren und ziemlich netten Dasein.

Denn so war es ja. Ich mußte mich auf Standby stellen und mitten in der Bewegung gefrieren, bis dieses Unerhörte entschieden war. Wenn wir ein Kind erwarteten, würden wir alles noch einmal auf den Prüfstand stellen müssen, die Karte quasi neu zeichnen. Wenn nicht, dann wäre alles »business as usual«, und nichts Besonderes wäre geschehen.

So habe ich mich nicht mehr gefühlt, seit ich klein war und Tante Anna-Lisa mir damit drohte, daß Kinder, die fluchten, im Kinderheim landeten. Ich hatte gerade eine neue Freundin, die Agneta hieß und im Nachbarhaus wohnte. Sie sagte manchmal »verdammter Scheiß« und wischte sich ihre verrotzte Nase mit dem Ärmel ab. Ich bewunderte sie maßlos und wäre gern so gewesen wie sie. Aber wenn mein Vater erfahren hätte, daß auch ich fluchte, dann hätte er mich sicher mit dem Auto zu einem riesigen Haus gebracht, wo es einen Haufen Kinder und lauter bösartige Tanten gab. Da machte ich genau diesen Schritt aus meinem Leben hinaus, befand mich mehrere Tage lang im Ausnahmezustand. Spielte nicht mit der neuen Puppe, um sie nicht zu sehr zu vermissen. Redete nicht, um nicht versehentlich zu fluchen. Ich deckte den Tisch ab und putzte mir extralange die Zähne, um brav zu sein. Tante Anna-Lisa meinte zu meiner Mutter, ich sei zwar ein ganz schön verwöhntes Gör, aber zum Glück brauchte ich nur »jemanden«, der mich mal ein bißchen härter anpackte. Mit »jemand« meinte sie sich selbst. Dann fuhr sie nach Hause, und alles war wieder wie immer, und ich lernte, laut und vernehmlich »verdammter Scheiß« zu sagen, aber nur bei Agneta zu Hause.

»Meine« Wohnung würde plötzlich nicht mehr nur mir gehören. Zu Beginn könnte ich das kleine weiße Gitterbett in mein Schlafzimmer stellen und einen Wickeltisch auf der Badewanne befestigen, aber dann würde ich wohl das Arbeitszimmer ausräumen und es zu einem Kinderzimmer umfunktionieren müssen. Neulich hatte Lilian bei der Arbeit herumgefragt, ob jemand das Doppelbett von ihr und ihrem Mann gebrauchen könne. Sie wollten jeder ein eigenes Zimmer, jetzt, wo das älteste Kind ausgezogen sei. Es würde in mein Schlafzimmer passen, es war nur eins fünfzig breit, und Benny könnte …

Oder würde es im Zimmerchen unterm Dach auf dem Rönnhof schlafen? Es könnte so hübsch dort werden, direkt neben Bennys Schlafzimmer mit den Ballkleidgardinen, aber war es dort womöglich kalt im Winter, war der Raum überhaupt isoliert? Und würden wir uns ein zweites Auto für mich leisten können?

Obwohl … in Bennys Schlafzimmer lag eine andere Frau. Ob er wohl gestern direkt danach in ihr Bett gestiegen war? Angenommen, wir stünden in derselben Schlange in der Apotheke, um einen Schwangerschaftstest zu kaufen, und gingen anschließend jeder in seine Richtung und staunten über das positive Ergebnis …?

Da schob ich einen Eisenriegel vor all meine herumschwirrenden Gedanken und stellte mich auf Standby. Keine Pläne, ehe ich ein Testergebnis in der Hand hielt.

Und überhaupt keine, wenn das Ergebnis negativ war. Glaubte ich zumindest.

Ich würde mich nicht einmal vor seiner Frau schämen müssen. Es war klar, daß aus dem Ganzen nichts werden würde. Nichts als die Laune einer einsamen Frau, die unter dem Gewicht eines riesigen, laut schrillenden biologischen Weckers zusammenzubrechen drohte, den sie zum Schweigen bringen wollte.

Den ganzen Tag lang beobachtete ich mich selbst von der Seite, gegen meinen Willen. Ein unwirkliches Gefühl: hier läuft eine Schwangere herum und trinkt Orangensaft und ißt vernünftig und meidet schwere Bücherstapel. Ja, das machte ich, weil ich nichts dagegen tun konnte. Abends, als ich eigentlich ein Glas Wein zum Omelett trinken wollte, sah ich fasziniert zu, wie meine Hand den Wein in den Ausguß kippte. Als würde die Hand von der Gebärmutter gesteuert, nicht von Impulsen des Hirns.

Benny … An Benny konnte ich nicht einmal denken. Ich kniff die Augen zusammen und stieg jedesmal, wenn meine Gedanken in diese Richtung abzudriften drohten, in meinen abgeschiedenen inneren Raum hinab, ich habe nämlich einmal einen Kurs in Selbsthypnose belegt. Aber er hing den ganzen Tag an meiner Seite herum, wie der Schatten bei einem verwackelten Fernsehbild. Ich bildete mir sogar ein, daß seine Frau heute nachmittag in der Bibliothek gewesen sei und mich angestarrt hätte. Als ob sie mich kennen würde, wir waren uns noch nie von Angesicht zu Angesicht begegnet!

Am Abend kam er wieder, gegen acht. Mein Herz hatte schon eine halbe Stunde lang geschlagen wie nach einem Marathonlauf. Er schien zu humpeln, aber ich konnte ihn nicht einmal fragen, weshalb. Die Stimmung war zu zerbrechlich, als daß man hätte reden können. Wir grinsten uns nur blöde an, gingen direkt ins Schlafzimmer und machten uns an unser wahnsinniges Projekt. Hinterher weinte ich und sagte, er dürfe nicht mehr wiederkommen, denn ich wolle nicht schon wieder anfangen, mich nach ihm zu sehnen.

»Hast du Sehnsucht nach mir gehabt?« sagte er mit echter Verwunderung in der Stimme.

Anita

Ich habe gleich begriffen, daß irgendwas im Busch war, als er sagte, er müsse noch in die Stadt, und dann verschwand, als hätte er Feuer im Hintern. Und weil er eigentlich immer irgendwas murmelt, wo er hinwill, muß es diesmal irgendwas sein, worüber er lieber Stillschweigen bewahren will, nämlich was mit dieser eingebildeten Krabbe, von der er sonst immer so viel geredet hat. Als hätte er versucht, sich von ihr wegzureden, Abstand zwischen sich und sie zu bringen.

Ich habe nie irgendwelche Kommentare abgelassen, als er erzählte, wie grün sie damals im Gesicht geworden war, als er in den Kälberboxen ausmistete, und wie ihre Kichererbsenbällchen geschmeckt hatten. Er versuchte sich davon zu überzeugen, wie unpassend sie für ihn gewesen war, und dazu konnte ich ja nichts weiter sagen, ich war ihr ja noch nicht einmal begegnet. Ich holte nur mein Strickzeug hervor, und nach einer Weile ging das meiste sowieso zum einen Ohr herein und zum anderen hinaus. Zwei rechts, zwei links, neue Farbe, den Faden auf der Rückseite vernäht – ja, klar muß das schwierig für dich gewesen sein, und was hältst du von Griebenwurst zum Abendessen? Mit Dillkartoffeln?

Jetzt bereue ich, daß ich nicht so genau zugehört habe. Es wäre gut gewesen, ein bißchen mehr darüber zu wissen, worum es eigentlich gegangen war bei den beiden. Denn nach gestern abend wird wohl nichts mehr so einfach sein wie noch am Vormittag desselben Tages. Als er fand, daß meine Pistazienwecken genauso gut schmeckten wie die von Tante Ellen und wir uns den Katalog von Guldfynd ansahen. Weißgold, schmal, mit einer Art kleinen Ranke drumrum. Ringe dürfen nicht zu kräftig sein, denn es kann leicht passieren, daß der Ring irgendwo am Traktor hängenbleibt und der Finger gleich mit, wenn der Ring nicht nachgibt. Und er muß ja auf die Finger aufpassen, die er noch hat.

Um zehn Uhr abends kam er nach Hause. Ich saß gerade vor dem Fernseher und sah mir die »Antiquitätenrunde« an. Herrgott, was Leute für alten Mist ansammeln! Und heutzutage darf man die alten Kommoden ja nicht einmal abbeizen oder neu anstreichen, denn es ist so schön, wenn sie abgenutzt sind und von Generationen verschlissen, haben sie gesagt. Er hat gar nichts gesagt, hat sich nur an den Computer gesetzt und das neue Fütterungsprogramm angestarrt, das wir noch nie benutzt haben. Dabei hat er die Tastatur nicht mal angefaßt.

Ich bin zu ihm gegangen und habe ihn gefragt, ob er gern noch einen Abendkaffee hätte, aber er hat bloß gelächelt und genickt, ohne mich anzusehen, als habe er nicht gehört, was ich gesagt hatte. Erst da habe ich ernsthaft Angst bekommen, irgendwie hat es in meiner Brust gegluckst, und ich habe auf einmal fürchterliche Kopfschmerzen bekommen. Deshalb bin ich raufgegangen und habe mich hingelegt, und ich nahm mir vor, falls er Lust auf Sex haben sollte, keinen Mucks von meinem Kopfweh zu sagen, das habe ich schon öfter hinbekommen. Wenn ich mal sage, daß ich aus irgendwelchen Gründen keine Lust habe, dann streicht er mir nur über den Kopf und schläft ein, aber dann kommt er erst mal nicht von sich aus auf mich zu. Beim nächsten Mal muß ich dann sein Interesse wecken. Ich habe den Eindruck, als würde er die Sache mit dem Sex mögen, aber ebensogut auch darauf verzichten können, zumindest mit mir.

Soll das wirklich so sein? Ich lese immer in der Wochenrevue »Wie Sie seine Lust wecken« und mache Tests, bei denen man ankreuzen muß, wie er so ist, und wo man erfährt, was man unternehmen sollte. Wie man ihn überraschen kann, indem man ihm, während er die Sportschau sieht, an die Unterhose geht und ihn an den wildesten Stellen abküßt. Ich habe es noch nicht ausprobiert, es kommt mir so albern vor, aber ich habe mir immer vorgenommen, falls er mal das Interesse verlieren sollte, werde ich noch mal nachlesen und ihn ebenfalls an den wildesten Stellen abküssen. Das hat sie bestimmt auch getan, diese Krabbe. Igitt.

Aber man weiß ja nie bei Männern mit solchen Jobs wie seinem. Manchmal sagt er nur: Meine Güte, mitten in der Heuernte, du weißt doch, da geht gar nichts! Oder es haben zwei bis drei Kühe in der Nacht gekalbt. Oder er hat den Miststreuer gereinigt und findet, daß alles immer noch nach Mist riecht. Ach, ich weiß es nicht.

In dieser Nacht mußte ich mich mit meinen Kopfschmerzen jedenfalls zu gar nichts bereitfinden. Es dauerte mehrere Stunden, ehe er hochkam und sich hinlegte, und da hatte ich schon das Licht ausgemacht und lag still da. Er legte sich nur hin, die Arme unter dem Kopf verschränkt, aber geschlafen hat er nicht, das hörte ich an seinem Atem. Schließlich bin ich eingeschlafen. Eigentlich war ich wahnsinnig müde, weil ich einige Nachtschichten hinter mir hatte und mein Rhythmus sich noch nicht wieder umgestellt hatte. Am Morgen war er weg.

Den ganzen Tag lief ich im Krankenhaus mit Ameisen im Körper herum. Er hatte nichts gesagt und auch nichts getan, aber ich hatte das Gefühl, als sei das Ganze ins Schlingern geraten. Deshalb tat ich an diesem Tag nach der Arbeit etwas, was ich mir schon oft vorgenommen hatte, mir bisher aber noch nie so wichtig erschienen war: Ich ging in die Bibliothek, um sie mir anzugucken.

Ziemlich blöde Idee eigentlich. Ich wußte ja nicht einmal, wie sie aussah. Er hatte keine Fotos, ich hatte sogar mal in seiner Brieftasche nachgesehen. Eine der Bibliothekarinnen klapperte auf hohen Absätzen durch die Gegend, sie war ziemlich gutaussehend mit ihren dunklen Haaren und ihrem beigefarbenen Kostüm und kleinen Goldblättern in den Ohren, hatte aber zwei tiefe Falten über der Nasenwurzel, als sei sie die ganze Zeit sauer auf jemanden. Er hatte sie manchmal »die Beige« genannt. Aber ich glaubte trotzdem nicht, daß sie es war.

In diesem Moment sagte eine ziemlich alte Dame: »Hast du meinen Katalog gesehen, Desirée?« Und da sah ich eine blasse Frau, die am Informationstresen saß und in die Gegend starrte. Und nicht antwortete.

Sie lächelte still vor sich hin. Und da gluckste es wieder in meiner Brust, und ich dachte mir, jetzt ist es gelaufen.

Desirée

Negativ. Der Schwangerschaftstest war negativ.

Seit dem Abend, als ich heulend in Bennys Armen lag und behauptete, daß ich es nicht fertigbringen würde, mich noch einmal mit ihm zu treffen, hatte ich ihn nicht mehr gesehen. Am folgenden Abend hatte er bei mir geklingelt – ich glaube zumindest, er war es –, aber ich blieb im Dunkeln sitzen, die Arme um das indische Kissen geschlungen, das er mir einmal geschenkt hatte, als er fand, daß mein Wohnzimmer so farblos sei wie der Aufenthaltsraum auf einer Pflegestation. Er klingelte und klingelte, und ich ließ die Tränen fließen und öffnete nicht. Auf dem empfindlichen knallblauen Seidenstoff bildeten sich Salzflecken.

Aber ich glaube, ich hatte die ganze Zeit im Hinterkopf, daß ich ihm ohnehin eines Tages erklären würde, warum ich nicht geöffnet hatte, später, wenn wir wieder zusammensein würden. Wenn wir dort am Tisch des Bibliothekscafés sitzen und mit ernsthaften Falten auf den Gesichtern beschließen würden, wie es mit der Schwangerschaft weitergehen sollte. Wie wir wohnen würden, wie wir das Problem mit seiner Freundin lösen würden, ob wir noch vor der Entbindung zusammenziehen würden, ob wir überhaupt zusammenziehen würden. Und ob wir eine Fruchtwasseruntersuchung machen würden ... Irgendwie war ich so überzeugt davon, daß dieses Gespräch im Bibliothekscafé tatsächlich stattfinden würde, daß das negative Ergebnis einen betäubenden Schock auslöste. Mir war doch morgens schon richtig schlecht gewesen! So scheinträchtig wie eine zweijährige Hündin.

Negativ. Der Test war negativ. Ich war gefühlsmäßig nicht so ganz darauf vorbereitet, obwohl ich jeden Morgen wie ein Mantra wiederholt hatte: Wenn das Ergebnis negativ ist, gönne ich mir eine Woche auf den Azoren, ehe ich mich entscheide, wie es mit meinem Kinderwunsch weitergehen soll …

Ziemlich albern, denn eigentlich lüge ich mir dabei nur in die eigene Tasche … Da kann ich noch so viele Prospekte aus dem Reisebüro auf meinem Nachttischchen stapeln.

Denn jetzt habe ich mir richtig ins Knie geschossen. Bevor ich diese wahnsinnige Idee hatte, Benny zu bitten, mich zu schwängern, war ich beinahe über ihn hinweggekommen. Nicht ganz vielleicht, aber fast. Nichts war begraben, alles war noch da, aber ich war weitergegangen, hatte neue Türen einen Spaltbreit offenstehen sehen, hatte neue Düfte im Wind vernommen. Benny war ein Teil meiner Vergangenheit gewesen, und nicht einmal der schlechteste.

Mein Leben war ziemlich aufregend, ich konnte in meiner Arbeit aufgehen, die ich liebte, aber ich konnte auch versuchen, einen Schritt in Richtung Elternschaft zu machen, und dafür hatte ich mich entschieden, vorläufig jedenfalls. Ich fühlte mich warm und voller Leben, wie ein frisch gepflügter Acker voller nützlicher Mikroben, die auf den Sämann warten. Klar, ich konnte in eine Klinik nach Dänemark fahren. Im schlimmsten Fall konnte ich mich in eine Bar begeben und mir einen nicht allzu abstoßenden Sämann besorgen. Aber nach einer unruhigen Nacht, in der Benny in meinen Träumen lächelnd über einen Acker ging und Samen auswarf – Samen, die er aus einer gigantischen Popcorntüte hervorwühlte –, spürte ich, daß Benny mein Sämann war. Ich rief ihn an. Naiv wie ein Teenager, der seine gesamte Erfahrung aus den Leserfragen einer Jugendzeitung bezieht.

Ich hätte begreifen müssen, was ich für ein Risiko einging. Plötzlich wurde die schmerzliche Vergangenheit zur

Gegenwart upgedatet. Er war wieder in mein Leben zurückgekehrt, mit seinem zerzausten Trollhaar und seinem Duft, seinem Dialekt und seinem Humor. Wie könnte ich ihn jemals wieder aus der Hand geben, ihn lediglich unbedeutend gebraucht an die Frau zurückgeben, die ein größeres Anrecht auf ihn hatte, weil sie ihm genau das gab, was er haben wollte?

Warum stellte ich mir niemals diese Frage, ehe ich die Augen schloß und den Sprung wagte?

Denn jetzt ist es zu spät. Jetzt werde ich ihn ganz einfach anrufen und ihm erzählen, daß nichts daraus geworden ist, und tschüs auch und ein schönes Leben noch. Und dann wird es wieder ein leeres, verwehtes Loch an meiner Seite geben. Das noch schwerer zu füllen sein wird als letztes Mal, weil ich jetzt weiß, wie besonders es mit Benny war und wie schwer es für mich sein wird, einen anderen geeigneten Partner zu finden.

Dieses verdammte Blut und diese bescheuerte Desirée mit ihrem übertriebenen Muttertrieb! Desirée, die man auf gar keinen Fall näher als zehn Meter an ein zerbrechliches kleines Kind heranlassen sollte, weil sie gefühlsmäßig zurückgeblieben ist. Weil sie ihr eigenes Gefühlsleben ebensowenig beurteilen kann wie ein Tauber den Vogelgesang.

Es geschieht dir ganz recht, Desirée, und jetzt kannst du aufhören, mit dem Leben anderer Menschen zu spielen! Die ganzen alten Fragen, die ihr beiden niemals auch nur annähernd gelöst habt, während noch Zeit dafür gewesen wäre – wie würdest du diesmal damit umgehen? Was hast du geglaubt, was seine Freundin tun würde, womöglich hast du schon ein nettes kleines Abschiedsgeschenk für sie geplant, einen Keramikblumentopf vielleicht?

Die Wahrheit ist natürlich, daß ich überhaupt nicht nachgedacht hatte. Wie oft haben mir verbitterte Frauen mit Ehemännern in der Midlife-Crisis schon erzählt, daß die Kerle nicht mit dem Kopf denken würden … Ich dagegen hatte mit meiner Gebärmutter gedacht. Ab ins Körbchen, alte Freundin, gewöhn dich an den Gedanken, leer zu bleiben und den Rest deines monotonen Lebens damit zu verbringen, einen Liter Blut pro Monat aus dir herauszuschwappen. Jetzt geht Desirée ans Telefon und ruft an.

Ich kann seine Nummer noch immer auswendig.

Benny

Sie rief mich an, als ich zum Morgenmelken im Stall war. Da kommt Anita nie mit, denn entweder arbeitet sie, oder sie holt nach der Nachtschicht Schlaf nach.

»Ich weiß nicht, wie ich es dir sagen soll«, sagte sie.

»Nur zu«, sagte ich mit kratzigem Hals. Junge oder Mädchen? dachte ich.

»Na ja, also, es hat nicht geklappt. Du bist noch mal davongekommen.« Sie verstummte.

»Wie nicht geklappt?« fragte ich. In meinem Schädel stand es still. Ich hatte schon mit verstohlenem Blick Vaters alte Drehbank betrachtet, auf der ich die Eckpfosten für die Wiege drechseln könnte. »Hat der Test nicht funktioniert? Oder versuchst du mich loszuwerden und haust mit dem Kind ab, um es für dich allein zu haben?«

»Hörst du nicht, was ich sage?« meinte sie, und plötzlich erinnerte ich mich wieder daran, wie ihre Stimme klang, wenn sie den Tränen nahe war. »Es hat nicht geklappt. Das Testergebnis war negativ.«

»Nicht geklappt? Überhaupt nicht?« fragte ich dümmlich.

Sie schnaubte und konterte schnell: »Also nicht mit einem Kind. Aber du kannst Mitte April mit einem Wurf Welpen rechnen.«

»Hör mal zu, Desirée«, sagte ich und schwieg eine Weile. »Hörst du?«

»Was denn?«

»Ich lache nicht«, sagte ich.

»Nein, ich weiß. Ich auch nicht.«

Wir waren beide eine Weile still.

»Kann man denn gar nichts machen?« fragte ich. Schlau wie immer.

Sie lachte ein bißchen, noch immer den Tränen nahe. »Was schlägst du vor?« sagte sie dann. »Man kann nicht gegen einen Schwangerschaftstest klagen, falls du das gedacht haben solltest.«

»Man kann weitere Versuche machen.«

Schweigen.

»Ich habe gesagt …«

»Ich habe gehört, was du gesagt hast.«

Erneutes Schweigen in der Leitung. Um mich herum stieg der Lärmpegel an. Ich hatte gerade erst die Hälfte der Kühe gefüttert, weshalb die andere Hälfte natürlich ziemlich ungehalten war. Währenddessen hatten die ersten Tiere ihre Portionen schon aufgegessen und merkten nun, daß irgend etwas fehlte. Die Kühe, die erst kürzlich gekalbt hatten, brüllten mit ihren zum Bersten gespannten Eutern am lautesten.

»Desirée, ich muß …«

»Du hast Schluß gemacht«, sagte sie mit einer kleinen, trockenen Stimme.

»Quatsch!« zischte ich. »Du wolltest nichts investieren! Und das weißt du ganz genau. Ich habe nur die Konsequenzen daraus gezogen!«

»Und was warst du bereit zu investieren?«

Gute Frage. Sie sagte noch etwas, aber Jessie muhte so laut, daß ich nichts verstand.

»Das geht so nicht!« schrie ich. »Ich rufe dich an, wenn ich wieder drinnen bin.«

Vermutlich antwortete sie etwas, was ich nicht verstand. Ich beendete das Gespräch und begann mit dem Melken. Die Kühe waren so wütend und genervt, daß eine sogar nach mir trat, sie schlug einfach mit ihrem Huf seitlich aus. Das machen meine Kühe sonst nie, deshalb war ich nicht darauf gefaßt. Ihr Tritt traf mein Knie, nicht das schmerzende, sondern das andere. Meine Beine gaben nach, und zum zweiten Mal innerhalb kürzester Zeit rutschte ich in die Jaucherinne. Versuchten sie mir irgendwas mitzuteilen? Benny, du Stinkstiefel?

Sobald ich fertig war, ging ich hinein, duschte das Schlimmste ab und rief sie zurück. Sie ging nicht ran, weshalb ich es in der Bibliothek versuchte. Da ging sie ans Telefon.

»Ich bin's. Jetzt kann ich reden«, sagte ich.

»Aber ich nicht«, zischte sie. Und dann mit lauter Stimme: »Haben Sie schon in der Referenzbibliothek nachgesehen?«

Verdammt noch mal. Kaum hatten wir begonnen, wieder an einem dünnen, leicht zerreißbaren Faden zu spinnen, kamen sofort Kühe und Bibliotheksbesucher an und mischten sich ein. War es nicht auch letztes Mal so gewesen?

»Ich habe dich so vermißt«, rutschte es mir heraus.

»Leg auf! Ich rufe dich in ein paar Minuten zurück.«

Ich wartete und trommelte mit den Fingern auf die blaugeblümte Wachsdecke, die Anita für meinen wackligen alten Küchentisch gekauft hatte. Und dann rief sie wieder an. Ihre Stimme klang, als käme sie aus einer Dose, und mir kam es vor, als ob im Hintergrund Wasser gespült würde.

»Wohin hast du mich denn jetzt mitgenommen?«

»Ich rufe dich vom Handy aus an. Von der Damentoilette in der Bibliothek aus.« Sie klang etwas verlegen.

»Daß wir uns an so einem Ort verstecken müssen«, sagte ich grinsend.

»Aber gib zu, daß ich dich an neue Orte entführe. Deinen Horizont erweitere.«

»Ja, das hast du oft getan.«

»Du auch.«

Schweigen.

»Ich kann dich nicht schon wieder verlieren«, sagte ich schließlich. »Ich verkaufe die beschissenen Kühe an einen Kebabladen, und dann ziehe ich zu dir in deine Pflegestationswohnung. Du kannst mich als Haustier halten, ich belle nicht und verschmutze auch nicht deine Teppiche. Stell mir nur ab und zu eine Schüssel Linsensuppe hin!«

»Hör mal zu, Benny«, sagte Desirée, und dann wurde es still. »Hörst du? Ich habe nicht gelacht.«

»Dann sag du doch was! Ich hab es genauso gemeint, ich kann dich doch nicht ein zweites Mal verlieren!«

»Ich weiß. Du bist zwei Wochen wie ein Schatten hinter mir hergeschlichen und hast mich gestört, Benny. Ich werde dich nicht los. Aber ich werde nicht … Verdammt, jetzt kommt jemand!«

»Wir haben doch gerade ein Kind verloren!« rief ich verzweifelt, aber sie hatte schon das Gespräch beendet.

Ich werde zu Anita sagen, daß ich heute abend zu einem Treffen des Bauernverbandes muß.

Desirée

Bei verliebten Menschen rutscht der IQ auf etwa 72 ab, das ist zumindest meine Theorie. Gerade noch hoch genug, um selbst auf die Toilette gehen zu können und nicht in der Stadt von der Polizei eingesammelt zu werden, aber zu niedrig, als daß man auch nur das geringste Vertrauen in ihr Urteilsvermögen setzen könnte.

Benny und mir gelang es irgendwie, einander und uns selbst davon zu überzeugen, daß wir uns *noch* drei Abende treffen würden, nur drei Abende, wenn mein Zyklus wieder soweit war. Vermutlich hatte ich mich bei den Tagen verzählt, daher hatten wir letztes Mal gar keine Chance gehabt. Und *dann* würden wir uns nie wiedersehen, wenn es nicht klappen sollte!

Als er am letzten dieser drei Bonusabende gehen mußte, klammerten wir uns aneinander, als ob einer von uns in den Krieg ziehen müßte. Ich spürte, wie mir die Tränen hinunterliefen, und als ich die Hand auf Bennys Wange legte, war sie auch feucht.

»Weinst du etwa, großer, starker Bauer?« fragte ich.

»Das ist nur Kondenswasser«, schniefte er.

Keiner von uns rechnete wohl ernsthaft damit, daß ich schwanger werden würde. Es kam mir so vor, als arbeiteten wir nur daran, uns selbst zu überlisten und uns noch drei zusätzliche Nächte abzutrotzen, um unsere chaotische, unmögliche Beziehung zur Ruhe zu betten. Noch nie habe ich den Sex so stark genossen, nie habe ich mich jemandem so nah gefühlt – aber vielleicht war es ja nur, weil ich spürte, daß es keine Fortsetzung geben würde? Daß es ein unendlich trauriges Lebewohl war, ein Lebewohl, das unsere Beziehung verdient, aber nie bekommen hatte. Und vielleicht empfand er es genauso, denn keiner von uns sprach in diesen drei Tagen von einer Fortsetzung. Wir sprachen kaum von irgend etwas.

»Neues Bild, oder?«

»Mmm. Wie hast du dich am Bein verletzt?«

»Das willst du gar nicht wissen.«

Schweigend gingen wir in mein Schlafzimmer, schweigend liebten wir uns stundenlang, und schweigend umarmten wir uns an meiner Tür, als er gehen mußte. Was hätten wir sagen sollen? Ich wollte wirklich nichts von seinem neuen Leben und seiner neuen Frau wissen, und ich glaube auch nicht, daß er mir etwas erzählen oder etwas von meinem Leben wissen wollte.

Drei Abende können eine seltsam lange Zeit sein. Am ersten Abend denkt man, daß man reich ist, der Großteil liegt noch vor einem. Am zweiten Abend denkt man: Es ist wenigstens nicht der letzte Abend. Am dritten Abend ist man so damit beschäftigt, für den Augenblick zu leben, daß er wirklich unendlich lang ist.

An dem Abend wechselten wir zumindest ein paar Worte. Während wir unsere Hände fest drückten, wiederholten wir unser Versprechen, uns nicht wiederzusehen, wenn das Ergebnis negativ wäre. Und wir versprachen einander, in kindischer Albernheit, den Telefonhörer zu küssen, wenn wir uns nach diesem letzten Gespräch verabschieden würden, und an den Mund des anderen zu denken. Der letzte Kuß. Dann sagten wir eilig, im Falle, daß ... würden wir dann weiterreden.

Sie hören es, nicht wahr? Das klingt doch nicht so, als hätten wir damit gerechnet, Eltern zu werden? Ich verstehe die Paare, die zum Frauenarzt laufen, sobald sie das Kondom weggelassen haben und es beim ersten Versuch nicht geklappt hat. Bevor man schwanger wird, ist man sozusagen sehr unschwanger – und wer weiß, vielleicht wird man ja nie schwanger?

Ich dachte an all das, was meine Freundinnen, die mit und die ohne Kinder, erzählt hatten, wie schwierig es sein konnte, schwanger zu werden, wenn man über dreißig war. Es reichte nicht, einfach nur die Münze in den Automaten zu werfen, man mußte Temperaturkurven messen und auf dem Kopf stehen und weiß Gott was alles. Manchmal dachte ich, daß diese Treffen mit Benny, die ich aus einem Impuls heraus in Gang gesetzt hatte, vielleicht nur eine unterbewußte Art und Weise waren, meinen Körper und diese unbarmherzig laute biologische Uhr zum Schweigen zu bringen. Siehst du? Ich tue immerhin mein Bestes. Wenn es nicht klappt, liegt es an dir!

Und eigentlich hatte ich ein Kind noch nicht wirklich in mein Leben eingeplant, zumindest nicht ernsthaft. Nach den ersten drei fruchtlosen Versuchen begann ich meinen Umzug nach Göteborg ins Auge zu fassen, wo ich ein Jobangebot hatte. Es klang richtig gut, man plante ein Märchenmuseum für Kinder, mit einem eigenen Kino. Ich ließ meinen Ideen freien Lauf. Man könnte eine Erzählgrotte bauen, mit Fackeln und magischer Beleuchtung, wo gute Erzähler Märchen und Anekdoten erzählten. Man könnte ein Kinderfilmfestival organisieren, mit Preisen, Vorträgen, Festen und Premieren, wie bei einem Festival für Erwachsene, nur im Kinderformat. Ich surfte im Internet herum und begann mich nach Wohnungen in Göteborg umzusehen, die ich mir würde leisten können.

Dann begann ich wieder meine alte Gastritis zu spüren. Mir war die ganze Zeit etwas schlecht, vor allem von Kaffee und Zigarettenrauch. Alle Gerüche nahm ich intensiver wahr als sonst. Ich war müde und schlapp und schlief zehn Stunden am Stück. Die Brüste schwollen an, bis sie sich wie zwei empfindliche Honigmelonen anfühlten. Die Regel ließ auf sich warten, und das nahm ich als typisches Zeichen dafür, wie die Psyche den Menstruationszyklus beeinflußt – wenn man sich ausgiebig mit seiner Fruchtbarkeit beschäftigt, kommt so etwas durchaus vor.

Und dann trabte ich in die Apotheke und kaufte wieder einen Test.

Positiv? Ich starrte auf den kleinen Streifen. Und ich weiß noch, daß mein erster verwirrter Gedanke war: Und wer soll dann die Märchengrotte in Göteborg organisieren?

Benny

Klauenfäule bei Rosamunda! Keine meiner Kühe hat in der letzten Zeit Klauenfäule gehabt, ich habe wirklich auf regelmäßige Klauenpflege geachtet. Aber in den vergangenen Wochen hatte ich so einiges auf dem Hof versäumt, zum Beispiel hatte ich vergessen, Streu zu bestellen, weshalb ich ein paar Tage mit verschimmeltem Stroh streuen mußte, und die Brunstkontrolle hatte ich ebenfalls verschlafen, weshalb ich den richtigen Zeitpunkt verpaßte, zwei meiner besten Milchkühe besamen zu lassen. Ich lief herum und wartete auf den Anruf von Desirée. Vielleicht den letzten Anruf ...

Ich hatte gar nicht damit gerechnet, daß sie anrufen und erzählen würde, ich würde stolzer Vater werden, diesmal nicht. Ich hatte kapiert, daß es bei einigen wenigen Versuchen verdammt unwahrscheinlich war. Und das, wo ich es nicht mal schaffe, beim Fußballtoto mehr als sieben Richtige anzukreuzen.

Vielmehr grübelte ich darüber nach, wie es weitergehen sollte. An manchen Tagen dachte ich darüber nach, wie ich sie dazu bekommen könnte, mir wieder die Tür zu öffnen. Und zwar mir und nicht dem Deckhengst, als den sie mich offenbar sah!

An anderen Tagen, wenn ich Anita im Guldfynd-Katalog blättern und ihn etwas verlegen wieder zuschlagen sah, sobald ich das Zimmer betrat, dachte ich mir, was für ein Idiot ich doch war, daß ich überhaupt in Erwägung zog, bei dem Weg, den ich gewählt hatte, den Rückwärtsgang einzulegen. Es würde schlimmer sein, als mit einem zweiachsigen Anhänger rückwärts durch eine Gatteröffnung zu fahren.

Und dann rief sie mich an. Im Kuhstall. Ich dachte, es sei der Tierarzt, auf dessen Anruf ich seit mehreren Stunden gewartet hatte, und brüllte ein genervtes »Ja!« in den Hörer.

»Ja«, sagte Desirée. Nichts sonst. Ja.

»Ja?«

»Ja.«

»Meinst du, daß ...«

»Ja.«

»Aha.«

»Aha?«

»Ja ...« Bestimmt das bescheuertste Gespräch, das wir jemals geführt hatten, aber was zum Teufel hätte ich sagen sollen? In meinem Kopf stand alles still. Zweiachsiger Anhänger.

»Tja, dann darf man sich ja wohl freuen, daß du nicht ›Na, so was?‹ gesagt hast«, zischte Desirée. Dann legte sie auf. Sie legte auf!

Ich stand da und starrte den Hörer an. Na, so was? Glaubte sie, daß es mir egal war? Ich rief sie zurück. Keine Antwort. Na ja, sie war vermutlich bei der Arbeit. Welche Nummer hatte noch mal die Bibliothek? Ich begann im Melkraum nach dem Telefonbuch zu wühlen. Dann klingelte es wieder.

»Leg doch nicht einfach den Hörer auf! Ist doch klar, daß ich mich freue!« keuchte ich.

»Was?« sagte der Tierarzt.

So ging es den ganzen Tag weiter.

Das Milchauto hatte einen neuen Fahrer, der sich verfahren hatte und mehrere Stunden zu spät kam, weshalb ich entweder das Abendmelken verschieben mußte oder einen überfüllten Tank riskierte, und während ich bei der Molkerei anrief und mich lauthals beschwerte, kam ein hochnäsiger älterer Herr mit kariertem Sporthut vorbei und berichtete, daß er einige Kilometer entfernt in den

Graben gefahren sei, und da ich doch »höchstwahrscheinlich« über einen Traktor verfügte, solle ich ihn herausziehen, und zwar schnell, denn er müsse zu einem Meeting.

Und noch ehe ich überhaupt geantwortet hatte, rief jemand vom Finanzamt an und wies mich darauf hin, daß ich ein Formular falsch ausgefüllt hätte, weshalb meine EU-Subventionen in Gefahr seien, und außerdem sei das verklagbar. Und während ich mit dem Typen vom Finanzamt herumzankte, stand der Mann mit dem Hut im Flur, trommelte mit den Fingern an der Wand und zischte: »Na, wie sieht es aus?«

In diesem Moment kam Anita nach Hause. Sofort durchschaute sie die Situation, nahm mir den Hörer aus der Hand und sagte: »Wir melden uns, sobald wir die Angaben überprüft haben«, setzte Kaffee für den Huttypen auf und erzählte mir währenddessen über die Schulter, daß das Milchauto schon unterwegs sei, denn sie hätte es auf dem Weg hierher überholt. Ich zog in Richtung Stall ab, um den Fahrer des Milchwagens zur Schnecke zu machen und die Kühe zu melken, und als ich wieder hereinkam, hatte Anita mit dem Traktor das Auto des Hutfritzen aus dem Graben gezogen und ihm dabei ein paar nützliche Informationen über Rechte und Pflichten beim Ausfüllen komplizierter Formulare aus den Rippen geleiert, offenbar war er so eine Art Jurist. Und die Sache mit dem Finanzamt werde sie morgen in die Hand nehmen, erzählte sie fröhlich.

Ich ließ mich schwer auf die Küchenbank fallen, legte die Stirn auf den Tisch und die Arme um die Ohren. Der Kopf schien vor Schmerzen zu zerspringen. Was sollte ich tun, verdammt? Ich hatte es immer noch nicht geschafft, Desirée zurückzurufen, und jetzt mußte ich es schnell tun, ohne vorher groß nachdenken zu können, was ich ihr sagen würde. Das einzige, woran ich denken konnte, war: Was hätte Desirée getan, wenn sie hier gewohnt hätte und eben von der Arbeit nach Hause gekommen wäre? Sie wäre vermutlich supergenervt gewesen, daß ich nicht rechtzeitig mit dem Melken fertig war, und wäre wieder in die Stadt zurückgezischt, um irgendeinen französischen Kultfilm zu sehen …

Dann spürte ich, wie Anitas feste Daumen meine Nackenmuskeln zu massieren begannen und wie der Schmerz nachließ.

Ich drehte mich um, legte meine Arme um ihre Hüften und begann zu flennen wie ein kleines Kind.

Anita

Nun ja. Das war's. Einfach sein Leben zusammenpacken und weiterziehen.

Wenn mir jemand vor einer Woche gesagt hätte, was passieren würde, ich hätte es nicht geglaubt. Unmöglich. Nicht Benny, den ich mein Leben lang kenne. Er macht so was nicht. Haut ab und schwängert seine Ex, und das sogar absichtlich. Nur weil sie es wollte. Und wann hatte er eigentlich Zeit dafür gehabt?

»Aber du mußt es gemerkt haben«, jammerte er. »Ich war doch mehrere Abende nacheinander weg! Letzten Monat und vorletzte Woche. Das bin ich doch sonst nicht.«

Immer müssen Männer alles auf andere schieben. Irgendwie sind sie nie an etwas schuld. Es klang beinahe so, als sei ich statt dessen an allem schuld, weil ich nichts Ungewöhnliches bemerkt hatte. Aber was denn, er hatte doch gesagt, daß er zu Berggrens wolle und ihnen beim Ausfüllen der EU-Formulare helfen und daß er zu einem Treffen des Bauernverbandes müsse oder was auch immer. Und an zwei von diesen Abenden war ich bei meinem Buchführungskurs, da sehen wir uns ohnehin nicht.

Und selbst wenn ich gedacht hätte: »Wie komisch, Benny ist mehrere Abende nacheinander weg gewesen!«, dann hätte ich aber doch nicht weitergedacht: »Ach, der ist vermutlich gerade unterwegs, um irgendeine Exfreundin zu schwängern!«

Deshalb kam es überraschend für mich, das kann man ruhig so sagen. Er erzählte es mir an diesem stressigen Abend, als das Milchauto zu spät gekommen war und ich Herrn Nordéus mit dem Traktor aus dem Graben gezogen hatte. Ich fühlte mich ziemlich gut, das weiß ich noch: Zum einen hatte ich es tatsächlich hingekriegt, das Auto hochzuziehen, dabei fahre ich noch gar nicht so lange Traktor. Zum anderen hatte Nordéus mir ein paar richtig gute Tips gegeben. Sie können sich auf die besondere Ausnahme in Paragraph drei des Formulars beziehen, hatte er gesagt. Und das hätte ich auch getan, wenn nicht Benny an diesem Abend alles erzählt hätte. Jetzt ist natürlich nichts daraus geworden, und mir ist es scheißegal, ob Benny alles zurückzahlen muß und außerdem noch ein Bußgeld aufgebrummt kriegt. Was habe ich damit zu tun?

Ich werde meine kleine Tasche packen und versuchen, meine Untermieterin Märit aus meiner Wohnung zu kriegen. Es wird sicher kein Problem sein, wieder eine volle Stelle zu bekommen, auf meiner Station herrscht Personalmangel.

Ich sehe mich in der Küche um. Ich glaube, ich werde die Gardinen mitnehmen, nicht weil ich sie in der kleinen Küche meiner Zweizimmerwohnung bräuchte, aber ich habe die Küche ganz bestimmt nicht für die Krabbe aufgepeppt. Falls sie jemals hier einzieht und wenn sie überhaupt auf so etwas wie Gardinen achtet. So wie Benny sich beschwert hat, wie unpraktisch veranlagt sie sei!

Das tat er übrigens auch an jenem Abend. »Sie wird nie so werden wie du, Anita. Von ihr könnte ich nie soviel Unterstützung bekommen wie von dir!«

Was zum Teufel willst du dann mit ihr! wollte ich schreien. Warum mußtest du losmarschieren und ausgerechnet ihr ein Kind machen! Glaubst du nicht, daß ich auch gern Kinder hätte, oder wie?

Aber er jammerte nur herum, wie gut ich für ihn gewesen sei, jetzt hätte ich sogar seine Kopfschmerzen weggekriegt ... Aber sie habe sich ja so nach einem Kind gesehnt, sie habe nicht einmal verlangt, daß er dazu stehe, sie habe gesagt, daß sie sich allein um das Kind kümmern könne, aber das könne er ja nicht auf sich sitzen lassen. Es sei doch klar, daß er Verantwortung für sein Kind übernehmen müsse, und er wolle es ja in seiner Nähe haben ...

Der vorbildliche Benny, der Verantwortung übernimmt, und die herzensgute Krabbe, die nichts von ihm verlangt ... Ich hätte am liebsten auf den Boden gekotzt. Übernimmst du etwa Verantwortung für mich, Benny, nachdem du mich rumgekriegt hast, daß ich schon fast ein Jahr für dich arbeite und mich um dich kümmere? Und wie kommt es, daß ich ausziehen muß, wenn die Krabbe doch gar nichts »verlangt«?

Was wäre, wenn ich mich einfach weigern würde auszuziehen? Wenn ich sagen würde, dann mußt du eben Unterhalt zahlen, Benny, aber ich bin auch schwanger, und dann ist es ja wohl am praktischsten, wenn *ich* bleibe. Wo ich doch sowieso hier wohne und dir, wie du weißt, auf dem Hof helfen kann. Und wenn du schon Verantwortung für deine Kinder übernehmen mußt, dann auch für meins, du bist ihr doch nichts schuldig? Und dann brauche ich bloß eine Fehlgeburt vorzutäuschen oder wirklich die Pille abzusetzen. Er zählt vermutlich noch nicht mal bis zehn, so viele Finger hat er ja nicht mal, und falls er Verdacht schöpfen sollte, ist es zu spät.

Ich hatte ohnehin vorgehabt, demnächst die Pille abzusetzen. Denn wir wollten doch Kinder haben, hatte ich gedacht. Zusammen.

Ich mache mir nur was vor. Er hat nie solche Gefühle für mich gehabt wie für Desirée. Mich hat er für andere Dinge.

Verdammter Benny. Ich hoffe, er kriegt ein so hohes Bußgeld aufgebrummt, daß sein Hof den Bach runtergeht. Hoffentlich muß er wegen Subventionsbetrug ins Gefängnis.

Und der Küchentisch gehört mir und der Sessel im Wohnzimmer auch, der ihm so gut gefällt.

Desirée

Wir haben es vermutlich ähnlich empfunden, Benny und ich.

Nämlich, daß uns das Schicksal mit festem Griff am Nacken gepackt und zusammengeführt hatte. Jetzt mußten wir uns mit all dem auseinandersetzen, was wir damals nicht auf die Reihe bekommen hatten.

Es lief nicht gerade wie geschmiert, muß ich sagen. Diese wehmütige und leidenschaftliche (oder tränenumflort naive) Sehnsucht, die wir empfunden hatten, als wir dachten, jetzt sei es endgültig gelaufen, nämlich daß wir nie zusammensein und nie Kinder hinterlassen würden – diese Sehnsucht war auf einmal wie weggeblasen. Ich konnte mich kaum noch daran erinnern, wie ich mich gesehnt hatte, als ich im eisigen Wind von der Bibliothek nach Hause wankte, mit einem einzigen Gedanken im Kopf: schlafen.

Ich schlief und schlief und schlief. Übrigens auch jeden wachen Moment, wenn man so will. Ich lief in der Mittagspause nach Hause und schlief, den Timer der Mikrowelle auf zwanzig Minuten gestellt. Bisweilen klemmte ich mich im Lager der Bibliothek zwischen zwei Rollregale, lehnte den Rücken gegen die Wand und döste eine Viertelstunde vor mich hin. Und wenn ich schlief, mußte ich nicht nachdenken.

Benny erging es in vielerlei Hinsicht bestimmt viel schlimmer. Er hatte mir erzählt, wie er wiederholte Male in die Jaucherinne gefallen war und daß er es so gedeutet hatte, als habe eine höhere Macht versucht ihm klarzumachen, was für ein Stinkstiefel er gewesen sei. Und auch in der nächsten Zeit sein würde. Denn er war es, der Abhängigkeiten auseinanderklamüsern und Pläne begraben und Versprechen brechen und sich gemein verhalten mußte.

In meinem halbschlafenden Zustand brachte ich es nicht fertig, mit ihm oder mit seiner Cousine Mitleid zu haben, der unbekannten dunkelhaarigen Frau, die ich ein einziges Mal von ferne gesehen hatte, eine Frau, die nach Bennys Aussage eine äußerst patente und gutherzige, reinliche und zupackende Person war. Das einzige Mal, als Benny und ich uns in der Woche nach dem schockierenden Testergebnis trafen, saß er tatsächlich in der Cafeteria der Bibliothek und schwärmte so von diesem Engel des Rönnhofs, daß ich ihm beinahe mein Blätterteigtörtchen ins unrasierte Gesicht geschoben hätte. Wie Anita Traktorfahren gelernt hatte, wie sie die Kontakte mit den Behörden übernommen hatte, wie lecker ihre Griebenwurst war – mein Gott! Glaubte er etwa, daß ich das hören wollte, während ich in der Cafeteria saß und mir übel war vom Kaffeegeruch und Zigarettenrauch?

Ich rutschte auf dem Stuhl hin und her und hustete. Einen Meter entfernt saßen vier Frauen und qualmten durch einen halbglatzigen Fikus, der die Trennwand zur Raucherabteilung darstellte. Benny hielt einen Moment inne und schlug mir auf den Rücken.

»Hast du was in den falschen Hals gekriegt?« fragte er. »Willst du noch ein Sahnegebäck? Dann kriegt deine Milch einen schön hohen Fettgehalt …« Das war seine einzige Andeutung, daß wir Eltern werden würden! Mein ganzes Projekt kam ins Wanken – sollte ich wirklich unsere Zukunft in die Hände eines Mannes legen, der über das Einfühlungsvermögen eines Einzellers verfügte?

Aber ich nehme an, daß es sein schlechtes Gewissen war, das ihn dazu brachte, mir von Anitas ganzen Vorzügen vorzuschwärmen. Ich habe schon bei anderen Gelegenheiten beobachten können, daß Männer dazu neigen, die Frauen über den grünen Klee zu loben, die sie gerade im Begriff sind zu betrügen. Vielleicht finden sie, daß die Schuld dadurch etwas geringer wird. Für die Frau, die betrogen wird, ist es vermutlich weniger witzig, sich anhören zu müssen: »Du bist nicht schuld, du bist die beste Frau der Welt ...« Wenn Benny jemals etwas in dem Stil zu mir sagen sollte, werde ich die Worte mit einer Klobürste wieder in seinen Hals zurückschieben und seine Kehle mit dem Schlips zuziehen!

(Nein, ich leide nicht an Launenhaftigkeit! Ich genieße sie!)

Die andere Sorte Männer ist natürlich noch schlimmer, nämlich diejenigen, die sich selbst als unschuldige Opfer ihrer langweiligen und/oder bösartigen Frauen sehen. Wie seinerzeit Sten, der Kommunalbonze, der mich angraben wollte, nachts anrief und ins Telefon heulte: »Weißt du, Birgitta hat mich noch nie verstanden!« Schließlich schnaubte ich: »Ich auch nicht!« und knallte den Hörer auf die Gabel. Danach stellte er übrigens die Zahlungen für mein Kinderfilmprojekt ein.

Und ehrlich gesagt habe ich keine Ahnung, wie ich selbst die Sache geregelt hätte, wenn zum Beispiel die Geschichte zwischen Anders und mir zu etwas Ernsthaftem geführt hätte. Wie hätte ich Schluß gemacht? Mit Schönfärberei, unter Gejammer oder mit der feigen Variante »einfach abhauen«? Es ist eigentlich egal. Für denjenigen, der verlassen wird, ist es gleich schmerzhaft. Im Grunde müßte man sich wie ein Oberstinkstiefel verhalten, damit derjenige, den man verläßt, richtig wütend wird und es ihm leichter fällt, alles zu vergessen. Ich weiß nicht ... Bisher bin ich eigentlich nur durch den Tod verlassen worden, und sogar da wurde ich stinksauer auf den armen Örjan.

Ich schlug Benny jedenfalls vor, extra brutal zu Anita zu sein, damit sie sich freuen konnte, daß sie seine Veranlagung zur Gewalt rechtzeitig erkannt hatte, und ihr dann eine fette finanzielle Entschädigung für ihre Arbeit zu geben. Völlig idiotisch als Vorschlag, nur eine unoriginelle Gemeinheit – aber ich war so müde, daß ich meine Wange in den Aschenbecher der qualmenden Damen hätte legen und auf der Stelle einschlafen können.

Oh, was war ich müde! Und wenn ich nicht schlief, war mir übel, oder ich war wütend auf irgendwas, meistens beides. Wenn ich nicht gerade in einer Ecke saß und leise vor mich hin schniefte. Und es nützt nicht *das geringste*, wenn man weiß, daß es sich um Hormonstürme handelt – man wird nur noch wütender, wenn jemand versucht, einen darauf hinzuweisen. Komm bloß nicht an und versuch, *meine* Realität in den Griff zu kriegen!

Anita von der ganzen Sache zu erzählen war nicht so schlimm, wie ich geglaubt hatte. Es war noch viel scheußlicher, als ich es mir je hätte vorstellen können.

Ich weiß nicht, was ich mir eigentlich eingebildet hatte. Daß Anita mir über den Kopf streicheln, meine Nackenmuskeln massieren und sagen würde: »Das wird schon wieder, Benny!«, wie sie es schon so oft getan hatte?

Und was hätte sie dann sagen sollen? »Sie kann oben im Schlafzimmer wohnen, dann schlafe ich auf der Küchenbank.«

Ich wollte ja nicht, daß Anita wegzog! Ich hatte mich daran gewöhnt, sie im Stall an meiner Seite zu haben, an ihre friedliche und stille Gesellschaft, wenn ich abends im Sofa vor dem Fernseher zusammensackte und mich durch irgendwelche Schwachsinnssendungen zappte. Und wer sollte diese EU-Hölle in Angriff nehmen, und würde Desirée überhaupt hierherziehen wollen?

Die unangenehme Wahrheit ist, daß ich eine Veranlagung zur Bigamie habe. Benny und sein Zweipersonenharem, die eine in der Schürze, die andere nackt. Und vielleicht eine dritte im Stall-Overall.

Wäre Anita meine Schwester gewesen, hätte es funktionieren können. Sie hätte geschnaubt und geknurrt und sich mit Desirée über die Küchenhoheit gestritten, aber es hätte Platz für beide gegeben, wie damals in meiner Kindheit für meine Mutter, meine Oma väterlicherseits und Tante Gertrud, die Schwester meines Vaters. Manchmal war die Luft so dick, daß man sie mit einem Messer hätte schneiden können, aber solange mein Vater sich nicht hineinziehen ließ und keine Stellung bezog, machten sie es unter sich aus und fanden eine eigene Hierarchie, genau wie es bei Hunden der Fall ist. Nur Leute in der Stadt packen sie am Nacken und kippen Wasser über sie, wenn sie Lärm machen und ihre Position markieren. Sie kriegen es ganz allein hin, auch wenn es sich schrecklich anhört. Jetzt meine ich natürlich die Hunde, nicht die Frauen in der Küche. Ich glaube übrigens, daß die Krabbe in diesem Fall das Feld geräumt hätte …

Eine Schwester, ja – aber eine Cousine kann nicht im Haus wohnen bleiben, zumindest nicht eine, die man ein Jahr lang in seinem Bett gehabt hat. Auch wenn nicht gerade die Post abging in diesem Bett, das muß ich zugeben. Manchmal hatte ich das Gefühl, als ob Anita ebensogut ihr Strickzeug hätte auspacken können, während wir zugange waren. Sie ließ mich immer ran, das schon, aber es kam nie vor, daß sie ganz verrückt vor Leidenschaft wurde, mich packte und zum Bett schleifte, um es so auszudrücken. Für sie war es etwas, was einfach getan werden mußte, ungefähr so wie die wöchentliche Wäsche. Nein, jetzt bin ich gemein, ich weiß, daß sie Dinge ausprobiert hat, von denen sie in irgendeiner verdammten Zeitschrift gelesen hatte (»*Das* wollen die Männer im Bett!«), aber ich war hauptsächlich peinlich berührt, wenn sie mit dem Kopf unter der Decke verschwand. Meine Güte, wenn ich daran denke, was die Krabbe sich manchmal einfallen ließ, bis ich beinahe in Ohnmacht fiel, ohne daß es mir jemals peinlich gewesen wäre – aber Anita ist ja schließlich meine *Cousine*! Die ich seit unseren ersten Doktorspielchen kenne!

Als ich versucht hatte, ihr das zu erklären, glaubte ich, sie würde mich gleich umbringen. Ich versteckte das große Fleischermesser und setzte frische Batterien in den Feuermelder.

Ich hätte gern mit der Krabbe darüber gesprochen, aber das einzige Mal, als wir uns in dieser Zeit trafen, hörte ich mich wirr herumschwärmen, wie großartig Anita doch sei. Es kam mir so vor, als wäre mein Mund an einer bestimmten Stelle eingerastet und lasse sich nicht mehr von meinem Willen steuern. Klar, es stimmte ja alles, was ich sagte, aber ich hätte Desirée gern gefragt, was ich mit der Verrückten anfangen sollte, die jetzt frei in meinem Haus herumlief. Denn Anita wurde in diesen Tagen ganz einfach ein neuer Mensch. Eine Person, die ich noch nie gekannt hatte. Sie antwortete schnippisch auf alle Fragen, sie pfiff darauf zu kochen, und sie fuhr mit dem Auto gegen den Zaunpfahl. Dann stieg sie nur aus dem Wagen, starrte den zerknitterten Kotflügel an und lachte aus vollem Hals. Ich versuchte sie zu fragen, was ihr denn der Typ mit dem karierten Hut, der sich mit EU-Formularen auskannte, für Ratschläge gegeben hatte, aber da meinte sie nur, das könne mir mein Rechtsanwalt erklären. Wenn ich erst hinter Gitter säße. Ich Holzkopf.

Vielen Dank auch. Es scheint so, als wäre meine Mutter die einzige Frau in meinem Leben gewesen, die mich nicht als Holzkopf sieht. Aber die war vermutlich nur zu nett, um es laut zu sagen.

Und dann ging es auf und ab wie in einer Achterbahn. Den einen Tag, wenn ich ins Haus kam, saß sie da und heulte, mit dem Guldfynd-Katalog auf dem Schoß, und tastete nach meiner Hand. Und ich wurde rot bis in die Haarspitzen und bekam kein einziges Wort heraus.

Am nächsten Tag stand sie – wild vor sich hinstarrend und mit unfrisierten Haaren – vor den neuen Tapeten und versuchte sie mit den Nägeln abzukratzen, die Tapeten, die sie selbst an die Wand geklebt hatte. Ich hatte keine Ahnung, was ich tun sollte. Schließlich fragte ich, ob sie nicht jemanden im Krankenhaus kannte, mit dem sie reden könne.

Da warf sie meinen neuen CD-Spieler aus dem Fenster.

Dabei war es geschlossen.

NIEDERSCHLAGSFREI UND SONNIG

Desirée

Benny rief in der Bibliothek an und schluchzte ins Telefon. Erst konnte ich kaum verstehen, was er sagte.

Anita war ebenfalls schwanger! Sie hatte es ihm gerade erzählt!

Ich ließ den Hörer mit einem dumpfen Knall auf die neue, helle Schreibtischplatte aus Birkenholz fallen. Dann hob ich ihn wieder hoch und sagte munter: »Ach, wie nett! Weißt du was, die werden sicher gute Spielkameraden! Dann mußt du dir wohl einen Zwillingswagen zulegen, falls sie dich gleichzeitig besuchen kommen!« Und dann knallte ich den Hörer auf die Gabel.

Anschließend meldete ich mich krank wegen Kopfschmerzen, ging nach Hause und schlief vierzehn Stunden durch.

Ich wachte davon auf, daß das Telefon klingelte, und wußte erst nicht, wo ich war. Draußen war es noch immer dunkel, und ich ließ das Gerät auf den Boden fallen, ehe ich den Hörer zu fassen bekam. Es war Benny.

»Sie hat sich das nur ausgedacht!« plapperte er drauflos. »Sie ist traurig, und das versteh ich ja auch, und alles ist gerade total stressig, aber wir müssen doch ...«

Im Hintergrund hörte ich die Kühe muhen und die Melkmaschinen ticken. Er rief vom Kuhstall aus an. Ich legte den Hörer wieder auf, zog den Stecker aus der Wand und schlief wieder ein.

Als ich das nächste Mal aufwachte, wußte ich, daß ich damit leben konnte, daß ich vielleicht nie mit Benny zusammenwohnen würde. Ich würde niemals den Fliegendreck von seinem Küchenfenster putzen oder den Kinderwagen über lehmige Kieswege ohne Straßenbeleuchtung schieben müssen. Ich rief ihn im Kuhstall an und sagte ihm das.

»Das heißt nicht, daß ich es nicht probieren will«, fügte ich hinzu. »Es ist nur so, daß du dir deiner Sache sehr, sehr sicher sein solltest. Es geht nicht darum, wer ein Kind erwartet. Es geht darum, daß ich nicht Traktor fahren kann und keine Griebenwurst kochen kann. Ich *hasse* Griebenwurst!« An dieser Stelle überschlug sich meine Stimme. Ich riß mich zusammen. »Hmmm ... könntest du mit mir zusammenleben, auch wenn es bedeuten würde, daß du nie wieder Griebenwurst zum Essen bekämst?«

Er schwieg eine Weile.

»Was hältst du von Blutklößen?« fragte er vorsichtig.

Also fuhr ich drei Wochen später mit dem Bus zu ihm, mit einer Großpackung fertiger Blutklöße. Anita war eine Woche zuvor bei ihm ausgezogen.

Ich bekam einen Schock, als ich die Küche betrat.

Okay, Anita und ich hatten nicht denselben Geschmack. Ich hätte nie in putzige kleine Regale mit einer Million Fächern für Steintrolle und Minikupfertöpfe investiert. In meiner Küche gab es keine Trockenblumensträuße und komplizierte Gardinenkonstruktionen mit doppeltem Raffhalter und Volants aus kariertem Stoff. Benny beschwerte sich immer darüber, daß es bei mir aussah wie in einer Schulküche.

Aber es war offensichtlich, daß sie sich mit seinem alten Haus eine Heidenarbeit gemacht hatte. Es war jetzt ein Zuhause, und irgendwie paßte Anitas Einrichtungsgeschmack sehr viel besser zum Gebäude als meiner. Dies war keine Küche für Poul-Henningsen-Lampen und Stahlrohrmöbel.

Ich war so ergriffen, daß ich mich einfach auf die abgebeizte Küchenbank setzte (die auch neu war) und mich umsah. Ich hatte die ganze Zeit Anita als die Zweitfrau erlebt, aber jetzt begann ich zu verstehen, daß *ich* die

Zweitfrau war. Nach einer Weile erhob ich mich langsam, zog einen ordentlichen Kochtopf (ebenfalls neu) aus dem Schrank und ließ die Blutklöße ins kochende Wasser purzeln, einen nach dem anderen. Sie sahen nicht sonderlich lecker aus, und ich hatte keinen blassen Schimmer, was man dazu essen sollte. Rucolasalat mit Pinienkernen?

In diesem Moment kam Benny hereingestiefelt, mit nassen Haaren und mit nichts bekleidet außer Holzschuhen und einer langen Helly-Hansen-Unterhose. Er hatte nach seiner Stallschicht in der neuen Duschkabine geduscht, die er auf Anitas ausdrücklichen Wunsch im Keller installiert hatte. Sein Gesicht strahlte, als er mich sah, aber ich glaube, er freute sich noch mehr, als er die Blutklöße im Topf entdeckte.

»Und als Zeichen deiner Liebe empfange ich diesen Blutkloß«, sagte er zufrieden, fischte einen mit der Gabel aus dem Topf und aß ihn im Stehen. Später beschwerte er sich, daß ich keine Preiselbeeren dazu gekauft hatte.

Benny warnte mich vor, daß Anita am Samstag vorbeikommen würde – zusammen mit ihrem Bruder und einem kleinen Lastwagen, um alles abzuholen, was ihr gehörte.

»Ich kann froh sein, wenn Pelle nicht sein Elchgewehr mitbringt«, sagte Benny. »Früher hat er immer ihre Freunde zusammengeschlagen, wenn er der Meinung war, daß sie sich danebenbenommen hatten oder zu aufdringlich waren. Anita war ganz verzweifelt. Aber jetzt würde sie ihn wohl kaum zurückhalten.«

»Es wird hier sehr, sehr leer werden«, meinte er später. »Anita hat die meisten von meinen Sachen rausgeschmissen, ehe sie ihre hergebracht hat. Du hast freie Hand, alles nach deinem eigenen Geschmack einzurichten.«

Er sah mich verstohlen von der Seite an. Er wußte sehr wohl, daß Anitas Geschmack besser mit seinem eigenen harmonierte, als meiner es je tun würde. Und er wußte nicht einmal, ob ich wirklich zu ihm aufs Land ziehen würde, ich hatte ihm in diesem Punkt noch keinen endgültigen Bescheid gegeben. Sein Angebot war wohl eher mit dem eines Bürgermeisters zu vergleichen, der den Schlüssel der Stadt widerwillig an den Eroberer übergibt, während er auf dem Rücken die Finger kreuzt.

Anita hatte ihnen mit viel Umsicht ein Nest gebaut, und sie hatte geborgen darin gelebt, bis ich diesen bizarren Einfall gehabt hatte, mit ihrem Kerl ein Kind haben zu wollen. Und dann war es so gekommen, wie es gekommen war.

Ich war es gewesen, die ihr Dasein zerstört hatte, und ich hatte das dumpfe Gefühl, eines Tages dafür büßen zu müssen.

Benny

Mein Vater hat immer gesagt, kein Mensch kann länger als drei Monate verliebt sein, sonst wird er verrückt. Meine Mutter hat ihn etwas schräg von der Seite angesehen, wenn er so etwas sagte, worauf er rasch hinzufügte: »Aber erst danach liebt man sich so richtig, zumindest wenn man Glück hat! Und Glück hab ich gehabt!« Und selbst wenn er nicht gerade ein Romeo war, glaube ich wirklich, daß er der Meinung war, er habe Glück gehabt, und meiner Mutter erging es ebenso. Sie kam nie so recht über seinen Tod hinweg. Als er gestorben war, gewöhnte sie sich an, die ganze Zeit zur Seite zu sehen, als erwartete sie, daß er direkt neben ihr stünde.

Vielleicht spürte sie sogar, daß er dort war.

Ich hätte es gern, daß wir genauso zusammenwachsen, Desirée und ich. Aber auf dem Weg dorthin gibt es schon noch das eine oder andere Schlagloch!

Ich brauchte zwei Monate, um Desirée aus der Nase zu ziehen, ob sie mit mir auf dem Hof wohnen wolle oder nicht. Schließlich sagte sie, daß sie zwar nicht wolle, es aber tun werde. Über so viel Begeisterung freut man sich ganz besonders!

Es ergab sich immer öfter, daß sie über Nacht blieb. Dann lieh sie sich mein altes Auto, um am nächsten Morgen in die Stadt zu fahren, gähnend und fluchend. Es war schon ein Anblick, wenn sie morgens auf dem Hofplatz schreiend vor meinem Subaru stand und dagegentrat, denn er mag keine Minusgrade.

Manchmal deckte ich sie mit einem Wollplaid zu, wenn wir zusammen auf dem Sofa saßen und fernsahen, dann schlief sie sofort ein. Natürlich kriegte sie es nicht mehr auf die Reihe, sich noch auf den Weg in die Stadt zu machen, wenn sie aufwachte, und genau das war ja auch Sinn der Sache.

Es war nicht unbedingt wegen dem Sex, der war für mich etwas in den Hintergrund getreten, denn ich traute mich nicht an sie ran wie sonst. Irgendwie hatte ich das Gefühl, als würde ich auf heiligem Boden herumstapfen oder als könnte ich mit dem Hebel zufällig das Kind am Kopf treffen, wenn ich zu Besuch war. Desirée schnaubte ungeduldig und sagte, daß das Kind zum jetzigen Zeitpunkt nur eine Kaulquappe sei, umgeben vom besten Airbag der Welt, also los jetzt! Seltsamerweise war sie selbst spitzer als je zuvor. Sie kletterte auf mich rauf, wenn ich nach der ersten Runde eingeschlafen war, und ich erwachte davon, daß sie herumwimmerte und sich auf mir austobte. Sie behauptete, daß es ihrem Hormonrausch zu verdanken sei, aber da bin ich mir nicht so sicher. Ich habe von anderen Männern gehört, deren Frauen total erkaltet sind, sobald sie schwanger waren. Aber Desirée ist ja anders als alle anderen, vermutlich bin ich deshalb so auf sie abgefahren.

Nein, ich wollte sie vor allem deshalb über Nacht dabehalten, weil ich ihr zeigen wollte, daß man sehr wohl in die Stadt pendeln kann. Ohnehin mußten wir bald eine Entscheidung fällen, wenn sie nicht wollte, daß ich mich mit meinen Kühen bei ihr in der Stadt einnistete. Denn das Gitterbettchen der Kaulquappe sollte an einem einzigen Platz stehen, da waren wir uns ziemlich einig.

Und dann schloß sie die Augen und sprang!

Sie verkaufte ihre Wohnung in der Stadt und bekam eine ganze Menge Geld dafür. Sie kaufte sich einen Volvo, der auch bei Frost startete, und an einem schönen, sonnigen Tag durfte ich ihre gesamte Wohnungseinrichtung mit dem Schlepper abholen.

Anita und Pelle waren wie zwei wütende Hornissen auf dem Rönnhof eingefallen und hatten alles an sich gerissen, was nicht niet- und nagelfest war, während ich in der Türöffnung stand und vorschlug, einen Kaffee zu kochen, wenn sie wollten. »Du!« zischte Anita. »Weißt du überhaupt, wie die Kaffeemaschine funktioniert?« Als sie die letzte Fuhre mit dem Lastwagen weggebracht hatten, hallte es ordentlich in den leeren Räumen, und in den Küchenschränken war nur noch das Schrankpapier übrig. Ich hatte nicht so ganz umrissen, wieviel Anita hergeschleppt hatte, das muß ich zugeben.

Desirées Sachen zu holen ging in einem Abwasch, sie hat es noch nie mit großen Möbelstücken gehabt. Allerdings ruinierten ihre schiefen Bananenkisten mit Büchern meinen Rücken, weshalb ich gekrümmt wie eine Banane zum Melken gehen mußte. Und als ich aus dem Stall hereingeschlurft kam, saß sie im Wohnzimmer auf dem Boden und weinte, daß die Tränen nur so spritzten, weil ihre Möbel nicht zu Anitas Tapeten paßten. Ich hatte die Tapeten immer ganz hübsch gefunden, sie waren gemustert und mit großen Blumen und Blättern übersät.

»Die Wände kommen immer näher! Sie werden mich in diesen verdammten Dschungel hineinziehen, bis ich ganz und gar verschwunden bin«, heulte sie.

Ich setzte mich neben sie auf den Boden und hielt sie fest. Mein Rücken raubte mir den Verstand, mir brach der kalte Schweiß aus.

»Dann gehe ich auf Safari und suche dich«, sagte ich und wiegte sie ungeschickt hin und her. »Und schließlich finde ich dich in einer Dschungelhütte, und dann entdecken wir gemeinsam neues Land, wo noch kein weißer Mann seinen Fuß hingesetzt hat.« Ich plapperte drauflos, das war die einzige Art, sie zum Schweigen zu bringen.

»Du alter Imperialist!« sagte sie, aber dabei lächelte sie schon wieder und legte die Arme um meinen Hals. Bis sie sich über etwas anderes aufregte, diesmal war es der Putzschrank, glaube ich.

»Warum habt ihr den schönen alten Schrank durch dieses Plastikungetüm ersetzt?« schluchzte sie.

Es war nicht der richtige Zeitpunkt zu erzählen, daß ich das Plastikungetüm selbst gebaut hatte, nach Anitas Anweisungen. Anita war so begeistert davon gewesen, daß sie an dem Tag einen Schokoladenkuchen zum Kaffee gebacken hatte. Herrgott noch mal! Man kriegt, was man verdient!

Desirée

Drei Monate gelang es mir, meinen Zustand in der Bibliothek zu verheimlichen. Die Wohnung war zwar schon verkauft, aber ich hatte bei der Arbeit noch nichts davon erzählt. Da ich die Wohnung noch einen Monat behalten würde, hatten wir mit dem Umzug noch nicht einmal angefangen. Aber eines schönen Tages hatten Lilians Adleraugen genug gesehen, und sie begann draufloszuplappern, als hätte sie ihre Kiefer mit Nähmaschinenöl geölt. Wir saßen gerade im Pausenraum.

»Also, Desirée, entweder hast du Bulimie, oder du bist schwanger! Blaß und müde bist du, und ständig rennst du aufs Klo!«

Und als ich nicht schnell genug mein Kind verleugnete, sprang sie vom Stuhl auf und verkündete die frohe Botschaft allen, die im Umkreis von zwanzig Metern an der Tür des Pausenraums vorbeikamen, ob es Kollegen waren oder Besucher.

»Wißt ihr was? Unsere Desirée erwartet was Kleines! Meine Liebe, wie schön für dich, daß sich endlich …« Sie meinte vermutlich, daß sich endlich jemand meiner erbarmt hatte.

Ich hasse den Ausdruck »was Kleines erwarten«, als würde ein ganzer Wurf von Jungen aus mir herauspurzeln und auf dem Boden umherwuseln, wenn es erst soweit war.

»Daaarf man denn fragen, wer der glückliche Vater ist?« fragte sie weiter.

Unter normalen Umständen hätte ich vermutlich gezischt: »Dein Mann natürlich, hast du denn gar nicht gemerkt, daß er in letzter Zeit immer so spät nach Hause gekommen ist?« Aber da ich jetzt in anderen Umständen war, saß ich einfach schweigend und unglücklich da und ließ sie reden.

»Ist es ein neuer Stern am Firmament?« wollte sie wissen. »Denn ich nehme an, es ist nicht dieser witzige Bauer, mit dem du eine Zeitlang herumgezogen bist?« (Maul halten! Maul halten! Maul halten!)

»Oder ...« Sie senkte die Stimme dramatisch, beugte sich vor und steckte beinahe ihre Nase in meine Kaffeetasse. »Ist das vielleicht ein wunder Punkt? Womöglich ist der kleine Papa sogar hier in der Bibliothek zu finden?« O nein, ihr war keineswegs die kurze Romanze zwischen meinem Chef Olof und mir entgangen oder, besser gesagt, der One-night-Stand vor einer ganzen Reihe von Jahren.

Es gelang ihr, mich hinzustellen, als sei ich das Flittchen der Nation, und ich klimperte nur unglücklich mit den Augen und räusperte mich. Die Leute starrten mich neugierig an und warteten auf eine Antwort.

An diesem Tag war auch meine Kollegin Inez Lundmark da. Sie saß allein an einem Tisch weiter weg und nahm systematisch ihre Dickmilch ein, Löffel für Löffel. Mitten in der Bewegung hielt sie inne und sah Lilian sinnierend an.

»Lilian, du zeigst unerwartet großes Interesse an diesem Thema«, sagte sie. »Verhält es sich womöglich so, daß du dich fragst, wo sich dein eigener Mann in letzter Zeit herumgetrieben hat?«

Inez! Ich hätte es selbst nicht besser machen können.

Lilian zog ihre spitze Nase zurück, wurde knallrot, lachte hysterisch und klapperte davon. Inez wußte sehr wohl, daß Lilian dann und wann Probleme dieser Art gehabt hatte. Und da Inez so gut wie nie das Verhalten anderer kommentierte, bekam ihre Bemerkung ein solches Gewicht, daß die anderen eifrig miteinander darüber zu tuscheln begannen, und ich war vergessen.

Aber nicht von Lilian. Sie begann mich auf ihre herablassende Art zu beschützen und mir Ratschläge zu geben.

»Na, Desirée, jetzt brechen andere Zeiten an! Keine langen, faulen Vormittage vor dem Kreuzworträtsel der Tageszeitung! Sieh zu, daß du einen Windelservice buchst, den findest du im Internet, das kostet nur ein paar Hunderter zusätzlich. Und legt unbedingt ein paar Tausender drauf und kauft einen Qualitätskinderwagen, in dem das Kind auf dem Bauch liegt und rausgucken kann, wenn es wach ist. Wenn es dann Koliken kriegt – Kinder haben ständig Koliken oder Ohrenschmerzen –, mußt du dafür sorgen, daß eine Verwandte im Haus ist, die sich ein paar Nächte um das Kind kümmert, damit du zum Schlafen kommst. Es ist wichtig, daß man genügend Schlaf hat, sonst altert man vorzeitig! Und scher dich bloß nicht darum, was Hebammen über das Stillen sagen. Die Brüste verlieren ihre Form, und das gibt später teure Operationen, das sage ich dir!«

Am liebsten hätte ich sie gebissen. Die Form meiner Brüste bereitete mir keine schlaflosen Nächte, aber anderes, was sie sagte, piekste und drückte. Die finanzielle Situation von Benny und mir würde kaum erlauben, daß wir die Windeln an der Tür serviert bekämen, und unser Kind würde schön auf dem Rücken liegen müssen, in einem Kinderwagen aus dem Secondhandladen. Verwandte im Haus? Ich stellte mir vor, wie mein alter Vater, der sich noch nie um jemand anders gekümmert hatte als um sich selbst, in seiner Majorsuniform nachts auf dem Rönnhof umherwankte, mit einem brüllenden blauroten Baby im Arm. Andere Verwandte hatten wir nicht. Wenn man Cousine Anita wegrechnete.

Eigentlich weiß ich nicht, warum ich meine Lebenssituation bei der Arbeit geheimhielt – aus alter Gewohnheit, nehme ich an. Doch an diesem Tag machte ich in der Mittagspause einen Spaziergang zum Mothercare-Laden, und es kümmerte mich nicht, wer mich dabei sehen könnte, und dann rief ich Benny an. Erst murrte er und wollte nicht mitten am Tag mit dem Auto in die Stadt fahren, das störe seinen Arbeitsfluß, wie er immer sagte. Doch ich bestand darauf und drohte damit, andernfalls den Wohnungsverkauf rückgängig zu machen. Irgendwann könne er sich doch wohl an seinen zähen alten Wurzeln packen und sich wegbewegen! Ich wollte planen. Ich wollte Sachen einkaufen, die die Zukunft sichtbarer machten. Und ich wollte es nicht allein tun.

Ich hätte den ganzen Tag Neuerscheinungen katalogisieren müssen, aber statt dessen nahm ich ein paar Stunden Zeitausgleich. Als Benny kam, gingen wir gemeinsam in die Kinderabteilung von Åhléns. Ich steckte die Nase in einen winzig kleinen Strampler, und Benny zog einen Fußballschuh in Größe zwölf über seinen Daumen und grinste blöde von einem Ohr zum andern.

Benny

Irgendwas passierte in meinem Schädel, als ich diesen kleinen Schuh sah, als hätte eine Schraube plötzlich in ihrem Gewinde gegriffen. Ich kaufte die Schuhe, ohne zu zögern, obwohl ich eigentlich kaum Geld für die neuen Milchfilter hatte, wegen denen ich in die Stadt gefahren war.

In diesem Schuh würde ein kleiner Fuß stecken, und dieser Fuß würde wachsen, bis er bei der Armee einen Marschstiefel in Größe vierundvierzig brauchen würde – obwohl ... Würde es dann überhaupt noch eine Wehrpflicht geben? Vermutlich werden wir uns zu dem Zeitpunkt die Soldaten von irgendeiner Wach- und Schließgesellschaft mieten ... Dann eben Stallstiefel mit Stahlkappe in Größe vierundvierzig!

Und dann würden wir durch den Stall gehen, mein ältester Sohn und ich, und er könnte Silage fahren, während ich die Kälber fütterte, und das Probemelken würde doppelt so schnell gehen wie jetzt ...

Wie würde er aussehen? Desirées weiße Augenwimpern und ihre ziepigen Strähnen oder mein Vogelnest von Haaren?

Doch ehe es soweit war, würde dieser kleine Fuß gehen lernen und Fußball spielen und tanzen und ... Ich würde dasein, und seine Mama ...

Desirée versetzte mir plötzlich einen Stoß, daß ich mich beinahe der Länge nach hingelegt hätte. Sie zeigte auf etwas vor mir. Ich stellte fest, daß wir ein paar Abteilungen weitergegangen waren und ich eine ganze Weile völlig reglos vor einer Schaufensterpuppe mit schwarzem Spitzenhöschen und Schnürmieder gestanden und sie angestarrt haben mußte.

»Also, ich schwöre dir, Desirée, ich hab gar nicht hingesehen …«, setzte ich an. Sie lächelte.

»Ich weiß«, sagte sie. »Ich habe auch diese kleinen Schuhe gesehen. Es ist schön, daß es heutzutage so viele Mädchen gibt, die Fußball spielen. Als ich zur Schule ging, waren wir nur ganz wenige.«

Erst kapierte ich nicht, was sie meinte.

Dann dämmerte es mir.

Ein Mädchen! Es könnte auch ein kleines Mädchen sein, das sie da unter ihrem langsam enger werdenden Mantel trug! Ein kleines süßes Ding mit Locken, eines, das ihrem Papa hinterhertrabte … mit Kopftuch … das mit der Stallkatze spielte und sich ein Pferd wünschte …

Ich faßte Desirée ums Handgelenk und zog mit ihr davon, während ich durch die Gegend spähte. Da! Direkt neben dem Eingang war ein Warenlift. »Nur für Personal« stand auf einem Schild, aber das störte mich nicht weiter. Desirée stellte sich ein bißchen an, aber ich zog sie in den Fahrstuhl und drückte den Aufwärts-Knopf. Er ächzte los, während ich drei Knöpfe ihres Mantels aufriß und meine Hand daruntersteckte, ihren Pullover hochzog und meine Handfläche auf ihrem Bauch ausbreitete. Er war erstaunlich warm.

Jetzt war sie still. Wir standen dort im Fahrstuhl und begrüßten unser Baby. Auf und ab und auf und ab, dreimal. Beim vierten Mal wurde die Tür aufgerissen, und wir wären fast von einer Europalette mit Topfpflanzen über den Haufen gefahren worden. Ein Typ im kaufhauseigenen Nylonkittel glotzte uns mißtrauisch an.

Sie kam mit auf den Hof. Wir gingen auf den kalten Dachboden und hielten uns frierend unsere Außenkleider zu.

»Na, dann geht es ja bald los«, seufzte ich. »Ich muß ein paar von den Räumen hier winterfest machen, damit man sie als Kinderzimmer nutzen kann. Und zwar schnell, vor der Frühjahrsbestellung sollte es so gut wie fertig sein!«

»Ein paar?« sagte sie mißtrauisch. »Dir ist schon klar, daß wir Menschen in der Regel ein Kind zur Zeit bekommen, oder? Nicht einen ganzen Wurf? Und daß wir neun Monate lang trächtig sind?«

»Kühe bekommen auch nur eines zur Zeit, meine Kleine«, sagte ich. »Aber die Frühjahrsbestellung kann man nicht bis nach der Entbindung aufschieben. Was ich dieses Jahr nicht schaffe zu isolieren, muß ich nach der Herbstbestellung machen. Bis dahin müssen wir ihn wohl in unserem Zimmer haben. In einem Korb irgendwo neben dem Bett ... nicht *zwischen* uns ...«

Das brachte sie zum Schweigen. Sie stand vor mir und kaute an dem Ausdruck »unser Zimmer« herum – mit demselben Ausdruck in den Augen, wie ihn Kühe nach dem Ausfüttern und Einstreuen haben. Unser Zimmer.

»Meinst du dein Zimmer...«, tastete sie sich dann vor.

»Unser Zimmer!« sagte ich. Sie stand schweigend da.

»Darf man wohl eine Leselampe haben?« fragte sie schließlich.

Aha, sie hatte also bemerkt, daß ich keine besaß. Warum auch, ich war froh, wenn ich es hinkriegte, mit dem Kopf auf dem Kissen zu landen, ehe ich abends einschlief, eine Leselampe hatte ich nie vermißt.

»Aber klar doch, du darfst in unserem Schlafzimmer machen, was du willst, außer Herrenbesuch mitbringen!« sagte ich. Ich erinnerte mich an die Mißstimmung, die seinerzeit entstanden war, als ich versucht hatte, das Zimmer nach meinen Vorstellungen aufzupeppen. »Wenn du es völlig weiß und ohne Gardinen willst und für dich so ein Krankenhausbett aus Stahlrohr, gar kein Problem! Und eine Leselampe natürlich auch, aber du mußt sie um zehn Uhr ausmachen. Hauptsache, ich darf meine kuscheligen Pferdedecken und Kissen behalten und den kleinen

Hocker in der Ecke, auf den ich meine Kleider legen kann.«

»Zehn Uhr?« sagte sie mit einem scharfen Beiklang.

»Danach mußt du mit der Taschenlampe unter der Bettdecke lesen. Ich muß um halb sechs raus.«

Sie kicherte. »So sind die Bücher am besten, wirklich!«

Siehe da, eine kleine Gewitterwolke, die wir einvernehmlich aufzulösen vermochten. Das versprach Gutes für die Zukunft. Wenn man schon etwas ertragen muß, kann man ebensogut lernen, es zu mögen.

Und ich würde sie bei mir haben dürfen, jede Nacht. Selbst wenn sie eine Schlafzimmerbeleuchtung wie im Eishockeystadion haben wollte, ich würde dennoch jeden Abend glücklich einschlafen. Notfalls mit Augenbinde.

Desirée

Die Leselampe traf mich mit voller Wucht.

Bis zu diesem Augenblick hatte ich irgendwie noch gar nicht daran gedacht, daß ich auf mein bequemes Singleleben würde verzichten müssen, sobald der Umzug zum Rönnhof abgeschlossen war. Daß ich zum Beispiel nicht allein über meine Abendrituale würde bestimmen können.

Normalerweise mache ich mich schon früh bettfertig und treffe dann die Vorbereitungen für einen gemütlichen Abend im Bett. Gute Musik in meiner Anlage im Schlafzimmer, ein paar neue Bücher auf dem großzügigen Nachttisch, eine Tasse grünen Tee und vielleicht noch Obst, eine Leselampe, die ohne zu blenden in das hineinscheint, was ich lesen will, während ich in meinem höhenverstellbaren Bett sitze, das in der obersten Position eingerastet ist. Oder vielleicht höre ich die Spätnachrichten im Radio, während ich langsam meinen Tee trinke und Gedichte oder Tagebuch schreibe.

Ich hatte zwar aufgehört, abends fernzusehen, aber ich war immer noch süchtig wie eine ehemalige Drogenabhängige, und außerdem konnte ich viel zu viele Kabelsender empfangen. Wenn ich ab und zu die Nachrichten anschaltete, blieb ich oft in meinem Sofa hängen, während ich mit großen Augen zwischen Talkshows, Spielfilmen, dem Fernsehshop, seltsamen Dschungeltieren und Dokumentarfilmen über den Zweiten Weltkrieg herumzappte. Bisweilen schlief ich bei einer leichten Komödie ein, und wenn ich zwei Stunden später aufwachte, wunderte ich mich, warum alle plötzlich aufeinander schossen.

Die Abende auf dem Rönnhof hatten durchaus Vorteile gehabt, selbst wenn man nicht nur die Sportschau, sondern auch noch die Wettervorhersage für die nächsten fünf Tage über sich ergehen lassen mußte – denn sie endeten immer in Bennys warmen Armen. Darauf freute ich mich schon. Aber mit der Taschenlampe unter der Bettdecke lesen und niemals genug Raum haben, um die Seele ankommen zu lassen? Nie wieder die Spätausgabe des Politmagazins im Radio hören? Vielleicht konnte *ich* mir dieses winterfeste Zimmer unter den Nagel reißen und Benny beibringen, wie man stillt?

Als es soweit war, überwachte ich ängstlich den Umzug meiner wenigen, aber geliebten Besitztümer. Benny ließ gleich im Treppenhaus eine große, schöne Keramikplatte fallen und brummte etwas von idiotischen Riesentellern, die sowieso nicht in die Schränke passen würden. Mein verstellbares Stahlrohrbett wollte er, als es drauf ankam, doch nicht mitnehmen.

»Wir werden ein Doppelbett haben, du und ich, ein breites ohne Besucherritze«, sagte er. »Und es braucht gar nicht verstellbar zu sein, für die Stellungen sorgen wir selbst ...«

Ja doch, ich ließ mich darauf ein – bis ich hörte, daß er schon so ein Bett besorgt hatte: Er hatte es Bengt-Göran und Violet abgekauft, die separate Schlafzimmer wollten, weil Violet Frühschicht arbeitete und Bengt-Göran schnarchte. Wir sollten unser Eheleben in Bengt-Görans und Violets abgelegtem Bett starten! Ich schauderte. Aber da hatte ich mir gerade den Volvo gekauft und festgestellt, daß mein Sparbuch geschrumpft war und es galt, das, was noch da war, zusammenzuhalten. Er schnaubte, als ich zumindest eine neue Matratze kaufen wollte, und fand, ich solle mich nicht so anstellen. Die Matratze habe genau die richtige Härte für einen ordentlichen Fick, meinte er und blinzelte vielsagend. Mein Krankenhausbett dagegen sei zu weich, und wir würden darauf herumschaukeln wie zwei Enten auf dem Meer.

Und ich kriegte gleich weiche Knie. Verdammter Benny, er weiß ganz genau, welche Knöpfe er drücken muß! Mittlerweile dachte ich den ganzen Tag an Sex, es mußte an den Hormonturbulenzen liegen.

Dann zogen wir gemeinsam und offiziell auf den Rönnhof, mit Ummeldung und Kündigung meines Telefonanschlusses und allem Drum und Dran. Es war ein kalter und bedeckter Frühlingstag, und ich wollte über die Schwelle getragen werden, aber Benny stöhnte und sagte, ich müsse mich entscheiden, ob er meine Bücherkartons hereintragen solle oder mich. Beides würde sein Rücken nämlich nicht aushalten. Aber er erbot sich, mich an der Hand zu halten, wenn ich geruhte, selbst über die Schwelle zu hüpfen.

Wir lachten viel in dieser ersten Phase. Es war unglaublich schön, Seite an Seite zu stehen und miteinander unser kleines Nest einzurichten. Ich strich und tapezierte, und Benny schreinerte. Ich bemerkte sehr wohl, daß er sich die Kommentare zu meiner Farbwahl verkniff (Anitas hysterischer Dschungel wurde antikweiß, und die Küchenvolants wurden zu Putzlappen umfunktioniert), und auch ich ließ die eine oder andere seiner Einrichtungsideen durchgehen, obwohl ich mich am liebsten vor Lachen gebogen hätte. Aber insgesamt gesehen kann man wohl sagen, daß wir in dieser Zeit vorbehaltlos glücklich waren. Glücklicher, als ich es mit Örjan je gewesen war, obwohl er und ich niemals unterschiedliche Auffassungen über unsere Einrichtung gehabt hatten!

Und jede Nacht schlief ich in dem scheußlichen Doppelbett ein, mit Benny im Rücken und seiner Hand auf meinem Bauch.

Ich machte viele Fotos mit meiner kleinen Digitalkamera. Abends lud ich sie aufs Laptop, schrieb Texte dazu und redigierte das Ganze zu einer kleinen Zeitung, die ich das »Rönnblatt« nannte. Ich druckte sie aus und gab sie

Benny jeden Freitag, der zu unserem ganz besonderen Kuschelabend geworden war. Er war voller Bewunderung darüber, wie ich so etwas zustandebrachte, und schleppte einen häßlichen alten Ordner an, auf dem »Mitgliedsblatt des Bauernverbandes 1956–60« stand, warf einen Stapel vergilbter Papiere heraus und begann die Rönnblätter zu archivieren. Und in diesem Moment beschloß ich, in Zukunft immer unser gemeinsames Leben zu dokumentieren.

Jawohl!

Benny

Die ersten Wochen nachdem Desirée zu mir gezogen war, waren einfach wunderbar. Eines Samstags beschloß sie, morgens mit in den Stall zu kommen. Ich gab ihr einen Stall-Overall, aus dem ich herausgewachsen war, sie knotete sich ein Kopftuch um und sah total süß und niedlich aus. Ich quatschte blödes Zeug und stolperte fast über meine eigenen Füße, so eifrig war ich, ihr das schmackhaft zu machen, was sie da sah. Anita hätte vermutlich nach dem Fleischermesser gesucht, wenn sie gesehen hätte, wie ich um Desirée herumscharwenzelte, das hatte ich bei ihr nie zu tun brauchen.

Erst hatte Desirée Bedenken, die Boxen zu betreten. »Mensch, Benny, die Kühe sind doch so *groß*!« sagte sie ängstlich. »Sie könnten mich zermatschen, wenn sie auf mich draufspringen!«

»Das sind keine Panther, Desirée«, probierte ich es mit Geduld. »Sie mögen Menschen. Sie bekommen von ihnen zu fressen und werden von ihnen gemolken. Sie können nicht springen. Und außerdem sind sie angekettet!«

»Sie bräuchten sich nur zur Seite zu lehnen, und schon würden sie Brei aus mir machen!« protestierte sie. »Stell dir vor, sie quetschen mich gegen diesen albernen kleinen Zaun da!«

»Die Boxenabtrennung. Und warum sollten sie das tun?«

»Angenommen, ich komme nichts Böses ahnend mit dem Mistschieber an und will den Boden unter ihnen reinigen, und da schlagen sie nach hinten aus und peng! Schon liege ich da!«

»Du denkst an Pferde, Desirée! Pferde schlagen aus. Kühe kurbeln im schlimmsten Fall ein bißchen mit dem

Hinterbein herum. Aber das kann natürlich auch schmerzhaft sein.«

»Ich traue ihnen nicht, vor allem nicht der da«, sagte sie und starrte wütend die arme alte Linda an, die faulste Kuh der Welt. Sie gibt nicht viel Milch, aber ißt dafür alles, was sie mit ihrer langen Zunge zu fassen bekommt. Linda ist fett, und ihr Fell glänzt so braun, daß sie von hinten etwas von einem Mahagonimöbelstück an sich hat. Sie ist im Frühling am schwersten hinauszukriegen, man muß sie rauspeitschen, damit sie sich vom Futtertisch trennt und in die Freiheit geht. Vermutlich war es ihre Größe, die Desirée angst machte.

»Die einzige, bei der du dich etwas vorsehen mußt, ist diese Färse da drüben«, sagte ich. »Sie ist ein fieses kleines Viech, und außerdem kriegt sie immer Euterschmerzen beim Melken, sie hat erst vor kurzem gekalbt. In ihre Box solltest du lieber nicht gehen, ich habe ihr sicherheitshalber eine Schlagfessel angelegt.«

Desirée sah mich nachdenklich an.

»Wirst du mir auch eine Schlagfessel anlegen, falls ich nach der Kalbung treten sollte?« fragte sie. »Und wenn ich beim Stillen Schmerzen bekomme?«

Wir sahen uns glücklich an. Es waren noch fünf Monate bis zum Geburtstermin, aber das Kind war die ganze Zeit in unserem Bewußtsein.

Schließlich gab ich ihr einen Besen, und sie bekam den Auftrag, den Futtertisch zu fegen. Da konnte sie nichts verkehrt machen, man mußte ja nur ein paar Heureste beiseite schieben, damit man Platz für das neue Futter hatte. Ich ging los, um Heu heranzuschaffen. Als ich zurückkam, hatte sie den halben Futtertisch »gefegt«. Er war so sauber wie ihr eigener aseptischer Küchenfußboden – hatte sie etwa irgendwo eine Scheuerbürste aufgetrieben? Ich lachte insgeheim und zeigte ihr, wie man die Kälber mit Milch tränkt. Das ist nicht ganz einfach, weil sie den

Reflex haben, mit ihrem Maul an das Euter ihrer Mutter zu stoßen, um etwas zu essen zu bekommen. Das heißt, sie stoßen die ganze Zeit den Eimer um und stülpen ihn sich manchmal versehentlich über den Kopf – und ganz richtig! Ich hörte, wie Desirée fluchte und schimpfte.

»Du verrücktes kleines Ding! Du kriegst doch gleich was! Guck mal nach unten, *nach unten*, hab ich gesagt! So, und jetzt schlürf einfach drauflos, du Kalbsvieh. *Nein*, guck mal, was du gemacht hast, mein ganzer Overall ist naß!«

Sie war rot und verschwitzt und von Milch durchtränkt, als wir hineingingen. Zusammen stiegen wir in die Duschkabine, und sie bot an, mich einzuseifen. Natürlich mißbrauchte sie mich dann schamlos.

Aber es knirschte ein bißchen zwischen uns, als wir in die Küche kamen.

»Ich bin total fertig!« schnaufte sie und warf sich mit der Zeitung auf die Küchenbank. »Ich schaff jetzt nicht zu kochen!«

»Bist du denn nicht hungrig?« wollte ich wissen. Ich mußte mir fast Mühe geben, um das Knurren meines Magens zu übertönen, denn ich war völlig ausgehungert.

»Nee. Ein bißchen Dickmilch vielleicht.«

»Aber ...«, setzte ich an.

Dickmilch! Nach einem halben Tag Arbeit!

Ich holte ein paar Bockwürste aus der Tiefkühltruhe und wärmte sie in der Mikrowelle. Es war wie früher.

Aber es würde sicher anders werden, wenn das Kind erst auf der Welt war. Denn das konnte ja unmöglich nur von Dickmilch leben.

Desirée

Am Samstag abend waren wir bei Bengt-Göran und Violet zum »Einzugsfest« eingeladen. Doch, ich hatte den kleinen Seitenhieb sehr wohl verstanden. Schließlich war ich eingezogen und hätte ein Fest organisieren müssen. Aber jetzt ging es darum, möglichst nett zu sein, denn es bestand die Aussicht, die beiden für absehbare Zeit als Nachbarn zu haben.

Ich hatte in der Stadt einen Strauß Nelken gekauft. Das sind die häßlichsten Blumen, die ich kenne, aber das konnten sie ja nicht wissen. Es war sozusagen mein stummer Protest, den niemals irgend jemand verstehen würde. Und Violet lobte die armen strohigen Stiele, als seien sie im Garten Eden gepflückt worden. Es war offensichtlich, daß ich nicht die einzige war, die sich Mühe gab.

Ich fand, daß ich schlicht, aber geschmackvoll gekleidet war: Hose und dazu ein schöner Kaschmirpullover, und ich hatte mich ausführlich gekämmt. Aber Benny sah etwas unsicher aus, als wir gehen wollten. »Du wolltest dich nicht noch umziehen, oder so?« murmelte er. Wieso umziehen, es ging doch wohl nicht um die Nobelpreisfeier!

Ich verstand, was er meinte, als ich Violet sah. Sie trug einen lilafarbenen Blazer mit Silberstickereien und wackelte auf hochhackigen Schuhen herum. Ihr Make-up muß genausoviel Zeit gekostet haben, wie ich gebraucht hatte, um den Flur im Obergeschoß zu streichen. Es war nicht zu übersehen, daß dieser Anblick nicht jeden Tag geboten wurde, denn Bengt-Göran wirkte ziemlich aufgekratzt und kniff Violet in den Po, als sie mit den Platten und Schüsseln an ihm vorbeikam. Er bekam sie jedoch nicht richtig zu fassen, denn Violet ist eher drall, es muß sich so anfühlen, als wollte man in einen Basketball kneifen.

Das Essen war wunderbar, und die Konversation langweilte mich zu Tode. Bengt-Göran und Benny sprachen über Windbruch und entwurzelte Bäume in ihren Waldparzellen. Dann gingen sie zur Elchjagd über und diskutierten, welche Anstände am besten seien. Schließlich unterhielten sie sich über Auerwild- und Birkhuhnjagd. Lange. Keiner von ihnen schien einen Gedanken daran zu verschwenden, mich oder Violet in die Konversation einzubeziehen.

Als wir beim Kaffee und dem phantastischen selbstgemachten Sorbet mit Sherry angelangt waren, wurde es eine Weile still. Violet wandte sich an mich und erzählte stolz, daß sie Schminksachen auf Kommissionsbasis verkaufe. Ich verstand plötzlich, warum sie so wunderschön geschminkt war, vermutlich stellte sie ihre eigene Litfaßsäule dar.

»Weißt du, das läuft so ähnlich wie bei Tupperware«, sagte sie. »Man bestellt sich eine Menge Warenproben, und dann lädt man Freundinnen zu sich nach Hause ein und verkauft ihnen Kosmetikprodukte. Anita hat immer ... na ja, hm. Ich wollte nämlich gern einen kleinen Nebenverdienst von zu Hause aus, es gibt ja so viele Sachen, die man verkaufen kann. Bengt-Göran hat gemeint, ich solle Sexspielzeug verkaufen, hi hi hi!«

Beim Wort Sexspielzeug erstarrte Bengt-Göran und kläffte aufgeregt wie ein Dackel, der eine interessante Spur aufgenommen hat. Er übernahm die Gesprächsführung und fragte mich grinsend, welche Art von Sexspielzeug ich bevorzugte. Endlich ein Gebiet, wo er sich für meine Ansichten interessierte!

»Oh, Analkugeln, unbedingt!« flötete ich. »Und du solltest dir mal mein Sortiment an Dildos ansehen. Am besten gefallen mir die doppelten. Und wie sieht es bei dir aus, trägst du einen Penisring?«

Schweigen. Bengt-Göran sah aus, als sei er mittschiffs von einem Torpedo gerammt worden. Und Benny starrte mich mit großen Augen an. Ich blinzelte ihm zu.

»Nein, jetzt schenke ich noch eine Runde Kaffee nach«, sagte Violet munter.

Den Rest des Abends unterhielten Violet und ich uns über Topfpflanzen, während Bengt-Göran und Benny in eine Diskussion über verschiedene Arten von Winterreifen versunken waren.

Ich mußte mir ein Grinsen verkneifen, als Violet mir anvertraute, sie wolle lernen, wie man anderen Leuten eine PMS schickt.

Benny war ziemlich schweigsam, als wir nach Hause gingen. Schließlich brummelte er: »Und seit wann bist du so eine Expertin in Sachen Sexspielzeug?«

»Seit ich einmal vor dem Fernseher eingeschlafen bin und schließlich bei einer ungewöhnlichen Produktpalette im Fernsehshop gelandet bin«, sagte ich. »Du weißt sehr wohl, daß ich mich nicht dafür interessiere. Habe ich dich jemals gebeten, mich ans Bett zu fesseln, oder habe ich dir jemals irgendein Plastikteil in den Hintern geschoben? Solange ich über meine eigenen schnellen kleinen Finger verfüge – und über dich natürlich –, brauche ich mir nichts aus dem Katalog zu bestellen und mir in diskreter Verpackung zuschicken zu lassen. Wobei mich der Vibrator namens Bionic Techno Master schon gereizt hat. Der hätte schwanzwedelnd über dem Leihtresen in der Bibliothek hängen können, als Installation sozusagen.«

Ich plapperte drauflos.

Benny schwieg und schien nicht zuzuhören.

»Du warst ja nicht gerade nett«, sagte er dann. »Du findest sie ungebildet und langweilig. Doch, doch, da brauchst du mir nichts zu erzählen! Und klar, natürlich langweilen sie mich auch manchmal. Aber ich glaube, du wirst sie im Lauf der Zeit anders sehen.«

Ich schämte mich ein bißchen und versuchte, das Thema zu wechseln. »Hast du ihnen erzählt, daß wir ein Kind erwarten?«

»Das widerstrebt mir ein bißchen. Sie können selbst nämlich keine Kinder kriegen. Manchmal glaube ich, daß Bengt-Göran deshalb so verzweifelt sexfixiert ist. Er will sich trotzdem irgendwie aufgockeln und demonstrieren, daß er in anderer Hinsicht ein ganzer Kerl ist.«

Jetzt schämte ich mich ein bißchen mehr.

Benny

O nein, mir kann sie nichts vormachen. Die beiden haben sie total gelangweilt, und sie hat reagiert, indem sie sich kein bißchen Mühe gegeben hat, selbst ein bißchen nett zu sein. Ich weiß, wie witzig sie sein kann, und das hätten Bengt-Göran und Violet bestimmt auch gefunden, wenn sie nur ein bißchen ihre Heizung angedreht hätte. Sich ein bißchen bemüht hätte.

Zum Beispiel hätte sie was Schönes anziehen können. Sie hat sich bloß irgendwas Wolliges in einer blassen Farbe über den Kopf gezogen und dazu eine Hose, nicht mal Lippenstift hat sie aufgelegt. An den Füßen hatte sie diese Schuhe, die sie ständig trägt und die so aussehen, als würde sie zum Kinderballett gehen. Dabei hatte Violet sich so hübsch gemacht.

Während des gesamten Abendessens hat sie kein Wort gesagt. Ich habe mich nicht mal bemüht, sie ins Gespräch einzubeziehen, sie interessiert sich ja sowieso für nichts, was wir machen. Ich kann froh sein, daß sie nicht den Mund verzogen und einen langen Sermon über die Rechte der Tiere abgelassen hat, als wir uns über die Jagd unterhalten haben.

Man könnte ja meinen, wenn sie so eine Umweltfreundin ist, dann wäre sie auch ein bißchen am Zustand des schwedischen Waldes interessiert. Zuerst habe ich das Gespräch darauf gelenkt. Aber von ihr kam kein Ton.

Und dann das mit dem Sexspielzeug! Da bin ich ein bißchen nervös geworden, und ich glaube, die anderen beiden auch. Denn Bengt-Göran hat mir ganz im Vertrauen erzählt, daß er und Violet darüber nachdenken, Mitglied im Club Paradiso zu werden. Das klingt wie ein Lokal mit

Solarium und Getränken, in denen Sonnenschirmchen stecken, und vielleicht gibt es die da auch, aber in erster Linie ist es so ein Club, wo man mit seiner alten Frau hingeht, um die eines anderen auszuprobieren. Man geht in ein großes Zimmer mit lauter Kissen, so ähnlich wie in der Kindertagesstätte, stapelt sich aufeinander und macht Doktorspielchen.

Ich habe mal irgendwo eine Bildreportage über so einen Club gesehen, und es sah dort aus wie bei der Sexfolter im Gefängnis von Abu Ghraib. Aber meinetwegen, ich habe dazu keine Meinung, Hauptsache, den Leuten geht es gut dabei.

Allerdings habe ich den Eindruck, daß Desirée sich sehr fortschrittlich und radikal gefühlt hat, als sie das mit dem Sexspielzeug sagte. Sie geht davon aus, daß wir anderen prüde Landeier sind, während sie eine Menge moderner Bücher mit versauten Stellen gelesen hat. Wenn sie wüßte! Und die Sache mit dem Penisring – ich glaube, sie hat gar nicht kapiert, daß sie Bengt-Göran damit im Grunde gefragt hat, ob er Probleme mit seiner Potenz hätte. Deshalb war er wohl etwas gestreßt.

Aber sie hat ja recht. Wir haben uns nie irgendwelches Plastikzubehör für unser Sexualleben bestellen müssen. Wir sind voll und ganz mit unserer angeborenen Ausrüstung beschäftigt. Übrigens rasiert sie sich nicht einmal, und warum Leute auf haarlose Mösen stehen, werde ich im Leben nicht kapieren. Wer will denn freiwillig auf diesen kuscheligen Pelz verzichten? Und warum sollte ich sie ans Bett fesseln? Ich mag es, wenn sie herumkrabbelt und bald hier, bald dort ist. Wir haben uns mal zusammen einen Pornofilm angesehen und dabei Tränen gelacht. Danach hatten wir natürlich trotzdem die ganze Nacht Sex, und ich wankte am nächsten Tag wie ein Gespenst durch den Kuhstall. O ja, sie hat vermutlich dieselben Reflexe wie andere Säugetiere.

Ich fürchte, daß das Verhältnis zu unseren Nachbarn künftig etwas unterkühlt sein könnte. Anders war es mit Anita! Violet hätte sich fast verplappert, aber hat Gott sei Dank rechtzeitig den Mund gehalten. Anita und Violet haben super zusammengepaßt. Sie haben sich gegenseitig Sachen geliehen, und Anita hat die Farbpracht, die Violet verkauft, säckeweise nach Hause geschleppt. Und sie haben Rezepte ausgetauscht und zusammen Preiselbeeren gepflückt, und einmal sind sie zu einem Männerstriptease in die Stadt gefahren und sind ganz aufgekratzt nach Hause gekommen. Wenn ich daran denke, frage ich mich, ob ich nicht vielleicht auch im Kissenraum vom Club Paradiso gelandet wäre, wenn Anita geblieben wäre ... mit Bengt-Göran an meiner Seite ... meine Güte!

Es war jedenfalls anständig von Violet, die Krabbe ohne irgendwelche Fisimatenten oder schiefe Seitenblicke zu empfangen. Denn ich weiß, daß Anita sich mehr als einmal in ihrer Küche mit herunterlaufender Wimperntusche ausgeheult hat, was für ein Stinkstiefel ich sei. Und ganz sicher hat sie Desirées Rolle bei der ganzen Geschichte ordentlich ausgebreitet. Aber es ist nun einmal so, wenn die Frauen nicht miteinander klarkommen, dann gibt es keinen freundschaftlichen Umgang unter Nachbarn. Ich muß mal eine Runde mit der Krabbe darüber reden. Denn wer weiß, wann man auf die Hilfe des anderen angewiesen sein wird?

Desirée

Als ich im fünften Monat war, begann der Frühling, und der Rönnhof erwachte zu neuem Leben. Jeden Abend, wenn ich mit meinem Volvo auf den Hofplatz gezischt kam, gab es etwas Neues. Irgend etwas war aus dem Schnee hervorgetaut. Irgend etwas war ausgeschlagen. Benny hatte irgendwas gebaut oder gestrichen oder geputzt und stand eifrig daneben und wartete darauf, was ich sagen würde.

Es war wunderbar. Ich hatte immer in der Stadt gewohnt und wußte gar nicht, daß Jahreszeiten so einen persönlichen Geruch haben oder daß der Himmel so unterschiedlich sein kann.

Ich hatte den Großen Brachvogel rufen gehört. Wenn ich mir auf dem Sterbebett eine einzige Sache wünschen dürfte, dann wäre es, an einem Frühlingsabend den Großen Brachvogel singen zu hören. In seinem Ruf ist alles enthalten: Hoffung, Sehnsucht und Frühling. Und Ewigkeit.

Nicht alles, was hervortaute, inspirierte mich gleichermaßen. Es stellte sich heraus, daß ein Großteil des Hofplatzes von Sachen übersät war, die Benny noch nicht geschafft hatte, auf den Schrottplatz zu bringen: alte Reifen, rostige Eimer, Maschinenteile und ausrangiertes Bauholz. Ich glaube nicht einmal, daß er es überhaupt noch sah, möglicherweise hätte er das Gefühl gehabt, es würde etwas fehlen, falls ein ordnungsliebender Mensch das alles weggeschafft hätte. Meine Güte!

Und dann war da Anitas Garten.

Es muß das Allerletzte sein, Beerenbüsche, Stecklinge, Bäume und Blumenzwiebeln zu pflanzen und dann plötzlich zu kapieren, daß jemand anders die Beeren pflücken, das Obst ernten und den Anblick der Blumen genießen wird.

An ihrer Stelle wäre ich vermutlich in einer der letzten dunklen Nächte hergeschlichen, hätte Benzin über die Beete gekippt und das Ganze angezündet. Dann wäre ich mit wild flatternden Haaren ums Feuer getanzt und hätte lange Nadeln in eine Voodoopuppe von mir gestochen.

Dabei nützt es Anita nicht im geringsten, daß ich mir einbilde, sie zu verstehen. Wenn sie von meinen Gedanken wüßte, hätte sie vermutlich auch mich mit Benzin übergießen wollen.

Eines Tages nahm ich Märta mit hinaus auf den Hof. In der Zeit nach meiner Trennung von Benny vor über einem Jahr war sie es gewesen, die mir über das Schlimmste hinweghalf, und ich hatte dasselbe für sie getan, als Robertino ihr damals das Leben zur Hölle machte.

Der eine Grund, weshalb ich sie bisher noch nicht auf den Rönnhof eingeladen hatte, war, daß ich nicht wußte, wie ich mit ihrem großen Trauma umgehen sollte: Ich war schwanger, und Märta hatte sich auf Bitten ihres damaligen Freundes sterilisieren lassen, sehnte sich aber ebensosehr nach Kindern wie ich.

Der andere Grund war, daß sie neuerdings nicht mehr soviel Zeit hatte wie früher. Kürzlich hatte sie ihre neue Liebe Magnus zu einem Trainingslager für die Paralympics begleitet. Magnus saß im Rollstuhl, und mittlerweile war er so kampflustig wie ein spanischer Hahn – Bronze war nicht gut genug, er wollte einen neuen olympischen Rekord aufstellen. Märta war selbst schuld, denn *sie* hatte im Lauf eines Jahres einen passiven, selbstmitleidigen Mann in dieses sportliche Ungeheuer verwandelt. Sie war es gewesen, die ihn davon überzeugt hatte, daß nichts unmöglich sei, und jetzt ließ sich die Uhr nicht mehr zurückdrehen.

»Stell dir vor«, pflegte sie zu sagen, »wir lagen bei ihm auf dem Sofa und kuschelten stundenlang. Mit seinen Händen war ja alles in Ordnung, was man nicht in den Beinen hat, das muß man in den Fingerspitzen haben, sagte er immer! Und dann haben wir darüber gesprochen, wie ich ihn zum Leben erweckt habe ... O Mann! Wir wären besser dort liegengeblieben! Es hat mir so gut getan! Inzwischen sehe ich ihn nur, wenn ich ihn nach dem Training dusche, und er kuschelt mehr mit seinen Hanteln als mit mir!« Doch das meinte sie nicht so, sie war extrem stolz auf das, was sie mit ihm erreicht hat.

Während wir im Auto saßen und die dreißig Kilometer durch den Frühlingsabend hinaus zum Hof fuhren, wandte sie sich zu mir.

»Du siehst fertig aus, du schwangere Vogelscheuche«, sagte sie freundlich. Ich wußte nicht, was ich antworten sollte, und sie musterte eingehend mein Gesicht.

»Glaubst du wirklich, ich würde es dir mißgönnen, wenn du Kinder bekommst?« sagte sie. »Von denen ich doch die Patentante werden kann?«

Wie immer kam sie direkt zur Sache. Sehr angenehm.

»Und habe ich nicht damals ein gutes Wort für deinen Bauern eingelegt, während du noch immer herumgejammert hast, wie unterschiedlich ihr seid? Du kannst mir ja dafür auf meine alten Tage Kost und Logis bei euch anbieten ... wenn Magnus beschlossen hat, allein die Welt zu umsegeln und dann den Mount Everest zu besteigen. Ich könnte mit euren Enkelkindern an der Hand herumhumpeln und Skandalgeschichten über dich verbreiten und Gespenstergeschichten erzählen, die ihnen noch jahrelang Panikattacken bescheren werden. Für so was sind doch Patenomas gut!«

Ich erzählte von meinem schlechten Gewissen gegenüber Anita und davon, daß ich glaubte, es eines Tages büßen zu müssen. Vermutlich klang ich dabei ein bißchen zu demütig oder besser gesagt selbstgerecht, denn sie unterbrach mich.

»Klar wirst du dafür büßen müssen«, sagte sie. »There is no such thing as a free lunch! Dank deinem schlechten Gewissen wirst du deinem Bauern bei all den Dingen helfen wollen, die diese Anita viel besser gekonnt hätte, weil du der Meinung bist, du hättest ihm etwas weggenommen. Gleichzeitig mußt du versuchen, die Frau zu sein, in die er sich damals verliebt hat, die er dem Engel des Rönnhofs vorgezogen hat. Verdammt, was wirst du dich abplacken müssen! Ich beneide dich nicht. Doch, um deinen Bauch beneide ich dich. Und das mußt du aushalten. Jetzt reden wir von was anderem.«

Um Viertel nach sechs stieg sie aus dem Auto, im selben Moment, als Benny aus dem Kuhstall kam. Um halb sieben waren sie ineinander verliebt, so verliebt, wie man es sein kann, ohne daß Sex im Spiel ist. Wie Pflegegeschwister oder so. Und ich seufzte erleichtert auf.

Benny

Eine Zeitlang schien alles den Bach runterzugehen. Eigentlich war die EU schuld.

Es war dieses verdammte Formular, das ich falsch ausgefüllt hatte, weshalb ich offenbar mehr Subventionen bekommen hatte, als mir zustanden. Dabei mußte es ja eine Menge anderer Formulare geben, die ich ebenfalls falsch ausgefüllt hatte und wegen denen ich weniger bekommen hatte, oder? Darüber hatte sich natürlich keiner beschwert!

Ich bekam Sichtfensterumschläge, deren Ton immer bedrohlicher klang, und ich wußte nicht, an wen ich mich wenden sollte, und Zeit hatte ich auch keine, denn ich hatte gerade mit der Frühjahrsbestellung angefangen. Hinterher wurde mir klar, wie abwesend ich gewirkt haben muß, denn ich grübelte viel mehr darüber nach, als mir bewußt gewesen war. Denn eines Abends sagte Desirée mit einer leisen, trockenen Stimme: »Es gibt ja immer noch die Möglichkeit einer Mietwohnung.«

»Für wen denn das?« fragte ich erstaunt.

»Für mich natürlich. Denn es ist ja ganz offensichtlich, daß du alles bereust.«

»Was zum Teufel meinst du, Desirée?« sagte ich. Erst jetzt erwachte ich aus meinen Grübeleien und glotzte sie an.

Wir saßen am Eßtisch und hatten gerade Fischstäbchen und Kartoffelbrei aus der Tüte gegessen. Desirée *kann* kochen, zumindest wenn sie mit komplizierten französischen Suppen loslegen darf, aber sie war jetzt abends immer so müde, wenn sie mit dem Auto aus der Stadt gekommen war, mit dem Bauch am Lenkrad, und deshalb sagte ich nichts dazu. Plötzlich sah ich, daß sie einen

Kugelschreiber in winzig kleine Stücke zerlegt hatte, ihre Finger waren ganz blau. Sie sah auf die Wachstuchdecke.

»Benny, du glaubst, daß ich gar nichts merke, oder? Seit zwei Wochen hast du kaum ein Wort mit mir geredet, nachts liegst du wach und starrst an die Decke, du siehst mich noch nicht mal beim Essen an. Du denkst, wenn Anita hier wäre, dann würdest du jeden Abend Griebenwurst kriegen, wenn ihr aus dem Stall hereinkommt. Und jetzt liegt die Frühjahrsbestellung an, und ich kann nicht Traktor fahren, nicht einmal, wenn mein Bauch nicht im Weg wä-hä-hä-re ...«

Und dann fing sie an zu weinen!

Ich war außer mir. Eine weinende Frau in meiner Küche, und allem Anschein nach war ich an irgendwas schuld! Ich glaube, Männer haben etwas in ihrer DNA, was sie in kleine schwänzelnde Hunde verwandelt, sobald Frauen weinen. Wir wollen nur noch im Staub herumkriechen und ihr die Füße lecken oder uns auf dem Rücken wälzen und die Kehle entblößen. Und ich hatte keinerlei Immunität dagegen, meine Mutter hatte nie so geweint, daß ich es sah, und Anita auch nicht. Erst am Schluß.

Ich stand auf und stolperte auf ihre Seite des Tisches. Sie weinte und schluchzte, immer schlimmer. Ich legte den Arm um ihre Schultern, und sie lehnte sich an mich. Wir klammerten uns aneinander, mit ihrem Bauch zwischen uns, und hingen ziemlich unbequem über den Tellern mit dem erkaltenden Kartoffelbrei.

»Meine kleine Krabbe, wie kannst du nur auf etwas so Wahnwitziges kommen? Daß ich dich gern vom Hof weghätte! Wo mir doch morgens auch fast ein bißchen übel ist. Und wenn ich aufwache und dich angucke, wie du da neben mir liegst und schläfst, und denke, daß ich dich um ein Haar verloren hätte, wird mir ganz anders! Menschenskind, glaubst du etwa, ich hätte dich als Aushilfe für den Hof angestellt? Ich ... ich ...«

»Nenn mich nicht Menschenskind«, schniefte sie, klang aber schon etwas ruhiger.

»Wenn nur dieses verdammte EU-Formular nicht wäre!« heulte ich. »Jetzt drohen sie damit, mich zu verklagen!«

Sie setzte sich kerzengerade hin.

»EU-Formular? Verklagen?« meinte sie. »Ha! Jetzt bringst du jedes einzelne Papier her, was du dazu finden kannst. Niemand verklagt meinen Kerl!« Sie war von einer Sekunde zur anderen wieder munter geworden. »Her damit! Nichts bringt das Adrenalin so in Schwung wie ein erfrischender Schlagabtausch mit einer Behörde!«

Ich schlurfte zu meinem überquellenden Sekretär und wühlte verschämt hervor, was ich an Schreiben finden konnte. Desirée beugte sich eine Stunde brummelnd darüber, und dann sagte sie: »Das nehme ich morgen in Angriff. Ich glaube, ich weiß, auf wen ich mich da einschießen werde. Auf diesen Lundberg, oder was meinst du?«

Ich meinte gar nichts. Ich hatte nicht einmal irgendeinen Lundberg bemerkt, vermutlich hatte ich die Blätter nur verschreckt überflogen.

»Du bist so einer, der jede Obrigkeit ›die da oben‹ nennt und glaubt, daß sie allmächtig sind«, meinte Desirée. »Das sind sie aber nicht! Man darf sich nie kampflos ergeben. Hütet Euch, den Zorn der Großen Mutter zu wecken, meine Damen und Herren!«

Sie sah mich erstaunt an. »Eigentlich bin ich gar nicht so«, sagte sie dann. »Ich glaube, ich habe einen Beschützerinstinkt entwickelt. Und der reicht auch für dich!«

Drei Wochen später zeigte sie mir triumphierend einen Brief, der offenbar besagte, daß sie sie auf die eine oder andere Art bezwungen hatte. Es waren viele Wenngleichs und Obzwars darin – vor allem aber der »Beschluß, daß keine Anklage erhoben wird«. Es würde allerdings ein bißchen was kosten. An dem Abend sang ich im Kuhstall.

Desirée

Im April fragte ich Benny, was er meinte, wohin wir in Urlaub fahren sollten. Wir saßen am Küchentisch und hatten gerade ein Samstagmorgenfrühstück genossen. Ich hatte ein paar Prospekte auf dem Tisch ausgebreitet.

»In den Urlaub?« sagte Benny und starrte mich mit großen Augen an.

»Ja«, sagte ich. »Vielleicht sollten wir den Urlaub dieses Jahr etwas früher nehmen, der Geburtstermin ist ja für August berechnet, und ich darf im letzten Monat ja wohl kaum fliegen.«

»Fliegen?« sagte Benny und starrte noch mehr.

»Du kannst doch sicher Bengt-Göran bitten, daß er sich eine Woche um die Kühe kümmert?« meinte ich.

»Bengt-Göran?«

»Herrgott, Benny, hör auf, alles zu wiederholen, was ich sage! Glaubst du denn nicht, daß Bengt-Göran einrücken könnte?«

Benny sah merkwürdig aus. Hinterher dachte ich mir, daß er sich vermutlich wie ein Arzt fühlte, der einem Patienten die Diagnose einer tödlichen Krankheit vermitteln muß.

»Bengt-Göran hat mir jeden Sommer geholfen, seit er selbst mit der Milchproduktion aufgehört hat …«, setzte er an.

»Prima! Was hältst du von Kreta, da fahre ich so gerne hin, und ich würde dir zeigen, wo ich …«

Benny räusperte sich. »Desirée?«

»Ja?«

»Weißt du, was Kühe fressen?«

»Kühe fressen Gras, Benny! Getrocknetes Gras und so schleimiges Gras, zur Abwechslung. Und diese kleinen

Futterpillen, die du mit der Schubkarre zu ihnen bringst. Richtig?«

»Richtig. Kühe fressen Heu und Silage und Kraftfutter. Kraftfutter kann man das ganze Jahr über kaufen. Wann wächst das Gras, Desirée?«

»Das Gras fängt im Frühling an zu wachsen, und dann wächst es den lieben langen Sommer. Du willst mir etwas sagen, oder?«

»Ganz genau, Desirée. Das Gras wächst den ganzen Sommer, und ich will dir eines sagen: *Man muß es dann auch ernten*! Und trocknen und es in die Scheune packen und Heuballen daraus machen oder es ins Silo bringen, damit es für den ganzen Winter reicht! Sonst *sterben* die Kühe, Desirée! Und die Heuernte ist verdammt viel Arbeit, glaub's mir, und währenddessen muß man die Kühe ja trotzdem versorgen und melken und so weiter. Deshalb hilft Bengt-Göran mir, denn man muß mindestens zu zweit sein. Verstehst du mich, Desirée?«

»Aber die Kühe gehen im Sommer doch auf die Weide?« murmelte ich. »Das ist doch gesetzlich vorgeschrieben?«

»Klar, das schon. Aber ihr Milchfluß versiegt dabei noch lange nicht, deshalb müssen sie ja gemolken werden. Und da es etwa zwei Tage dauern würde, alle meine Kühe per Hand zu melken, gehen wir nicht mit Eimern und kleinen dreibeinigen Melkschemeln auf die Weide hinaus, und hilfreiche Landarbeiterinnen haben wir auf diesem Hof auch keine. Deshalb treiben wir die ganze Herde wieder in den Kuhstall, zweimal täglich, und melken sie maschinell. Und das ist auch viel Arbeit, Desirée, wenn man mitten in der Heuernte steckt!«

Bis dahin hatte ich mitgespielt und die dumme Städterin gemimt. Jetzt ging mir langsam auf, daß ich genau das war.

»Versuchst du mir zu erzählen, daß ich nie mehr in Urlaub werde fahren können, Benny?«

Er lächelte. »Ab und zu muß ich neue Maschinen oder Ersatzteile bei Gebrüder Nilssons Traktoren in Norrbyn kaufen. Da kannst du ja mitkommen. Manchmal gibt es im nächsten Dorf sogar Treffen des Bauernverbandes. Die Frauen dürfen dabeisein und Kaffee kochen. Viel mehr kann ich dir leider nicht bieten. Bist du jetzt sehr enttäuscht?«

Ich schwieg.

»Das war jetzt fies von mir, Desirée. Wir können schon einen Kurzurlaub machen. Aber erst nach der Herbstbestellung. Im Oktober vielleicht.«

»Juchu! Da geht an den Playas so richtig die Post ab! Und wie unser Baby das zu schätzen wissen wird, es ist dann ja ungefähr drei Monate alt!«

»Es ist einfach so, Desirée. Kurzurlaube, solange wir Milchproduktion haben. Wenn sie nicht plötzlich die Milchpreise so enorm erhöhen, daß wir uns eine Aushilfe leisten können. Aber ich werde sicher nicht ewig Milchkühe haben ...«

»Ich sehe uns schon in dreißig Jahren mit Rollator an der Copacabana umherschlurfen.«

»Ich würde mir an deiner Stelle nicht so viele Gedanken machen. Das Unfallrisiko in der Landwirtschaft ist hoch, und ich habe ja schon zwei Finger verloren. Ehe du dichs versiehst, bist du eine gut versorgte Witwe. Bei dem ganzen Wald, den ich gepflanzt habe!«

Ich saß eine Weile still da. »Hast du gehört, Benny? Ich habe nicht gelacht.«

»Nächsten April nach Kreta?« meinte Benny. »Wir können das Baby bei Bengt-Göran parken.«

Benny

Ich weiß, daß ich sie noch so oft werde enttäuschen müssen. Verdammt, sie wird mich bei der Verbraucherschutzzentrale anzeigen! Wegen dem ganzen Kleingedruckten im Vertrag, von dem ich nie erzählt habe, und weil es keine Rückgabefrist gibt.

Ich hielt mich für einen verständnisvollen und guten Partner, weil ich nicht erwartete, daß sie sich überhaupt auf dem Hof einbrachte. Es gibt Bauern, die ihre Frauen ungefähr so sehen wie früher die Gutsbesitzer ihre Landarbeiterinnen: Sie können während der Kartoffelernte mal eben zur Seite gehen und in einer Ackerfurche ihr Kind zur Welt bringen, und dann können sie es in einen alten Lumpen einwickeln und mit den Kartoffeln weitermachen.

Ihre schlimmste Enttäuschung war vermutlich, daß ich während der Entbindung gehen mußte. Desirée war zwei Wochen über der Zeit, wir *hatten* nämlich sehr wohl eingeplant, daß ich dabeisein würde und danach ein bißchen freinehmen könnte, aber schließlich mußte Bengt-Göran mit Violet nach Mallorca fahren. Er befürchtete, daß sonst einer dieser Aufreißertypen mit Goldkettchen und vielen Locken auf der Brust seine Angel nach Violet auswerfen würde.

Eines Abends gegen neun Uhr kam ich in die Küche, und da saß sie auf einem Stuhl und starrte entsetzt in eine Pfütze auf dem Fußboden.

»Oh, ist das Fruchtwasser abgegangen?« meinte ich. »Hast du schon Wehen, und wie groß ist der Abstand dazwischen?«

»Fünf Minuten.«

»Dann ist es höchste Zeit, daß wir jetzt losfahren. Was für ein Glück, daß ich gerade im Stall fertig bin.« Sie nickte angestrengt und verzog das Gesicht für eine Weile. Eine Wehe.

»Wie kannst du etwas über Entbindungen wissen?« stöhnte sie dann. »Du warst doch nie beim Geburtsvorbereitungskurs dabei, und du hast keine Zeile in dem Elternbuch gelesen, das ich auf deinen Nachttisch gelegt hatte.« O doch, ich hatte sehr wohl bemerkt, daß sie mich fast jeden Abend genervt von der Seite angesehen hatte, als ich die Lampe ausschaltete. Aber man ist während der Heuernte einfach so *fertig*!

»Ich entbinde doch ständig Kälber! Ich weiß alles! Wenn ein Kalb hängenbleibt, legt man Ketten um die Hufe und bewegt es vorsichtig heraus, indem man kreuzweise an den Ketten zieht.«

Sie sah völlig groggy aus, als sie aufstand und sich nach oben schleppte, um sich umzuziehen und ihre kleine Tasche zu holen. Wir fuhren unter Schweigen in die Klinik. Desirée hatte gelernt zu hecheln, wenn die Wehen kamen, und das fand ich vernünftig. Das tun die Kühe auch.

Aber sie war eine Erstgebärende, und die brauchen manchmal besonders lange. Die Färsen, meine ich. Gegen fünf Uhr morgens war sie völlig erschöpft, und ich wurde immer nervöser. Ich konnte nicht einfach den Stall Stall sein lassen. Bengt-Göran war abgereist, und beim Vermittlungsdienst für landwirtschaftliche Aushilfskräfte hatte ich mich letztes Jahr abgemeldet, weil ich der Ansicht gewesen war, daß ich mir das nicht mehr leisten konnte. Ich hatte sogar Vorkehrungen für den Notfall getroffen: eine junge Frau aus dem Nachbardorf, die bereit war einzurücken, wenn es nötig war. Ich rief sie an. Sie befand sich gerade auf irgendeinem Musikfestival, denn sie hatte geglaubt, alles sei längst über die Bühne gegangen und habe sich damit erledigt.

Ein paar Stunden vergingen. Die Kühe mußten kurz vor dem Platzen stehen. Ich sah mich gezwungen, Desirée allein zu lassen, während sie wie ein verschwitzter Flitzebogen auf dem Entbindungstisch lag und die Griffe mit weißen Knöcheln festhielt. Der Blick, den sie mir zuwarf, verfolgt mich bis heute, aber sie stöhnte durch die zusammengebissenen Zähne: »Geh nur!« Die Hebamme schnauzte mich bloß an: »Ja ja, viele Väter finden es unangenehm zuzusehen! Die Frauen haben keine andere Wahl!«

Deshalb war es Märta, die zusehen durfte, wie mein Sohn zur Welt kam, und nicht ich. Desirée rief sie an, und sie warf sich in ein Taxi.

Gegen drei Uhr nachmittags rief Märta vom Krankenhaus an. Ich hatte einen großen, fetten Jungen bekommen, so runzlig wie ein Shar-Pei-Hund! Ich weinte und warf meine Mütze mit dem Schriftzug »Wir Waldbesitzer« in die Luft, so daß sie auf dem Silodach landete. Aber ich konnte erst gegen neun Uhr abends hinfahren. Desirée und ich mußten in einer Ecke des Eßraums sitzen und flüstern. Sie saß auf einem aufblasbaren Gummiring, und neben uns stand das Bettchen mit dem kleinen Shar-Pei-Welpen. Er ... ach, er war so hübsch! Ich wollte gleich wieder weinen und versuchte, Desirée in den Arm zu nehmen, aber sie schlug den Blick nieder.

»Ich weiß ja, daß es nicht deine Schuld ist«, sagte sie. »Aber du hättest dasein müssen! Mein ganzes Zimmer war voller Väter, alle anderen hatten Besuch, und alle hatten jede Menge Blumen auf ihrem Nachttisch! Nur Arvid und ich lagen allein da, und ich fühlte mich wie eine dieser ausgestoßenen Sünderinnen früher mit ihren unehelichen Kindern, die von allen verachtet wurden.«

Plötzlich schien es mir der richtige Moment zu sein, etwas zu sagen, worüber ich schon eine Weile nachgedacht hatte.

»Wollen wir heiraten, Desirée?«

Sie schnaufte ungeduldig. »So habe ich es nicht gemeint. Heute gibt es ja wohl niemanden, der ...«

»Ich weiß. Ich biete dir auch nur an, meine Schulden und Kredite in guten wie in schlechten Tagen mit dir zu teilen!«

»Bist du denn sicher, daß du dafür Zeit hast?« fragte sie mißtrauisch.

»Das machen wir nach der Herbstbestellung, statt Urlaub. Ich hab sogar ein weißes Hemd!«

Desirée

Als Benny seine Vorstellungen von unserer Hochzeit vor mir ausbreitete, dachte ich nur: Wie um alles in der Welt hatte ich jemals in Erwägung ziehen können, diesem Mann das Jawort zu geben?

Er stellte sich einen Fenstertisch im Hotel Scandic vor (mit Aussicht auf den Parkplatz) und als Menü Kasseler, Country Potatoes und Vanilleeis. Und hinterher Kaffee und Mandeltörtchen. Er hatte ein Sonderangebot entdeckt: Es war besonders billig, wenn man das Hochzeitsessen zwischen fünfzehn und siebzehn Uhr buchte. Er schlug vor, Bengt-Göran und Violet einzuladen und natürlich Märta. Abends könnten wir ins Kino gehen oder so.

»Dein Vater will ja sicher nicht kommen, und meine Verwandtschaft ... na ja, da sind ja nur noch Anita und ihr Bruder ...« Er schaute etwas dümmlich.

»Doch, Papa kommt ganz bestimmt, der alte Major«, sagte ich. »Zuerst wird er dafür sorgen, daß ein paar von seinen Landsern dich zusammenschlagen, weil du mich schon vor der Hochzeit verführt hast. Dann wird er fordern, daß wir uns kirchlich trauen lassen und daß beim Einzug in die Kirche ein Spalier von Jungbauern mit gekreuzten Heugabeln bereitsteht.«

Benny sah mich verunsichert an. Er hatte meinen Vater noch nie getroffen, und ich hatte im Gefühl, daß er dieser Begegnung nicht gerade mit Freude entgegensah.

Doch ehe wir irgend etwas beschlossen hatten, nahm Märta die Sache in die Hand. Das war gut so, denn ich fühlte mich wie ein Wrack. Ich lag meistens auf der Seite im Bett und stillte meinen kleinen, gierigen Shar Pei. Da er rund um die Uhr hungrig war, hatte ich mir angewöhnt, im Körbchen nach ihm zu tasten, wenn er gegen zwei Uhr nachts zu brüllen begann, ihn dann an meine zum Bersten gefüllte Brust zu legen und wieder einzuschlafen. Der einzige Nachteil war, daß ich eine größere und eine kleinere Brust bekam, weil ich immer auf derselben Seite schlief, was völlig grotesk aussah. »Warum muß ich nur die ganze Zeit an Dick und Doof denken?« meinte Benny grinsend. »Bist du dir ganz sicher, daß du ihn nicht beim Schlafen erdrückst?«

»Nur Schweine erdrücken ihre Ferkel, Benny! Schweine! Moderne Forschungen haben gezeigt, daß die Frauen, die behauptet haben, ihre Kinder versehentlich in ihrem Bett erdrückt zu haben, sie in Wirklichkeit absichtlich erstickt hatten. Das war, bevor es die Pille gab.«

»Haltet euch den fünfzehnten Oktober frei, und sucht euch für abends und für den folgenden Morgen jemanden für den Stall«, sagte Märta. »Nicht Bengt-Göran.«

Vermutlich kümmerte sich Benny darum, und ich selbst hatte die ganze Sache fast vergessen, bis Märta kurz vor diesem Datum abends vorbeikam. Sie betrachtete mich kritisch.

»Was für ein Glück, daß ich dir ein Brautkleid besorgt habe, das vorne geknöpft wird«, sagte sie nur. »Da muß ich wohl den einen Saum an der Brust einnähen. Weißt du, daß du völlig asymmetrisch bist?«

»Ich schaffe keine Hochzeitsfeier, das wird mir alles zuviel«, murmelte ich.

»Halt den Mund und sei einfach hübsch«, sagte Märta. »Benny und ich haben alles organisiert.«

»*Keine* Mandeltörtchen«, murmelte ich und schlief auf dem Sofa ein.

Aber sie hatten wirklich alles organisiert.

Am Morgen des Fünfzehnten kam Märta zu uns auf den Hof und nahm den frisch gestillten Arvid in Empfang.

Er spuckte gleich auf ihre schöne Strickjacke, aber sie lachte nur.

»Ab in die Dusche mit dir, Desirée! Und bitte Haare waschen!«

Dann schnitt sie mir die Haare, die seit einem halben Jahr keine Schere gesehen hatten, und föhnte sie zu einer luftigen Wuschelfrisur. Märta ist ein Allroundtalent, sie kann fast alles. Dann zog sie mir ein langes Kleid aus vergilbter Seide über, das sie im Secondhandladen gefunden hatte.

Und als ich aufsah, stand Benny in der Tür mit einem großen Strauß lilafarbenem Phlox in der Hand. Er trug ein weißes Hemd und einen Schlips.

»Ich ... also ... ich habe keine Rosen gefunden«, murmelte er. Tja, ich konnte vermutlich von Glück sagen, daß er nicht mit einem Strauß Porree hereinkam. Den gab es nämlich auch in unserem Garten. Und Broccoli.

Wir fuhren mit dem alten Subaru in die Stadt. Benny hatte eine Decke über die Ölflecken gelegt.

Im Standesamt wartete eine Überraschung auf uns – wobei das Wort Überraschung noch untertrieben ist. Als wir eintraten, erhob sich ein Major in vollem Ornat mit baumelnden Orden und Uniformmütze! Papa! Märta hatte seine Telefonnummer herausgesucht und ihn eingeladen – und er war gekommen. Wir starrten einander an.

»Und jetzt brav guten Tag sagen!« kommandierte Märta.

Verlegen und steif umarmten wir einander.

»Das Geschenk!« sagte Märta auffordernd, und der Major überreichte mir ein blaues Päckchen mit gelben Seidenbändern.

»Aus Ihnen wäre ein anständiger Obergefreiter geworden«, sagte er anerkennend zu Märta.

Bengt-Göran und Violet waren auch da, und Märtas

Freund Magnus saß in seinem Rollstuhl und sah braungebrannt und muskulös aus.

Dann wurden wir getraut. Es dauerte genau zwei Minuten.

Hinterher gab es ein Fest in Märtas Wohnzimmer. Sie hatte überall Girlanden aus Stoffblumen, große, rosafarbene Plastikherzen und Lametta aufgehängt. Offenbar hatte sie gerade eine romantische Phase. Magnus spielte ein bißchen Akkordeon. Er hatte es sich gekauft, um seine Armmuskeln auf eine nette und kultivierte Weise zu trainieren, wenn ich es richtig verstanden habe.

Violet hatte wie immer wunderbar gekocht. Sie und Märta unterhielten sich einen Großteil des Abends über Kosmetik und betranken sich zusammen. Der Major und Magnus tauschten Erfahrungen über Muskeltraining unter strenger Disziplin aus. Bengt-Göran und Benny redeten über Auerwild- und Birkhuhnjagd.

Und in Märtas großem Sessel lag ich mit meinem kleinen Shar Pei und war so glücklich wie noch nie in meinem Leben.

VEREINZELTE SCHAUER

Benny

Arvid kam im August auf die Welt. Wir heirateten im Oktober, und da war Desirée noch kein einziges Mal auf meiner Seite des Bettes gewesen. Manchmal lag ich atemlos da und wartete darauf, daß sie zu mir kommen würde, wenn sie sich unruhig im Bett bewegte, aber es endete immer damit, daß sie Arvid aus dem Körbchen holte und ihn an ihre Brust drückte. Nicht einmal in der Hochzeitsnacht wurde etwas daraus, es gab nur einen Kuß auf die Wange. Wir hätten ebensogut ins Kino gehen können.

Sie nahm natürlich Erziehungsurlaub, so lange wie möglich. Daß ich Elternzeit nehmen würde, davon konnte keine Rede sein, das hatte sogar sie verstanden. Eines Morgens, als ich aus dem Stall kam, hatte sie ein großes englisches Frühstück aufgetischt mit Eiern, Bacon und Bohnen, Toastbrot und Marmelade und allen Schikanen. Desirée knabberte still an einem Salatblatt, denn sie wollte ihre magere Figur zurückhaben, aber ich wußte das Essen um so mehr zu schätzen!

Von da an wurde es zu einer festen Einrichtung: ein ordentliches Frühstücksbüfett am Wochenende und während der Woche morgens etwas Warmes. Und natürlich Mittagessen und Abendessen. Mein Overall begann über dem Bauch zu spannen, und ich hatte das Gefühl, im Paradies zu leben. Bei meiner Mutter hatte es zum Frühstück Grütze und Kochkaffee gegeben.

Das Rönnblatt erschien regelmäßig jeden Freitag, und das war jedesmal ein kleines Fest. Desirée fotografierte Arvid aus allen Perspektiven, sie knipste mich heimlich im Stall, und dann schrieb sie witzige Texte dazu. Sie brachte mir für diese Freitagabende ein paar Flaschen Bier mit und kochte etwas besonders Leckeres, meistens etwas, wovon ich nicht einmal den Namen aussprechen konnte.

Energisch, wie sie war, nahm sie eine Menge anderer Dinge in Angriff, denen sie sich vorher nie gewidmet hatte. Sie pflückte Preiselbeeren – aber natürlich wäre es zu einfach gewesen, einfach Marmelade daraus zu machen, deshalb stellte sie etwas Kompliziertes her, was Preiselbeerchutney hieß und wie Hustenmedizin schmeckte. Sie buk Kuchen aus Blaubeeren und aus den Schwarzen Johannisbeeren, die auf dem Hof wuchsen. Der schmeckte nicht schlecht, war aber verdammt sauer, weil Zucker doch so ungesund war. Sie lernte, wie man Fleisch zerlegt und verpackt, und sie bestellte Samen für einen kleinen Kräutergarten. Sie las den ersten Teil von »Land«, der Zeitschrift des Bauernverbands, als sei es die Bibel, und dachte sogar darüber nach, gemusterte Fäustlinge zu stricken.

Ich lobte sie und sagte, daß mir völlig schleierhaft sei, wie sie alles so hinbekam, wo sie doch nichts davon zu Hause gelernt hatte. »Da sieht man mal, ihr habt es einfach im Blut«, grinste ich. »Kaum kriegt ihr ein Kind, fangt ihr an zu sticken und Zimtschnecken zu backen!«

Sie sah mich schräg von der Seite an und schien zu begreifen, daß ich das nicht nur als Witz gemeint hatte. Ich glaubte wirklich ein bißchen an das, was ich gesagt hatte. Ich selbst hatte schließlich nie den Impuls bekommen, gemusterte Fäustlinge zu stricken!

»Was glaubst du eigentlich, wie schwer es einer lesekundigen Person fällt, ein Rezept in einem Kochbuch nachzulesen?« sagte sie. »Und kapierst du denn nicht, wenn man draußen in der großen Welt keine Anerkennung bekommt, will man doch zumindest in seinem Zuhause ein bißchen erfolgreich sein! Ich wette, wenn du gerade Furchen gepflügt hast und die ganzen Heuballen hübsch in eine Reihe gelegt hast, dann fühlst du dich auf dieselbe Art und Weise zufrieden wie ich, wenn ich Gardinen bügele und Zimtschnecken einfriere. Wir haben unsere Arbeit gut gemacht und wollen, daß es auch zu sehen ist.«

Dann sagte sie: »Ich ruhe mich gerade in den traditionellen Geschlechterrollen aus. Das ist ziemlich verlockend. Du machst die schweren und schmutzigen Arbeiten, und dann kommst du herein und wirst von mir umsorgt und umhegt, und wir finden beide den anderen richtig tüchtig. Und noch liegt Arvid ja dort, wo ich ihn hingelegt habe, und ich muß noch nicht in der Stadt arbeiten. Ist dir klar, daß wir gerade im Paradies der Narren leben? Bis zum Sommer nämlich. Dann brechen andere Zeiten an.«

Doch, wir wußten beide, daß sie würde Vollzeit arbeiten müssen, wenn es ausreichen sollte. Die Finanzen des Hofs standen auf wackeligen Beinen, diese EU-Rückzahlung verschlang alles, was ein wenig Überschuß hätte sein können. Wir ignorierten es. Und als Arvid begonnen hatte, im Haus herumzurobben, wurden die Büfetts gleich etwas weniger üppig.

Es gab nur eine kleine Wolke an unserem Himmel, eine kleine, luftige Zirruswolke, von der ich mir einbilden wollte, daß sie wieder verschwinden würde. Aber es bestand natürlich auch das Risiko, daß sie Vorbote einer nahenden Kaltfront war …

Wir hatten seit der Zeit vor Arvids Geburt kaum Sex gehabt. Jedenfalls nicht so richtig. Okay, es hatte ein bißchen pflichtschuldiges Gefummel gegeben, ungefähr so wie damals mit Anita. Ich weiß nicht, an wem von uns es lag – manchmal glaube ich, es lag daran, daß die Vorderseite ihres Nachthemds häufig steif von Milch war. Wie sexy ist das denn? An solchen Abenden wurde sie für mich zur Mutter, und es hätte sich wie Inzest angefühlt, in sie hineinzukommen. An anderen Abenden, wenn es sich für mich richtig anfühlte, ließ sie mich zwar ran, aber es gab keine enthusiastischen Ritte mit Gestöhne und Geseufze, und ich konnte sie auch nicht auf Touren bringen.

Und manchmal lag es an Arvid. Ich wette, er sorgte vor, damit er keine kleinen Geschwister bekam. Er schien zu spüren, wenn einer von uns versuchte, auf die andere Seite des Bettes hinüberzurutschen. Da öffnete er seinen kleinen Mund und begann wie am Spieß zu brüllen. Und gleich drückte Desirée ihn an ihre Brust, und die beiden schliefen ein. Und da lag ich und tat mir selbst leid. Frühstücksbüfetts in allen Ehren, aber …

Desirée

Es war wie eine Expedition in unbekanntes Gelände. Ich mußte mit den Eingeborenen fraternisieren und ihre Kultur, ihre Sitten und Bräuche kennenlernen. Ich versuchte ihre Lebensweise zu übernehmen und mich in dem kleinen Dorf anzupassen. Nein, ich hatte wirklich nicht das Gefühl, irgendwie besser zu sein – die letzten Reste von solchen Gedanken hatten sich wohl an jenem Abend bei Violet und Bengt-Göran verabschiedet. Es verhielt sich eher umgekehrt!

Ich fühlte mich unterlegen. Die meisten Frauen, denen ich im Dorf begegnete, konnten Dinge, von denen ich nicht einmal wußte, worum es dabei ging. Stopfhohlsaum und Drillich? Halbpatentstricken und Fliederbeersuppe mit Klüten? Sie hatten tausend kleine Tricks, um mit Kindern umzugehen. Wenn ich mit einem schreienden Arvid im Kinderwagen zur Gymnastik kam, nahm eine von ihnen ihn einfach hoch, und schon verstummte er. Sie nähten Knöpfe und Reißverschlüsse an, umsäumten Kleider und stellten Knopflöcher her. Sie färbten sich ihre Haare zu Hause und ersetzten ihren Männern und Kindern die Friseurin und hatten Blumenbeete, die wie kleine Gartenbauausstellungen aussahen, und tauschten miteinander Stecklinge und Blumenzwiebeln. Während die meisten von ihnen halbtags in der Stadt arbeiteten. (Die Frauen, wohlgemerkt – die Männer arbeiteten entweder Vollzeit oder waren arbeitslos. Manchmal sogar beides abwechselnd, wenn sie nämlich auf dem Bau arbeiteten …)

Abends sangen die Frauen im Chor und töpferten und gingen zum Yoga. Natürlich nur, wenn sie sich zu Hause freinehmen konnten, wenn also ihr Kerl nicht gerade mit seinen Jagdkumpanen oder dem Bowlingverein unterwegs war oder Hockey spielte.

Männer und Frauen schienen ein völlig getrenntes Leben zu führen, und sie machten nicht viel zusammen. Man konnte sich irgendwie nicht vorstellen, daß sich ein paar Frauen auf ein Bier trafen und zum Hockey gingen, während die Männer mit dem mittleren Kind die Englischhausaufgaben machten und die wöchentliche Wäsche erledigten. Die Männer mußten an den Haaren zu den Chorproben geschleift werden, denn man brauchte ja wenigstens ein paar Bässe, und im Garten waren sie nur zu sehen, wenn Steine für den Steingarten benötigt wurden.

Die Frauen wären nie auf die Idee gekommen, sich an einem schönen Wintersonntag das Schneemobil zu schnappen und damit herumzuflitzen und Schneekaskaden aufzuwirbeln, einfach so aus Spaß. Dafür machten sie vielleicht einen Picknickkorb und setzten sich dazu, mit den Kindern auf dem Schoß.

Ihr Leben verlief getrennt – aber auf den Partys bei den Nachbarn und auf Dorffesten dann doch nicht so getrennt, daß es irgendwie störend gewesen wäre. Frauen und Männer sangen zusammen und besoffen sich gemeinsam und fummelten nachts am Tanzplatz herum und schlugen sich mit der verkehrten Person in die Büsche, und natürlich gab es die eine oder andere Krise. Aber es kam bestimmt nicht zu mehr Seitensprüngen als in den städtischen Vororten mit ihren Einfamilienhäusern, die Anstandsschwelle war ziemlich hoch. Hochinteressanten Klatsch gab es in jedem Fall, fand ich, als ich dem Chor beigetreten war und begann, an dem anschließenden Kaffeetrinken als Beobachterin teilzunehmen.

Man kann ruhig sagen, daß mein akademisches Examen mir hier keine Punkte einbrachte, und ich ließ es auch nie besonders heraushängen. Man konnte über Bücher diskutieren, viele der Frauen waren Mitglied des

Lesekreises und lasen fleißig die Neuerscheinungen. Dort konnte ich manchmal ein bißchen glänzen. Das war aber auch das einzige, was ich zu bieten hatte.

Die Männer lasen den Sportteil der Abendzeitungen.

Ich brachte auch nie das Gespräch auf Weltpolitik, Weltanschauungen oder Geschlechterrollen. Nicht weil ich die anderen Frauen für zu einfältig hielt, als daß ich mit ihnen hätte diskutieren können – das waren sie wahrlich nicht –, sondern weil sie so viel anderes zu bereden hatten, daß irgendwie nie etwas daraus wurde. Manchmal ging es um örtlichen Klatsch und Tratsch (natürlich tratschten die Männer auch, in ihren Cliquen), manchmal um Kuchenrezepte oder Putztips. Häufig organisierten sie Projekte, die das ganze Dorf betrafen, reinigten die Straßengräben, backten Zimtschnecken für die Basare, mit denen das neue Vereinsheim der Fußballjugend finanziert werden sollte, und protestierten gegen Kürzungen der Gelder für die Kindertagesstätte. Die Frauen hatten Haare auf den Zähnen, organisierten das meiste und mischten überall mit, obwohl es vor allem die Männer waren, die Vorsitzende der Dorfgemeinschaft wurden. Manchmal war es einfach zu witzig, zum Beispiel als ein Mann das Treffen der Dorfgemeinschaft verschob, als es bei ihm stattfinden sollte, weil seine Frau krank war und ihnen keinen Kaffee kochen konnte!

Es gab eine Art handfesten und rauhen Feminismus unter den meisten dieser Frauen, über den ich manchmal nur staunen konnte. Während die armen Medienfeministinnen sich immer gegen den Vorwurf verteidigen müssen, flachbrüstige Männerhasserinnen zu sein, sobald sie etwas über die Gehaltsunterschiede zwischen Männern und Frauen piepsen, konnten die Frauen hier die haarsträubendsten Dinge über Männer sagen. Sie haßten ihre Kerle nicht, aber sie hatten auch keinen größeren Respekt vor ihnen, sondern sahen sie eher als Mitglieder ihrer Kinderschar, und nicht unbedingt als die schlauesten. Kerle denken sowieso mit ihrem Schwanz, deshalb sollte man ihnen keine wichtigeren Aufgaben anvertrauen. Laß sie mit ihren eigenen Sachen beschäftigt sein, dann sind sie zumindest aus dem Weg! Keine dieser Frauen wäre auf die Idee gekommen, sich als Feministin zu bezeichnen.

Natürlich verallgemeinere ich ein bißchen. Es gab Männer, die Elternzeit nahmen, es gab Männer und Frauen, die sich in allen gesellschaftlichen Fragen auskannten. Aber die fielen ein bißchen auf. Der Superpapi! Die Politiktante!

Insgesamt gesehen, fühlte ich mich bei den Leuten im Dorf wohler als an vielen Orten zuvor. Man stellte keine hohen Erwartungen, man war freundlich und hilfsbereit, und schließlich wurde ich sogar richtig umgänglich. Ich organisierte das Weihnachtsfest in der Kindertagesstätte und schrieb ein kleines Theaterstück – natürlich erst ein paar Jahre später. Manchmal ahnte ich, daß sie hinter meinem Rücken neugierig über mich tratschten, aber damit konnte ich gut leben. Sobald Arvid auf der Welt war, war ich eine von ihnen, und alle gönnten Benny eine Familie. Als letzter Milchbauer des Dorfs hatte er eine Art Heldenstatus.

Irgendwann im Februar wurde ich wieder schwanger. Ich hatte nicht gedacht, daß es überhaupt passieren konnte, solange ich stillte, oder hatte zumindest geglaubt, daß es weniger wahrscheinlich war. Wir hatten jedenfalls nicht aufgepaßt.

Benny

Bengt-Göran nervte mich immer damit, daß ich auf keinen Fall allein im Wald arbeiten solle. Aber wen hätte ich mitnehmen sollen? Desirée, schwanger und stillend? Ich konnte mir auch nicht leisten, jemanden anzustellen.

Wenn ich wirklich einmal im Wald war, dann nicht, um zu arbeiten, sondern nur, um den Bestand zu prüfen. Ich hatte geplant, erst nächsten Winter mit dem Abholzen zu beginnen. Ich nahm meinen alten Lynx und drehte eine Runde. Der eine Ski blieb unter einer Wurzel hängen, das Schneemobil kippte über mich, und mein Bein knickte ab, und es tat so verdammt weh, daß ich nicht einmal das Schneemobil abwälzen und mich davonschleppen konnte. Ich hing dort mit dem Kopf nach unten, bis es dunkel wurde und Bengt-Göran, der von Desirée alarmiert worden war, durch den Wald geknattert kam. Ich will nicht an diese Stunden zurückdenken, wie ich fror und im Geiste Abschiedsworte formulierte. Eine ganze Weile war ich bewußtlos vor Schmerzen, und als ich aufwachte, wußte ich nicht, wo ich war. Ich hatte einen komplizierten Beinbruch.

So etwas darf nicht passieren, wenn man Kleinbauer ist. Klar, meine Versicherungen zahlten eine Aushilfe, aber nur für kurze Zeit. Die Prämien für die teurere Versicherung hatte ich mir nicht leisten können. Bengt-Göran, der Getreue, sprang für ein paar Wochen ein, aber dann mußte er ja sich selbst versorgen. Nette Nachbarn und alte Bekannte kamen von nah und fern und gingen mir zur Hand. Aber als es noch drei Wochen waren, bis der Gips abgenommen werden sollte, wußte ich mir keinen Rat mehr und drehte beinahe durch. Sollte es so enden?

Ich lag deprimiert auf der Küchenbank, als Desirée sich zu mir setzte und meinen Kopf auf ihre Knie legte.

»Du, Benny, Melken ist keine schwere körperliche Arbeit, oder?«

»Vergiß es, Desirée! Du würdest es niemals schaffen, die Silage aufzuladen. Oder auch nur den Futterwagen zu fahren. Und wir wollen ja nicht, daß du das Kind, das du gerade erwartest, gleich wirfst, oder?«

»Nein. Aber ich könnte melken, wenn du mit in den Stall kommen würdest. Bengt-Göran hat gesagt, er kann zweimal am Tag kommen und beim Füttern helfen. Mehr kann er nicht tun, aber das reicht doch, oder?«

Es gefiel mir nicht, aber ich hatte keine andere Wahl. Am Anfang begleitete Bengt-Göran sie und zeigte ihr, wie man die Melkbecher auf die Zitzen setzt. Sie kriegte es alles hin, auch wenn sie zunächst laut quietschte, wenn sie der Meinung war, daß ihr eine Kuh zu nahe kam. Und ich humpelte die ganze Zeit mit meiner Krücke neben ihr her. Ich kümmerte mich um die Reinigung des Milchtanks, fütterte die Kälber und behielt den Überblick, welche Kühe dreizitzig waren und bei welchen der Milchfluß versiegt war. Die bösartige Färse schickten wir ins Schlachthaus. Sie war das einzige Todesopfer des Waldunfalls. Ich konnte Desirée einfach nicht zu ihr in die Box lassen.

Arvid war die ganze Zeit mit im Stall, wo er in seinem Wagen lag oder in seinem Babysitter saß. Manchmal setzte sich Desirée auf einen Heuballen und stillte ihn. Die Melkmaschine tickte friedlich vor sich hin, die Kühe käuten wieder, und das Stallradio spielte beruhigenden Sechziger-Jahre-Rock.

Ich glaube, wir haben es noch nie so schön zusammen gehabt. Und wer weiß, ob wir es jemals wieder so schön haben werden.

Sie war natürlich sehr müde und schlief ein, sobald sie nicht arbeitete, stillte oder aß. Ich lernte Arvids Windeln zu wechseln, und siehe da, es war nicht schlimmer, als in den Kälberboxen auszumisten. Wir lebten von Wurst und Kartoffeln und Pfannkuchen mit eigener Milch. Märta kam einmal mit dem Auto voller Lebensmittel vorbei.

Ich dachte ein wenig darüber nach, wie ich diesen friedlichen Zustand noch ein bißchen verlängern könnte. Angenommen, Desirée müßte nicht in die Bibliothek zurückkehren, sondern könnte weiter im Stall arbeiten? Wie meine Mutter es getan hatte! Damit mein Vater sich um die übrigen Tätigkeiten außer Haus kümmern konnte.

Eines Abends versuchte ich diese Gedankengänge vorsichtig anzubringen. Ich glaubte jedenfalls, ich sei vorsichtig gewesen. Aber Desirée bekam einen Ausbruch, der mit Sicherheit einen Ausschlag auf der Richter-Skala ergeben hätte.

»Das kannst du ja wohl nicht ernst meinen! Du mußt zu lange da im Wald mit dem Kopf nach unten gehangen haben!«

»Warum sollte das so unmöglich sein?«

»Hast du in der letzten Zeit eigentlich ein einziges Mal unsere Buchhaltung durchgesehen? Nein, das habe ich mir schon gedacht, die hast du mir überlassen. Und ich sage dir eines: Ohne mein Gehalt müßten wir von den Produkten des Hofs leben, Milch und Kartoffeln und Fleisch. Das müßten wir allerdings roh essen, weil wir nicht einmal Geld für die Stromrechnung hätten! Kapier das mal – im Moment trägt sich der Hof noch nicht mal selbst. Unsere Einkünfte über den Hof tragen gerade mal die Miete.«

»Aber ...«, setzte ich an.

»Oder meinst du, daß ich die Kinder wie eine Känguru-mutter in einem Beutel vor dem Bauch tragen kann, während ich melke? Oder wolltest du sie mit auf den Traktor nehmen? Du weißt, wir könnten uns dann nie und nimmer einen Kitaplatz leisten!«

»Aber ...«

»Benny, jetzt hör mal zu! Es gibt in der Bibliothek eine freie Stelle als Assistent. Wir könnten sicher eine Wohnung ganz in der Nähe der Bibliothek finden, ich weiß sogar eine. Und gleich nebenan gibt es eine Kita. Hast du Lust, mit mir in der Bibliothek herumzuschleichen und mir zwischen den Regalen zu assistieren?«

»Hast du sie nicht mehr alle? Ich in einer Bibliothek?«

Sie lächelte freudlos.

»Na ja, dann eben nicht. Aber *du* erwartest ohne mit der Wimper zu zucken, daß ich zuerst zu dir ziehe und dann meinen Job aufgebe, um dir zu helfen?«

»Aber ... macht es dir denn keinen Spaß, im Stall zu arbeiten?«

»Willst du eine ehrliche oder eine diplomatische Antwort?«

»Ich glaube, weder noch ...«

»Du bekommst sie aber trotzdem. Ich finde es im Moment verdammt anstrengend, und ich werde wahnsinnig müde. Das wird mit der Zeit sicher besser, und manchmal finde ich es schon nett, mit dir zusammen in den Stall zu gehen. Aber allein der Gedanke, zweimal am Tag mehrere Stunden im Stall zu verbringen, jahraus und jahrein ... Melken und ausmisten und ausfüttern ... Melken und ausmisten und ausfüttern ... Die einzige Abwechslung wäre vermutlich eine Notschlachtung ab und zu. Und dann ins Haus, um die Arbeit im Haushalt zu erledigen, denn die machst du ja nicht! Wenn ich mir das so vorstelle, kriege ich Erstickungsgefühle. Es ist einfach nicht mein Ding, aber ich verstehe, daß es dein Ding ist! Ungefähr so, wie du dich beim Gedanken daran fühlst, den ganzen Tag Bücher zu räumen. Das war die diplomatische Antwort.«

»Ich würde diesen Bibliotheksjob ohnehin nicht bekommen«, murmelte ich.

»Ach, die Assistentenstelle habe ich mir nur ausgedacht. Damit du mich besser verstehst. Tust du das jetzt?«

Desirée

In diesem Sommer ging ich widerwillig so gut wie jeden Tag mit in den Stall. Wie Anita es im Sommer zuvor getan hatte ... Bennys Bein war verheilt, aber er meinte, er nehme lieber meine Hilfe in Anspruch als die von Bengt-Göran, und außerdem hätte ich ja Erziehungsurlaub! Wir wußten beide, daß ich mich wohl kaum auf einer Sonnenliege entspannen würde, während er auf dem Traktor vorbeituckerte und für zwei arbeitete, nicht einmal jetzt, wo ich Arvid hätte vorschieben können.

Deshalb trieb ich die Kühe jeden Tag auf die Weide und wieder herein, und meistens melkte ich auch. Zunächst waren sie die Freiheit außerhalb des Kuhstalls nicht gewöhnt und versuchten sich in ihre altbekannte Umgebung im Stall zurückzumogeln.

In den ersten Wochen war die Hölle los: Die Kühe fanden ihre Boxen nicht, wenn sie von der Weide wieder in den Stall sollten, sie wurden nervös, kehrten im Mittelgang um und galoppierten so ungeschickt zurück, daß sie die anderen zu Tode erschreckten. Manchmal trampelten sie auf den Futtertisch und nutzten die Gelegenheit, Kuhfladen abzulassen, daß es nur so platschte. Aber je länger der Sommer fortschritt, desto braver trabten sie hinaus und wieder herein.

Wie viele Menschen träumen nicht davon, auf dem Land zu leben – zwischen Kühen und Blumen, mit einem lieben Ehemann und einem süßen kleinen Baby, dachte ich manchmal. Mein Leben glich einem Traum! Das einzige Problem war, daß es nicht *mein* Traum war, sondern der von anderen, vermutlich von Leuten, die auch nicht soviel über das Leben auf einem Bauernhof wußten.

Natürlich war ich ständig müde, doch als ich mich bei Benny beschwerte, behauptete er (ein deutlicher Wink mit dem Zaunpfahl), daß seine Mutter gesagt habe, sie habe sich nie so gesund und stark gefühlt wie in der Zeit, als sie ihn erwartete.

Irgendwie die falsche Antwort.

Das Schlimmste war, daß ich Arvid in einen Laufstall setzen mußte, während ich in den Stall ging. Er hatte begonnen, sich aufzurichten, und krabbelte in einem Affenzahn durch die Gegend, weshalb ich ihn nicht mehr mit zu den Kühen nehmen und riskieren konnte, daß er von ihnen niedergetrampelt wurde. Manchmal hörte ich sein wütendes Gebrüll bis in den Stall. Benny befand sich meistens weit weg auf irgendwelchen Feldern, und außerdem wollte ich nicht, daß er Arvid mit auf den Traktor nahm, mit den ganzen gefährlichen Maschinen rundherum. Es gibt keine Ohrenschützer, die auf Einjährige zugeschnitten sind.

Als Violet anbot, ihn manchmal für ein paar Stunden zu nehmen, während ich im Stall war, willigte ich dankbar ein.

In nur wenigen Tagen wurde sie die echte Expertin für mein Kind.

»Was sind denn das für Dummheiten, daß er einen Schnuller braucht?« sagte sie. »Wenn du mit ihm herumläufst und ihn eine Weile durch die Gegend trägst, schläft er besser ein!«

»Aber ich kriege doch solche Rückenschmerzen ...«, entgegnete ich mit schwacher Stimme. Mittlerweile war ich im fünften Monat und hatte vermutlich eine leichte Beckenringlockerung. Ich streckte mich nach Arvid aus, aber Violet tat so, als sähe sie mich nicht. Sie stand auf und begann mit ihm auf dem Arm herumzugehen. »So, mein Kleiner, dutzi dutzi, du magst es, wenn dir Violet was vorsingt, oder?«

In den folgenden Wochen wurde es immer schlimmer. Sie erzählte mir, was er essen dürfe und was nicht, sie legte ihn in den Wagen und ließ mich ihn nicht hochnehmen, sie wandte mir den Rücken zu, wenn ich kam, und mußte unbedingt das Bilderbuch fertiglesen, während ich an der Tür stand und wartete. Außerdem gab sie mir Ratschläge und Anweisungen zu allem und jedem, von der Kleidung bis zu seinen Schlafgewohnheiten.

Eines Tages kalbte eine Kuh draußen auf der Weide. Eine andere, ranghöhere Kuh übernahm das Kalb einfach. Sie stieß die Mutter weg, schob das Kalb vor sich her und drehte sich die ganze Zeit, so daß sie zwischen dem Kalb und seiner Mutter stand. Die Mutter muhte wehmütig und folgte den beiden auf Schritt und Tritt, aber durfte sich ihrem Kalb nicht nähern.

Ich sah Violet und mich vor meinem inneren Auge. Violet war eben eine richtige Frau, ich tat nur so, als ob.

Am Ende des Sommers lud Märta mich in ein Sommerhäuschen ein, das sie gemietet hatte, während Magnus mal wieder in einem Trainingslager war. Es gab eine kleine Lücke zwischen Heuernte und Silage, weshalb ich ohne Umschweife zusagte. Ich war so müde. So müde! Ich wollte nur ein paarmal morgens ausschlafen, und Märta hatte versprochen, ihr Patentantenamt auszuüben, indem sie morgens mit Arvid baden ging.

Benny willigte ein, aber sah mich etwas mißtrauisch von der Seite an, er hatte sich nämlich daran gewöhnt, einen Teil der Stallarbeit an mich abzugeben.

Drei Tage würden wir weg sein, Arvid und ich. Ehe ich losfuhr, kochte ich sechs Portionen Essen für Benny und stellte sie in die Tiefkühltruhe. Er mußte nur zwei Plastikboxen pro Tag herausholen, eine zum Mittagessen und eine abends, und in die Mikrowelle stellen. Als ich zurückkam, waren fünf Portionen noch in der Gefriertruhe. Er habe von Dickmilch gelebt, meinte Benny anklagend.

»Was glaubst du denn? Meinst du, ich habe Zeit, mir was zu kochen, wenn ich die ganze Arbeit allein machen muß? Weil du einfach abhaust?«

»Wieso kochen? Eine Plastikbox fertiges Essen in die Mikrowelle stellen?«

»Verdammt, ich hab doch keine Zeit, mein Essen im voraus zu planen!«

Ich nahm an, daß er nur Langeweile gehabt und ohne uns den Appetit verloren hatte, oder aber er wollte mir ein schlechtes Gewissen einreden. Doch dann traf ich Violet, und mir wurde klar, daß er in Wirklichkeit an allen drei Tagen bei ihr gegessen hatte. Sie zwitscherte mir vor, was für einen enormen Appetit er gehabt habe, und ließ durchblicken, daß eine richtige Frau niemals Urlaub nimmt.

»Ich war so müde ...«, wimmerte ich und wollte meine Erschöpfung gerade auf meine anderen Umstände schieben. Doch etwas in mir sträubte sich. Ich würde bald zwei Kinder haben, und sie hatte keines. Und ich wollte nicht mit ihr tauschen.

In einem Monat würde ich wieder anfangen, in der Bibliothek zu arbeiten. Ich erwischte mich dabei, wie ich mich danach sehnte, so wie man sich nach Urlaub sehnt.

Benny

Einen Platz in der Kindertagesstätte für Arvid bekamen wir, das war kein Problem. Desirée fing an zu arbeiten, stand zur gleichen Zeit auf wie ich, zog ihn an, brachte ihn zur Kita und fuhr dann weiter in die Stadt. Manchmal kamen sie erst nach Hause, als ich im Stall beim Abendmelken war, und wenn ich reinkam, schlief er schon. Ich bekam ihn kaum zu Gesicht. Sie beschwerte sich darüber, daß die Tage so anstrengend seien. Wieso das denn? Mit einem Kind, das den ganzen Tag in der Kita ist, und ohne Stallarbeit?

»Häng dir einen Rucksack mit zehn zusätzlichen Kilos auf den Bauch, dann wirst du schon sehen!« sagte sie. Als ich während der Herbstbestellung ihre Hilfe im Stall gebraucht hätte, weigerte sie sich standhaft. »Ich kalbe bald«, sagte sie. »Von deinen Kühen würdest du nie verlangen, daß sie sich in der letzten Zeit vor der Entbindung anstrengen und schwere Dinge tragen! Und außerdem würde ich beim Melken nicht einmal die Zitzen finden, es ist nämlich schon eine Weile her, daß ich zuletzt meine Füße gesehen habe.« Das mußte ich natürlich akzeptieren.

Diesmal landete das Fruchtwasser nicht auf dem Küchenfußboden. Sie war wieder zwei Wochen über der Zeit, und dann mußte sie in die Klinik, weil die Geburt eingeleitet werden sollte. Ich fand das prima, denn das ließ sich planen. Eine Art Urlaubsersatz. Diesmal würde ich dabeisein.

Und nicht nur ich, wie sich herausstellte!

Weil das Ganze zu normalen Öffnungszeiten stattfinden würde, waren jede Menge Studienbesuche eingeplant, während der Entbindung!

»Bei Erstgebärenden fragen wir ja nicht so gern«, erklärte die Hebamme. »Aber hätten Sie etwas dagegen, wenn zwei Schwesternschülerinnen dabeiwären?«

»Je mehr Leute, desto mehr Spaß«, grinste ich dümmlich. Ich war ziemlich nervös. Desirée warf mir einen dunklen Seitenblick zu. Zwei blasse Mädchen mit Pferdeschwanz kamen herein und setzten sich tuschelnd in eine Ecke.

Desirée bekam irgendwelche Medikamente, und die Wehen setzten ein. Sie begann zu stöhnen und legte los, und plötzlich kam die Hebamme mit drei Medizinstudenten herein und hob entschuldigend die Schultern. »Die müssen das ja auch lernen!« Das Fruchtwasser ging vor ihren neugierigen Augen ab, die Hebamme trug Gummistiefel.

»Tja«, flüsterte Desirée und versuchte zu scherzen. »Es ist sicher gut, nicht mit dir allein zu sein. Du würdest deinem Kind nur Ketten um die Hinterbeine legen und kreuzweise daran ziehen!« Dann begann sie zu brüllen, daß sie irgendwelche schmerzlindernden Mittel haben wolle, und die Hebamme, die die ganze Zeit wie ein Kuckuck in der Kuckucksuhr hinaus und wieder hereinlief (sie hatte noch mehr Frauen, um die sie sich kümmern mußte), versprach, nach einem Arzt zu suchen, der ihr eine PDA legen könne.

Ich weiß nicht, was wir uns vorgestellt hatten. Daß Desirée und ich gemeinsam gebären würden, während wir uns zärtlich an der Hand hielten? Von wegen!

Die Medizinstudenten nutzten die Gelegenheit, Desirée auszufragen. »Können Sie den Schmerz beschreiben? Fühlt es sich an wie ein Gallenstein oder eher wie eine Kolik?« fragte der erste. Der zweite wollte etwas über ihre Ernährungsgewohnheiten wissen, und der dritte erkundigte sich nach ihrer Verdauung während der Schwangerschaft. Die beiden Schwesternschülerinnen horchten abwechselnd ihren Bauch während der Wehen ab. Desirée sah hinter der Mauer von Rücken immer verzweifelter aus. Ich versuchte mich zu ihrem Kopf vorzuboxen.

Dann war die Schicht der Hebamme zu Ende, und ihre Ablösung kam herein, um sich über den Stand der Dinge zu informieren. Außer mir und Desirée befanden sich sieben Personen im Zimmer, die herumstanden und sich leise miteinander unterhielten, als Desirée plötzlich ein durchdringendes Stöhnen von sich gab. »Jetzt!«

Im Zimmer entstand hektische Betriebsamkeit. Alle setzten einen Mundschutz auf und drängten sich um den Entbindungstisch, um zuzusehen, wie mein zweiter Sohn aus ihr herausglitt. Ich konnte gerade noch erkennen, daß sein Kopf aussah wie ein zusammengequetschter Gummiball, dann schob sich ein Studentenhintern in mein Blickfeld. Ich tastete vergebens mit meinen Fingerspitzen nach Desirées Hand. Als alles vorbei war, stolperte ein gestreßter Arzt herein.

»War das hier mit der PDA?« sagte er.

Die neue Hebamme war eine von der barscheren Sorte. Sie verschaffte sich einen Überblick über die Schar wie ein Feldherr und brüllte: »Alle außer dem Vater – raus!« Und sie trabten davon, sich eifrig unterhaltend.

Auf einmal war es ruhig und angenehm. Gedämpftes Licht und ein Kind auf dem Bauch, das ein dunkelblaues Auge öffnete und uns ansah. Wir weinten und schnieften natürlich beide.

»Da hat er ja schon bei seiner Geburt eine enorme Aufmerksamkeit bekommen«, sagte ich. »Bestimmt wird etwas Großartiges aus ihm.«

»Wenn ich noch einmal ein Kind bekommen sollte, nehme ich Eintritt, darauf kannst du dich verlassen«, sagte Desirée. »In diesem Moment klingt das allerdings nicht gerade nach einem attraktiven Projekt – noch mehr Kinder zu kriegen, meine ich.«

»Denk an den Nachwuchs in der Landwirtschaft«, sagte ich. »Die schwedischen Bauern werden immer älter!«

»Hattest du dir gedacht, daß wir diesen Trend ganz allein brechen sollten?« brummte sie. »Guck mal! Er hat deine Haarwirbel!«

Desirée

Der Herbst war anstrengend gewesen, mit einem Vollzeitjob in der Stadt und einem Einjährigen, mit einem Riesenbauch und Stallarbeit am Wochenende. Ich wußte ja, daß Benny Hilfe brauchte, er hielt nicht gerade hinterm Berg damit, wieviel Arbeit er mit dem Hof hatte. Das Problem war nur, daß er nie sah, was ich im Haus machte, das zählte für ihn sozusagen nicht als Arbeit. Seine Auffassung lautete: »Eine Frau im Haus schafft Gemütlichkeit.« Daß es Zeit brauchte, um diese Gemütlichkeit zu erzeugen, war ihm offenbar nicht bewußt.

Eines Tages hatte er angeboten, unseren gemütlichen Freitagabend vorzubereiten, da ich an diesem Tag Spätschicht hatte. Er würde Arvid holen, einkaufen und etwas Leckeres kochen. Ich schnappte nach Luft, das war noch nie vorgekommen!

Ich kam erwartungsvoll nach Hause, blieb in der Diele stehen und schnupperte neugierig. Die Küchentür war geheimnisvoll geschlossen, und ich stellte mir vor, daß er mit Tischdecke und Servietten und Kerzen gedeckt hatte, wie ich es immer tat. Vorsichtig öffnete ich die Tür.

»Hallo!« sagte Benny. Er saß auf der Küchenbank, trank ein Bier direkt aus der Flasche und las den zweiten Teil von »Land«.

Auf der Wachstuchdecke standen zwei Teller und zwei Milchgläser. Auf einer Platte lag eine Plastiktüte mit aufgetauten, wäßrigen gepulten Krabben. Nichts anderes. Die Leuchtstoffröhre an der Decke verbreitete ein bläuliches Licht.

»Guck mal, Krabben für die Krabbe!« sagte er stolz.

Ich biß die Zähne zusammen, aber es kostete Kraft.

Und dann war da die Sache, daß ich nachts keinen ordentlichen Schlaf bekam. Der Bauch war wie ein großes Paket, das ich jedesmal, wenn ich mich im Bett umdrehte, herumwuchten mußte – hau ruck! Ab und zu trat das Baby bösartig auf meine Blase, und ich mußte aufstehen und aufs Klo. Und manchmal wachte ich davon auf, daß sich mein Bein verkrampfte, als hätte ein Riese am Fußende des Bettes gesessen und mein Bein verdreht. Es war einfach unerträglich.

Das einzige, was dann half, war, aufzustehen und verbissen fluchend auf dem krampfenden Bein herumzuhüpfen, bis es wieder in seinen normalen Zustand zurückgefunden hatte, während Benny sich irritiert zur Wand drehte und brummte, daß er verdammt noch mal schlafen müsse. Er befürchtete, ich könnte ihn bitten, mich zu massieren, das hatte ich nämlich getan, als ich zum erstenmal einen Krampf bekam. Aber das machte ich kein zweites Mal, denn er hatte den ganzen nächsten Tag gegähnt und mich beleidigt angesehen. Außerdem war der Effekt viel besser, wenn ich herumhüpfte. Vor allem, weil Benny hartnäckig an der Innenseite des Oberschenkels herummassiert hatte, als er schließlich wach geworden war.

Manchmal versuchte ich mir durch Herumleiden ein bißchen Sympathie zu verschaffen, insbesondere am Wochenende, wenn ich gern auf die Stallarbeit verzichtet hätte. Aber Benny antwortete nur keck, daß seine Mutter (wahlweise Tante oder Oma) immer gesagt habe, daß Schwangersein keine Krankheit sei. Und dann erzählte er eine Geschichte von einer entfernten Verwandten, einer pingeligen Städterin, die sich während ihrer Schwangerschaft in die Kissen zurücklehnte, bekleidet mit einem spitzenbesetzten Bettjäckchen, und darauf wartete, daß ihr Pantoffelheld von Mann ihr Kaffee ans Bett brachte … Das war offenbar ein Witz, der in der Verwandtschaft kursierte.

Allmählich durchschaue ich das Muster in solchen Witzen über Pantoffelhelden. Sie erfüllen die Funktion, den Frauen beizubringen, bloß keine Ansprüche zu stellen, und außerdem verschaffen sie den Männern ein angenehm gutes Gewissen. Ein richtiger Kerl schmeichelt sich eben nicht bei seiner Frau ein!

Es war vorgekommen, daß Benny in Violets Küche Kaffeepause machte, wenn ich kam, um Arvid dort abzuholen. Er und Bengt-Göran saßen am Tisch und schoben sich ihre Kardamomschnecken und Marmeladenhörnchen und was noch alles in den Mund, während Violet an der Küchenarbeitsplatte *stand*, allzeit bereit, mit der Kaffeekanne vorzuspringen und nachzuschenken. Die letzten Wochen, ehe Nils geboren wurde, entdeckte ich mit einer gewissen Wehmut, daß ich selbst in meiner Küche an der Arbeitsplatte *stand* und Kaffee trank, während Bengt-Göran und Benny am Tisch saßen und ihren Kaffee genossen (mit Zwieback). Ich stand bereit, um nachzuschenken, wenn Bengt-Göran mir die Tasse hinhielt, ohne sich umzudrehen, und einzugreifen, wenn Arvid vorbeigewackelt kam. Aber es war natürlich auch nicht wirklich spannend, mit zwei Leuten am Kaffeetisch zu sitzen, die sich über Schwemmist und Faulschlamm unterhielten. Und außerdem kann man sich ja nicht die ganze Zeit ärgern. Sagte ich mir.

Es war erstaunlich, wie schnell die Verwandlung stattgefunden hatte: der liebevoll demütige Benny, der so dankbar gewesen war, daß ich mit ihm zusammenleben wollte, war bereitwillig in die Rolle des schwedischen Gatten von traditionellem Zuschnitt gerutscht, und ich hatte dabei zugesehen. Mein Lächeln wird ein bißchen schief, wenn vom gleichberechtigten schwedischen Mann die Rede ist, der ganz selbstverständlich seinen Teil der Arbeit übernimmt. Ich meine, so schnell lassen sich doch nicht tief verwurzelte Verhaltensweisen ausmerzen, nur weil die

Männer rein formal die *Möglichkeit haben*, Elternzeit zu nehmen! Und ich habe das Gefühl, daß man die Vorhut der neuen Männer nicht gerade auf dem Land findet. Besonders viel väterliche Elternzeit wird übrigens während der Elchjagd genommen.

Okay, ich übertreibe. Benny war *auch* liebevoll, und die gemeinsamen Stunden, wenn Arvid eingeschlafen war und wir friedlich vor dem Fernseher saßen und Tee tranken, hätte ich um nichts in der Welt gegen meine schönen, ungestörten einsamen Abende in meiner Junggesellinnenbude eintauschen wollen.

Märta schüttelte den Kopf, als sie zu Besuch kam und sah, wie ich mit meinem Kaffee in der Küche stand, während die Männer am Tisch saßen. »Das habe ich mir doch selbst so ausgesucht!« fuhr ich sie an. »Ich liebe Benny! Und ich gebe ihm das jetzt, weil er finden soll, daß ich gut hierherpasse und daß er mit mir einen guten Fang gemacht hat!«

»Ich habe neulich einen Kerl im Fernsehen sagen hören, daß die Frauen auf dem besten Weg seien, zu Männerhassern zu werden«, seufzte Märta. »Aber das ist noch nie das eigentliche Problem gewesen. Das Problem ist, daß wir es *nicht* sind. Wer zum Teufel will denn den Menschen, den er liebt, Tag für Tag nerven und mit ihm herumstreiten? Du mußt es eben als Anitas Fluch sehen!«

Benny

Eines Abends am Ende des Jahres bekam ich plötzlich eine Fuhre Ziegelsteine auf den Kopf. Ich meine, es fühlte sich jedenfalls so an.

Natürlich ging es schon eine Weile so. Vor allem seit ein Bauer im nördlichen Teil der Provinz wegen Tierquälerei angezeigt worden war. Dabei war es im Grunde total gemein, denn er hatte seine Kühe im Herbst draußen gehabt und wurde von so einem verdammten flaumbärtigen Tierpfleger, der direkt von der Uni kam, wegen Verwahrlosung angezeigt, obwohl die Kühe gesund waren und es ihnen gutging. Kühe sind doch keine Hauskatzen, sie sind am liebsten draußen und bekommen einfach ein dichteres Fell, wenn es kälter wird. Würde mich nicht wundern, wenn so einem Typen einfallen würde zu fordern, daß die Bauern beheizbare Liegehallen für die Elche in ihre Waldparzelle stellen.

Und dann kam die Polizei und brachte seine Kühe zu anderen Bauern, während die Ermittlungen liefen. Nach neun Tagen ging dem Bauern auf, daß es schon jetzt vierzigtausend Kronen gekostet hatte, seine Tiere abzutransportieren und woanders einzuquartieren, und um das zu zahlen, hätte er nicht einmal einen Kredit aufnehmen können, denn er kriegte kein Darlehen bewilligt, weil sie den Hof als Sicherheit beschlagnahmt hatten. Da verlangte er, daß sie statt dessen die Tiere verkauften, aber das Geld, das er für die zwanzig Kühe bekam, reichte gerade mal für die halbe Rechnung! Da stand er nun – ohne Tiere und ohne Einkommen, dafür mit ordentlichen Schulden – und drohte auch noch seinen Hof zu verlieren. Sein Stall war übrigens schon von einer Bande militanter

Tierschützer niedergebrannt worden, als der Fall in die Presse gekommen war.

In den Monaten nach diesem Vorfall zog es in der Magengrube, sobald ich etwas über Tiergesundheit hörte. Ich meine, es war ja nichts Neues, Bengt-Göran hatte seine Kühe schon vor einigen Jahren verkauft, als neue Gesetze über größere Boxen in Kraft traten. Er konnte doch keinen Millionenkredit aufnehmen, um den Stall nach den neuen Normen umzubauen, verdammt! Damals mußten viele Kleinbauern aufgeben, und zwar genau die Landwirte, die ihre Tiere sozusagen noch persönlich kannten. Übrig blieben die Großbetriebe, die Tierindustrie, wo die Tiere wie Maschinen gehalten werden. Auf riesigen Bodenflächen natürlich.

Noch schlimmer wurde es nach dem Unfall mit dem Schneemobil. Eine Zeitlang konnte ich die Tiere nicht so sauber halten wie sonst, ich schaffte es einfach nicht. Eigentlich sollten die Leute ja kapieren, daß mir am meisten von allen daran gelegen ist, daß es den Tieren gutgeht. Kranke Kühe geben keinen Verdienst, und einen Tierarzt kann man sich kaum leisten. Aber ich litt eine Weile richtiggehend an Verfolgungswahn. Wenn sich fremde Leute dem Hof näherten, dachte ich, das ist bestimmt so ein investigativer Journalist mit versteckter Kamera oder einer dieser verdammten Veganer! Und dann fliegt der Rönnhof in die Luft. Das kann schneller gehen, als man denkt.

Aber es war im staatlichen Alkoholladen, wo es mich wie eine Fuhre Ziegelsteine traf. Eine neue Paranoia. Ich stand mit Arvid im Buggy in der Schlange, um Champagner für Silvester zu kaufen. Desirée hatte sich in den Kopf gesetzt, ein paar Leute einzuladen, denn sie sagte, sie habe seit diesem Massenauflauf im Kreißsaal keine Menschenseele gesehen. Arvid hatte ich mitgenommen, damit sie ein bißchen Schlaf bekam, falls Nils sich darauf einließ. Ich machte mir Sorgen, wie schnell sie diesmal nach der Schwangerschaft abgemagert war. Um die Augen herum sah sie aus wie ein Waschbär, wegen der vielen schlaflosen Nächte.

Einfach war es nicht. Arvid mußte alle Hunde streicheln und wollte auf dem Gehweg herumlaufen, und er zwitscherte die ganze Zeit wie ein Buchfink. Ich glaube, er war zufrieden, daß er mich ausnahmsweise mal ganz für sich allein hatte.

Da stand ich also und versuchte anhand des Prospekts die Aussprache des Champagners zu üben. (»Vöff Klick-oh«?) Plötzlich entdeckte ich eine Frau, die neben mir in der Schlange stand und wie ich ein Kind im Buggy dabeihatte.

Das war ein Buggy, kann ich Ihnen sagen. Wie der Rennwagen des Jahres von Porsche. Blitzend silbern lackiert und durchgestylt, vermutlich perfekt in der Bodenhaftung und im Kurvenverhalten. Dann fiel mein Blick auf Arvids abgenutztes Fahrzeug, ein Zwanzigkronenschnäppchen vom Weihnachtsflohmarkt der Schule. Ich hatte mich drangemacht und geschweißt und herumgehämmert und gestrichen, aber klar, die Räder liefen schief, und die Farbe war Panzergrau, ein übrig gebliebener Farbrest von der Kellerluke.

Herrgott, jetzt hatte ich ja zwei Kinder! Was, wenn irgendein pedantischer Inspektor kam ... wenn die Kühe irgendeine Krankheit kriegten, so daß wir die Qualitätsnorm nicht erreichten ... wenn der Milch-Ankaufspreis weiter sank ... wenn irgendwelche verdammten neuen EU-Regeln kamen ... wenn mir wieder etwas zustieß ... wenn ...

Ich würde sie nicht versorgen können! Und auch Desirée könnte keinesfalls uns alle ernähren! Ihr Gehalt reichte ja nicht einmal, um den Kredit zu tilgen, den ich für den Ausbau des Jungtierstalls aufgenommen hatte! Wie hatte ich mir nur das Recht herausnehmen können, Kinder in die Welt zu setzen, für die ich vielleicht nicht einmal das tägliche Essen bezahlen konnte? Und Sozialhilfe bekommt man keine, wenn man auf einer Immobilie sitzt, deren Wert auf mehrere Millionen Kronen geschätzt wird!

Ich war so nervös, daß ich am ganzen Körper zu zittern begann. Und in diesem Moment sah ich im Prospekt den Preis für eine Flasche Champagner.

Da packte ich Arvids Wagen, steuerte ihn durch die Tür und ging nebenan in einen Seven-Eleven-Shop, wo ich mir eine große Flasche alkoholfreien Cidre schnappte. Ich hatte einen Plan.

Zu Silvester hatten wir drei Paare aus dem Dorf zu Besuch. Desirée hatte was extrem Leckeres aus einem Stück Rinderfilet zubereitet, das wir noch von der Herbstschlachtung in der Tiefkühltruhe hatten, dazu Kartoffelgratin, Porree, Möhren, Zuckererbsen und eine schmackhafte Sahnesoße. Und alles waren Produkte vom Hof! Die Gäste hatten Wein mitgebracht, außer Bengt-Göran, der eine Flasche Schnaps dabeihatte.

Es wurde ein netter Abend. Zur Vorspeise schenkte ich reichlich von Bengt-Görans Schnaps aus, die Leute wurden beschwipst und erzählten lauthals alte Dorfschwänke. Nils war ausnahmsweise mal ruhig, und kurz vor Mitternacht gingen wir raus, um Feuerwerkskörper anzuzünden und den Zwölfuhrschlag im Autoradio zu hören.

Desirée schimpfte mich aus, weil ich die Champagnerflasche schon geöffnet hatte, als ich sie auf einem Tablett zusammen mit den Gläsern herausbrachte. Sie konnte ja nicht wissen, daß eben diese Champagnerflasche in einer Ecke der Werkstatt gestanden hatte – seit jenem Silvester, als Anita und ich sie unter verbissenem Schweigen geleert hatten. Jetzt war sie mit Cidre und schwarzgebranntem Schnaps gefüllt, in einem Mischungsverhältnis, das ich durch etliche Experimente herausgefunden hatte.

Es schlug zwölf, Desirée nahm einen einzigen Schluck, und dann starrte sie mich an, während ihr das Kinn in den Ausschnitt fiel. Bengt-Göran leerte das Glas in einem Zug und juchzte, daß er immer geglaubt habe, Champagner sei etwas Besonderes, aber es schmecke ja wie schwarzgebrannter Schnaps mit Brause! Die anderen lachten herzlich, und keiner glaubte auch nur einen Augenblick lang, daß dies die Wahrheit sei. »Mmm, Vöff Klickoh?« sagte Lisa Brodin vornehm, die demnächst einen Weinprobekurs im Dorf organisieren wollte. Ich lächelte nur. Ich kenne meine Pappenheimer.

Das war den Ärger wert, den ich hinterher bekam. Ich meine, vierhundertfünfzig Kronen für eine einzige Flasche! Ich habe nur meine finanzielle Verantwortung als Familienvater übernommen.

WARNUNG VOR STURMBÖEN

Desirée

Vor allem gegen Ende der Schwangerschaft war ich sehr müde gewesen. Es *machte* mir ja Spaß, wieder zu arbeiten. Ich hatte Olof von meinen Plänen für ein Märchenhaus und ein Kinderfilmfestival erzählt, und wir hatten begonnen, Pläne zu schmieden, jeden Tag hatten wir neue Einfälle. Aber es war anstrengend, sechzig, siebzig Kilometer pro Tag zu fahren, im Dunkeln und auf vereisten Straßen, den Bauch am Lenkrad. Es war mühsam, ein Kind und einen Haufen Einkaufstüten aus dem Auto zu heben und über den Hofplatz zu schleppen. Es würde wunderbar sein, wieder in meinem natürlichen Rhythmus zu leben, dachte ich mir. Die Kinder den ganzen Tag um mich zu haben. Ich würde sogar lernen, Marmeladenhörnchen zu backen …

Nach der Entbindung, die eher eine Farce gewesen war, hatte ich mich körperlich schnell wieder erholt. Benny konnte ja wohl nicht erwarten, daß ich gleich wieder im Stall mit anpackte, dachte ich. Er hatte im Winter übrigens eine ziemlich ruhige Zeit und machte lange Skitouren im Wald, wenn er Lust hatte. Er hatte seine Lektion gelernt und arbeitete nicht mehr allein im Wald, und nachdem er mit der Herbstbestellung fertig war, war tagsüber in erster Linie Stallarbeit angesagt. Ich würde nur den Haushalt machen und mich dann mit Arvid aufs Sofa setzen und ihm mit Nils an der Brust Bilderbücher vorlesen. Vielleicht würde ich sogar selbst ab und zu ein Buch lesen – das war schon lange her!

Da bekam Nils Koliken. Wer ein Kind mit Koliken gehabt hat, weiß, was das bedeutet. Wer es nicht erlebt hat, kann es ohnehin nicht nachvollziehen: wie kaputt man ist, wenn man jede Nacht wach ist, mit einem blauroten, brüllenden Bündel durch die Räume läuft und zu jeder Tages- und Nachtzeit draußen mit dem Kinderwagen durch die Gegend zieht. Schließlich stellte ich fest, daß Nils aus irgendeinem Grund verstummte, wenn ich ihn im Auto durch die Gegend kutschierte. Viele Nächte lang fuhr ich auf den verschneiten und nicht geräumten kleinen Wegen herum, halbblind vor Müdigkeit. Manchmal stellte ich mich in eine Parkbucht, legte den Kopf aufs Lenkrad und schlief eine Stunde, bis er aufwachte und wieder zu schreien begann. Benny konnte mir nicht helfen, er müsse ja arbeiten, sagte er. Tja. Nachts mit dem Auto herumzufahren konnte natürlich nicht als Arbeit gezählt werden.

Ich versuchte mir nette Beschäftigungen mit Arvid auszudenken, damit er auf andere Gedanken kam, als seinen kleinen Bruder umzubringen. Und es wäre ja ein Witz gewesen, wenn ich als enthusiastische Bibliothekarin der Kinderbuchabteilung mit meinen vielen Ideen nicht mein eigenes Kind hätte unterhalten können. Aber oft schlief ich am hellichten Tag ein, mit Arvid und einem Buch auf dem Schoß. Er schubste mich genervt. Schließlich gewöhnte er sich daran, sich mit sich selbst zu beschäftigen, während ich ins Koma sank.

Es war natürlich nicht gut, denn er war erst anderthalb, und eines Tages, als Benny zum Frühstück hereinkam, hatte er gerade eine Flasche Terpentinersatz geöffnet, die er im Putzschrank gefunden hatte. Daneben stand sein Trinkbecher. »Zonenlimo!« sagte er begeistert. Das bedeutete Zitronenlimonade, und zweifelsohne hätte er die Flüssigkeit in seinen Becher gekippt und ausgetrunken, wenn nicht Benny rechtzeitig gekommen wäre. Danach machte Benny jeden Schrank und jede Schublade mit selbstgemachten Ketten und Ösen kindersicher. Nur leider waren sie damit auch erwachsenensicher ...

Die ständige Müdigkeit führte dazu, daß ich zwei große Ereignisse in meiner nächsten Umgebung im Verlauf dieses Frühlings so gut wie verschlief. Sowohl Märta und Magnus als auch Violet und Bengt-Göran bekamen ihre heißersehnten Adoptivkinder! Aber als Adoptiveltern hätten sie unterschiedlicher nicht sein können.

Märtas und Magnus' kleine Consuela stammte aus Lateinamerika. Als sie herkam, war sie drei Jahre alt und hatte eine auffällige Lippenspalte. Sie verbrachten viel Zeit mit den zahlreichen Operationen, aber wenn Märta sich manchmal aufmachte, um mich zu besuchen, hatten wir viel Spaß. Sie hatte begonnen, Spanisch zu lernen, um Consuelas Sprache lebendig zu halten, und Magnus hatte aufgehört, jeden Tag Schrott zu heben, sondern spielte viel lieber Rollstuhlrennen mit seiner Tochter. Sie saß auf seinem Schoß und jauchzte vor Vergnügen, wenn er auf der Straße in vollem Tempo loslegte.

Aber ich vermißte Märta. Ich war einfach sehr einsam, denn niemand kommt ja eben mal vorbei, wenn man dreißig Kilometer von der Stadt entfernt wohnt, und nicht einmal, wenn ich weniger kaputt gewesen wäre, hätte ich meine beiden Kleinkinder durch die Gegend geschleppt, um bei irgendeiner Nachbarsfrau vorbeizuschauen. So gut kannte ich sie auch wieder nicht.

Bengt-Göran und Violet hatten ein Kind aus Rußland (»Wir wollten eins, das so aussieht wie wir!«) und waren völlig unansprechbar. Ein Hausgott war zu ihnen niedergestiegen, und sie nannten ihn Kurt-Ingvar nach Bengt-Görans Vater, ein Name, der bestimmt eine ebensolche Belastung darstellen konnte wie die »falsche« Hautfarbe. Ich habe übrigens den Eindruck, als hätte Kurt-Ingvars Mutter ein Abenteuer mit einem mongolischen Reiter gehabt, und der Kleine scheint nach seinem Vater zu kommen – mit schrägstehenden schwarzen Augen und einem breiten, goldbraunen Gesicht.

Niedlich auf eine exotische Art war er, und die Zeit, als ich mal eben ein Kind bei Violet abgeben konnte, war definitiv vorbei. Sie war über Nacht zur Urmutter geworden. Ich mißgönnte es ihr nicht, aber manchmal mußte ich die Zähne zusammenbeißen, wenn sie durchblicken ließ, daß es bei mir zu ungeputzt sei, als daß sie es wagen würde, Kurt-Ingvar auf den Boden zu lassen. Außerdem machte sie Andeutungen, daß ich etwas mehr auf mein Aussehen achten solle, denn sonst ... »Weißt du, Benny war seinerzeit ein richtiger Charmeur!« Wie zufällig ließ sie jedesmal eine von ihren Kosmetikbroschüren bei mir liegen. Benny schlug vor, ich sollte in einen Lippenstift namens Cool Kisses investieren. Vermutlich ein diskreter Hinweis, daß ich ein bißchen öfter auf seine Seite des Bettes hinüberrutschen solle.

Doch wie stellte er sich das vor? Nachts machte ich doch Nachtwanderungen mit Nils!

Benny

»Verdammt, Benny!« sagte Bengt-Göran eines Abends, als er in unserer Küche herumhing. Desirée hatte sich gerade mit Nils schlafen gelegt, obwohl es erst neun Uhr abends war. »Wird das etwa immer so sein? Oder wie?«

Ich wußte, was er meinte. Wir kennen uns so lange, daß ich glaube, ich verstehe ihn per Telepathie. Er fand es schade, daß unsere Frauen so in ihrer Mutterrolle aufgingen.

»Letzten Samstag habe ich versucht, Violet mit in die Rotunde zu locken«, sagte er. »Wir hatten Hochzeitstag. Aber sie hat mich nur angeglotzt und gefaucht: ›Hattest du etwa gedacht, wir geben Kurt-Ingvar solange bei fremden Leuten ab?‹« Er schwieg eine Weile. »Dabei hatte ich eigentlich nur gehofft, sie würde mich hinterher vielleicht mal wieder ranlassen ... Da ist kaum was gelaufen, seit Kurt-Ingvar da ist, weißt du.«

Ich sagte, es wäre bei uns genauso, aber dabei kreuzte ich die Finger auf dem Rücken. Immerhin hatte Desirée mich ja »rangelassen«.

Er sah so unglücklich aus, daß mir ein blöder Einfall kam.

»Vielleicht brauchen sie einen kleinen Schubs?« sagte ich. »Was hältst du davon, wenn wir beiden in die Rotunde gehen, wie in alten Zeiten, Bengt-Göran? Und spät nach Hause kommen, mit Lippenstift am Kragen? Dann kapieren unsere Frauen vielleicht, was sie aufs Spiel setzen?«

Bengt-Göran war Feuer und Flamme. Ich hatte eigentlich nur einen Scherz machen wollen, aber er ließ nicht locker. Schließlich hatte er mich so weit, daß ich ihm versprach, nächsten Freitag mit in die Rotunde zu kommen. Er stellte mir sogar in Aussicht, Samstag früh den Stalldienst zu übernehmen, so eifrig war er.

Desirée starrte mich mit ihren matten Waschbäraugen an, als ich ihr von unserem Vorhaben erzählte. Ich druckste etwas herum, übertrieb Bengt-Görans Leid und behauptete, er stünde am Rand des Selbstmords. Ich redete mir ein, ich täte es nur seinetwegen. Aber das glaubte sie mir natürlich nicht.

»Dann nehme ich am Samstag meinen freien Abend«, sagte sie nur. »Du nimmst Arvid und Nils. Ich stille ihn, bevor ich gehe, dann kommt er fünf bis sechs Stunden zurecht.«

Vor lauter Verwirrung sagte ich ja. Ich hatte geglaubt, sie würde Widerstand leisten, und erst als es zu spät war, sah ich ein, daß sie genau das getan hatte.

Am Freitag fuhren wir mit Beng-Görans altem Dodge in die Stadt, ein Kumpel von ihm wollte uns dann zurückbringen. Bengt-Göran hatte schon etwas vom Schwarzgebrannten getankt, hinten im Auto hatte er einen ganzen Kanister, den er mit Cidre mixte.

»Bißchen Champagner gefällig?« fragte er grinsend und glaubte, einen guten Witz gemacht zu haben …

Die Rotunde ist das einzige Lokal, wohin man in unserem Alter gehen kann, ohne sich uralt zu fühlen. An eine normale Disco ist nicht zu denken, man fühlt sich bei diesem Schwarzlicht wie ein Epileptiker, und die Bräute sind ungefähr dreizehn und gucken einfach durch einen durch, als wäre man unsichtbar. Aber in der Rotunde investieren die Betreiber in gute Bands, solche, die mehrere Wochen nacheinander auf der Hitparade stehen, und die Frauen sind alles zwischen zweiundzwanzig und scheintot. Eine kräftige Donna mit künstlichen Wimpern packte mich gleich und schob mich auf die Tanzfläche. Als wir ein paar Tänze getanzt hatten, nahm sie meine Hand und sah nach.

»Verheiratet?« sagte sie. »Gut!«

»Gut? Wieso das?« wollte ich erstaunt wissen.

»Verheiratete Kerle wird man schneller wieder los.«

Sie erklärte, daß sie alleinerziehend sei und ein paar Zwerge zu Hause hätte. Ein paarmal im Monat gehe sie abends aus. »Man nimmt einen Kerl über Nacht mit, weil man das ab und zu braucht«, sagte sie. »Aber ehe man sich's versieht, stehen sie am Kühlschrank, und dann wird man sie nicht mehr los. Sie legen die Beine hoch und warten darauf, daß man ihnen Kaffee serviert, und dann fangen sie an sich zu benehmen, als sei man ihre persönliche Pflegerin. Von so einem habe ich mich scheiden lassen – und das will ich auf gar keinen Fall noch einmal erleben! Aber verheiratete Männer sind gut, die wollen dasselbe wie ich, einfach nur einen One-night-Stand.«

Ich war ein bißchen schockiert. Gleichzeitig spürte ich, daß sich beim Wort One-night-Stand irgendwas unterhalb meiner Gürtellinie regte. Sie war nicht hübsch, wirklich nicht, aber sie hatte etwas Frisches und Brünstiges an sich, und ich dachte, wenn …

Na ja, ich hatte wahrscheinlich verdammtes Glück, daß Bengt-Göran eine Stunde später so besoffen war, daß er rausgeschmissen wurde, und da mußte ich ja mitgehen. Er hatte jede Braut angegrabscht und in überdeutlichen Worten mit seiner Potenz geprahlt. Wir drehten ein paar torkelnde und lustlose Runden durch die Stadt, standen bei einigen Kneipen an, aber kamen nicht rein. Wir konnten ja nicht zu früh nach Hause kommen, sonst würde der gewünschte Effekt ja ausbleiben, wie Bengt-Göran sagte. Wir froren wie die Schneider, und schließlich gingen wir zu McDonald's, drückten uns jeder einen Big Mac rein und nuckelten gleichgültig an einer Cola, bis Bengt-Görans Kumpel uns mit dem Auto abholte.

Desirée schlief, als ich kam, obwohl ich mir Mühe gab, möglichst laut herumzupoltern, während ich die Treppe hochging.

Desirée

Ich zog es durch, obwohl sich alles in mir sträubte. Ich kaufte eine Tüte Schminkzeug bei Violet, und dann durfte sie mich so richtig auftakeln. Sie schminkte, was das Zeug hielt, ich glaube, sie war sauer auf Bengt-Göran und wollte sich sozusagen über mich an ihm rächen.

»Keine Spur von Verantwortungsgefühl!« schnaubte sie empört. »Um halb drei ist er nach Hause gekommen, besoffen wie eine Haubitze. Und nach Parfüm gestunken hat er! Kurt-Ingvar ist aufgewacht, als er reinpolterte, und konnte nicht wieder einschlafen. Ich habe Bengt-Göran auf dem Sofa schlafen lassen, davon hat er hinterher einen Hexenschuß gekriegt!«

Sie legte dicke Schichten Lidschatten auf und krönte das Ganze mit Rouge, bis ich aussah wie ein Clown. Währenddessen gab sie mir ein paar mütterliche Ratschläge und Anweisungen. Sie ging davon aus, daß ich ebenfalls in die Rotunde gehen wollte, ihr altes Jagdgebiet. Und sie wußte, daß ich noch nie dort gewesen war.

»Du mußt ihnen Blicke zuwerfen und ständig lächeln. Und dann guckst du weg und dann wieder hin!« sagte sie. »Und du darfst nie ganz stillhalten. Klopf mit den Fingern auf die Tischplatte, beweg deinen Körper und mach ein paar Tanzschritte, dann wissen sie, daß du tanzen willst. Sieh zu, daß du am Anfang ein paar Männer aufforderst, damit du auf der Tanzfläche gesehen wirst. So, jetzt guck mal, du siehst eigentlich gar nicht schlecht aus!«

Benny starrte mich nur an, als ich frisch geschminkt nach Hause kam und mein einziges weit ausgeschnittenes Kleid anzog. Nils war frisch gestillt und schlief. Ich wußte, daß er in etwa einer halben Stunde aufwachen und ein

Mordsgezeter starten würde, deshalb warf ich mir einen Mantel über, murmelte »Tschüs, bis dann« und zischte mit dem Volvo davon.

»Wo fährst du hin?« rief er mir hinterher, aber ich winkte nur lässig. Ich hatte sogar meinen Nagellack aufgetragen, der noch fast unbenutzt war.

Natürlich fuhr ich auf direktem Weg zu Märta. Sie kriegte einen Lachkrampf, als sie mein Make-up sah, aber ich ließ mich nicht dazu überreden, mich abzuschminken, weshalb sie ein Handtuch unterlegte, als ich mich in die Sofaecke lümmelte. Sie bot mir beruhigenden grünen Tee an, und wir redeten eine Weile.

»Wie zufrieden Benny wäre, wenn er wüßte, daß ich wach gelegen und auf ihn gewartet habe«, sagte ich. »Ich habe mir vorgestellt, wie er seine Nase ins Halsgrübchen aller seiner Tanzpartnerinnen bohrt und seinen Unterkörper vorschiebt, wie er es beim Tanzen manchmal tut. Dabei kann man sozusagen nicht umhin, sich gegen ihn zu lehnen. Das hatte immer eine ziemliche Wirkung auf mich, zumindest die paar Male, als wir auf einer Party waren und getanzt haben – ganz zu schweigen davon, wie es ihn selbst in Wallung bringt! Und bei den Damen in der Rotunde wird es sicher auch funktionieren. Violet meint, er sei seinerzeit ein richtiger Charmeur gewesen.«

»In diesem Fall würde ich mich nicht auf Violets Urteil verlassen«, sagte Märta und kicherte. »Sie findet Bengt-Göran vermutlich auch supercharmant. Die Schönheit liegt im Auge des Betrachters.«

»Zumindest habe ich mir verkneifen können, mit dem Nudelholz in der Hand dazustehen, als er gegen halb drei hereingetorkelt kam«, gähnte ich. »Ich habe so getan, als schliefe ich wie ein Stein.«

Und dann schlief ich auf Märtas Sofa ein, mit voller Kriegsbemalung. Ich war todmüde.

Fünf Stunden später erwachte ich davon, daß meine Brüste schmerzten wie verrückt. Es war zwei Uhr nachts, und Märta schlief mit offenem Mund auf dem Sessel neben mir. Der Fernseher rauschte vor sich hin.

Ich schlich ins Badezimmer und melkte mich so weit, daß ich mich ohne Schmerzen bewegen konnte. Dann lief ich hinunter zum Auto und fuhr nach Hause. Herrgott, Nils mußte sich mittlerweile im Zustand der Auflösung befinden und Benny ebenso!

Als ich mich dem Hof näherte, ging das Flurlicht an. Benny mußte die Autoscheinwerfer bemerkt haben. Er stand direkt hinter der Tür mit einem wie am Spieß schreienden Nils auf dem Arm, und seine Augen waren dunkel.

»Wie ich sehe, haben sich die Typen ganz schön an deiner Kriegsbemalung gerieben«, war das erste, was er sagte, als ich zur Tür hereinkam. »Hat es sich gut angefühlt?«

Ich sah in den Spiegel. Die Wimperntusche war auf die Wangen gerutscht, das Rouge war ein bißchen hier und da verteilt. Und aus irgendeinem Grund war der Lidschatten auf der Stirn gelandet.

Wortlos nahm ich ihm Nils aus den Armen und legte ihn an. Er hickste völlig verweint und wollte nicht einmal meine Brust nehmen. Ich mühte mich ab, flüsterte beruhigend auf ihn ein und summte leise vor mich hin, während Benny neben mir stand und mich ausfragte.

»Wo zum Teufel hast du gesteckt? Mit wem warst du zusammen? Hattest du Spaß? Wieviel Spaß? Jetzt geht das plötzlich mit der Kriegsbemalung, wieso eigentlich?«

Ich fauchte ihn an, daß er stillhalten solle.

»Habe ich etwa eine einzige Frage gestellt, als du gestern nach Hause gekommen bist? Geh ins Bett, du mußt doch früh raus, ich werde heute nacht ohnehin keinen Schlaf bekommen.« Beinahe hätte ich gesagt »keinen

Schlaf *mehr*«, aber ich bremste mich noch rechtzeitig. Das brauchte er nicht zu erfahren.

Er stand mit hängenden Armen da. In seinem Gesicht waren jede Menge wütende Fragen zu lesen, aber ich legte mich mit Nils in Arvids Zimmer schlafen.

Ich habe das dumpfe Gefühl, daß unsere Tanzabende vorläufig ausfallen werden.

Benny

Es wurde Frühling, und es wurde Sommer – das dritte Jahr. Die Krabbe blieb zu Hause, und wir konnten es uns kaum leisten, das Auto für etwas anderes als die notwendigsten Fahrten zu benutzen. Nils' Koliken nahmen ab, und er wurde zum sonnigsten kleinen Zappelkerl der Welt, weshalb Desirée ihn ziemlich oft mit in den Stall nehmen konnte. Sie setzte ihn in den Futterkorb einer leeren Kälberbox, wo er dann gurgelnd herumsaß und an seinen kleinen Fäusten saugte, während sie melkte.

Arvid hatte sich beruhigt. Er war seit Nils' Geburt so eifersüchtig gewesen wie der schlimmste Tangokavalier. Den ganzen Winter hatten wir ihn vom Babykörbchen fernhalten müssen, wohin er sich mit den verschiedensten scharfen Gegenständen schlich, um sie bei dem Kleinen auszuprobieren. Desirée gewöhnte sich an, Nils hoch in die Luft zu heben, sobald Arvid ins Zimmer tapste, mit einem einschmeichelnden Lächeln auf dem Gesicht und irgendeiner heimtückischen Waffe hinter dem Rücken. Sobald man sie nicht im Blick hatte, ertönten verzweifelte Schreie aus dem Zimmer, wo Nils in seinem Körbchen lag, und wenn man hineinkam, stand Arvid da, mit enttäuscht zitternder Unterlippe. »Nur bischn kneifen?« sagte er sehnsüchtig.

Ich verstand ihn beinahe. Auch in meiner Brust rührten sich primitive Gefühle, wenn der kleine Schreihals Desirée voll und ganz mit Beschlag belegte. Manchmal gingen Arvid und ich gefrustet in die Küche wie zwei verschmähte Freier und trösteten uns mit einem Butterbrot, wenn sie nicht einmal aufblickte, obwohl wir in der Türöffnung standen und alle beide Faxen machten, um ihre Aufmerksamkeit zu wecken.

Doch als der Frühling kam, begann Arvid mir nachzulaufen wie ein Schatten. Er war beinahe zwei Jahre alt und ein vorsichtiger kleiner Herr. Die Krabbe war ständig in Sorge, daß er von irgendeiner Maschine überfahren werden könnte. Ich schlug vor, ihn auf dem Hof anzuleinen, und da starrte sie mich so wütend an, daß ich ihm ein ordentliches Gehege mit einem kleinen Sandkasten baute. Das Ganze ließ sich verschieben, und von nun an spielte er tagsüber ganz in meiner Nähe, während ich in der Maschinenhalle arbeitete und Desirée melkte. Manchmal nahm ich ihn mit auf eine Weide, wenn ich die Zäune flickte. Sein erster Satz war »Attung Lektozaun«. Wir schärften ihm nämlich ständig ein, sich vor dem Elektrozaun in acht zu nehmen.

Als die Frühjahrsbestellung begann, war diese Idylle natürlich vorbei. Da sitzt man praktisch vierundzwanzig Stunden auf dem Traktor und taugt zu nicht mehr viel, wenn man spät abends ins Haus gewackelt kommt. Die Krabbe war ebenso erschöpft, mit zwei Kleinkindern und der vollen Verantwortung fürs Melken. Als wir die Tiere auf die Weide ließen, passierte es am Anfang öfter mal, daß die Kälber abhauten, vorzugsweise nachts. Das gab ein Muhen und Getrampel am Haus, und ich mußte die Krabbe aus dem Schlaf reißen und mit ihr zusammen die Tiere wieder auf die Weide treiben. Halbblind vor Müdigkeit lief sie neben mir her, verquollen und mit dem deutlichen Abdruck der Kissenecke an der Wange, und ich weiß noch, wie sie einmal sagte: »Manchmal habe ich das Gefühl, als hätte ich einen Galeerensklaven geheiratet und mich selbst an die Ruderbank neben ihm gekettet ...«

Wir verbrachten auch schöne Tage miteinander, Tage, an denen wir in der Dämmerung herumliefen und planten, was wir am Hof verbessern und wie wir die Abläufe vereinfachen könnten, um irgendwann auf menschliche Arbeitszeiten zu kommen. Eine Zeitlang las Desirée voller

Anfängerenthusiasmus den zweiten Teil von »Land« und hatte Visionen von einem Lely Milchroboter oder einem Melkkarussell. Als ich erzählte, was solche Geräte kosteten, schwieg sie eine Weile, dann schlug sie vor, Wildnissafaris für Manager mit Burn-out-Syndrom zu organisieren … Und als sie gelesen hatte, wieviel Geld man pro Kilo Schrott bekommen könne, sah sie sich begeistert auf dem Hofplatz um und sagte: »Meine Güte, Benny, da sitzen wir ja auf einer richtigen Goldgrube …«

Und jedesmal mußte ich ihren Enthusiasmus dämpfen. Wer von uns sollte ein Unternehmen in der Outdoorbranche gründen? Desirée, wenn sie gerade nicht stillte? Welcher Schrotthändler würde bis hierher fahren, um das kleine bißchen, was bei mir herumlag, aufzusammeln? Und solange der Milchankaufspreis schwankte und sich auf stetem Weg nach unten befand, waren Neuinvestitionen nicht gerade einfach … Schließlich war sie es überdrüssig und lieferte keine weiteren Vorschläge. Sie hörte auf, den zweiten Teil von »Land« zu lesen. Ich weiß bis heute nicht, ob ich sie im Himmel der Visionen hätte lassen sollen, vielleicht hätte sie sich dann mehr für den Hof interessiert. Ich merkte, wie die Arbeit für sie allmählich zur mühsamen Routine wurde. Sie hörte auf, über Melkroboter zu sprechen, und begnügte sich damit, in ihrem kleinen Kräutergärtlein herumzubuddeln, während die Zwerge auf einer Decke neben ihr herumtollten. Manchmal nahm sie sie mit zum Baden. Ich konnte nie mitkommen, denn wenn es gerade niederschlagsfrei war, galt es Heu zu ernten und einzufahren.

Einmal fuhren wir tatsächlich an einen Binnensee und badeten im strömenden Regen, nur weil sie es sich in den Kopf gesetzt hatte. Es gab zu diesem Zeitpunkt nichts Dringendes auf dem Hof zu tun. Das hätte meine Mutter im Leben nicht getan, aber es war ziemlich gut. Desirée las ein Regengedicht vor, es herrschte absolute Windstille, man sah nur die Tropfen auf die Wasseroberfläche treffen. Die Jungs saßen in einer Höhle aus Plastikplanen, die sie ihnen gebaut hatte, und sahen sich mit großen Augen um.

Diese eine Erinnerung an jenen Sommer ist bei mir hängengeblieben. Wenn man Desirée gefragt hätte, dann hätte sie mich daran erinnert, daß wir auch zu einer Landwirtschaftsmesse fuhren, wo wir einen ganzen Tag herumliefen, um schließlich mit neuen Griffen für den Elektrozaun zurückzukehren. Desirée kaufte heimlich ein Video mit Monstertraktoren für mich, aufgetunte Teile mit 400 PS und V8-Motoren, die zu einer eigens komponierten Traktormusik herumdröhnten. Sie hatten Namen wie Big Dave oder Giant Swede, und Desirée lachte, als ich hereinstürmte und mich gleich vor den Fernseher setzte, sobald wir zu Hause waren. »Soviel zum Thema perverse Pornos! Wenn du jemals Potenzprobleme kriegen solltest, schieben wir Giant Swede ein!« kicherte sie.

Insgesamt gesehen glaube ich, daß wir in jenem Sommer erschöpft, aber genügsam waren. Wir waren gesund, Nils befand sich gerade in der Phase zwischen Koliken und Mittelohrentzündung und schlief durch, Desirée mußte nicht zur Arbeit fahren, und es war Sommer. Ich kann mich nur an eine einzige Gelegenheit erinnern, als sie richtig stinksauer war. Zwei Pferdebesitzer, die Heu kaufen wollten, fuhren in ihrem dunkelblauen BMW auf den Hofplatz, als sie gerade aus dem Stall kam. Ich war draußen auf irgendeinem entfernten Feld.

Sie sahen durch sie hindurch und fragten: »Ist niemand zu Hause?«

»Doch, ich bin ja da«, sagte sie erstaunt.

»Na ja, schon, aber der Besitzer?«

»Ich bin einer der Besitzer.«

»Na ja, schon, aber jemand, der hier arbeitet?«

Jetzt wurde sie allmählich wütend.

»Ich arbeite hier! Ich habe gerade gemelkt!«

»Hm, na ja … ein Mann eben!« brachten sie schließlich heraus.

Sie konnten verdammt dankbar sein, daß sie mit dem Leben davonkamen. Desirée hatte nämlich eine Heugabel in der Hand.

Es gab Momente, da dachte ich, ich werde verrückt, wenn ich nicht ein paar Stunden, nur ein paar Stunden für mich bekomme!

Die Frauen im Dorf sagten immer, es sei ein Vorteil, die Kinder in möglichst dichtem Abstand zu bekommen. Sie können miteinander spielen, sie haben ähnliche Interessen, wenn man etwas zusammen unternehmen möchte – die erste Zeit ist anstrengend, aber dann hat man es geschafft! Einige von ihnen hatten sogar gewußt, daß es mühsam werden würde, sich dem aber trotzdem freiwillig ausgesetzt. Was für ein Glück, daß ich vorher nicht gewußt hatte, was auf mich zukommen würde. Sonst hätte es Nils nicht gegeben.

Allein, die beiden auf einmal zu transportieren! Keiner von ihnen konnte eine längere Strecke laufen, deshalb lag Nils im alten Kinderwagen, und Arvid saß auf dem Geschwistersitz. Es wäre sicher einfacher gewesen, einen Vierspänner mit wilden Pferden zu manövrieren. Arvid kippelte und wackelte hin und her, und versuchte ab und zu, Nils heimlich zu kneifen, und Nils wollte sich beim Fahren hinsetzen und versuchte sich die ganze Zeit aus dem Fußsack zu befreien.

Und was für enorme Windelmengen ins Haus und wieder heraus geschleppt wurden! Im Spätsommer war Arvid schon auf dem besten Weg, trocken zu werden, aber er hatte ab und zu Rückfälle. Einmal hatte ich ihm gerade eine neue Latzhose angezogen, und schon war das Unglück passiert. Er war etwas verschämt, als ich es bemerkte, aber behauptete ganz frech, daß es Nils gewesen sei, der in seine Hose gemacht habe.

Am anstrengendsten war aber, daß man sich nie entspannen konnte. Man mußte sie die ganze Zeit im Auge behalten. Und wenn es irgendwann mal leise war, dann wußte man, daß irgendwas im Busche war. Wenn ich auf die Toilette wollte, mußte ich beide mitnehmen, wenn sie wach waren – selbst als Arvids akute Mordmanie einigermaßen abgeklungen war.

Benny leistete sich eine entspanntere Haltung. Einmal, als ich im Stall gewesen war, um Milch zu holen, und wieder hereinkam, saß er in der Küche, tief versunken in die Zeitung, während Arvid auf dem Tisch herumrobbte und Zucker direkt aus dem Zuckerschälchen in sich hineinschaufelte. Nils lag unter dem Tisch und knabberte mit seinen messerscharfen neuen Vorderzähnchen friedlich an einem Elektrokabel …

Als ich Benny anfuhr, grinste er nur und sagte, ich solle mich mal beruhigen, und dann erzählte er irgendeine blöde Geschichte von einem Nachbarbauern, der mit einem seiner vielen Sprößlinge im Fahrradsitz durch die Gegend geradelt sei. Als ein Bekannter ihn gefragt habe, wie alt das Kind denn sei, habe er es sinnierend betrachtet und schließlich geantwortet: »Drei Jahre vielleicht?« Das könne doch wohl nicht angehen, habe sein Bekannter gemeint, es müsse doch jünger sein! Da habe der Nachbarbauer sein Kind noch einmal angesehen und gemeint: »Ach, sollte ich versehentlich das Vorjahrskind erwischt haben?« Benny lachte lauthals über seine eigene Geschichte, während ich sie ein bißchen zu wirklichkeitsnah fand, als daß sie wirklich lustig gewesen wäre.

Ich mochte ihm die beiden nicht für längere Zeit überlassen. Einmal, als ich hereinkam, saß er seelenruhig da und telefonierte. Ich glaube, er bestellte gerade Futter. Hinter seinem Rücken übte Nils, die steile Treppe hinaufzuklettern. Er stand gerade lachend auf der zwölften Stufe und schwankte vor und zurück. Ich stieß einen Schrei aus und konnte ihn gerade noch auffangen, bevor er Hals über Kopf hinunterfiel. »Ruhe! Ich telefoniere!« brüllte Benny, ohne sich umzudrehen.

Als ich ihn hinterher ausschimpfte, besaß er die Dreistigkeit, sich darüber zu beschweren, daß ich die Kinder nicht loslassen und ihm die Verantwortung übertragen könne.

»Wenn es so weitergeht, müssen wir mindestens zehn Kinder kriegen!« schnaubte ich.

»Warum das denn?«

»Wenn du auf sie aufpaßt, müssen wir mit einem gewissen Schwund rechnen!«

»Zimperliese!« brummte Benny. »Ist doch gar nichts passiert!«

Und als die Kinder im Herbst in die Kita kamen, war ich diejenige, der es peinlich war, wenn sie mit schmutziger Kleidung eintrafen, selbst wenn Benny sie in diesem Zustand abgeliefert hatte. Ich schämte mich in Grund und Boden, wenn ich merkte, daß sie morgens vor der Kita noch auf dem Stallboden herumgekrabbelt waren ... Wenn wir einkaufen gingen und einer der Jungs zu schreien begann, sahen alle mich mit strenger Miene von der Seite an, nicht Benny. Sie befanden sich in allen Lebenslagen in meinem Verantwortungsbereich, Punkt, aus.

Das klingt jetzt nach einer einzigen Elendsarie, und natürlich raubten mir die Kinder Energie – aber ich war mir in jedem einzelnen Moment darüber im klaren, daß sie meinem Leben einen neuen Sinn gaben, keine Frage. Und man hatte jeden Tag etwas zu lachen! Ich war eine Mutter vom Modell Wölfin. Wenn jemand meine Kinder auch nur angefaßt hätte, dann hätte ich mich in seine Waden verbissen und nie wieder losgelassen.

Mitte November kam der Tag, an dem ich in die Bibliothek zurückkehrte. Ich hatte die Jungs in der Kindertagesstätte abgeliefert und war in einem merkwürdig leeren

Auto weiter in die Stadt gefahren. Ich weiß noch, daß ich es als echten Luxus empfand, in aller Ruhe durch die Gänge der Bibliothek zu gehen, ohne wie eine Eule mit dem Kopf zu rotieren, um in allen Richtungen den Überblick zu behalten. Sich in der Mittagspause mit der Zeitung hinzusetzen und zu lesen ... allein auf die Toilette zu gehen ... mit den Kollegen Mittag zu essen und ungestört mit ihnen zu reden ...

Kurz gesagt: es gibt eigentlich nichts Anstrengenderes, als Eltern von Kleinkindern zu sein. Außer vielleicht, wenn man im Tower eines Großflughafens sitzt, bei Nebel und mit dem Luftraum voller kreuzender Jumbojets. Aber sogar Towerlotsen dürfen ja nach Hause gehen und haben relativ viele Stunden am Tag frei.

Zum Glück weiß man das nicht, ehe man beschließt, Kinder in die Welt zu setzen. Worauf man aber auch nicht vorbereitet ist, das ist die Tatsache, daß man zu so unerhörter Liebe fähig ist. Daß Kinder das Leben plötzlich dreidimensional machen.

Benny

Tja, und eines Morgens zischte sie in ihrem Volvo über den Hofplatz und davon.

Ich hätte ja darauf vorbereitet sein müssen. Sie hatte die beiden Jungs in der Kita eingewöhnt und ihnen neue Kleider und kleine Taschen mit Ersatzhosen besorgt. Auch für sich selbst hatte sie neue Sachen gekauft und war sogar ausnahmsweise zum Friseur gegangen.

Aber trotzdem! Sie war so lange zu Hause gewesen. Zwei Jahre, abgesehen von ein paar Monaten im vergangenen Jahr. Es wurde so wahnsinnig leer.

Kein Frühstück auf dem Tisch, wenn ich hereinkam. Keine Kinder, die einem um die Beine wuselten und auf den Schoß wollten. Kalt war es im Haus – Desirée schaffte es nicht, morgens einzuheizen, während sie die Kinder anzog.

Da saß ich also in meinem kalten Haus und trank Nescafé mit heißem Wasser aus der Leitung. Wie in den Junggesellenjahren zwischen Mutters Tod und Desirées – nein, Anitas Einzug. Das war eine Zeit, die ich nicht noch einmal erleben wollte.

Immerhin, ich konnte beim Frühstück in Ruhe Zeitung lesen. Und am späten Nachmittag war ja alles wieder beim alten, wenn sie hereinstürmten und das Haus mit Leben füllten. Aber die Tage waren einsamer als je zuvor.

Früher war ich zu Bengt-Göran gefahren und hatte jeden Tag eine Stunde dort verquatscht. Aber seit Kurt-Ingvar bei ihnen war, kam es immer seltener vor, daß ich ihre Küche betrat. Violet arbeitete meistens nachts, weshalb sie entweder schlief oder aber wie ein Drache über ihr schmuckes Heim wachte. Sie mochte keinen Stallgeruch im Haus, und natürlich zog ich mich nicht um und duschte, um eine Weile dort sitzen zu dürfen. Und wenn sie schlief, mußte es still im Haus sein. Wenn ich doch ab und an zu ihnen fuhr, dann blieb ich meistens im Traktor auf dem Hofplatz sitzen. Bengt-Göran kam auf die Vortreppe, und wir wechselten ein paar gleichgültige Worte. Bis Kurt-Ingvar angelallt kam und Bengt-Görans Gesicht in ein Lächeln aufbrach. Dann bemerkte er nicht einmal, wenn ich wieder davonfuhr.

Was für ein Mist aber auch, daß ich nicht mal ein paar Knechte hatte, denen ich hätte Befehle erteilen und die mir hätten Gesellschaft leisten können! Ich machte sogar einen Vorstoß und beschäftigte einen jungen Mann, der mir über die Landjugend als Austauschpraktikant vermittelt wurde. Er stammte aus Lettland und sollte bei uns wohnen und mir im Stall helfen. Aber er war eigentlich ausgebildeter Apotheker und hatte den Job nur angenommen, um etwas von der Welt zu sehen und ein bißchen Geld zu verdienen. Er hatte zwei linke Hände, und Englisch hatte er vor allem anhand von alten ABBA-Schallplatten gelernt, weshalb nicht viel aus der Konversation wurde. Und ich war gezwungen, ihm morgens Grütze zu kochen, das war schon was anderes als Desirées Frühstücksbüfetts. Es war auch ein komisches Gefühl, einem Kerl das Essen zu servieren, und ich hatte Desirée gebeten, ein bißchen Aufschnitt stehen zu lassen, wenn sie morgens abhaute, aber sie starrte mich nur an, als wäre ich ein Außerirdischer. Na ja, nach einem Monat bekam der Lette einen Job als Apothekenhelfer in Hamburg, und ich machte keinen zweiten Versuch in dieser Richtung.

Manchmal spielte ich mit dem Gedanken, Desirée gleich noch einmal zu schwängern, damit sie wieder nach Hause käme. Aber abgesehen von einer kleinen Ausnahme an Heiligabend war sie so konsequent mit der Verhütung gewesen, daß sie mich kaum ranließ, wenn sie es für zu riskant befand. Ehrlich gesagt, war ich mir auch nicht so sicher. Drei Zwerge unter vier Jahren – und was, wenn das dritte auch noch Koliken bekam?

Und ich wußte, daß wir nach wie vor von dem Geld abhängig waren, das sie verdiente. Sie hatte gleich wieder eine Vollzeitstelle angenommen, damit wir endlich diese verdammten EU-Schulden loswürden.

Vielleicht könnte sie sich ja eine Arbeit suchen, die sie von zu Hause aus machen konnte. Ich ließ das ab und zu ganz vorsichtig anklingen: zum Beispiel etwas wie Violets Verkauf von Schminksachen oder die Anfertigung von Stickarbeiten. Die Kombination von mehreren Jobs müßte doch eigentlich eine Menge Kröten ergeben. In der modernen Landwirtschaft muß man kreativ sein! Wie Tante Gun-Britt, die für ein Handarbeitsgeschäft in der Stadt Stickereien hergestellt hatte, das war zwar nicht so doll bezahlt, aber sie hatte ja auch keine Unkosten damit. Und manchmal hatte sie für ein Wirtshaus am Stadtrand Dünnbrot gebacken und Blutklöße gekocht.

Aber wenn ich versuchte, solche Ideen bei Desirée zu säen, warf sie mir wieder den Außerirdischenblick zu.

Zweimal pro Woche war sie relativ früh mit ihrer Arbeit fertig, noch bevor ich zum Abendmelken mußte. An diesen Tagen nahm sie den Bus in die Stadt. Manchmal holte ich sie mit meinem Subaru ab, aber das sollte ich bitter bereuen. Ich wartete draußen im Wagen und starrte durch die verglasten Wände in die Bibliothek, und oft sah ich Desirée mit ihren Kollegen und mit Leuten, die kamen, um Bücher auszuleihen. Sie sah so fröhlich aus, wenn sie mit ihnen redete und lachte, und sie bewegte sich so leicht – ganz zu schweigen davon, wie schick sie aussah, wenn sie sich ein bißchen aufgebrezelt hatte. Zu Hause machte sie das nie! Sie schien sich einfach ein bißchen zu wohl zu fühlen. Wenn sie anfangs von der Arbeit nach Hause kam, schnatterte sie manchmal stundenlang von den ganzen

Sachen, die sie und dieser Olof organisieren wollten, von Kinderfilmfestivals und Märchenhäusern und vom Teufel und seiner Großmutter. Damit hörte sie nach einer Weile allerdings wieder auf. Ich brachte es nie fertig, echte Begeisterung zu zeigen, ich sah nur sie und diesen grauhaarigen Schönling vor mir, wie sie ihre Köpfe über irgendein Projekt beugten.

Und wenn sie sich darüber beschwerte, daß Bibliothekare so schlecht verdienten, wurde ich einfach nur wütend. Schließlich bekam sie mehr als doppelt soviel in der Stunde dafür, daß sie ein bißchen Papier umdrehte, als ich, wo ich mich in der Landwirtschaft abrackerte!

EINE KALTFRONT ZIEHT DURCH

Desirée

»Hab gepuckt«, sagte Arvid fröhlich. Und das hatte er. Auf meinen neuen Hosenanzug, auf Nils' neuen Overall und auf sich selbst.

Es war mein dritter Tag bei der Arbeit. Will heißen, wäre es gewesen. Es passierte, während ich mir drei Minuten im Badezimmer gönnte, um Lippenstift aufzulegen, während mir Nils quengelnd um die Knie wuselte.

Ich glaube nicht mal, daß Arvid richtig übel gewesen war, er reagierte nur auf irgendwas. Die Veränderung vielleicht. Er hatte den größten Teil seines Lebens zu Hause verbracht und war wohl etwas unsicher, wie es ihm in der Kita gefallen würde. Während der Kleine sich mit einem Glücksgeschrei ins Chaos des Kissenraums stürzte, stand Arvid an der Wand und sah grübelnd zu, wenn die anderen Kinder spielten.

Manchmal hatte ich den Eindruck, als habe er sich schon Bennys moralphilosophische Lebenssicht zugelegt. Was sind das für unnötige Albernheiten? Gibt es hier denn niemanden, der richtig arbeitet?

Als sie ihn daransetzten, kleine Teppiche zu weben, beruhigte er sich. Dann war kein Halten mehr, er webte Teppich um Teppich wie ein armer orientalischer Kinderarbeiter.

Die anderen Kinder sahen ihm mit großen Augen zu. Dann waren sie offenbar schwer beeindruckt von seinem manischen Fleiß und wollten auch weben. Schließlich beschwerten sich die Betreuerinnen, daß sie die Kinder beinahe nicht in den Sandkasten bekamen, die Kita war zu einer kleinen Teppichfabrik geworden, und man fürchtete einen Besuch des Kinderschutzbeauftragten ...

Oder aber es war ein stellvertretender Brechanfall. Arvid half Benny, mein Berufsleben zu sabotieren. Denn es stand außer Frage, daß auch Benny sich am liebsten übergeben hätte.

Jeden Morgen, wenn ich den Hof verließ, kam er eine Weile aus dem Stall und stand mit hängenden Schultern und einem Gesichtsausdruck wie ein geprügelter Hund da. Und er machte die absurdesten Vorschläge: Vermutlich hätte er es am liebsten gesehen, wenn ich zu Hause gehockt und ebenfalls kleine Teppiche gewebt hätte. Damit ich ihm ein ordentliches Frühstücksbüfett auftischen, zweimal täglich einheizen, bei Bedarf im Stall helfen und den ganzen Tag heißen Kaffee parat haben könnte.

Nur leider war er hoffnungslos unzeitgemäß. Natürlich hätte ich mir mit Heimarbeit ein bißchen Nadelgeld dazuverdienen können, aber ich kenne heutzutage niemanden, der sich und seine Familie ernährt, indem er stickt oder Blutklöße kocht, Beschäftigungen, bei denen ich im übrigen völlig inkompetent bin. Ungehalten brummte ich, ob er sich vielleicht vorstelle, daß ich mit der Schmutzwäsche der reichen Leute am Bootssteg hocken oder Schmuck aus meinem eigenen Haar flechten solle, um ihn in der Großstadt zu verkaufen ... und er strahlte wie eine Sonne, als seien das ernst gemeinte Vorschläge gewesen.

Vielleicht hätte ich sogar ein kleines Taschengeld mit Hilfe von Schreibarbeiten heranschaffen können, Rezensionen, Forschungsberichte, Übersetzungen und dergleichen. Aber die Wahrheit ist nicht nur, daß feste Vollzeitjobs besser bezahlt sind – ich wollte außerdem auf keinen Fall zu Hause arbeiten, während mir zwei Kinder am Rockzipfel hingen. Ich sehnte mich zurück an meinen Arbeitsplatz, danach, mich in etwas zu verbeißen, was mich begeisterte, nach Arbeitsruhe ohne Kinder und nach Unterhaltungen in der Mittagspause mit Leuten, die dieselben Interessen hatten wie ich.

Das ahnte er vermutlich. Und das war wohl der Grund, weshalb er manchmal in seinem Subaru vor meiner Arbeit herumhing und nachsah, was ich eigentlich tagsüber machte. Ich war unsäglich genervt und empfand zugleich eine große Zärtlichkeit für ihn, ich hätte ihn schlagen und gleichzeitig umarmen können.

Immer häufiger stichelte er herum und machte dumme Bemerkungen, die darauf hinausliefen, daß ich etwas versäumt hätte. Heute schon wieder Wurst? Hast du nicht gesehen, wie kaputt Arvids Handschuhe sind? Gibt es *keine* sauberen Socken? Und wenn ich versuchte zu erklären, daß ich acht Stunden gearbeitet hatte, eine Stunde lang Lebensmittel einkaufen gewesen war, eine Stunde Auto gefahren war und dann für die ganze Familie plus den hungrigen Letten gekocht hatte, sagte er nur leichthin: »Ruhen können wir immer noch im Familiengrab!«

Einmal fauchte er mich an, ich sei nur darauf aus, mich selbst zu verwirklichen, daß ich mich kein bißchen um ihn und die Kinder schere. Und ich fauchte zurück, was er eigentlich den ganzen Tag im Stall mache. Arbeite er womöglich für den goldenen Gehaltszettel?

Dann redeten wir nicht mehr davon. Vielleicht ahnten wir, daß wir uns beide ein bißchen selbstverwirklichen wollten.

Als er sich diesen blassen Praktikanten aus Riga besorgte, der ihm Gesellschaft leisten sollte, ging ich beinahe an die Decke. Er aß wie ein Scheunendrescher und war sehr reinlich, das heißt, er ließ die Kleidung, die er tagsüber benutzt hatte, jeden Abend auf unseren Badezimmerboden fallen und erwartete, sie am nächsten Morgen gewaschen und gebügelt zurückzubekommen, und er verbrauchte das ganze heiße Wasser, weshalb es immer eiskalt war, wenn ich nach Hause kam. Ich wollte mich gerade bei Benny darüber beschweren, als er mich bat, in Zukunft ein ordentliches Frühstück hinzustellen, ehe ich ging, denn er habe keine Zeit, dem Praktikanten das Essen zu servieren.

Es war das erste Mal, daß ich mit einem Porzellangegenstand auf Benny warf. Ich wählte seine scheußliche alte Vase in Form eines Stiefels.

Benny

Es gibt den elften September und den zweiten Weihnachtsfeiertag und noch ein paar Tage, die wir nie vergessen werden. Tage, an denen sich große Katastrophen ereignet haben.

Für mich war es der siebzehnte Februar. Ein trister, anonymer Wintersamstag, das Wetter war nach einer längeren Hochdruckperiode grau und diesig, Neuschnee lag auf der alten verharschten Schneedecke, und es war etwa fünf Grad unter Null. Als ich an jenem Morgen in den Stall ging, war ich ziemlich verfroren, ich hatte nur ein paar Stunden geschlafen. Nils hatte Ohrenschmerzen gehabt und die ganze Nacht gebrüllt, und gegen drei Uhr war ich aufgewacht, weil Desirée auf unserem Bett gesessen und vor Erschöpfung geweint hatte. Sie hatte versucht, den Kinderwagen draußen durch den Neuschnee zu schieben, wie sie es getan hatte, als er klein war und Koliken hatte, und dann hatte sie ihn durchs Haus getragen, und er hatte die ganze Zeit geweint. Schließlich saß sie auf dem Bett und ließ die Tränen laufen.

Ich stand auf und übernahm den Kleinen und begann hin und her zu laufen, Wohnzimmer, Kammer, Küche, Wohnzimmer. Er war ganz heiser vom stundenlangen Schreien. Der Kleine hatte im Lauf des Jahres jede Menge gebrüllt. Zuerst hatte er Koliken gehabt, und jetzt war er eines dieser Ohrenwehkinder geworden. Normalerweise nahm ich ihn nachts nicht, ich arbeitete ja und brauchte meinen Schlaf, weshalb Desirée sich mit ihm in die Kammer legte, wenn er schrie. Und manchmal wachte Arvid auf und legte sich ebenfalls zu ihr. Aber diesmal, als sie so weinte … das tat sie sonst nämlich nicht.

Gegen fünf klimperte Nils mit den Augen und verstummte eine Weile, und o Wunder, er wachte nicht auf, als ich ihn ins Gitterbettchen legte. Ich fragte mich, ob ich die letzte Stunde noch schlafen sollte, aber mir war klar, daß das Aufwachen weitaus schlimmer sein würde. Deshalb machte ich mir einen Nescafé, der so stark war, daß es an ein Wunder grenzte, daß der Löffel in der Tasse nicht verbog. Dann ging ich hinaus und melkte. Die Kühe waren schwer in Gang zu bekommen, sie haben ihre innere Uhr im Bauch, aber schließlich war ich fertig. Ich brachte Silage in den Stall und bereitete alles fürs Abendmelken vor, und dann ging ich raus, um ein bißchen Schnee zu räumen. Ich hatte mir vorgenommen, mich später ein paar Stunden hinzulegen, um den fehlenden Schlaf nachzuholen.

Ich fuhr den Traktor vor, tankte etwas Diesel am Hoftank und schaltete das Radio an, das an meine Ohrenschützer angeschlossen ist. Dann begann ich mit dem Schneeräumen. Es war ungefähr neun Uhr morgens. Im Haus war noch alles dunkel.

Ich begann den Schnee auf einen großen Haufen an der Stallwand zu schieben. Vor und zurück, vor und zurück mit dem großen Schneepflug, die monotone Bewegung machte mich noch schläfriger. Ich bemerkte, daß Arvids Schneeanzug draußen im Schnee lag, und fragte mich, wie der eigentlich hier draußen gelandet war. Ich mußte daran denken, ihn mitzunehmen, wenn ich wieder reinging.

Dann erinnere ich mich an nichts mehr, bis ich irgendwann eine Hand sah, eine geballte Faust, die gegen die Scheibe donnerte. Ich nahm die Ohrenschützer ab und stellte den Motor aus. Und da hörte ich einen Schrei, der durch Mark und Bein ging. Es war Desirée.

Sie riß die Tür auf und schrie und schrie und schrie und zeigte in den Schnee. Sie zeigte auf Arvids Schneeanzug.

»Was zum Teufel ...?« Ich sprang hinunter, ging hin und bückte mich.

Ich weiß kaum, wie ich es sagen soll.

Es war nicht Arvids Schneeanzug.

Es war Arvid.

Ich hatte ihn überrollt, mit dem Hinterrad des Traktors. Dem großen Rad.

Er lag mit geschlossenen Augen da, sein Gesicht so weiß wie der Schnee. Ich begann ebenfalls zu schreien.

»Wie zum Teufel kannst du das Kind rauslassen, ohne es mir zu sagen? Verdammt, Desirée, was bist du eigentlich für eine Mutter?«

Ein klarer Reflex. Jemandem die Schuld geben. Die Verantwortung wegschieben. Nicht denken, einfach drauflos. Schreien und zuschlagen. Ich hätte ihr beinahe eine gelangt.

Da schlug sie mich. Boxte mit den Fäusten gegen meinen Overall.

»Du warst es! Du hast ihn überfahren! Nie paßt du auf! Du hast ihn umgebracht!« Sie schrie.

Genau in diesem Moment, mitten im Lärm, hörten wir Arvid aufstöhnen. Er lebte, großer Gott, das Kind lebte!

Ich kniete mich hin und kratzte den Schnee um ihn herum weg. Desirée rannte ins Haus, um einen Krankenwagen zu rufen. Arvid schlug die Augen auf und sah mich an, doch er sagte nichts.

Die Spuren im Schnee zeigten eindeutig, daß ihn das große Hinterrad überrollt hatte. Ein Zweijähriger war von einem zwei Tonnen schweren Traktor überrollt worden – und er hatte überlebt. Ich beschloß das Risiko einzugehen, ihn zu heben. Es war sicher eilig. Ich schob vorsichtig die große Schaufel unter ihn und löste ihn aus dem festgedrückten Schnee. Dann hob ich ihn auf die Rückbank des Autos und umwickelte ihn sorgfältig mit einer Wolldecke. Ich pfiff auf Desirée und ihren verdammten Krankenwagen, der würde eine Stunde brauchen, bis er hier war, und bis dahin könnte ich längst in der Stadt sein. Ich sprang ins Auto und brauste über den Hofplatz davon. Da sah ich Desirée in ihrem Morgenmantel, der unten naß vor Schnee war, auf die Vortreppe treten. Sie winkte mit den Armen, und ihr Mund war ein schwarzes Loch. Verdammtes Weib! Einen Zweijährigen allein auf den Hofplatz zu lassen, wo gerade mit dem Traktor gefahren wird.

Ich haßte sie den ganzen Weg in die Stadt. Arvid stöhnte auf dem Rücksitz, doch solange er das tat, wußte ich zumindest, daß er am Leben war.

Desirée

Eines werde ich ihm nie verzeihen. Daß er einfach mit meinem sterbenden Kind davonfuhr, ohne mich auch nur zu fragen, ob ich mitkommen wollte. Ich sah ihn in den Wagen springen, und mein erster Gedanke war, jetzt haut er ab und überläßt alles mir. Dann kapierte ich, daß er selbst mit Arvid ins Krankenhaus fahren wollte, und ich lief hinaus und schrie. Er hielt nicht an, sondern brauste über den Hofplatz davon.

Ich rief ein Taxi. Am Telefon weinte ich so, daß die Taxizentrale kaum verstand, was ich sagte. Dann riß ich Nils aus dem Bett, der an diesem Morgen ausnahmsweise tief schlief. Er begann zu schreien, als ich ihn mit zitternden Händen anzog und ihn in den Fußsack des Kinderwagens steckte. Der Taxifahrer rief an, weil er den Weg nicht fand, es gibt ja keine Straßennamen hier draußen, und ich mußte ihn per Telefon zu unserem Haus lotsen.

Arvids Mütze lag mitten auf dem Fußboden in der Diele, seine Stiefel waren weg. Er ist so stolz, daß er sich den Schneeanzug selbst anziehen kann, obwohl er erst zweieinhalb ist. Ich ahnte, was passiert war. Er war aufgewacht und ins Schlafzimmer gekommen, wo ich wie erschlagen schlief, nachdem ich die ganze Nacht wach gewesen war. Ich konnte mich dunkel daran erinnern, daß er mich am Ärmel gezupft und gesagt hatte, er wolle Brei. Aber ehe ich ihm antworten konnte, war ich schon wieder eingeschlafen.

Also war er vermutlich runtergegangen, hatte den Schneeanzug vom Haken gerissen und ihn übergezogen, und dann war er mit seinen kleinen Füßen in die Stiefel gestiegen. Und hinausgegangen, um nach Papa zu suchen.

Immer Papa. Arvid ist das größte Papakind der Welt. Oder war. Oder ist.

Das Taxi fuhr vor. Ich sprang hinein und rief: »Wir müssen in die Notaufnahme!«

Der Taxifahrer wollte wohl freundlich sein und lobte den Hofplatz, der so schön geräumt sei, und da begann ich wieder zu weinen. Nils heulte auch, vermutlich weil ich das tat. Der Fahrer fragte, was ihm denn fehle, und ich antwortete ungeduldig, daß er Ohrenschmerzen habe. Da begann er herumzuschwafeln, daß er selbst drei Kinder habe, und allesamt hätten sie Ohrenschmerzen gehabt, und das sei doch nichts, weshalb man zur Notaufnahme müsse. Ich schrie ihn an, daß er gefälligst den Mund halten solle. Anschließend beruhigte ich mich ein bißchen und erklärte, was passiert war. Und da hielt er tatsächlich den Mund.

Als wir bei der Notaufnahme waren, riß ich die Tür auf und rannte mit Nils auf dem Arm hinein. Der Fahrer rief mir »Hallo!« hinterher, und plötzlich fiel mir auf, daß ich vergessen hatte zu bezahlen und auch kein Geld dabeihatte. Völlig verwirrt und panisch machte ich auf dem Absatz kehrt, stürmte zurück und reichte ihm Nils. Vermutlich sah ich ihn als eine Art Pfand, bis ich zurückkam. Dann lief ich wieder hinein.

An der Rezeption saß eine verschnupfte junge Frau und blinzelte schläfrig, sie sah aus wie maximal fünfzehn. »Cecilia« stand auf dem Schild an ihrer Brust.

»Wo ist er?« schrie ich. »Wo ist der kleine Junge, der eben eingeliefert und überfahren worden ist?«

»Das war kein Junge, das war ein Mädchen!« antwortete sie schnippisch. »Und sie hatte sich nur den Fuß verstaucht. Bitte ziehen Sie eine Nummer, und setzen Sie sich hin, dann rufe ich Sie auf, wenn Sie an der Reihe sind!«

»An der Reihe!« schrie ich. »Was meinen Sie eigentlich, verdammt noch mal! Außer mir ist doch keiner hier!«

Sie nickte genervt zum Taxifahrer hinüber, der mir in die Rezeption gefolgt war und noch immer steif und erstaunt mit Nils in den Armen dastand.

Ich riß mich zusammen und erklärte ihm die Lage. Er zeigte Verständnis und begriff vermutlich, daß man keine sofortige Bezahlung von einer Frau erwarten kann, die nichts als einen nassen Morgenmantel trägt. Dann setzte ich mich mit Cecilia auseinander. Sie hatte gerade erst die Schicht übernommen und wußte von nichts, nur daß sie gerade ein kleines Mädchen aufgenommen hatte. Ich nahm Nils auf den Arm und begann den Gang entlangzulaufen und die Türen zu den Behandlungsräumen zu öffnen. Die ersten beiden Zimmer waren leer. Cecilia rief mir protestierend hinterher.

Im dritten Zimmer saß Benny. Eine Krankenschwester beugte sich über ihn und hatte ihm die Hand auf den Arm gelegt. Er starrte ins Leere und schien nicht ansprechbar zu sein.

»Wo ist er? Wo ist Arvid? Lebt er? Du Arsch!« schrie ich und versetzte Benny einen Stoß, daß er beinahe vom Stuhl gefallen wäre. Da wandte er mir den Blick zu, und seine Augen waren ganz dunkel.

Die Schwester stand auf und stellte sich zwischen uns.

»Er ist jetzt auf der Intensiv«, sagte sie. »Wir kümmern uns um ihn, so gut wir können. Er liegt am Tropf und wird operiert, sobald wir ihn geröntgt haben.«

Wenn es nicht so schrecklich gewesen wäre, hätte es komisch sein können, zumindest von außen betrachtet. In Fernsehsoaps und in Kinofilmen sitzen die trauernden Angehörigen häufig da und warten auf einen Bescheid, sie umarmen sich und stützen einander und holen sich gegenseitig Kaffee. Benny und ich dagegen versuchten uns zu prügeln. Er versetzte mir ebenfalls einen Stoß, und ich riß ihm die Mütze vom Kopf und zog ihn an den Haaren. Das werde ich nie vergessen.

Die Krankenschwester schob mich mit einem Griff aus dem Zimmer, den sie beim Judo gelernt haben mußte. Sie drehte mir ganz einfach den Arm auf den Rücken. Und ich konnte ja Nils nicht loslassen.

Vor der Tür sagte sie streng zu mir: »Ihr Mann steht unter Schock und Sie ebenfalls. Sie sollten jetzt nicht miteinander sprechen. Ich werde Sie zu Ihrem Sohn bringen. Geben Sie mir den Kleinen!«

Sie hob Nils aus meinen Armen, und er schlief sofort ein. Wir gingen in einen Raum, wo ich durch ein Glasfenster Arvid sehen durfte. Er lag mit geschlossenen Augen auf dem Rücken und wirkte so klein auf der langen Liege, an sein Ärmchen war ein Tropf angeschlossen, und ich konnte nicht erkennen, ob er lebte. Irgend jemand hatte seinen Schneeanzug aufgeschnitten, der lag auf dem Boden. Ich fiel in Ohnmacht.

Benny

Es war der Schnee. Der verdammte Schnee, über den ich jeden Tag fluchte, wenn er derart vom Himmel stürzte, daß ich um fünf Uhr morgens aufstehen und räumen mußte, damit der Milchwagen durchkam.

Es war der Schnee, der Arvid gerettet hatte. Er mußte herausgestürmt sein und sich hinter den Traktor gestellt und nach mir gerufen haben. Nach seinem Papa, der im Traktor saß und über die Ohrenschützer Radio hörte. Und rückwärts fuhr. Ziemlich schnell und unachtsam, müde, wie ich war – aber ich wußte ja, daß es hinter mir nichts gab. Ein Rückspiegel zeigt keine Kinder in Größe hundertzwanzig an.

Arvid war vom Traktor in den frischen, lockeren Schnee gepreßt worden, und seine weichen kleinen Knochen hatten dem Druck nachgegeben. Ein Erwachsener hätte das nie überlebt. Arvid holte sich drei gebrochene Rippen, eine punktierte Lunge und einen Riß im Beckenknochen. Das war alles. Und es würde innerhalb von zwei Monaten verheilen. Das tat es dann auch.

Vielleicht würde es länger dauern, bis die Wunden verheilten, die Desirée und ich uns zugefügt hatten.

Sie blieb im Krankenhaus und Nils natürlich auch. Ich fuhr mit dem Auto nach Hause. Es war vier Uhr, höchste Zeit fürs Abendmelken.

Desirée würdigte mich keines Blickes, als ich ging. Sie ging einfach ins Aufwachzimmer, mit Nils in den Armen. Sie hatte sich vom Krankenhaus etwas zum Anziehen leihen dürfen.

»Bring mir etwas Kleidung vorbei«, sagte sie. »Und Geld.«

Violet und Bengt-Göran kamen aus dem Haus gelaufen, als ich bei ihnen vorbeifuhr, und ich erzählte, was passiert war. Der Krankenwagen war dagewesen und hatte unverrichteter Dinge wieder umgedreht, und ein Sanitäter hatte sie darüber informiert, was uns der Fehlalarm kosten würde.

Mir war das alles egal. Bis ich Arvids Mütze auf dem Fußboden in der Diele sah. Er mag sie nicht besonders und wirft sie immer weg, kurz nachdem er sie pflichtschuldigst angezogen hat. Ich legte mich aufs Sofa und starrte an die Decke, die Tränen liefen mir seitlich in die Ohren.

Mehrere Stunden später erwachte ich davon, daß jemand mich schüttelte.

»Benny? Benny?« Es war Bengt-Göran.

»Ist es schon Morgen? Was ist mit den Kühen? Und mit Arvid?« rief ich.

»Immer mit der Ruhe«, sagte Bengt-Göran. »Ich habe gerade eben gemolken, und morgen früh kümmere ich mich auch um die Kühe. Du fährst ins Krankenhaus und siehst nach, wie es Arvid geht. Und zwar jetzt!«

Und das tat ich. Arvid hatte ein eigenes Zimmer auf der Kinderstation bekommen. Desirée schlief auf einem Stuhl neben ihm, sie hatte sich eine gelbe Krankenhausdecke über die Schultern gezogen. Nils war nirgends zu sehen, aber ich hörte ein Brüllen draußen vom Gang. Vielleicht kümmerte sich jemand um ihn, jemand, der gesehen hatte, daß Desirée ein nervliches Wrack war.

Vorsichtig berührte ich ihre Hand. Sie öffnete die Augen, aber sagte nichts, und ich vermochte ihren Gesichtsausdruck nicht zu deuten.

»Er kommt durch«, flüsterte ich.

»Wenn er nicht durchgekommen wäre, hätte ich mich umgebracht«, sagte sie. »Und dich gleich mit!« Ich wette, das hat sie genauso gemeint, wie sie es gesagt hat.

»Du hast gedacht, ich bin schuld«, sagte sie. »Du hast gedacht, ich ziehe ihn an und lasse ihn auf den Hofplatz, wo du gerade Traktor fährst. So eine bin ich, glaubst du. Verdammt, was bist du eigentlich für eine Mutter, hast du gesagt!«

»Du hast gedacht, ich hätte ihn aus reiner Unachtsamkeit überfahren. Du hast gesagt, ich passe nie auf.«

Es war offensichtlich, daß das, was wir zueinander gesagt hatten, noch immer da war, daß es sich irgendwo in unsere Hirnrinde eingebrannt hatte.

»Desirée, wir müssen jetzt zusammenhalten«, sagte ich, kniete mich vor sie auf den Boden und versuchte sie zu umarmen.

»Ja«, sagte sie, aber machte sich aus meinem Griff los. »Ich muß jetzt Nils holen.«

Arvid schlief mit schweren, angestrengten Atemzügen. Das lag wohl an der punktierten Lunge. Meine Tränen tropften auf seine Hand, und er wälzte sich ein bißchen im Schlaf.

Ich ging zur Nachtschwester. Sie war der netteste Mensch, den ich je getroffen hatte, und am liebsten hätte ich sie die ganze Zeit nur umarmt. Aber das tat ich Gott sei Dank nicht. Sie verlor kein einziges Wort darüber, daß ich mein eigenes Kind überfahren hatte, sondern versprach nur, ein Extrabett für Desirée und Nils ins Zimmer zu stellen. Ich durfte auf einer Liege im Waschraum schlafen.

Desirée blieb eine ganze Woche dort und saß tagsüber bei Arvid, während Nils auf ihrem Schoß oder auf dem Boden herumrobbte. Ich rief sie immer wieder auf ihrem Handy an, aber sie ging nicht ran, obwohl ich es ihr extra mitgebracht hatte. Ich fuhr beinahe jeden Tag in die Stadt und saß schweigend neben ihnen. Desirée konnte nicht mit mir reden, ich glaube, sie hatte eine Art Nervenzusammenbruch gehabt, und das war auch die Vermutung der

Nachtschwester. Sie organisierte ihr einen Termin beim Krankenhauspsychologen, aber Desirée weigerte sich, Arvid auch nur eine Minute allein zu lassen.

Schließlich durfte ich sie nach Hause holen. Arvid konnte allein gehen, aber er wirkte dabei wie ein Greis. Dafür bewegte sein Mund sich in einem fort.

»Gehen wir jetzt in die Kita?« fragte er. »Gehen wir, Papa? Jetzt gleich? Ich will Lina davon erzählen. Sie ist nämlich nur von einem Fahrrad überfahren worden!«

Ich brach in Gelächter aus.

Desirée begann zu weinen.

Desirée

Es gab etwas, was Benny nicht wußte, als die Sache mit Arvid passierte.

Ich war wieder schwanger. Nils war erst ein Jahr alt und Arvid zwei, und ich war schon wieder schwanger. Nicht einmal von Zuchthündinnen erwartet man, daß sie in so kurzen Abständen werfen.

Ich hatte es kurz vor dem Unfall bemerkt. Nein, ich hatte keinen Test gemacht, aber inzwischen kannte ich die Anzeichen – die schmerzenden Brüste, die Übelkeit bei gewissen Gerüchen und die Müdigkeit. Aber ich war einfach noch nicht dazu gekommen, Benny davon zu erzählen. Auf der Tagesordnung stand Nils' Mittelohrentzündung, und ich lief herum wie in ständigem Nebel.

Wie hatte es nur soweit kommen können?

Ich glaube, es war an Heiligabend passiert. Unser Liebesleben war mit einem Einjährigen und einem Zweijährigen im Haus ein wenig zu kurz gekommen – vor allem die lange Vorspielphase hatte dran glauben müssen, denn wir wußten, daß wir jederzeit von Arvid unterbrochen werden konnten, der aufstehen und pinkeln mußte, und wenn er es uns nicht selbst mitteilte, kam es vor, daß einer von uns plötzlich erstarrte: Sollten wir vielleicht Arvid wecken? Und hat nicht Nils gerade geschrien? Es kam einfach darauf an, das Ziel in kürzestmöglicher Zeit zu erreichen.

Aber an Heiligabend waren die Jungen schon gegen neun völlig erschöpft eingeschlafen. Als ich ins Bett kam, trug ich ein schreckliches rotes Spitzennachthemd aus einem Versandhauskatalog, das an den Brustwarzen Löcher hatte – Bennys Weihnachtsgeschenk. Seine Augen waren so groß wie Untertassen, zum ersten Mal, seit ich aufgehört hatte zu stillen. Und seine Begeisterung wirkte ansteckend. Wir hätten es nicht einmal gemerkt, wenn der Weihnachtsmann mit seinen Rentieren durch den Schornstein gekommen wäre. Und wir vergaßen alles, was mit Verhütung zu tun hatte. Wir vergaßen es einfach.

In der Zeit, als Arvid im Krankenhaus lag, verdrängte ich alles, es befand sich irgendwo im Hinterkopf – als eine Art Bedrohung, die vage mit Benny zu tun hatte. Ich glaube, ich war in dieser Zeit nicht ganz bei Sinnen. Mit dem Kopf hatte ich Benny den Unfall natürlich verziehen, aber meine Gefühle hielten nicht Schritt, und die Sache wurde nicht besser davon, daß ich irgendwie der Meinung war, er sei auch für meine Übelkeit, meine Müdigkeit und meine Verstimmung verantwortlich. Ich mußte so hart kämpfen, um ihm nicht zu zeigen, wie wütend ich auf ihn war. Jedesmal wenn ich im Krankenhaus auf dem Display des Handys unsere Nummer sah, durchzog mich eine eiskalte Welle von Widerwillen, von den Schultern bis hinauf zum Hinterkopf. Verdammter Benny! Und ich ging nie ran.

Er kam trotzdem ins Krankenhaus, aber schon wenn ich ihn von weitem sah, drehte sich mein Magen um. Und als wir schließlich nach Hause mußten, als ich begriffen hatte, daß wir Arvid behalten durften und zur »Normalität« zurückkehren würden, fiel ich in eine große Finsternis.

Ich mußte ja eine Entscheidung fällen.

Würde ich es bewältigen, würde ich es schaffen mit einem weiteren Kind in so engem Abstand? Mit Arvid, der viel Arbeit und Aufmerksamkeit brauchen würde, ehe er ganz wiederhergestellt wäre, mit Nils und seinen ständigen Mittelohrentzündungen? Während ich Vollzeit in der Bibliothek arbeitete und am Wochenende Benny zur Hand ging? Und zur Krönung eine verschwitzte, anstrengende Hochsommerschwangerschaft?

Ich konnte Benny einfach nicht fragen. Ich wußte, was er sagen würde, nämlich das, was er immer sagte, wenn ich Angst hatte, gleich das nächste Kind zu bekommen: »Noch ein Kind ist doch kein Problem! In meinem Haus sind sie immer willkommen. Und in der Landwirtschaft kann man viele Hände gebrauchen!«

Finden Sie fünf Fehler in obigem Satz!

Doch, wollte ich schreien, noch ein Kind kann schon ein Problem sein, wenn man schon denen, die man hat, nicht gerecht werden kann! Ich will Arvid gerecht werden, den ich beinahe verloren hätte. Und wenn der Rönnhof »dein Haus« ist, wo ist dann eigentlich mein Leben geblieben? Bin ich nur dazu da, Arbeitskräfte für deinen Hof zu gebären? Man braucht auch viele Hände, um Kinder großzuziehen, und ich habe nur zwei!

Es wurde sehr still zwischen uns, als wir nach Hause kamen. Mehrmals öffnete und schloß ich den Mund wie ein Fisch, und fast hätte ich die Sache angesprochen – aber ich bremste mich jedesmal. Denn ich wußte, was dabei herauskommen würde. Wir hatten die Diskussion schon öfter geführt.

»Hör mal zu, Benny, Kinder machen viel Arbeit, ich weiß nicht, ob ich das schaffe!« – »Ach, je mehr Kinder, desto mehr Spaß! Man muß doch einfach einen Teller mehr auf den Tisch knallen! Kleider haben wir schon stapelweise, und der Kindersitz ist noch nicht einmal verschlissen, wo ist das Problem?«

Und wenn ich noch immer zögerte, fügte er verächtlich hinzu: »Aha, du willst vielleicht lieber auf die Karriere setzen? Oder bietet der Alltag auf dem Land ein bißchen zuwenig Opern?«

Es war so ungerecht, daß ich ihn am liebsten an seinem zerzausten Haarschopf durch die Küche geschleift hätte. Zum Glück war er meistens nicht so verbiestert, das kam vor allem dann vor, wenn er spät abends hereinkam, todmüde von der Arbeit, die Ohren voller Traktorenlärm. Dann schien es ihm, als bewegte ich mich den ganzen Tag in einem Paradies der Gemütlichkeit, die Kinder schliefen, es duftete nach Essen, es war still und ruhig, die Küche war aufgeräumt, die Spülmaschine brummte beruhigend vor sich hin, und Benny konnte den Dreck abduschen und mit Zeitung und Bier in die Sofaecke sinken. Die Zeitung, die ich nie zu lesen schaffte, außer bei der Arbeit, das Bier, das ich in schweren Kästen nach Hause geschleppt hatte ... Und wenn er bei der Sportschau angekommen war, hatte ich bereits eine Fuhre Wäsche angeworfen und aufgehängt, und wenn die Fernsehserien kamen, setzte ich mich manchmal zu ihm und flickte Kinderkleider. Wenn ich nicht in der Küche stand und mein Mittagessen für den nächsten Tag vorbereitete, das ich mit zur Arbeit nehmen würde.

Er verstand es nicht. Er sah nie, wie hart ich schuftete, denn »Frauenarbeit« zu Hause ist nur sichtbar, wenn sie *nicht* gemacht wird.

Wenn beide Kinder auf einmal brüllten, wenn ich mit Kinderwagen und Geschwistersitz aus der Stadt gekeucht kam, mit schweren Einkaufstüten und pochenden Kopfschmerzen, und das Essen in einer halben Stunde fertig sein mußte – dann war er niemals zur Stelle. Wenn ich nicht einmal schaffte, meine Jacke auszuziehen, sondern direkt in die Küche lief, wenn ich keine Zeit hatte, auf die Toilette zu gehen, weil die Kinder meinen sofortigen Einsatz verlangten – dann war er nie da.

Er verstand es nicht. Und dann wollte ich das Faß nicht zum Überlaufen bringen.

Ich besorgte mir einen Termin für die Abtreibung.

Benny

Eines Tages kam sie später von der Arbeit als sonst, und ich merkte sofort, daß irgendwas nicht stimmte. Sie war blasser als je zuvor, wirkte abwesend und wich meinem Blick aus.

An diesem Tag war ich wirklich ziemlich geladen, denn ich hatte in der Kita Ärger bekommen, weil die Socken und Handschuhe der Jungen nicht mit Namensschildern versehen waren. Stellten die sich etwa vor, daß *ich* mich nach dem Melken hinsetzte und nähte?

»Das müssen Sie mit meiner Frau klären«, knurrte ich, und dann mußte ich die Kinder bei Violet abstellen. Sie mochte das nicht, und auch mir gefiel es nicht, aber es blieb mir ja keine andere Wahl, ich konnte sie ja schließlich nicht mit in den Stall nehmen. Desirée hatte nur angerufen und gesagt, sie würde später kommen, dann hatte sie aufgelegt, ohne daß ich sie hätte fragen können, warum. Violet beschwerte sich und behauptete, Nils hätte eitrigen Rotz und könne Kurt-Ingvar anstecken, aber ich tat so, als hörte ich es nicht, sondern lief einfach zum Auto, brauste davon und ging in den Stall zum Melken. Die Entmistung war schwierig, es war verdammt kalt, und ich mußte erst einmal das Eis weghacken. Ich war ziemlich angefressen, als ich in die Küche stapfte – in Stallstiefeln, nur um sie zu ärgern. Und da saß sie auf der Küchenbank mit den Händen auf dem Schoß und starrte ins Leere. Kein Essen auf dem Herd, und sie hatte nicht mal die Kinder bei Violet abgeholt. Ich öffnete den Mund und wollte gerade loslegen.

Dann schloß ich ihn wieder. Sah sie lange an.

»Was ist eigentlich los, Desirée? Was ist passiert?«

Sie schien mich nicht zu hören. Strich immer wieder eine Falte in der Tischdecke glatt und starrte aus dem Fenster, hinaus in die Dunkelheit.

»Du mußt doch die Kinder abholen, kapierst du das nicht? Ich habe noch eine Menge zu erledigen. Ich wollte mir nur was zu essen abholen – wenn es was gäbe! Und niemand hat heute mit Arvid sein Beintraining gemacht, und in den Socken sind keine Namensschilder. Ich kann doch nicht alles machen!«

Ich hörte selbst, wie weinerlich ich klang.

Sie drehte sich langsam zu mir um, wie eine Aufziehpuppe.

»Dann ist es ja nur gut, daß es nicht noch ein Kind geben wird, um das du dich kümmern müßtest«, sagte sie tonlos.

»Noch ein Kind? Jetzt reicht es aber! Was meinst du?«

Dann erzählte sie es. Die ganze Zeit liefen ihr die Tränen über die Wangen. Ich wußte nicht, was ich sagen sollte, deshalb sagte ich gar nichts. Das fühlte sich nicht gut an, wirklich nicht. Aber es war ja wohl nicht meine Schuld?

»Du weißt doch, daß ich gerne mehr Kinder will«, murmelte ich schließlich. Ich hatte das alles doch gar nicht von ihr verlangt!

Sie warf mir einen Blick zu, vor dem ich am liebsten hinter der Küchenbank in Deckung gegangen wäre. Dann legte sie sich hin, und ich blieb unten sitzen, bis Violet irgendwann anrief, wütend wie eine Hornisse, weil niemand die Kinder abgeholt hatte. Ich sagte nur, daß Desirée krank geworden sei, und wenig später kam Bengt-Göran mit dem Traktor angetuckert und brachte die Jungen vorbei.

Anschließend durfte ich Fertiggrütze aus der Packung kochen und Windeln wechseln und sie ins Bett bringen und alles, und es dauerte verdammt lange. Ich konnte mich nicht um den Eiszapfen kümmern, der die Wasserleitung im Stall verstopfte, und die Kühe führten sich auf und hatten kein Wasser in ihren Tränken, und ich lief hin und her und hatte seit dem Frühstück nicht einmal etwas gegessen. Als ich gegen elf ins Bett ging, lag Desirée auf dem Rücken und starrte an die Schlafzimmerdecke, und sie sagte nichts, und ich sagte nichts, denn was hätte ich schon sagen sollen, verdammt noch mal?

Im nachhinein habe ich oft an diesen Abend gedacht und bereut, daß ich es nicht einmal versucht habe. Denn es kommt mir so vor, als wäre an diesem Abend irgendwas schiefgegangen, als hätte sich ein Teilchen ins Getriebe gesetzt, das bei jeder Runde immer mehr in Schieflage geriet. Ein paarmal versuchte Desirée, davon zu reden, sie beschrieb, wie es gewesen war, wie sie über ihren Kopf hinweg gerufen hatten: »Hier haben wir noch eine Interruptio!«, aber ich *konnte* einfach nicht antworten, es war so, als hätte jemand ein Relais in meinem Schädel umgelegt und mich zum Schweigen gebracht. Ich hatte das Gefühl, als versuchte sie, mir die Schuld zuzuschieben, und ich konnte sie nicht auf mich nehmen, nicht einmal ihretwegen.

Dabei hatte ich mehr als genug mit meinen eigenen Neurosen zu tun, ich konnte mit dem Traktor nicht rückwärts fahren, ohne daß es in der Magengrube zog, doch irgendwann ging es einfach nicht anders, denn während der Frühjahrsbestellung muß man ja die ganze Zeit rückwärts fahren.

Im Mai nahm Desirée ein paar Wochen Urlaub, fuhr mit den Kindern in die Stadt und wohnte bei Märta. Und in der Zeit wußte ich zumindest, falls ich beim Rückwärtsfahren etwas überrollen sollte, dann war es wenigstens kein Angehöriger. Ich bat einen Nachbarsjungen um Hilfe, und Bengt-Göran war wie immer ein Fels in der Brandung.

Aber ich fühlte mich wieder wie ein Junggeselle. Nur schlimmer. Denn jetzt wußte ich ja, was mir fehlte.

Desirée

Wenn uns das jemand bei unserer Hochzeit prophezeit hätte, ich hätte ihn ausgelacht. Daß Benny und ich …?

Daß wir einander völlig fremd werden würden.

Wir, die wir so viele Schwierigkeiten gemeinsam gemeistert hatten, über so viele Gräben gesprungen und über so viele Zäune geklettert waren. Wir, die wir einander in- und auswendig kannten, zusammen lachen konnten und zwei unendlich geliebte Kinder miteinander hatten. Wir, die wir einander beinahe verloren hätten und der Meinung gewesen waren, daß das Leben ohne den anderen nichts wert war.

Wir saßen nun schweigend nebeneinander auf dem Sofa, wenn wir die Kinder ins Bett gebracht hatten, und sahen uns gleichgültige Fernsehsendungen an. Denn die Sendungen waren immer mindestens einem von uns gleichgültig: Ich starrte mit leerem Blick auf seine Hockeyspiele und Autoverfolgungsjagden, und bei fast allem anderen nickte er ein. Schließlich gähnte einer von uns und sagte, »ich glaube, ich geh dann mal«, trottete hinaus und putzte sich die Zähne. Wir hörten nicht auf, miteinander zu schlafen, aber es war meistens eine schnelle und unbeholfene Angelegenheit, wenn wir uns bisweilen gegen Morgen zufällig im Doppelbett begegneten.

Daß wir einmal lange Freitagabende damit zugebracht hatten, uns über die Ereignisse der Woche im Rönnblatt zu amüsieren, kam mir jetzt ganz und gar unwirklich vor. Uns fiel nichts mehr ein, worüber wir hätten reden können. Ich hatte das Gefühl, als würde ich alle seine Dorfgeschichten schon kennen, und sein ewiges Klagen über die Schandtaten der Regierung und der EU-Behörden ermüdeten mich. Ich bekam allergische Erstickungsanfälle, sobald er von den »Bauern« sprach. Immer müssen die »Bauern« dran glauben. Dafür müssen wir »Bauern« büßen. Und was macht der Bauernverband, verdammt noch mal? Dabei war es nicht einmal so, daß ich ihm in der Sache widersprochen hätte, sondern es störte mich eher die Tatsache, daß er mich sozusagen als bequemen Mülleimer für all das nahm, wovon er sich befreien wollte, ohne auch nur darüber nachzudenken, ob ich es fertigbrachte, ihm zuzuhören. Dieses Recht nahm er sich einfach heraus.

Benny redete lang und breit davon, wie die Wirtschaftlichkeit so gesunken sei, daß sicher bald alles den Bach runtergehe. Aber eigentlich glaubte er nicht daran, wie sollte er sich das auch erlauben? Ich dagegen bin ziemlich sicher, daß es in zwanzig Jahren keine schwedischen Bauern mehr geben wird, aber das kann ich niemals laut aussprechen, das geht einfach nicht.

Ganz selten einmal probierte ich, mich zu beschweren, um ein bißchen Verständnis für meine Arbeit zu bekommen, wie damals nach dem Streit mit Lilian. Da gähnte er gleich, schielte in Richtung Sportseite und murmelte: »Dann wirst du ihr wohl Bescheid stoßen müssen!«

Deshalb rief ich statt dessen Märta an, wenn ich jemanden zum Zuhören brauchte. Häufig stapfte Benny dann beleidigt am Telefon vorbei und zischte: »Wie lange dauert das denn noch? Stell dir vor, jemand versucht hier anzurufen!« Er fand, daß ich meine Ohren in gewohnter Weise lieber ihm in der Sofaecke zur Verfügung stellen sollte, statt dazusitzen und mit anderen Leuten zu reden.

Und es war völlig undenkbar, daß ich ihn für etwas hätte interessieren können, was ich im Kulturbereich gelesen, gehört oder gesehen hatte. Da spielte er nur den Bauerntölpel: »Lars Norén? Norén? Arbeitet der nicht in der Landwirtschaftsbehörde?«

Manchmal kam Violet mit einem dicken Stapel ihrer ausgelesenen Illustrierten vorbei – das war ihre Art, sich dafür zu bedanken, daß ich ab und zu Kinderbücher für Kurt-Ingvar aus der Bibliothek mitbrachte. Aus den Leserbriefen dieser Zeitschriften geht hervor, daß viele Frauen sich aus denselben Gründen über ihre Männer beschweren wie ich. Er redet von seinen Angelegenheiten, und sie hört zu und ist verständnisvoll. Sie versucht, von ihren Angelegenheiten zu sprechen, und er geht raus in die Garage. Aber man möchte sich ja nicht unbedingt als Teil eines kulturellen Verhaltensmusters sehen! Benny und ich waren doch so einzigartig!

Im September gaben wir uns einen Ruck, und ich glaube, wir waren beide auf dem besten Weg, in eine Art Einsamkeitsverzweiflung darüber zu versinken, daß wir einander verloren hatten. Wir beschlossen, für vier Tage zu zweit Urlaub zu machen, nach der Herbstbestellung. Nils würde bei Bengt-Göran und Violet sein, und Arvid bei Märta und Magnus. Benny rannte in die Stadt und buchte eine Billigreise an die Costa del Sol, als Überraschung. Er fand vermutlich, daß »Sonnenküste« vielversprechend klang, aber Sonne ist nichts, was irgendwo in Europa Ende Oktober selbstverständlich wäre ... Es regnete zwei Tage in Strömen, und an den übrigen beiden Tagen lag der Nebel in dicken Schwaden. Wir versuchten, in unserer Sommerkleidung am Strand entlangzuspazieren und die Zehen ins Wasser zu tauchen, während die Spanier geduckt und in Daunenjacken vorbeiliefen und uns erstaunt ansahen. Dabei ist die Costa del Sol in meinen Augen an sich schon ein deprimierender Ort, so verbraucht und verschlissen vom Tourismus vieler Jahre.

Am letzten Abend saßen wir mit zwei Schirmchengetränken in unserem Hochhausghetto von Hotel. Wir hatten darauf bestanden, auf die Caféterrasse zu gehen, und hatten zwei Stühle mitgenommen, wir waren ganz allein dort draußen. Plötzlich begann der Regen wieder vom Himmel zu stürzen. Bennys Haare waren von einem Moment zum nächsten durchnäßt, und ich streckte spontan meine Hand vor, um ihm die Strähnen aus der Stirn zu streichen. Ich hatte nicht gesehen, wie hoch seine Geheimratsecken im Lauf des vergangenen Jahres geworden waren.

»Ja, genau, Desirée. Und obendrein wird dein Kerl auch noch glatzköpfig«, sagte er. Es klang so traurig, daß sich etwas in meiner Brust rührte.

»Ich habe dünnes Haar bei Männern immer schon cool gefunden«, legte ich los. »Das liegt an einem Testosteronüberschuß und kommt besonders bei virilen Männern vor, das habe ich gelesen!«

Er sah mich mißtrauisch an.

»Allein schon die Vorstellung, den nackten Schädel eines Mannes zu küssen!« sagte ich trotzig. »Wie unerhört sexy! Ich freue mich schon darauf!«

Jetzt lächelte er ein bißchen.

»Ach, das sagst du vermutlich zu allen Männern«, sagte er.

Wir sahen uns an, und plötzlich begannen wir zu lachen. Der Regen nahm zu, die Drinks wurden zu Wasser verdünnt, wir waren bis auf die Knochen durchnäßt, aber wir lachten nur. Und dann gingen wir ins Hotelzimmer, zogen uns die nassen Sachen aus und stellten uns zusammen unter die Dusche. Danach liebten wir uns wie früher.

So entstand Klara.

AUFKLAREN UND ZEITWEISE SONNIG

Huch, und noch eins! Vielleicht wird es diesmal das kleine Mädchen mit dem Kopftuch? Eine kleine bleichrosa Krabbe mit Desirées schnellem Kopf und meinen … na ja … meinen wohlgeformten Waden vielleicht? Man hat mir gesagt, daß die in Ordnung seien …

Als wir aus Spanien zurückkamen und von kleinen Jungs begrüßt wurden, die ganz verrückt waren vor Freude, da war das Leben wieder im Lot und lebenswert. Manchmal hatte ich im Stall ein Lächeln vom einen Ohr zum anderen, denn sie waren einfach so witzig. Arvid erlebte die erste Kalbung seines Lebens, und er fand es super. Kaum war das Kalb geboren und lag feucht und zitternd in seiner Box, stellte Arvid sich gleich neben die nächste Kuh und wartete geduldig – er muß geglaubt haben, daß Kalbungen am laufenden Band geschehen.

Die Sache mit der Herbstschlachtung hat er mit Gleichmut akzeptiert, dabei weiß er sehr wohl, worum es dabei geht. Letzten Herbst haben wir Olle geschlachtet, ein Stierkalb, das er besonders gern hatte. Wir taten es natürlich, nachdem er abends ins Bett gegangen war, aber vor dem Stall waren am nächsten Tag noch einige Reste zu sehen. Arvid schüttelte betrübt den Kopf. »Armer Olle, der ist jetzt so tooot!« sagte er. Aber als Bauernkind hat er nichts übrig für lange philosophische Auslegungen über den Tod. Ganz im Gegensatz zu den Betreuerinnen in der Kita. Die lesen irgendein herzzerreißendes Kinderbuch darüber, wie es war, als Oma ins Gras gebissen hat, und dann reden sie mit den Kids darüber, was es eigentlich bedeutet, »tot« zu sein. Da hat Arvid nur geschnauft und die Schultern gezuckt. »Ach, die sterben, und dann hängt man sie auf, und dann ißt man sie auf!« sagte er bloß. Vermutlich glaubt er, daß man die Oma ebenfalls gut abhängen läßt …

Aber irgendwo in meinem Hinterkopf nagt die ganze Zeit eine Unruhe. In meinem Innersten weiß ich, daß es so nicht weitergehen wird. Der Druck der Wirtschaftlichkeit in der Landwirtschaft ist enorm. Man kann nicht ganz allein als Bauer auf einem Hof mit dreißig Kühen herumpusseln, um mich herum legen alle ihre Betriebe nieder, der Milchankaufspreis sinkt ständig, und was kann ich dagegen tun, verdammt? Mein Vater ging immer auf die Generalversammlungen der Molkerei, und als er nach Hause kam, war er auf Hochtouren, weil er dem Vorstand seine Meinung gegeigt hatte. Aber jetzt, wo die Molkerei in einem ganz anderen Teil der Provinz liegt und im Vorstand sowieso nur noch Anzugfritzen sitzen und beschließen, in England und Dänemark zu investieren, ohne mich zu fragen? Dabei bin ich es, der bezahlt!

Vermutlich sollte ich sechs, sieben Millionen investieren, auf Laufstallhaltung umstellen und Melkroboter anschaffen, aber ich bin als letzter Bauer in dieser Gegend übriggeblieben, und wer weiß, plötzlich hören sie auf, die Milch bei mir abzuholen, und dann stehe ich da mit meinen Robotern und meinen Schulden! Oder Mastvieh … ja, eine Herde von hundertfünfzig Mutterkühen, wo man sich das Melken spart, würde vielleicht meine Knie retten, aber es dauert eine Weile, bis man davon leben kann, und womit sollte ich meine Einnahmen ergänzen? Getrocknete Kuhfladen in nette Eimerchen verpacken und an die Besitzer von Einfamilienhäusern mit Garten liefern? Schnee räumen bei … bei den wenigen Nachbarn, die ich noch habe? Meinen Körper an Feriengäste vermieten? Glauben Sie mir, ich habe alles in Erwägung gezogen! Schweine? Da muß man über fünfhundert haben, wenn es sich lohnen soll. Fünfhundert verdammte Schweine!

Die Wahrheit ist vermutlich: Wenn Desirée und ich beim Hof ein Team wären, dann könnte man über Investitionen nachdenken. Aber das werden wir nie sein, soviel sie auch im Stall mithilft. Denn sie macht es immer widerwillig und wünscht sich, sie käme drum herum. So blöd bin ich auch nicht, daß ich das nicht sehen würde. Und ich kann nicht zehn, fünfzehn Jahre warten, bis es für Arvid eventuell interessant wird.

Deshalb verschiebe ich die Frage der Investitionen von einem Tag auf den nächsten und versuche so lange, einfach nur still dazusitzen. Ich stamme aus einer anderen Zeit, einer Zeit, als man sich bei der Heuernte gegenseitig half, an Protestmärschen teilnahm, gemeinsam stark war und alle Glieder der Produktionskette besaß. Kürzlich habe ich gelesen, daß das System der Gefälligkeiten und Gegengefälligkeiten unter Bauern gefährlich überholt sei, man müsse marktgemäßer denken! Für jedes kleine bißchen, was man tut, Geld nehmen! Kühe tageweise an Leute vermieten, die ihr Land beweidet haben wollen! Mag sein, das sollte man vielleicht – aber nicht in meiner Welt.

Und außerdem heißt es, wir Bauern sollten keinen eigenen Maschinenpark haben, denn das sei zu teuer, wir sollten uns zu mehreren einen teilen! Das würde ich ja gern tun, aber im Dorf gibt es nun mal keine Bauern – und soll ich mir etwa die Ballenpresse mit Berggrens in Norrbyn teilen? Mitten in der arbeitsintensiven Erntezeit mit dem Teil kilometerweit über die Straßen zu fahren?

Und zugleich wird erwartet, daß wir ganz umsonst Landschaftspflege betreiben, Schulen und Kindergärten zu Besichtigungen empfangen und Tage der offenen Tür für Touristen organisieren. Das sagen Leute, die sich über den Milchpreis beschweren, aber ohne mit der Wimper zu zucken das Doppelte für gefärbtes Zuckerwasser mit Blubberbläschen bezahlen! Ja, Herrgott noch mal!

Desirée

Benny machte sich Sorgen, weil wir so wenig Geld zur Verfügung hatten, vor allem als die Kinder allmählich größer wurden. Arvid wollte ein richtiges Fahrrad mit Stützrädern, wie die anderen in der Kita. Das teilte er uns mit aggressiv vorgeschobenem Kinn mit, ein Anzeichen dafür, daß er keine große Hoffnung hatte, eines zu bekommen. Nils wollte ein Dreirad. Wir hatten Arvids Dreirad an eine Kollegin in der Bibliothek verliehen, doch sie hatte es ganz großzügig weiterverschenkt und vergessen, an wen. Weder Benny noch ich waren in den letzten Jahren beim Zahnarzt gewesen.

Es war ganz einfach schwierig, im Alltag über die Runden zu kommen. Man mußte es sich gut überlegen, ehe man auf dem Handy telefonierte, und ich erledigte einen Teil meiner Anrufe statt dessen bei der Arbeit. Ich nahm die Zeitung aus der Bibliothek mit nach Hause – was ich immer ziemlich mißbilligt hatte, wenn ich sah, wie Kollegen das taten. Es wurde zu teuer, zum Friseur zu gehen. Statt dessen schnitt ich die Haarschöpfe der ganzen Familie. Benny und die Kinder sahen aus, als ob jemand mit einem sehr schlecht eingestellten Elektrorasenmäher über sie hergefallen wäre – das ist eben nicht so ganz mein Ding. Aber mir selbst konnte ich nicht die Haare schneiden. Benny griff nach einer Schere und meinte, er habe sein ganzes Berufsleben lang Kuhschwänze gestutzt, da würde er doch wohl auch mir einen kurzen und einigermaßen gleichmäßigen Haarschnitt verpassen können? Ich fand, daß ich nicht viel zu verlieren hätte, und ließ es ihn versuchen.

Doch, Kuhschwänze konnte er sehr wohl kürzen. Mein Kopf sah aus wie ein gestutzter Kuhschwanz, als er fertig war. Danach ließ ich mein Haar länger wachsen und schnitt etwa jede fünfte Woche nach, einfach gerade ab. Schön war es nicht, aber ich sparte einige Hunderter im Monat, und bei uns zählte jede Krone.

Schlimmer war, daß wir keine Reserve für Unvorhersehbares hatten. Benny konnte ja nicht plötzlich darauf verzichten, Futter für die Kühe zu kaufen, er hatte schon alle möglichen und unmöglichen Ausgaben in der Landwirtschaft gekürzt. Und ich hatte in meiner Branche auch nicht gerade die Möglichkeit, Zusatzverdienste heranzuschaffen. Überstunden konnte ich keine machen, ohne die Kinder an die Möbel anzupflocken, und keine Bibliothekarin kann außerhalb der Öffnungszeiten Bücher verleihen, um sich Extrakohle zu verdienen. Ich meine, wäre ich Ärztin oder so, könnte ich zusätzliche Operationen oder Sprechstunden anbieten. Wenn ich Lehrerin wäre, könnte ich Abendkurse geben, wenn Benny mit der Stallarbeit fertig war. Aber was sollte *ich* tun?

Es gab Frauen im Dorf, die abends aus Wollresten Wichtelmännchen und Topflappen zusammenpfriemelten, und diese Dinge verkauften sie dann auf einem Basar. Aber erstens waren das meistens Rentner, die Zeit totzuschlagen hatten, und zweitens ging das Geld an ein Kinderheim in Estland. Selbst wenn ich hätte häkeln können, wäre es schwierig gewesen, diesen guten Frauen zu erklären: Klar, schickt ihr euer Geld ruhig an bedürftige Kinder, ich spare auf eine Jacketkrone für Benny. Und im übrigen bekamen sie damit nur Peanuts rein, den Bruchteil dessen, was ihre Männer darauf verwendeten, jedes zweite Jahr ihr Auto zu wechseln, vermute ich.

Nein, wir lebten am äußersten Rand und konnten jederzeit über die Kante purzeln. Eine vergessene Stromrechnung, die Gerichtsvollzieherkosten nach sich zog, wurde zum Dauerbrenner in den Haushaltsausgaben – in dem Halbjahr gab es keinen französischen Dessertkäse. Und als Benny durch den Rückschlag einer Kurbel drei Zähne ausgeschlagen wurden, war die Katastrophe über uns. Er brauchte eine Brücke, und Brücken kosteten mehrere tausend Kronen.

Ungefähr zu der Zeit starb auch der alte Brännlund, der uns in all den Jahren Stierkälber abgekauft hatte, um sie weiter zu mästen. Plötzlich hatten wir keine Absatzmöglichkeit mehr für sie, die Schlachterei in der Stadt hatte zugemacht, kein Mensch fährt fünfzig Kilometer für ein paar Stierkälber, und sie selbst aufzuziehen wäre für uns das reinste Verlustgeschäft gewesen, selbst wenn wir Platz gehabt hätten.

Es begann bei den Finanzen ordentlich zu hapern. Wir jagten überflüssige Kosten mit dem Vergrößerungsglas. Und wenn man das tut, ist man gefundenes Fressen für alle möglichen Bauernfänger. Zum Beispiel, als wir auf der Landwirtschaftsmesse eine Großpackung »Familienshampoo« kauften. Vermutlich hatte der Verkäufer ganz einfach Entfettungsmittel für Traktoren in gebrauchte Plastikkanister gekippt und das Etikett ausgetauscht. Unsere Köpfe sahen aus wie Pusteblumen, das Haar knisterte, wenn wir uns zu nahe kamen, meine Güte!

Aber meistens konnten wir es uns nicht einmal leisten, Großpackungen von irgend etwas zu kaufen. Wir lebten von der Hand in den Mund, insbesondere am Ende des Monats. Es ist teuer, arm zu sein! Manchmal wußte ich nicht, ob ich lachen oder weinen sollte: Ich hatte die Gefriertruhe voller Elchfleisch und hausgeschlachtetem Rindfleisch, aber kein Geld, um Fischstäbchen zu kaufen, zur Abwechslung …

Natürlich hatten wir immer Milchwaren, Kartoffeln und Fleisch, wir mußten also keine Not leiden, selbst wenn ich manchmal einen wehmütigen Gedanken an meine grünen Junggesellinnentage schickte, als ich manchmal eine Platte mit exotischen Früchten füllen und in holländischem Spargel schwelgen konnte. Natürlich versuchte ich Gemüse anzubauen! Aber ich schien keinen grünen Daumen zu haben, und außerdem hatte ich zwei linke Hände. Die Mohrrüben waren dünn wie Streichhölzer und hatten vier Beine, die Schnecken waren bei den Salatköpfen immer schneller als ich, und der Porree war zunächst geradezu magersüchtig, doch dann begann er plötzlich zu blühen. Das einzige, was mir richtig gut gelang, waren Radieschen. Ich hatte phantastische Radieschen, aber das ist von begrenztem Wert, wenn es gilt, eine Familie satt zu machen.

Die Runden im Lebensmittelgeschäft dauerten immer länger. Ich ging herum und verglich die Preise aller Waren von sauren Gurken bis Waschmittel. Häufig mit einem Kind im Wagen, das sich nach den Bonbons streckte und brüllte.

Und bald würden wir drei zu versorgen haben.

Benny

Ich will gar nicht leugnen, daß ich auf die Vierzigjahreskrise gewartet habe. Ich sollte im März vierzig werden und hatte schon verstohlen nach Anzeigen für so ein Zeug gesucht, was die Haare für ein paar weitere Jahre an ihrem Platz verankern könnte. So was müßten sie doch wohl zusammenrühren können, oder? Innerhalb der Landwirtschaft wird alles mögliche erfunden, um das Wachstum in der Länge und in der Breite zu verdichten, zu verkürzen und zu verdicken! Und manchmal kniff ich mich in die Seite und fragte mich, wann ich birnenförmig werden würde. Hatte ich nicht ein bißchen ...

Ich hatte bereits darüber nachgegrübelt, wann und wie sie zuschlagen würde, diese Krise. Würde ich eines Morgens aufwachen, den kleinen Traktor gegen ein Motorrad eintauschen, mir ein Stirnband um den Schädel binden und Richtung Sonnenuntergang fahren, um meine verschwindende Jugend einzuholen? Am besten mit einer jungen Blondine auf dem Sozius. Ich nervte sogar die Krabbe: »Vermutlich habe ich bald meine Vierzigjahreskrise! Hoffe mal, sie schlägt vor der Frühjahrsbestellung zu, danach habe ich keine Zeit mehr. Kannst du nicht einfach mitmachen, dann muß ich mir keine neue Braut aufreißen!«

»Niemals«, sagte die Krabbe entschlossen. »Ich habe angefangen, ein bißchen an meiner eigenen Krise zu basteln, ›Was habe ich aus meinem Leben gemacht‹ und so. Ich habe keine Zeit für deine! Kannst du sie nicht mit Nils' Zweijahrestrotzphase zusammenlegen, dann haken wir alles auf einmal ab und können danach ein bißchen durchatmen?«

Die Wahrheit war natürlich, daß ich zur Zeit nicht die geringsten Anzeichen einer Krise spürte. Seit wir uns dort im Platzregen von Torremolinos wiedergefunden hatten, war ich so froh und zufrieden mit dem Dasein, zumindest solange ich nicht gerade mit der Buchhaltung beschäftigt war. Ich fand, daß ich etwas richtig Gutes aus meinem Leben gemacht hatte! Der Hof hatte noch nicht Konkurs gemacht, allein schon das! Und ich hätte auch allein hier sitzen können, als ewiger Junggeselle, ohne die Krabbe und die Jungs, hätte von Bockwurst aus der Mikrowelle und Instantkaffee mit Warmwasser aus dem Hahn leben können, mit den Pornos aus der Parabolantenne als einziger Gesellschaft. Jedesmal wenn ich im Stall herumging und Arvid mir mit seiner kleinen Spielzeugschubkarre eifrig hinterherlief oder wenn ich mit meiner Hand auf dem Bauch der Krabbe einschlief, dachte ich daran, was für ein Glück ich gehabt hatte. Und dann dachte ich schnell an etwas anderes, denn ich traute mich kaum, solche Gedanken zu haben, so als könnte ich jederzeit aufwachen.

Ich hätte ja auch mit Anita hier leben können ... Ich hatte sie neulich zufällig in der Stadt getroffen, als ich auf dem Weg zum Finanzamt war. Sie nickte kurz und wollte vorbeigehen, doch ich verstellte ihr den Weg und versuchte nett zu sein. Und als der Idiot, der ich nun mal bin, lud ich sie zu meinem Vierzigsten ein, für den Desirée gerade unter großer Heimlichtuerei eine Party plante. Anita warf mir einen dunklen Blick zu. »Wieso, braucht ihr Hilfe beim Abwaschen?« zischte sie und schob sich an mir vorbei.

Oh, was für ein Tag es wurde! Ich wachte mit pochendem Herzen davon auf, daß das Dach herunterkrachte. Es waren meine Jagdkumpel, die an der Hausecke standen und Salut schossen. Dann kamen sie alle miteinander ins Haus und wollten Kaffee haben, und die Krabbe hatte eine Sandwichtorte vorbereitet und lief herum und lachte, und alle, wirklich alle, machten Witze darüber, daß sie mir Viagra oder potenzsteigerndes Rentierhornpulver schenken würden. Doch die Krabbe sagte: »Dann gebt mir bitte gleich die Quittung, damit ich es umtauschen kann, so was braucht mein Kerl nicht! Oder wollt ihr es lieber unter euch aufteilen?« Ich errötete stolz, als sie grinsten und ihr auf den Rücken klopften, manchmal ist sie echt schlagfertig.

Dann kamen Bengt-Göran und Violet. Er hatte sich freigenommen und übernahm meinen Stalldienst, und Violet und die Krabbe verscheuchten mich aus der Küche. Ich durfte die kleinen Jungs übernehmen, frisch gekämmt und geschneuzt, und mit ihnen einen Spaziergang in der Frühlingssonne machen. Es schmerzte schon ein bißchen, als mir bewußt wurde, daß es das erste Mal war.

Am Nachmittag kamen Märta, Consuela und Magnus in seinem behindertengerechten Auto angeflitzt. Was hatten sie nur alle vor? Die Krabbe schickte mir bloß einen Picknickkorb raus und sagte, ich solle mich mit den Jungs irgendwo an eine sonnige Wand setzen. Ich dürfe aber nicht ins Haus kommen.

Gegen fünf ließ sie mich endlich rein. Die Küche war voller Körbe und Tüten mit dem Essen, das sie den ganzen Tag gemacht hatten. Die Krabbe schob mich in die Dusche, und als ich rauskam, hatte sie mir Klamotten hingelegt – ein neues superschickes Ledersakko, das sie im Secondhandladen gefunden hatte, und einen Cowboyhut!

Dann fuhren wir mit dem ganzen Zeug ins Gemeindehaus, und draußen auf der Vortreppe wimmelte es von Leuten, die ich kannte, und alle trugen sie Cowboyklamotten! Sie hatten eine Bluegrass-Band angeheuert, und von Anfang an war richtiger Drive drin, es wurden Linedance, Squaredance und Polka getanzt sowie die unmöglichsten Kombinationen davon mit ein bißchen Discofox obendrauf. Die Krabbe hüpfte in Holzschuhen und einem karierten Umstandskleid mit Volants herum, den Bauch in die Luft gestreckt. Die Leute hatten zusammengelegt und die Vergrößerung einer Luftaufnahme vom Hof bestellt, mit Goldrahmen und allem Drum und Dran, ich hätte fast angefangen zu flennen.

Das Essen war Weltklasse, und Violet hatte wie ein Feldherr die Zubereitung in unserer Küche geleitet. Allerdings war sie ein bißchen sauer auf Bengt-Göran. Sie servierte geräuchertes Rentierherz in Scheiben, und natürlich freute sie sich nicht gerade, als er grölte: »Wie jetzt, gibt es Blutwurst, und das auf einer Party?«

Desirée

Ich glaube, Bennys Vierzigjahreskrise hat sich verirrt und statt dessen mich getroffen! Dabei bin ich noch gar nicht soweit. Es lag wohl vor allem an meiner Arbeit.

Ich war ja nach der Elternzeit mit Nils wieder zurück in die Bibliothek gekommen, zitternd wie ein Rassepferd vor Begierde, mich in die Rennbahn zu stürzen: in unsere alten Visionen von der Märchengrotte, dem Kinderfilmfestival und all dem. Und sicher, die erste Woche lief richtig gut. Olof und ich machten dort weiter, wo wir im Jahr zuvor aufgehört hatten. Die Ideen sprudelten nur so.

Aber dann kamen Nils' Mittelohrentzündungen. Ich sah mich gezwungen, immer öfter zu Hause zu bleiben, um mein krankes Kind zu pflegen. Es folgte die Sache mit Arvid. Da war ich mehrere Wochen nicht bei der Arbeit. Und das brach dem Projekt das Rückgrat, könnte man sagen. Olof ließ mich so schonend wie möglich wissen, daß er seinen Teil der Arbeit einer jungen Bibliothekarin überlassen werde, die in einer anderen Zweigstelle überflüssig geworden war.

Ich seufzte, aber hatte durchaus Verständnis und versuchte mit ihr zusammenzuarbeiten. Diana hieß sie und war rothaarig, zierlich, verdreht und völlig unkooperativ. Sie hatte niemals eine eigene Idee, und sie war ein richtiger Faulpelz, kam immer zu spät und hatte ständig eine Ausrede, weshalb sie früher gehen müsse, und natürlich konnte ich sie nicht deshalb anschwärzen. Sobald Olof in die Nähe kam, war sie jedoch der Fleiß in Person und wiederholte meine Vorschläge mit lauter Stimme, als wären es ihre eigenen. Ich merkte plötzlich, daß er ihr glaubte und mehr als gern mit ihr in der Cafeteria saß und herumschäkerte.

Das war der erste Baustein meiner Krise – ich war doch immer seine kleine Favoritin gewesen … Und auf einmal sah ich mich selbst, wie er mich jetzt sehen mußte: eine immer matronenhaftere Figur, zwei Kinder und das dritte im Anmarsch. Und herumturteln, das hatte ich ja nie getan.

Es wurde immer schlimmer. Ich schuftete wie eine Verrückte, wenn ich bei der Arbeit war, litt an einer Art Fleißiges-Lieschen-Syndrom. Wollte etwas vorzeigen können, obwohl ich so oft fehlen mußte. Diana seufzte und verdrehte die Augen, wenn ich sagte, daß ich mir freinehmen müsse, als würde die ganze Bürde dann auf ihren magersüchtigen Schultern lasten. In Wirklichkeit hatte ich nie den Eindruck, daß sie auch nur das geringste machte, während ich weg war, sie nutzte vermutlich die Gelegenheit, sich mal richtig auszuruhen.

Ich bereitete schicke Powerpoint-Präsentationen vor, um sie den Gemeindefritzen vorzuführen, die die Mittel bewilligen sollten. Es war ein wohl durchdachter Plan in drei Stufen, der als erstes in den Schulen umgesetzt werden sollte: eine Erzählwoche, eine Filmwoche und eine Lesewoche, billig und einfach durchzuführen. Dann würden der Umbau des geschlossenen Kinos Roxy folgen, die Märchengrotte, die Rollenspiele, die auf berühmten Kinderbüchern basierten, sowie eine ganze Reihe von Wettbewerben. Es würde einige Jahre dauern, dieses Programm durchzuführen, und am Ende würde das Ganze mit einem Festival auf Landesebene abgeschlossen werden. Ich war wahnsinnig stolz darauf, aber ich hatte einen Fehler begangen.

Ich hatte meine Präsentationen nicht mit meinem Namen versehen.

Als Nils und Arvid die Windpocken bekamen und ich zwei Wochen zu Hause bleiben mußte, riß Diana alles an sich und machte es zu ihrem eigenen. Sie bekam sogar

Olofs Erlaubnis, an meinen PC zu gehen und sich die Powerpoint-Präsentation herunterzuladen. Gemeinsam präsentierten sie das Ganze im Kulturamt der Stadt, und er behauptete zwar, er habe erwähnt, daß ich Diana bei der Arbeit »behilflich« gewesen sei. Aber natürlich würde sich hinterher niemand daran erinnern ...

Diana bekam eine feste Stelle und ein Büro, das größer war als meines, und von dem Tag an, als sie dort einzog, rührte sie keinen Finger mehr. Das ganze Projekt kam zum Stillstand, und Olof fragte mich mit irritierter Miene, ob ich nicht auch mal einen Handgriff zum Projekt beisteuern könne. Wo doch Diana bisher die ganze Mühe gehabt habe.

Einige Monate später heirateten sie.

Und ich verlor ganz und gar die Lust. Der stete Strom von Ideen versiegte total, und ich begann meine Aktivität bei der Arbeit gegenüber sonst auf die Hälfte herunterzufahren. Ich machte mich nicht gerade beliebt, da ich außerdem so oft zu Hause bleiben mußte. Diana hatte eine klare Meinung dazu, die sie lauthals im Pausenraum verkündete: »Kannst du nicht auch mal den Vater der Kinder bitten frei zu nehmen? Du mußt doch verstehen, daß es für uns andere ziemlich anstrengend ist, als wäre plötzlich eine Stelle weggefallen ...«

Dort irgendwo lag meine Vierzigjahreskrise. Ich trauerte um die Arbeit, die ich so sehr geliebt hatte. Und was hatte ich eigentlich in den ersten vierzig Jahren meines Lebens zustandegebracht? Ein schönes Büro für Diana, zwei schöne Kinder, die mir jegliche Kraft raubten, und ein paar tausend Liter Milch? Über so etwas grübelte ich nach, während ich nachts im Bett lag, mit Bennys Hand auf meinem Bauch.

Eines Tages brach ich nach einer Chorprobe im Eßsaal der Schule in Tränen aus. Ein freundlicher Sopran namens Karin hatte mich gefragt, wie es mit dem Rollenspielfestival vorangehe, ihre Kinder hatten die Idee so spannend gefunden und warteten nun darauf. Ich erzählte ihr, wie der Stand der Dinge war.

»Es wird nie etwas aus meiner Arbeit werden!« heulte ich. »Es geeeht einfach nicht, seine Seele in Projekte zu legen, wenn man gleichzeitig den ganzen Bodenservice für eine große Familie schmeißt und Kinder hat, die ständig krank werden. Und bald ist noch eins da! Warum verdammt noch mal habe ich überhaupt Bafög-Schulden gemacht? Und Benny, der sieht meine Zeit und meine Arbeit als frei nutzbar.«

Sie streichelte mir beruhigend über den Rücken.

»Weißt du, Kinder wachsen«, sagte sie. »Eigentlich glaubt man es nicht. Wenn man drei anstrengende Zwerge zu versorgen hat, glaubt man, daß es in zehn Jahren noch immer so sein wird. Aber da hat man statt dessen drei unerträgliche Teenies, die sich weigern, umsorgt zu werden, und irgendwann hat man nicht einmal das. Das ist der Zeitpunkt, wo man mit den Projekten loslegt! Paß einfach auf, daß du im Sattel bleibst, spring nicht vom Karussell, denn auf Karusselle läßt es sich nur schwer wieder aufspringen, wenn sie in voller Fahrt sind! Benny gehört zu einer verlorenen Generation. Für ihn wird Arbeit, die draußen und mit schweren Geräten gemacht wird, immer mehr wert sein. Du kannst ja versuchen, ihn zum Dressurkurs in die Hundeschule zu schicken. Vielleicht kann er ja lernen, irgendwas zu apportieren ...«

Ich glaube, sie ist eine kluge Frau. Sie hat mit vierzig eine Ausbildung zur Gesundheitsinspektorin angefangen, nachdem sie fünf Kinder auf die Welt gesetzt hat. Ich werde mich etwas locker am Karussell festhalten, bis ich wieder volle Kraft voraus geben kann. Also paß auf, Diana, ich komme wieder, mit sechzig oder so ...

Manchmal fühlt es sich so an, als wäre ich wieder Junggeselle. Inzwischen taucht die Krabbe nur noch selten im Stall auf, ich laufe tagsüber allein dort herum und versuche, mich mit dem Lokalradio und Tagträumen aufzumuntern. Wenn ich nur einen Bruder hätte, der einen Teil der Arbeit übernehmen könnte! Jemand, der sich über die kleinen Triumphe des Alltags freuen würde – guck mal, Linda und Amersfort lassen sich viel besser melken, wir haben schon lange keine Mastitis gehabt, verdammt gute Werte bei der Silage und so weiter. Bisweilen versuche ich beim Abendessen, Desirées Interesse dafür zu wecken, aber sie ist immer nur mit einem Ohr dabei.

»Mmm ... Mastitis? Paß mit dem Glas auf, Nils! ... Wie schön, daß sie sich besser ... melken lassen ... *Nein*, Arvid, nicht mit den Füßen auf den Tisch! ... Was für Werte, hast du gesagt?«

Und trotzdem weiß ich ganz genau, was für ein Glückspilz ich bin, glauben Sie mir. Das wurde mir spätestens im Frühjahr klar, als ich Roger, einen meiner Jagdkumpel, bei der Verwaltung des Bauernverbands traf. Er hat auch Milchkühe, aber er wohnt in Norråker, weshalb wir uns außerhalb der Jagd nur selten sehen. Er war immer ein fröhlicher Typ, redet gern und prahlt mit seinem Sohn, der super mit der Schrotflinte umgehen kann, obwohl er erst elf ist.

Jetzt sagte er gar nichts, hob kaum den Kopf. Irgendwie dachte ich, er sei vielleicht krank, weshalb ich vorschlug, zusammen in Ullas Konditorei einen Kaffee trinken zu gehen. Er antwortete nicht, nickte nur, und wir trabten hin und bestellten. Er rührte die ganze Zeit in seiner Tasse, als versuchte er, den Kaffee zu Schaum zu schlagen. Nichts sagte er. Und schließlich sagte ich: »Ist was passiert?«

»Sie ist abgehauen!« fauchte er, beinahe unfreundlich.

»Wer?«

»Ann-Sofie natürlich. Nach Stockholm. Und man kann sie ja nicht anketten.«

»Weißt du ... weißt du, warum?«

»Nee. Da war auch kein anderer. Hat sie jedenfalls gesagt.«

»Und ... du?«

»Wann zum Teufel sollte ich denn dafür Zeit gehabt haben?«

»Aber ... hat sie gar nichts gesagt?«

»Nee. Und ich offenbar auch nicht. Darüber hat sie sich nämlich beschwert. Daß ich nie irgendwas gesagt hätte. Oder so.«

Wir saßen eine Weile schweigend da.

»Weißt du, den Jungen vermisse ich so«, sagte er dann. »Er ist ja mit weggezogen. Und ich sehe ihn kaum noch.«

»Dann mußt du wohl runterfahren und ihn besuchen.«

»Ja genau, nimmst du so lange meine Kühe? Außerdem habe ich ja keinen Schlafplatz dort. Ich habe mal bei ein paar Hotels rumgerufen, aber da kostet eine Übernachtung soviel, wie ich in einer Woche reinkriege ...«

Und dann weinte er. Häßlich und schniefend. Es tropfte in den Kaffee.

Dann dachte ich daran, wie Desirée und ich im vergangenen Jahr herumgelaufen waren und uns angeschwiegen hatten, vor dieser Reise. Und es tropfte wie eiskaltes Wasser in meinen Nacken. Was, wenn es wieder passierte? Ich dachte nach. Dann legte ich los und baute eine Veranda auf der Vorderseite des Hauses, der Sonnenseite. Dort würden wir in der Sonne sitzen, Desirée und ich und die Jungs und das kleine Neue, und über alles mögliche reden.

Das erzählte ich ihr auch, und es gefiel ihr. Übrigens war es ursprünglich ihre Idee gewesen. Ich baute auch noch Blumenkästen dazu.

Im Herbst während der Jagd hat er sich erschossen, der Roger. In der Zeitung stand, daß es ein Unglücksfall gewesen sei, daß sein Gewehr nicht richtig funktioniert und er versucht habe, es zu reparieren.

Desirée

Ich hatte Nils' Geburt in frischer Erinnerung, mit diesem großen Auflauf von Medizinstudenten und Schwesternschülerinnen, die sich um mich drängten. Als ich Ende Juli in die Klinik kam, um Klara zur Welt zu bringen, sagte ich, daß ich kein unbefugtes Personal im Kreissaal haben wolle. Genauso patzig drückte ich mich aus – unbefugtes Personal. Kein Wunder, daß die Hebamme es in die falsche Kehle bekam! Sie beschloß sich zu rächen, indem sie sich selbst zu den Unbefugten zählte. Während der ersten Stunden sahen wir so gut wie keinen Menschen. Schließlich mußte ich Benny auf die Jagd schicken, während ich selbst brüllend in den Preßwehen lag.

Alles ging gut, aber diesmal begann die Farce hinterher. Früher hatte ich wenigstens ein paar Tage im Krankenhaus liegen dürfen, hatte ausschlafen dürfen, während sich ausgebildete Kinderschwestern um das Baby gekümmert hatten, man hatte mir Essen serviert, ich hatte Besuch bekommen, Blumen, hatte Radio gehört …

Diesmal warfen sie mich beinahe sofort hinaus. Ich bekam ein paar Nächte im Patientenhotel, damit sie ein Auge auf mich und Klara werfen konnten, bis ich zumindest auf eigenen Beinen nach Hause wackeln konnte. Und genau in diesen Nächten lief die Ballenpresse praktisch rund um die Uhr, damit Benny noch das ganze Heu einbringen konnte, denn laut der Wettervorhersage für die nächsten fünf Tage sollte es Platzregen geben. Die Kinder parkte er ganz einfach bei mir. Da lag ich allein in einem kalten Hotelzimmer, frisch entbunden und mit ein paar Stichen zugenäht, und versuchte, Klara beizubringen, was es mit dem Stillen auf sich hatte, während ich Nils Märchen vorlas und Arvid davon abhielt, das Fenster zu öffnen und aus dem sechsten Stock zu fallen.

Ein paarmal täglich schleppten wir uns nach unten in den Speisesaal des Hotels und bekamen ein bißchen was zu essen. Klara lag in einem Bettchen mit Rädern, das Arvid gleich packte und in rasendem Tempo durch die Gänge schob, während Nils neidisch hinterhersauste und auch schieben wollte. Dann wollte der Arzt mich nicht nach Hause lassen, aufgrund von erhöhtem Blutdruck. Surprise, surprise!

Ich fühlte mich nicht so kerngesund, wie ich es nach der Geburt der anderen Kinder getan hatte, wirklich nicht. Der hohe Blutdruck verursachte Kopfschmerzen, und außerdem bekam ich einen Anflug von Brustentzündung und saß mit zusammengebissenen Zähnen da und pumpte Milch ab, während ich stöhnte, weil es so wehtat. Ich verspürte plötzlich eine starke Nähe zu den ganzen Kühen, die unter Mastitis litten und mit denen ich im Lauf der Jahre zu tun gehabt hatte, die Ärmsten – so fühlte es sich also an! Und die Stiche entzündeten sich, plötzlich hatte ich sogar Fieber.

In diesem Augenblick packte mich das große Zittern, und ich rief Märta an.

Ich hatte in etwas über vier Jahren drei Kinder zur Welt gebracht und eine Abtreibung gemacht. Fast die ganze Zeit, seit ich auf den Rönnhof gezogen war, war ich entweder schwanger gewesen oder hatte gestillt. Das klang wie ein Bericht aus irgendeinem Entwicklungsland – und was, wenn ich jetzt plötzlich einen Herzinfarkt oder so bekäme und plötzlich wegstürbe? Wer sollte sich um unsere Kinder kümmern? Nicht daß ich befürchtet hätte, Benny würde sie auf der nächsten Gemeindeauktion verkaufen, aber wie sollte er es schaffen? Und wovon sollten sie leben, wenn er gezwungen war, mit der Milchproduktion aufzuhören?

Ich mußte diese Fragen laut ausgesprochen haben, während ich in ein fiebriges Dämmern hinüberglitt, denn plötzlich antwortete Märta: »Ich werde dafür sorgen, daß sie eine christliche Erziehung bekommen und alle miteinander lernen zu arbeiten und zu streben. Und dann werdet ihr euch eines Tages an der Himmelspforte begegnen. Jetzt reiß dich zusammen und lieg still, damit du wenigstens eine schöne Leiche wirst!«

Dann rief sie irgendeinen diensthabenden Arzt und brüllte in die Leitung, und sofort kamen sie an, holten mich mit einem Rollstuhl ab, und dann erinnere ich mich an nichts mehr, weil ich in Ohnmacht fiel.

Es dauerte mehrere Wochen, bis ich mich davon erholt hatte. Das Stillen lief nicht so glatt, weshalb Klara zunächst nicht so zunahm, wie sie sollte. Benny kreiste ängstlich um uns und rang die Hände, wenn er Zeit hatte, aber das war ja nicht so oft. Es wäre vielleicht angebracht gewesen, sich ein Bettjäckchen anzuschaffen, sich in den Kissen zurückzulehnen und ihn herumzukommandieren. Aber das war natürlich schwierig, wenn er nicht da war.

Violet, diese großartige Frau, kam fast täglich mit fertig zubereitetem Essen in großen Eimern vorbei, und ich bereute jeden kleinsten säuerlichen Gedanken, den ich über sie gehegt hatte. Solche wie sie halten die Welt am Laufen, soviel ist klar! Und außerdem erfuhr ich gleich, was Kurt-Ingvar in den letzten Wochen gesagt und getan hatte.

Ich lächelte im stillen, wenn ich an die Willkommensparty dachte, die sie organisiert hatten, als ich vom Krankenhaus nach Hause kam. Na ja, ein bißchen war es wohl auch, weil der erfolgreiche Abschluß der Heuernte gefeiert werden sollte.

Benny hatte eine Persenning über die neue Veranda gespannt. Er hatte sich in den Kopf gesetzt, dort zu feiern, obwohl es regnete. Märta hatte dicke Girlanden aus Weidenröslein, Farnkraut und Mädesüß geflochten und sie zwischen die Pfosten gehängt. Violets Torte mit einem riesigen rosafarbenen Marzipanbaby war toll anzusehen, und Magnus spielte »Oh baby, baby, it's a wild world!« auf dem Akkordeon. Bengt-Göran und Benny führten mit Cowboyhüten ausgestattet einen wackligen Squaredance auf – nach einem ordentlichen Kaffee mit Schuß zwar, aber der gute Wille zählte. Und Klara war so niedlich, daß kein Auge trocken blieb, sogar Arvid hatte sich damit versöhnt, daß dann und wann neue Geschwisterchen auftauchten.

In den ersten Wochen fotografierte Benny sie unablässig, bis ich vorsichtig anfragte, was er wohl für einen Film besorgt habe, auf dem so viele Bilder seien. Er murmelte schüchtern irgendwas zur Antwort, und ich vermute, daß er im geheimen eine Digitalkamera angeschafft hat. Was für ein Schatz.

Benny

In der ersten Zeit, als sie mit Klara zu Hause war, schwebte ich wie auf Wolken. Das einzige, was mich ein bißchen störte, war, daß ich vergessen hatte, einen Film in die Kamera zu setzen, es gab also keine Fotos ... Aber alles war irgendwie so schön, sie wurde wieder gesund, mir war es gleichgültig, daß es im Haus aussah wie Kraut und Rüben. Und sie wirkte fröhlich, lachte viel und nahm den Tag, wie er kam. Und dann packte sie ja alles wieder an.

Aber obwohl sie wieder Erziehungsurlaub hatte und zu Hause war und keines der Kinder Koliken hatte, kam es mir so vor, als ob sie immer rastloser würde oder gereizter oder wie man es nun nennen sollte. Eines Tages sah sie mich müde an und sagte, sie finde, daß sie den ganzen Preis zahlen müsse. Dann knallte sie die Tür hinter sich zu.

Den Preis wofür? Für unsere drei kleinen Trolle, für unser ruhiges Landleben auf dem Rönnhof, für das tägliche Brot und die Milch, für die Nächte, wenn wir wissen, daß wir schlafen sollten, aber einfach nicht voneinander lassen können?

Und zahlen? Wie das? Inzwischen verlange ich gar nicht mehr von ihr, daß sie in den Stall geht, so wie meine Mutter es damals tat. Nur beim Probemelken, denn das dauert allein zu lange. Und am Wochenende, damit ich auch mal etwas frei haben und den einen oder anderen Morgen ausschlafen kann. Sogar darüber beschwert sie sich. »Wann soll ich denn frei haben?« fragt sie. »Du hast doch den ganzen Tag Erziehungsurlaub, oder nicht?« antworte ich. Sie ist nämlich schon seit sechs Monaten zu Hause und muß nicht einmal für die dreieinhalb Tage pro

Woche in die Stadt fahren, wie sie es sonst getan hat. Dreieinhalb von sieben! Die Kuhviecher, die müssen jeden Tag gemolken werden!

Sie hatte zuletzt nur noch eine Dreiviertelstelle in der Bibliothek gehabt, davon bekam sie auch nicht gerade Schwielen an den Händen, und manchmal fing sie sogar erst gegen Mittag an. Natürlich hatte sie ein bißchen damit zu tun, die Kinder in die Kita zu bringen und so, aber Herrgott, sie brauchte ihnen nicht mal Frühstück zu machen, das bekommen sie nämlich dort. Ich dagegen muß jeden Tag um halb sechs raus, und ich schleiche immer wie ein Geist durchs Haus, um sie nicht zu wecken.

Manchmal hat sie bis acht Uhr abends gearbeitet, und da mußte ich die Kinder selbst in der Kita abholen und sie bei Violet abgeben. Das gefällt mir nicht sonderlich, alle Menschen sollten sich doch um ihre eigenen Kinder kümmern! Wäre gut, wenn sie nicht wieder zu arbeiten anfängt. Das können wir uns nicht leisten, sagt sie, aber die Kita und das Pendeln in die Stadt, das kostet doch auch Geld. Weiß der Teufel, ob sie überhaupt netto irgendwas nach Hause bringt. »Aber das ist doch die einzige Ruhe, die ich mal kriege«, sagt sie dann. »Wenn ich nämlich in der Bibliothek sitze und ungestört das mache, was mich interessiert! Ich kann sogar allein aufs Klo gehen!«

Ich glaube, sie weiß sehr wohl, daß sie ein ziemlich ruhiges Leben hat im Vergleich zu mir. Aber sie kann sich ganz schön beschweren, wenn ich mit dem Traktor zu Bengt-Göran fahre und mich dort ein paar Stunden verquatsche oder wenn ich mit meinen Jagdkumpeln unterwegs bin. »Ich bin schon seit drei Jahren nicht mehr im Kino gewesen«, sagt sie, »und du leistest es dir, jeden Sonntag zum Hockey zu gehen!« Dabei nehme ich manchmal Arvid mit zum Hockey, das würde Bengt-Göran nie tun!

Sie hat sich immer beschwert, daß die Wäsche so lange dauert, jetzt, wo wir zu fünft sind, und da habe ich meinen Anteil übernommen und angefangen, meinen Stalloverall und manchmal sogar meine Strümpfe und meine Unterhosen selbst zu waschen. Meine Mutter hätte große Augen gemacht. Natürlich habe ich gelernt, wie man die Waschmaschine bedient, als ich allein war, das ist ja auch nicht gerade eine Anstrengung, von der man einen Blutsturz bekommt. Und sie hat mich nur angeguckt und gesagt: »Aha, du wäschst deine Wäsche. Also nehme ich an, daß alles andere – Kinderkleidung und Laken und Handtücher und Tischdecken und Gardinen – meine Wäsche ist?«

Aber kochen tue ich nicht, irgendwelche Grenzen muß es ja geben. Meine Mutter war zwar nicht berufstätig, aber sie hatte ja mich und half trotzdem fast jeden Tag meinem Vater im Stall. Das sage ich nicht mehr laut, jedenfalls nicht mehr so oft – das hat keinen Sinn. Mit Desirée ist in dieser Hinsicht nicht gut Kirschen essen, und neulich hat sie nur gesagt: »Deine Oma hat doch fast das ganze Essen auf dem Hof gekocht, und sie hat sich doch in erster Linie um dich gekümmert, *ein* Kind? Und deine Tante hat das Putzen und Waschen übernommen, oder? Du, mit so einem Bodenpersonal würde ich in der Bibliothek arbeiten können, dir im Stall helfen und nebenbei noch als Ministerpräsidentin jobben!«

Sie würde nie das eingestehen, was ich für das Hauptproblem halte: Sie hat ganz einfach kein Händchen für den Haushalt. Kann nicht planen. Geht vermutlich mit ihrem Kopf in den Wolken umher und summt Opernarien vor sich hin.

Gestern, als der Tierarzt und ich uns den ganzen Morgen mit Rosamundes Zwillingskalbung abgemüht hatten, lud ich ihn auf eine Tasse Kaffee ein. Ich hatte Desirée Bescheid gegeben und gehofft, sie würde ausnahmsweise mal die Dinge auf die Reihe bekommen, vielleicht sogar eine Zimtschnecke aufwärmen oder ein paar leckere belegte Brote machen. Und was habe ich mich geschämt, als wir reinkamen und die Küche ein einziges Chaos war und Nils ganz allein auf dem Fußboden saß und die Küchentapete anmalte, die ich gerade erst angebracht hatte. Und was den Kaffee anging, schauten wir auch in die Röhre, der Kaffee war nämlich zu Ende, weil sie vergessen hatte, einkaufen zu gehen!

Wenn nicht der Tierarzt dagewesen wäre, hätte ich sicher die eine oder andere Bemerkung abgelassen, hungrig wie ein Wolf war ich auch. Aber sie sah nur wütend aus und fragte, ob ich mich nicht eine Stunde um die Kinder kümmern könne! Anita hätte niemals …

Nein, verdammt, ich habe mir geschworen, niemals in diese Richtung zu denken. Denn ich würde die Krabbe nicht einmal umtauschen, wenn ich dafür Julia Roberts bekäme. Sie ist nach wie vor meine unmögliche Liebe, meine hoffnungslos unorganisierte Krabbe mit heruntergetretenen Schuhen, Babyspucke auf der Schulter und zerzaustem Haar in unbeabsichtigten Rastazöpfen … Sie hat sich noch nie besondere Gedanken um ihr Aussehen gemacht, und damit hat sie auch nach unserer Hochzeit nicht angefangen, könnte man sagen.

Neulich, als sie so wütend wurde, nur weil ich in die Küche stiefelte, um eine Kneifzange zu holen, hat sie sogar etwas von Familientherapie gebrüllt, und da habe ich gedacht: Nee, meine kleine Krabbe, wenn ich dich schon ins Boot gezogen habe, rudere ich dich auch an Land, selbst wenn ich dich an die Ruderbank zurren müßte. Und wie solltest du Zeit haben, zu einem Therapeuten zu laufen, wo du dich doch beschwerst, daß du nicht einmal Zeit hast, ins Kino zu gehen?

»Ich weiß nicht, ob du mich jemals geliebt hast«, schniefte sie, als ich mir erlaubt hatte, ihre Planung des besagten Tages ein bißchen zu kritisieren. »Und wenn du es jemals getan hast, dann hast du inzwischen damit aufgehört. Mittlerweile siehst du mich nur noch als untaugliche Praktikantin, als eine, die hier gerade ein Praktikum als Bauersfrau macht.«

Wie »geliebt«, was meint sie? Frauen reden von Liebe und erinnern sich an Hochzeitstage und den Valentinstag und hängen einem am Hals und fragen, ob man sie liebt. Bengt-Göran hat für Violet neue Felgen gekauft, und ich habe doch die Veranda gebaut, verdammt noch mal!

Ich glaube, mit der Liebe von Männern ist es so wie mit dem Herzinfarkt von Frauen. Beide werden nicht entdeckt, denn die Symptome sind bei den Geschlechtern etwas unterschiedlich!

Desirée

Ich stecke die ganze Zeit in Ketten fest. In Ketten von Ereignissen.

Ich tue etwas Butter in die Pfanne, um Benny zum Frühstück ein Omelett zu braten. Plötzlich ist ein Schrei zu hören, Nils ist hingefallen und hat ein Regal mitgezogen und muß befreit werden. Mein Lieblingsbecher ist zerbrochen, ich hebe vorsichtig die Scherben auf und möchte sie gerade in einen für Kinder unerreichbaren Schrank legen, bis ich nächstes Mal in die Stadt fahre und Porzellankleber kaufen kann. In diesem Moment steckt Benny den Kopf herein und bittet um das Stalljournal, das in der Küche liegt. Nach einer gewissen Mühe hat er inzwischen gelernt, nicht einfach mit seinen Stiefeln ins Haus zu marschieren.

Ich ändere meinen Kurs, lege die Porzellanscherben auf den nächstbesten Schrank und suche das Stalljournal in seinem Komposthaufen von Briefen, Landwirtschaftszeitungen und Werbebroschüren auf der Küchenkommode. Ich finde es nicht, entdecke dafür jedoch eine Stromrechnung, die vor drei Wochen hätte bezahlt werden müssen, aber ganz unten in seinem Stapel gelandet ist. Ich werfe mich aufs Telefon, um der Stromgesellschaft alles zu erklären und zu verhindern, daß sie das Geld eintreiben.

Während ich in der Warteschleife hänge, stürmt Arvid herein und braucht *sofort* die Schlittschuhe. Innerhalb von drei Sekunden leert er den Garderobenschrank, und der Inhalt ergießt sich über den Fußboden in der Diele. Während ich noch immer am Hörer hänge (»Wir nehmen Ihren Anruf gleich entgegen, vielen Dank für Ihr Verständnis«), versuche ich fluchend und mit ausgestrecktem

Bein Stiefel, Hockeyschläger und Fußsäcke für den Kinderwagen in den Schrank zurückzuschieben und mit dem Knie die Haustür hinter Arvid zuzuschieben, doch dann werde ich vom Gestank aus der Küche gestört. Es ist die schwarzgebrannte Butter in der Pfanne, in der das Omelett für Benny hätte gebraten werden sollen.

Die erste Kette ist geschlossen, und ich folge den Spuren rückwärts, während ich lüfte und den heulenden Feuermelder per Kurzschluß abzuschalten versuche: Porzellanscherben auf einem Schrank im Flur, eine Dame in der Telefonzentrale, die aus dem auf dem Boden kreisenden Hörer »Hallo?« schreit, und eine wütende Stimme auf der Vortreppe: »Wo zum Teufel ist das Stalljournal geblieben?«

Ehe das Karussell zum Stillstand gekommen ist, bin ich kopfüber in der nächsten Ereigniskette gelandet. Klara wacht brüllend auf und hat einen kleineren Binnensee produziert. Ich nehme sie auf den Arm und stopfe die nassen Laken in die Waschmaschine, und sie nutzt die Gelegenheit, gleich noch mal in den Korb mit sauberer Wäsche zu pinkeln. Ich wickele sie mit der letzten Windel der Packung und gehe los, um Windeln auf die Einkaufsliste zu schreiben. Finde weder Notizblock noch Stift, denn das schleppen die Kinder ständig ab, weshalb ich mit den Wachsmalkreiden auf der Rückseite eines Umschlags zu schreiben beginne, doch ehe mir einfällt, was ich denn nun einkaufen wollte, schreit Klara herzzerreißend. Sie hat eine verirrte Porzellanscherbe gefunden, und es ist ihr gelungen, sich damit in die Zunge zu schneiden. Ich kriege einen halben Herzinfarkt und starre panisch auf das Blut in ihren kleinen Mundwinkeln, und in diesem Moment steckt Benny seinen Kopf herein und erzählt, daß er gerade den Tierarzt zum Kaffee eingeladen habe.

Klara brüllt noch lauter, und Benny zieht schnell wie eine Schildkröte den Kopf ein, und ich zische ihm etwas hinterher, während ich mit Klara auf dem Arm ins Badezimmer stürme. Während ich darüber nachdenke, wie man wohl ein Pflaster auf einer Kinderzunge befestigt, höre ich, wie Arvid auf seinen Kinderschlittschuhen mit doppelten Kufen hereingestapft kommt, er fährt draußen vor dem Haus auf dem zugefrorenen Teich. Wie immer läßt er die Tür bei zehn Grad unter Null sperrangelweit offenstehen und beginnt mit seinen Schlittschuhen in der Küche herumzustiefeln. »Ich bin huuungrig!« klagt er.

Ich hänge die schluchzende und hicksende Klara in den Tragegurt auf den Rücken, obwohl ich ihr den gerade abgewöhnt habe, weil ich davon mörderische Rückenschmerzen bekomme. Sause mit ihr wieder in die Küche, um Kaffee aufzusetzen, will nur vorher noch einen Teller Dickmilch für Arvid hinstellen. Ich fahre ihn an, daß er sich gefälligst die Schlittschuhe ausziehen soll, und spüre, wie der Rücken anfängt weh zu tun. Gehe in die Diele, um die Haustür zu schließen, die im Eismeerwind hin- und herschlägt, und begegne dem Landbriefträger, der den Empfang eines Pakets für den Stall bestätigt haben will, das könne ich auch unterschreiben.

Ich bitte ihn zu warten, während ich nach der unbezahlten Stromrechnung suche und wieder in die Küche gehe. Da sehe ich, daß Arvid die Dickmilch offenbar mit den Ellenbogen gegessen und diese dann über die Tischdecke gezogen hat, Benny und der Tierarzt sind durchs Fenster zu sehen, ja, richtig, der Kaffee! Ich wische schnell die Tischdecke ab, stelle Tassen hin und hole die Kaffeedose. Jetzt ruft der Briefträger ungeduldig, daß er nicht länger warten könne, und braust davon. Ich höre, wie Benny und der Tierarzt sich draußen auf der Vortreppe den Schnee von den Füßen stampfen, o Gott, der Kaffee ist *schon wieder* zu Ende, Benny trinkt heimlich fünfzehn Tassen am Tag und sagt es mir nie, wenn die Dose leer ist.

Ich suche nach dem Umschlag, auf den ich die Einkaufsliste geschrieben habe, um Kaffee hinzuzufügen, finde aber nicht einmal die Wachsmalkreiden, denn die hat Nils auf den Boden gerissen, wo er gerade die neue helle Tapete mit orangefarbenen Enten dekoriert. Benny kommt in die Küche, runzelt wütend die Stirn und zischt: »Du hättest zumindest etwas Kaffee kochen können, wenn du schon zu Hause herumläufst! Wir haben den ganzen Morgen *gearbeitet* und Rosamunda beim Kalben von Zwillingen geholfen!«

Klara zappelt herum und streckt die Ärmchen nach ihrem Papa aus, der anklagend fragt, ob ich gar nicht gesehen hätte, daß sie sich am Mund verletzt hat. Nils wird eifersüchtig und zerrt an seinem Vater, um ihm zu zeigen, was für schöne Enten er gemalt hat, Benny sieht von den Enten zu mir und wirft mir dunkle Blicke zu, als er höchstpersönlich Teewasser für den Tierarzt aufsetzen muß, mein Rücken schmerzt immer stärker, und ich merke am Geruch, daß Klara soeben die allerletzte Windel gefüllt hat.

Die zweite Kette ist geschlossen, die Stromrechnung ist noch immer nicht bezahlt, die Wäsche, in die Klara gepinkelt hat, muß noch einmal gewaschen werden, der Tierarzt bekommt keinen Kaffee, Benny ist unzufrieden, Arvid hat mit seinen Schlittschuhen ordentliche Kratzer auf dem Fußboden produziert, die Küchentapete hat ein neues Muster bekommen, die Topfpflanze im Flurfenster ist offenbar in der Zeit, als die Tür offenstand, erfroren, und mein Rücken tut so weh, daß ich kaum gerade stehen kann. Muß zum Geschäft und einkaufen, ehe ich wieder einen Hexenschuß bekomme, ach, wenn ich doch nur nicht alle drei Kinder anziehen und zum Einkaufen mitschleppen müßte, aber ich kann sie ja schlecht allein lassen, wenn Benny nicht im Haus ist. Ich bitte Benny, mit dem Traktor vor der Garage zu räumen, damit ich mit dem Auto herauskomme. Er seufzt mit leidender Miene und fragt, ob er nicht vorher was Kleines zu essen bekommen könne, hätte ich ihm nicht versprochen, ein Omelett zu machen? *Nein*, er kann sich nicht um die Kinder kümmern, während ich zum Einkaufen fahre, was das denn schon wieder solle, ich hätte doch schließlich *Erziehungsurlaub*!

Plötzlich wird mir vom Geruch aus der Windel furchtbar schlecht. Ich glaube, ich habe schon eine Weile nicht mehr meine Tage gehabt …

O nein, laß es die Wechseljahre sein!

Katrin Tempel

Stillen und chillen

Ein City-Girl zieht aufs Land. 240 Seiten. Piper Taschenbuch

Gestern trank sie noch Latte macchiato... und schwupps! Heute sitzt sie in ungewohnt ländlicher Idylle und fragt sich, wo ihr altes Leben geblieben ist. Der Alltag als Single in der City war herrlich! Ständig war was los, im Job lief alles wunderbar und die Abende mit ihren Freundinnen waren immer ein Event. Warum musste sie sich auch in einen Mann vom Land verlieben und dann auch noch schwanger werden? Statt einem halben Dutzend Mitarbeiter hört jetzt nur noch die Katze auf Alexandras Anweisungen – und selbst die nicht immer. Und an die Stelle von Gossip mit ihren Freundinnen sind Gespräche über Kreißsäle, Presswehen und Stillen getreten. Irgendwie hat sie sich das alles anders vorgestellt. Es muss etwas passieren!

05/2468/01/L

Carlo Fruttero & Franco Lucentini

Der Liebhaber ohne festen Wohnsitz

Roman. Aus dem Italienischen von Dora Winkler. 319 Seiten. Piper Taschenbuch

Wer ist dieser mysteriöse Mr. Silvera, der als Reiseleiter fassadensüchtigen Touristen die Schätze Venedigs näherbringt? Die römische Prinzessin, im Auftrag eines Auktionshauses in der Lagunenstadt, verfällt umgehend seinem Charme. Als zwischen der Principessa und ihrem »Mystery Man« eine hinreißende Liebesgeschichte beginnt, benutzt sie ihn auch, um mit seiner Hilfe das Geheimnis dubioser Händler um illegale Kunsttransaktionen zu lüften.

»Unterhaltung auf allerhöchstem Niveau. Und noch mehr: eine lesbare Liebesgeschichte.«
Der Tagesspiegel

05/1146/02/R

Heidi Hohner

Einer links, einer rechts, einen fallen lassen

Roman. 288 Seiten.
Piper Taschenbuch

Als Heidi Hanssen ihren Traumjob in Berlin ergattert, ist sie die glücklichste Singlefrau nördlich des Weißwurstäquators. Doch dann muss sie wegen einer Hochzeit in Societykreisen ihren ersehnten Umzug von München nach Berlin verschieben und ist schwer genervt. Die steife Gala macht ihr auch nach sehr viel Champagner keinen Spaß, zumal sich ihr Tischherr Graf Henri als unaufmerksamer Schnösel entpuppt. Dann kommt sie endlich nach Berlin, soll das neue Gesicht eines Musiksenders werden und wird ihrem ersten Talkgast vorgestellt: Es ist Graf Henri…

05/2464/01/L

Liebesbriefe berühmter Frauen

Herausgegeben von Petra Müller und Rainer Wieland. 224 Seiten mit 11 Abbildungen.
Piper Taschenbuch

Jeder Sex-and-the-City-Fan kennt die Szene, in der Carrie ihrem Mr. Big aus dem Buch »Liebesbriefe großer Männer, Band 1« vorliest. Doch nicht nur Männer waren große Briefeschreiber, auch die bedeutenden Frauen der Geschichte wussten ihre Gefühle in zauberhafte Worte zu fassen. Dieser Band stellt 50 Liebesbriefe großer Frauen vor und erzählt die Geschichten hinter den Briefen. Die ergreifendsten, eindringlichsten, leidenschaftlichsten und auch humorvollsten Zeugnisse der Liebe – für alle, die sich nach großen Gefühlen sehnen.

05/2455/01/R

Kim Schneyder

Frauen rächen besser

Roman. 224 Seiten.
Piper Taschenbuch

Als Heike ihren Freund Robert in flagranti mit seiner Sekretärin erwischt, steht eines fest: So einfach kommt er nicht davon! Heike schmiedet einen infamen Racheplan und flüchtet mit ihren beiden besten Freundinnen in einen All-inclusive-Ferienclub. Dort trifft sie zwar schräge Leute und erlebt – eher peinliche – Abenteuer, vor allem aber will sie eines wissen: Gibt es noch Männer auf der Suche nach ihrer Traumfrau, am besten eine Blondine mit gesundem Appetit? Die Antwort liegt näher, als sie gedacht hätte …

05/2017/02/L

Kim Schneyder

Ich und Er und null Verkehr

Roman. 272 Seiten.
Piper Taschenbuch

Erst ein Jahr ist Sandra mit Martin zusammen, und schon gibt es eine Krise. Beim Lesen eines Ratgebers kommt Sandra die zündende Idee: Ab sofort werden sie und Martin die guten Tipps darin befolgen, dann wird es schon klappen mit der Beziehung. Martin lässt sich auf das Experiment ein – mit ungeahnten Folgen. Während er sich auf seine Wurzeln als steinzeitlicher Jäger besinnt, denkt sich Sandra: Das kann ich auch – werde ich eben Nesthüterin! Martin ist nicht begeistert, als Sandra kündigen und möglichst bald schwanger werden will. Und was ist mit dem Porsche, den sie sich demnächst hätten leisten können? Temporeich und witzig erzählt Kim Schneyder, Autorin des Überraschungserfolgs »Frauen rächen besser«, von einem Paar im Beziehungsdschungel, der jede Menge Stolperfallen bereit hält.

05/2469/01/R

Brenda Kinsel

Neues aus der Umkleidekabine

Richtig shoppen, super aussehen. Aus dem Amerikanischen von Edith Winner. 240 Seiten mit farbigen Illustrationen von Jenny Philips. Piper Taschenbuch

Richtig gut aussehen und shoppen mit Spaß! Ob ins Büro, zum romantischen Dinner oder zum Kindergeburtstag, ob Luxusweib oder Schnäppchenjägerin, gertenschlank oder kräftig, blond oder brünett: Brenda Kinsel, erfolgreiche Stilberaterin, verrät Ihnen, wie Sie für jede Gelegenheit perfekt gekleidet sind und wie Sie Ihren Kleiderschrank ohne Geld- und Zeitverschwendung optimal bestücken können. Außerdem bietet sie eine umfassende Typberatung: Finden Sie heraus, welche Kleidung perfekt zu Ihnen paßt – für jeden Anlaß, jeden Geldbeutel, jede Figur.

»Vom Zaubern mit Schals über Accessoires und die Brille bis hin zu Kleidung – zu jedem Thema hat sie ein paar pfiffige Tips!«
Die Welt

05/1847/02/L

Gute-Nacht-Geschichten für Frauen, die nicht einschlafen wollen

Herausgegeben von Michaela Kenklies. 208 Seiten. Piper Taschenbuch

Kennen Sie das? Schlafloses Herumwälzen im Bett, nächtliche Wanderungen zum Kühlschrank oder einfach keine Lust zum Schlafen? Dann ist dieses Buch für Sie genau richtig! Vierzehn Gute-Nacht-Geschichten versüßen Ihnen die nächtlichen Stunden mit witzigen, erotischen und hintergründigen Erzählungen, denn was ist kurzweiliger als das Leben anderer Menschen, ihre Sehnsüchte, ihre Abenteuer, ihre Liebschaften … Mit Witz und Charme schreiben vierzehn Erfolgsautorinnen und Erfolgsautoren über Männer und Frauen, darunter über Pam, die bei Cowboys schwach wird, über Lisa, die knackige Männerpos hinreißend findet, oder über den liebeskranken Postboten – für gute Unterhaltung ist gesorgt mit diesen Betthupferln zum Vorlesen oder Selberlesen. Lassen Sie sich überraschen!

05/1033/02/R